www.b-books.co.kr

www.b-books.co.kr

충동의
밤

DAHYANG ROMANCE STORY

충동의 밤

impulsive night

탐나(TAMNA)
장편 소설

c o n t e n t s

조용한 미술관은 은은하게 작품을 비추는 주황빛 간접등을 제외하면 어두웠다. 얼마나 지났을까. 어쩐지 스산한 공간 한가운데에 한참을 서 있는 재원의 곁으로 비서가 다가왔다.

"이사장님."

임성훈. 그는 며칠 전 재원이 직접 나서는 수고로움을 감수하면서까지 새로 선택한 비서실장이었다.

재원은 작품에 시선을 붙박은 채 성의 없이 답했다.

"네, 임 실장님."

"아직 계셨군요. 어제 말씀하셨던 경매 참석 명단입니다."

임 실장이 공손히 파일철을 내밀었다. 건네받을 생각이 없는지 재원은 느긋하게 팔짱을 낀 채 정면만 주시했다. 짧은 침묵이 흘렀다. 재원은 잘 정돈된 앞머리를 버릇처럼 쓸어 올리며 입을 열었다.

"임 실장님."

"말씀하십시오, 이사장님."

"어떤 것 같아요? 저 작품."

재원의 무감한 시선이 닿아 있는 곳을 따라 임 실장이 슬쩍 눈길을 돌렸다.

어떠냐고 물어봐도……. 마땅한 답을 찾지 못한 임 실장이 작품을 흘긋거리며 조심스럽게 운을 뗐다.

"경매에 출품할 생각이십니까."

"아니."

"가치가 높은 작품이라고 들었습니다. 경쟁이 쟁쟁할 텐데요."

재원이 턱을 까딱였다.

"응. 그래서 내가 먼저 샀어요."

지나치게 단정하고 숨 막히게 깔끔한 재원의 표면적인 모습은 어딘가 껄끄럽다. 이면에 감춰진 생각을 읽을 수 없어 더욱 그러했다.

"혹시 종교가, 기독교십니까?"

"아니. 난 무교. 예수쟁이들은 너무 시끄럽고, 절쟁이들은 너무 조용해서 재미없으니까. 어느 쪽이든 고지식해서 재미없어."

재원은 흐트러진 자세로 예수의 초상화를 들여다보며 조용히 웃었다.

"나도 나를 못 믿는데 누굴 믿을 수 있겠어요. 그건 좀 모순이지."

"아……, 그러시군요."

"일은 할 만해요?"

임 실장이 슬쩍 안경을 추켜올리며 고개를 숙였다.

"예. 이사장님께서 배려해 주신 덕분에 아직까진 수월합니다."

"다행이네. 잘해 봐요."

"최선을 다해 모시겠습니다."

그때, 1층에서부터 쿵쿵 바닥을 내리찍으며 급히 달려오는 소음이 크게 울려 퍼졌다. 허락도 없이 다가온 사람은 일주일 전까지만 해도 재원을 보좌하던 전 비서실장, 김성윤이었다.

"이, 이사장님, 통보도 없이 감사 대상이라니요. 사직이라니요. 마, 말도 안 됩니다. 저는⋯⋯."

성윤의 목소리가 파르르 떨렸다. 저런. 재원이 한숨처럼 웃었다.

"정말 말이 안 된다 생각해요?"

재원이 슬며시 고개를 기울이며 느긋하게 이어 말했다.

"횡령한 정황과 증거는 차고 넘치는데. 함께한 정을 생각해서 조용히 떠나란 내 배려가 그렇게 별로였나? 임 실장님 생각은 어때요."

"⋯⋯지당한 판단이십니다."

한때는 둘도 없는 동료이자 충성스러운 후배였던 임 실장이 고민 없이 일축하자 김성윤은 이를 악물며 납작 바닥에 엎드렸다. 당장은 자존심을 내세울 때가 아니다.

"제발, 한 번만 기회를 주십시오."

"기회⋯⋯. 기회라."

재원이 비스듬히 몸을 돌렸다. 나른한 눈으로 한심스럽게 성윤을 내리깔아 보는 듯싶더니 다시금 서서히 눈꺼풀을 들어 올려 작품을 응시했다.

"그러게 내가 분명히 말했잖아요. 거짓말하면 보인다니까. 그동안 두 집 살림 하느라 바빴을 텐데, 김 비서도 좀 쉴 때 됐지."

"이사장님. 저는 정말⋯⋯."

"상사 지시를 옆집 개 짖는 소리처럼 들어 먹는데 어떻게 곁에 두겠어. 경매 참석 명단에 보란 듯이 큰손 몇 명 정도는 우습게 빼먹었길래 뒤봐 주는 사람이라도 있을 줄 알았지, 나는."

비로소 작품에서 시선을 거둬 낸 재원이 천천히 고개를 돌렸다. 내리깔린 눈빛 속엔 그 어떤 감정조차 담겨 있지 않았다. 김성윤은 둥글게 만 몸을 벌벌 떨었다. 재원의 입술 끝이 비딱하게 올라섰다.

"없나? 아니면, 그새 버림받기라도 했어요?"

"아⋯⋯. 이사장님 죄송, 정말 죄송합니다. 한 번만⋯⋯."

"그 말은 이리저리 바쁘게 쏘다니면서 내 일거수일투족 전부를 회장한테 보고 올렸던 게 사실이었다고 생각하면, 될까요?"

성윤의 다급한 음성이 가파르게 쏟아졌다.

"면목 없습니다. 죄송합니다. 이사장님. 한 번만 기회를 주시면 후회 없도록 충성을 다하겠습니다. 부디 한 번만 다시 기회를……."

따분하네. 재원이 천장 곳곳에 설치된 CCTV를 눈으로 가리키며 임 실장을 향해 물었다.

"돌아가고 있는 중인가?"

"1층은 전부 가동되고 있는 중이고, 2층은 아직 설치 중입니다."

재원이 대충 고개를 끄덕이고는 시선을 내렸다. 이용 가치를 다한 물건에겐 이미 흥미를 잃은 지 오래다. 재원은 더없이 지루한 표정으로 일관하며 재킷 안주머니에서 담배를 빼어 내 입에 물었다. 임 실장이 눈치껏 재빨리 꺼내 든 라이터를 두 손으로 받쳐 내밀었다.

불이 붙은 연초를 깊게 흡입하며 재원이 실소를 흘렸다.

"뭐가 그렇게 미안하다는 건지."

후우, 숨을 뱉자 허공으로 희뿌연 담배 연기가 가득 차올랐다.

"쉽게 후회할 거였으면 애초에 죄송할 짓을 하지 말았어야지."

금연 구역 경고 팻말이 바로 옆에 붙어 있는데도 재원에게선 일말의 죄의식도 찾아볼 수 없었다.

작품이 훼손되든 말든 알 바 아니라는 듯 재원의 입에 삐뚜름하게 물린 담배는 지속적으로 타들어 갔다.

"빨아 볼래요?"

재원이 한쪽 발을 내밀자 성윤은 광이 도는 새까만 구두를 바라보며 멍청한 얼굴로 눈을 깜빡였다.

"……예?"

"성의를 보여야지. 혹시 압니까. 내 발이라도 빨면 그 절박한 심정을 봐서 잠깐 집 나갔다 들어온 개라고, 가엾게 생각해 다시 받아 줄 수도 있잖아요."

성윤은 어쩌지도 못하고 그저 말아 쥔 손을 부들부들 떨기만 했다. 잠잠히 상황을 지켜보던 임 실장은 이해할 수 없는 긴장감에 마른침을 삼키며 입을 달싹였다.

자칫 터질 듯 말 듯 위태로운 공간 속에서 쾨쾨한 담배 냄새와 연기를 내뿜는 재원 홀로 여유로웠다. 잃을 것이 없는 자는 말없이 자비로운 미소만 걸칠 뿐이다.

언뜻 올라선 재원의 입술에 아슬아슬 물린 담배가 반쯤 타들어 갈 때쯤이었다. 드디어 결심이 섰는지 성윤이 주춤거리며 재원의 구두 앞으로 얼굴을 들이밀었다.

재원이 피식, 웃음을 터트렸다.

"장난이에요."

아……

임 실장은 속으로 생각했다. 충성하지 않으면 자신도 그와 다를 바 없는 처지가 될 것이라고. 그걸 보여 주기 위해 일부러 부른 거다.

재원은 다시 한번 담배를 깊게 빨아내며 상냥히 말했다.

"퇴직금 알뜰하게 잘 써요."

짧은 실소와 함께 성윤의 손 바로 옆으로 담배가 툭 떨어졌다. 성윤이 흠칫, 몸을 떨자 재원이 츳, 혀를 찼다.

"아, 실수."

아니. 저건 결코 실수가 아니다. 모르는 사람이 보더라도 명백한 고의였다.

재원이 느릿하게 허리를 숙였다. 그리고 팔을 뻗어 떨어트린 꽁초를 주워 들었다.

"불나면 안 되니까."

확실히 꺼야지. 낮게 중얼거리며 재원의 눈매가 선하게 휘었다.

떨어트린 담배는 아직 불을 잃지 않았다. 슬며시 고개를 기울여 확인을 끝낸 재원이 김성윤의 손등 위에 가차 없이 담뱃불을 짓이겼다.

아악! 고통스러워하는 김 비서의 비명이 미술관을 가득 채웠다. 그럼에도 재원은 찰나의 동요조차 없이 몸을 일으켰다.

느린 걸음으로 김성윤의 곁을 지나치며 재원이 말했다.

"잘 봐 줘요. 난 임 실장이 마음에 들어. 되도록 오래 보고 싶거든."

칭찬 속엔 경고가 녹아 있었다. 임 실장은 바짝 얼어붙은 채로 충성을 맹세했다.

"감사합니다."

삽시간에 웃음기를 싹 지워 낸 재원이 두 손가락으로 집어 든 담배를 더러운 오물 보듯 내려다보았다.

"손."

"예? 아, 네."

뒤늦게 뜻을 이해한 임 실장이 두 손을 펼쳤다. 그 위로 반쯤 타들어 간 불 꺼진 연초가 놓였다.

"잘 처리해 줘요."

다정하고 바른 상사. 정중한 신사 같은 이미지라 생각했는데, 큰 오산이었다.

제 위치를 상기한 임 실장은 전보다 더 깍듯하게 허리를 굽혔다.

"예, 이사장님."

이재원.

확실히, 정상은 아니다.

그를 둘러싼 소문은 사실이었을지도 모른다.

손바닥 위에 덩그러니 놓인 담배를 물끄러미 응시하는 임 실장의 눈에 공포가 서렸다.

늦은 새벽 시간, 밖에선 여전히 비가 내렸다. 제법 굵어진 빗줄기는 쉽게 그칠 기미가 보이지 않았다.

그런 것은 안중에도 없었다.

창을 등진 채 앉아 있던 해성은 입술을 잘근 씹으며 풀어져라 모니터 화면을 들여다보았다. 벌써 새벽 4시를 넘긴 시각. 녹화해 둔 용의자 유성태의 조사 영상만 벌써 다섯 번째 재생 중이었다.

"알리바이……."

알리바이가 없다.

해성은 그 부분이 걸렸다. 다시 영상을 되감기 하며 이번엔 유성태의 얼굴을 유심히 관찰하였다.

어딘가 불안한 얼굴. 경찰서에서 조사를 받는다면 충분히 긴장할 수 있지만 유성태는 지나치다 싶을 정도로 안절부절못하고 몸을 떨었다.

달아오른 얼굴. 흐르는 식은땀. 현기증을 느낀 듯 몇 번이고 질끈 감았다 뜨는 눈. 줄곧 바닥을 향해 있는 시선. 호흡이 힘겨운지 주먹으로 가슴팍을 두드리는 행동.

"……공황 장애?"

멈칫한 해성이 혼잣말하듯 중얼거렸다. 그리고 때마침 사무실 문이 열리며 차 팀장이 걸어 들어왔다.

"팀장님."

"아직도 영상 복습 중입니까."

"네. 걸리는 게 있어서요."

"모범생이 따로 없네요."

탁, 소릴 내며 책상 위로 무언가가 놓였다. 자연스레 해성이 시선을 옮겼다. 검은색 봉투 사이로 에너지 음료와 슈크림 빵이 보였다.

"먹고 해요."

"감사합니다."

강현이 책상에 몸을 기대고 서서 물끄러미 해성을 응시했다.

"그래서, 뭐가 문젭니까."

"예?"

"걸리는 게 있다며."

"아, 그건 어디까지나 제 개인적인 추측이라서요."

"말해 봐요."

강현이 들고 있던 음료수를 따며 말했다. 착, 탄산 빠지는 소리가 들리고 천천히 음료를 입에 가져다 댔다.

음료수를 들이켜자 그의 목울대가 크게 잠겼다 떠올랐다. 해성은 저도 모르게 숨을 삼켰다.

"……녹화된 조사 영상에서 유성태의 모습이 좀 이상합니다. 몸을 떨거나 팀장님의 시선을 마주 보지 못하는 것, 밀폐된 공간에서 호흡이 불안정해 보이는 증상이 마치 공황 장애를 앓고 있는 것처럼 보여요."

음료수를 마시던 강현이 멈칫하며 슬며시 고개를 기울였다. 말없이 빤히 쳐다보는 시선에 해성은 급히 눈길을 낮췄다.

"계속해요."

의아했는지 해성이 눈을 크게 떴다. 용의자 선상에 오른 사람이 불안 증세를 보이는 건 당연한 거라고 대수롭지 않게 생각할 수도 있는 부분이었으니까. 해성이 무표정한 강현의 눈치를 살피며 다시 입을 열었다.

"말씀드리기 조심스러운 부분이지만 흐름 자체가 의심스럽습니다. 시체 투기 장소가 하필 유성태 본인이 일하는 건설 현장이라는 점. 그리고 조사 출석 요구 전화에 하던 일을 내팽개치고서 부리나케 달려온 것도 그렇고요."

"살해 추정 시간에 CCTV가 고장 났다는 사실까지 포함해서."

해성이 멍하니 강현을 바라봤다.

"……네."

"누군가 유성태에게 범행을 뒤집어씌우고 있다고. 그렇게 생각하고 있는 겁니까?"

"유성태가 범인이라면, 법의관도 놀랄 만큼 치밀한 살해 방식으로 미루어 봤을 때 분명 하나쯤 알리바이를 만들어 놨을 거라고 생각합니다. 하지만……."

"노련한 범행에 비해 정작 본인이 피해 갈 구실은 만들어 놓지 않았다."

해성이 작게 고개를 끄덕이자 강현이 짤막하게 웃었다.

"제법이네요."

강현은 딱히 놀라는 기색을 보이지 않았다. 그렇다는 건 이미 그 역시도 본인과 같은 부분을 의심하고 있었다는 뜻이다. 그래서 추가적으로 발견된 모발 감식 결과를 듣고도 입건을 미룬 걸까.

해성이 쓰고 있던 안경을 벗어 내고는 눈을 비볐다. 그 모습을 넌지시 바라보며 강현이 물었다.

"시력이 나쁜 편인가?"

"조금요."

"안경을 쓰고 있길래."

"평소엔 렌즈를 끼는데, 늦게까지 일할 때는 종종 씁니다."

"졸려요?"

"아, 아니요. 계속 영상을 확인하느라. 눈이 좀 뻑뻑해서요."

"일 때문에 안 자는 겁니까, 걱정돼서 못 자는 겁니까."

다시 또 악몽을 꾸게 될까 봐. 의미를 이해한 해성이 입술을 감쳐물었다. 기대고 있던 책상에서 몸을 떼어 낸 강현이 자리로 걸어가 의자에 앉았다.

"여자 숙직실까지 따라가는 건 좀 무리일 것 같고."

강현이 파일철을 펼치며 무심히 말했다.

"한숨 자요."

톡. 토독.

"일어날 때까지, 옆에 있어 줄 테니까."

빗방울이 창문을 두드렸다.

○ ◎ ●

강현이 묵직한 숨을 내쉬며 모니터에서 시선을 거두었다.

유성태의 상태와 정황이 의심스럽다던 이해성의 의견은 가볍게 넘겨 들을 게 아니었다. 충분히 곱씹어 볼 만한 문제임은 분명했지만 현재로썬 뒷받침할 수 있는 증거가 없다.

돌연 느껴진 두통에 강현이 엄지로 관자놀이를 지그시 눌렀다.

"정신 질환……."

말을 곱씹으며 천천히 눈꺼풀을 밀어 올렸다.

바로 맞은편에서 유성태를 직접 두 눈으로 관찰한 강현 본인조차 눈치 채지 못한 부분이었다. 섬세한 건가. 경험으로 알아차린 건가.

모니터 하단에 떠오른 시계를 흘긋거리다가 별생각 없이 고개를 돌렸다. 불편한 자세로 졸고 있는 해성이 강현의 눈에 담겼다.

1시간 정도 버텼을까. 괜찮다며 끈질기게 고집을 부리던 해성은 끝내 꾸벅꾸벅 얼굴을 떨어뜨렸다.

강현만큼 해성도 피로에 절어 있는 상태였다. 지칠 대로 지친 몸은 그 나마 남은 정신력까지 모조리 집어삼켰다. 찬 기운이 물씬 나는 바깥과 다르게 따뜻하게 데워진 내부 온도로 긴장이 풀린 탓이다.

천천히 손을 들어 한쪽 귀에 꽂혀 있는 이어폰을 빼어 낸 강현이 물끄 러미 해성을 응시했다.

"고집은."

그녀의 입장에선 본인 때문에 굳이 다시 출근해 일하는 상사를 앞에 두 고 조는 모습을 보이는 게 껄끄러웠을 터다.

지나치게 침착한 성향이 있다. 하지만 그건 어디까지나 표면적인 부분 에 지나지 않을 것이다.

살인 예고장까지 받아 놓고 의연할 수 있는 사람이 몇이나 될까.

분명 두렵고 무섭겠지. 그러니 며칠째 집에도 들어가지 못하고 경찰서에서 숙식을 해결하는 것이다.

자신만큼 비밀이 많은 여자.

솔직한 감정은 숨기고, 불필요한 생각은 한발 물러서 홀로 곱씹는 버릇. 이따금씩 멍하니 다른 생각에 잠기는 습관. 그건 소중한 것을 잃어 본 사람들에게 종종 나타나는 증상이다.

꼭, 자신처럼.

그 무엇도 상관없는 척. 어떤 일이 벌어져도 세상의 방관자가 되어 버린 채 감상만 하는, 모순덩어리.

분명 그랬는데.

─ 지금 당장 생각나는 사람이 팀장님밖에 없었어요.

가끔은 도무지 예측할 수가 없다.

'빨리, 보고 싶어서요.'

추위에 젖어 버린 목소리로.

'아니요. 멋있어요. 아.'

잘게 떨리는 눈으로 조심스럽게 시선을 맞춰 오면.

고요히 잠수한 감정이 끓어난다. 기껏 죽여 둔 욕망이 되살아난다.

의자에서 몸을 일으킨 강현이 느린 걸음으로 다가갔다. 졸고 있는 해성의 곁에 우두커니 멈춰 섰다. 시선을 창문 쪽으로 틀자 어느새 날이 밝아 오고 있다. 창을 뚫고 조용한 사무실 안으로 푸르스름한 새벽빛이 새어 들어왔다.

강현은 팔을 뻗어 블라인드를 내렸다. 색색거리는 평온한 숨소리가 예민해진 청각을 건드렸다.

강현이 시선을 내렸다. 눈에 들어찬 여자의 얼굴은 잠잠했다. 적어도 악몽을 꾸는 건 아닌 듯 보였다.

오랜 시간 고인 채 부패된 감정은 이리저리 엇나가 뾰족한 날만 세웠다. 어디서부터 잘못되었는지. 혹시 그것들이 너에겐 상처가 되었을까.

'팀장님. 이런 말씀 드려도 될지 모르겠는데, 취조 도중 차 검사님이 조사실에 오셨었습니다.'

건우의 말이 떠올랐다. 차도현이 한참을 서서 조사실 내부를, 그리고 취조 대화를 살폈다고. 중간에 사건이 떨어져 자리를 비우게 돼 그다음은 모르겠다고. 아마, 남아 있던 해성이 알고 있을 거라던.

이해성은 숨기고 있다. 거짓말을 했다. 당황해 하던 얼굴만 떠올려 봐도. 그렇다면 무슨 대화가 오갔을까. 관계를 알았나. 차도현.

쓸데없는 짓을…….

"……좀 짜증 나네."

애초에 내가 널 배제하려 한 이유를, 어머니를 지켜 내지 못한 무능력함을 알게 되면. 언젠가 연쇄 살인범과 대치하는 날이 닥쳤을 때, 같은 상황이 벌어질까 내심 트라우마에 갇혀 두려워하는 나를.

깊은 곳에 묻어 둔 추악한 비밀을 전부 직면하게 됐을 때. 그때의 넌 나를 어떤 눈으로 바라볼까.

한심스러워할까. 동정할까.

무엇도 좋지 못한 결과였다.

그 순간, 손등에 턱을 괸 채 꾸벅꾸벅 졸던 해성의 얼굴이 아래로 미끄러졌다. 강현이 반사적으로 팔을 뻗었다. 큰 손바닥 위에 안착한 얼굴은 변화가 없다.

강현은 가만히 해성을 내려다봤다.

"네가 공주야?"

대답이 돌아올 리 없는 혼잣말이었지만 문득 어이가 없어 피식 웃음이 터졌다.

미동 없이 깊은 잠에 빠진 해성을 유심히 들여다보는데, 덜컥 사무실 문이 열렸다.

모습을 드러낸 사람은 이제 막 출근한 세찬이었다.

"팀장님 벌써 와 계셨네요?"

강현이 조용히 하라는 듯 느릿하게 고개를 내젓자, 세찬은 영문도 모른 채 입을 다물고서 시선을 옮겼다.

해성의 뺨을 받치고 있는 팀장님의 손. 누가 보더라도 심상치 않은 관계를 증명하는 장면이다. 세찬의 눈이 휘둥그레 떠졌다.

"아, 음. 어……."

크게 당황한 나머지 세찬은 말을 뱉지도 못하고 입만 벙긋거렸다.

놀란 세찬과 달리 정작 당사자는 지나치게 침착했다. 강현은 책상에 내려놓은 손을 조심히 빼어 냈다.

차가운 책상에 뺨이 닿자 미간을 찡그리며 뒤척이는 반응을 보였지만 그것도 잠시뿐이었다. 해성은 여전히 잠에 취한 상태였다.

상태를 확인한 강현이 슬며시 시선을 옮겼다.

"용의자 유성태. 본인한테 전화 걸어서 정신 질환 여부 좀 알아봐요."

"……네?"

아직 충격에서 벗어나지 못한 듯 세찬이 멍청하게 눈을 깜빡이며 되묻자 강현이 슬쩍 미간을 구겼다.

"지금."

"아, 아. 네. 전화요. 알겠습니다."

세찬은 자리에 가방을 내려놓지도 못하고 서둘러 주머니에서 휴대폰을 꺼내어 들었다.

굼뜬 행동이 못마땅했는지 아니면 다른 이유가 불만이었던 건지 강현이 작게 눈썹을 찡그렸다.

"여기서 말고."

잠든 해성을 잠시 흘긋거리더니 다시금 고개를 돌린 강현이 사무실 문을 턱짓으로 가리켰다.

"나가서."

아……. 깰까 봐.

오해의 소지가 확실한데도 차 팀장은 단 한 줄의 변명조차 없었다.

세찬은 속으로 생각했다.

미친. 겁나 멋있잖아.

○ ◎ ●

오전 7시 58분.

늘 그렇듯 매일 아침 회의를 시작하는 것으로 본격적인 업무가 시작된다. 달라진 것이 있다면 늘 배제만 당하던 해성이 어느 순간부터 당연하게 회의에 참석한다는 것과 평소보다 가라앉은 분위기였다.

냉랭한 공기. 근심이 묻어난 팀원들의 굳은 얼굴. 그 원인은 1시간 전 포털 사이트와 뉴스에 긴급 속보로 떠오른 기사 때문이었다.

「광나루 한강 공원 둔치에서 절단된 시체 몸통 발견… 경찰 조사 착수」

해성은 빔 프로젝터 스크린에 떠오른 기사를 응시하며 한숨을 내쉬었다. 착잡했다. 진전 없는 수사에 사건은 지속적으로 늘어 가고 있다.

이쯤 되면 범인이 작정하고 경찰을 놀리는 것이 분명했다.

2분이 지나고 8시 정각이 되자 거짓말처럼 회의실 문이 열리며 차 팀장이 등장했다. 긴 다리를 뻗으며 걸어온 강현이 정중앙 자리에 착석하자 나머지 팀원들은 약속이라도 한 듯 파일철을 펼쳤다.

"브리핑 시작하죠."

차 팀장의 낮은 목소리에 기다렸다는 듯 세찬이 입을 열었다.

"지시하셨던 용의자 유성태 말입니다. 전화해서 물어봤는데 5년 전부터 극심한 불안 장애와 공황 장애를 앓고 있었다고 합니다."

역시나. 예상은 틀리지 않았다. 해성이 입술을 꾹 감쳐물었다.

세찬이 수첩을 한 장 뒤로 넘기며 이어 말했다.

"아무래도 안전과 직결된 건설 현장에서 근무를 하고 있다 보니 정신 질환을 앓고 있단 사실을 숨길 수밖에 없었다고 하네요."

장내에 정적이 흘렀다. 유성태의 정신 질환 여부가 토막 살인 사건과 대체 무슨 연관이 있는 거냐며 묻고 싶은 마음을 간신히 억누르며 형운이 한숨을 내쉬었다.

팀원들의 타는 속을 아는지 모르는지 강현은 무감한 얼굴로 일관했다. 성의 없이 서류 종이를 빠르게 넘기다 돌연 움직임을 멈춘 강현이 날렵히 시선을 올렸다.

"다들 오늘 아침 기사 봤습니까."

"1시간 전에 광나루 한강 공원에서 발견된 토막 시체 말입니까?"

건우가 묻자 강현이 가볍게 고개를 끄덕였다.

"회의 끝나면 사건 담당 관할서에 공조 수사 협조 공문 넣으세요."

"예?"

형운이 발작하며 놀라 되물었다.

"팀장님. 저희 지금 송정하 토막 살인에 일반 사건까지 처리해야 할 게 셀 수도 없습니다. 그런데 공조 수사라니요."

"공조 수사 뜻 모릅니까."

"모를 리가 없잖습니까."

"걱정 마요. 미친개처럼 막 나갈 생각은 없으니까."

차 팀장의 냉한 어조에 말문이 막힌 형운이 마른침을 삼켰다.

21

공조 수사. 타 경찰서의 관할 사건과 조사 중인 사건에 겹치는 부분이 있다고 생각될 시 촉탁하여 사건을 공유, 수사하는 시스템이었다.

잠자코 상황을 지켜보던 건우가 대화에 끼어들었다.

"그럼 팀장님께서는 이번 한강 공원에서 발견된 시체와 송정하 토막 살인 사건 범인이 동일범이라고 생각하시는 겁니까?"

강현은 답이 없었다. 눈치 빠른 건우가 아, 길게 탄식을 흘렸다.

"설마……, 10년 전 동부 연쇄 살인 사건까지요?"

"의심해 봐서 나쁠 건 없죠. 확실한 증거가 없다면 벌어지는 모든 사건이 그것과 관련된 증거이고 합리적인 의심 대상입니다."

한계치에 다다른 듯 형운의 얼굴이 복잡하게 일그러졌다.

"하지만, 팀장님! 그건 너무……."

"성급하다 말하고 싶은 겁니까."

강현은 지나치다 싶을 만큼 감흥 없는 얼굴로 물었다. 워낙 저음이었지만 유독 낮아진 목소리로 봐선 현재 차 팀장은 불쾌감을 감추지 못하고 있는 것이다.

"하나 짚고 넘어가죠."

강현이 짜증스럽게 이마를 문질렀다. 강력 2팀 팀원들은 잔뜩 긴장하며 허리를 곧게 세웠다. 덩달아 해성은 잠이 확 달아나는 기분을 느꼈다.

"조형운 경위."

강현이 손에 쥐고 있던 펜대를 탁, 소리 나게 내려놓자 형운은 흠칫 어깨를 떨었다.

형운보다 한참 어린 나이였지만 강현에겐 그것들을 우습게 초월할 무언가가 존재했다. 눈빛과 말 한마디만으로 제압하는 힘.

리더의 자격이다.

"착각하지 마세요. 여기 회사 아니고 경찰서입니다. 얕은수 쓰다 실수해도 욕 한번 먹고 마는 직장인이 아니란 뜻입니다. 내 몸 하나 편하자고 불합리한 업무 환경 따져 묻고 있을 때 누구는 칼에 찔려 죽고 성폭행을 당하고 팔다리가 잘려 나갑니다. 아시겠습니까."

설마. 그것도 모르고 강력계에 지원한 건 아니겠죠. 후배들 앞에서 창피하지도 않습니까.

차가운 눈동자는 그리 질타하는 듯했다. 팽팽해진 기류에 그 누구도 입을 열지 못했다.

"관할서에 공조 수사 협조문 넣고 이번 사건 용의자 추려지는 대로 정신 질환 여부부터 확인하세요."

이번에도 정신 질환이다.

대체 무슨 생각인 걸까. 정신 질환이란 공통적인 부분에서 연관성을 찾는 걸까. 침착하게 거슬러 생각하고 있는데 톡톡, 손끝으로 데스크를 두드리는 둔탁한 소음이 넘어왔다.

"이해성."

해성이 번쩍 얼굴을 추켜들었다.

차 팀장의 시선은 그녀에게 향해 있었다. 똑바르게 뻗어진 매섭고 새까만 눈을 마주한 순간 당황한 해성은 대답하는 것조차 잊었다.

못마땅했는지 강현의 눈매가 살풋 찡그려졌다.

"나한테 집중 안 하지."

팀원들의 시선이 집중되자 해성이 빠르게 대답했다.

"제대로 들었습니다. 공조 수사 협조문 넣고 용의자 정신 질환 여부부터 확인하라고 지시하셨잖아요."

가만히 해성을 주시하다 말고 강현이 자리에서 일어났다.

"따라 나와요."

강현이 회의실을 벗어나자 팀원들은 약속이라도 한 것처럼 긴 한숨을 쏟아 냈다.

"와. 숨 막혀 죽는 줄 알았네."

긴장이 풀린 듯 건우가 절레절레 고개를 흔들며 데스크에 얼굴을 묻었다.

형운은 여전히 차 팀장의 판단이 불만스러운 눈치였지만 어찌할 도리가 없음을 깨닫고 구시렁거릴 뿐이었다.

해성이 서류 종이를 정리하며 의자에서 몸을 일으켰다. 차 팀장을 따라 나서려는데 세찬과 눈이 마주쳤다. 세찬은 알 수 없는 묘한 미소를 걸친 채였다.

"왜 그래?"

"아니요오. 아무것도 아닙니다아."

아랫입술을 꾹 감쳐물며 히죽거리는 세찬은 어딘가 수상했다. 해성이 눈살을 찡그리며 채근했지만 세찬은 대답 없이 어깨만 으쓱였다.

따라 나오라는 팀장의 말을 어길 수도 없는 노릇이라 해성은 찝찝함을 뒤로하고 회의실을 나섰다.

○ ◎ ●

차 팀장을 따라간 곳은 그의 차량이었다. 해성이 조수석에 올라타자마자 강현은 지체 없이 액셀을 밟고 핸들을 꺾었다. 근무 시간에 어딜 가는 거냐고, 목적지를 물어보려 했지만 무표정한 강현의 얼굴을 확인하고는 입을 다물었다.

물어본다 한들 순순히 대답해 줄 것 같지도 않고 듣게 되더라도 물음표만 가득할 텐데, 재차 호기심을 내비치는 건 차 팀장 앞에선 금물이다.

30분쯤 달려 도착한 곳은 강남 한복판에 위치한 교회였다. 그 규모는 상당했다. 해성은 넋을 놓고 멍하니 교회 건물을 바라보았다.

뭘까. 굉장히 뜬금없는 이 장소는.

"뭐 해요. 오지 않고."

"아, 네."

번쩍 정신을 차린 해성이 서둘러 따라 들어갔다. 교회 내부는 한창 예배 중이라 그런지 숙연했다. 일요일, 주말 오전이니 당연한 거겠지만 이곳으로 이끈 차 팀장의 의도를 파악하기가 어려웠다.

교회 방문이 처음이라 낯선 듯 어색하게 주변을 둘러보는 해성과 달리 강현은 거리낌 없이 걸어가 빈자리에 착석하였다. 어쩌다 보니 그의 곁에 엉거주춤 자리에 앉긴 했는데 해성은 좀처럼 적응을 할 수 없었다.

독실한 크리스천은 아닐 텐데. 아, 생각해 볼수록 안 어울린다. 양손을 모으고 기도하는 차 팀장의 모습을 떠올리자 무의식적으로 피식 웃음이 터졌다.

"뭐가 그렇게 웃깁니까."

"아뇨. 아닙니다. 아무것도."

해성이 바로 정색했지만 의심 어린 시선은 거둬지지 않았다.

"팀장님. 하나 여쭤봐도 될까요."

"말해요."

"갑자기 교회엔 왜 오신 거예요?"

해성은 예배에 방해가 될까 최대한 목소리를 낮추며 조용히 물었다. 돌아오는 대답은 없었다. 모두가 눈을 감고 기도를 하고 있을 때 강현 홀로 천천히 주변을 살폈다.

검고 짙은 눈은 고요히 신중하게 움직였다. 관찰을 끝냈는지 강현이 반 박자 늦게 입을 열었다.

"혹시나 해서."

"뭐가요?"

"나는 알아보지 못해도 이해성 씨 얼굴은 알아볼 테니까."

"누가요?"

"만약 범인이 이곳에 있다면 말입니다."

'범인'이라는 단어가 언급되자마자 해성은 황급히 주변을 둘러보았다. 교회 내부를 빼곡히 채운 사람들 중 수상한 움직임을 보이는 이를 찾는 건 쉽지 않았다.

강현이 고개를 돌려 빤히 해성을 쳐다보았다.

"범인이 남긴 메모. 기억합니까?"

해성이 어색하게 고개를 끄덕였다.

「mas libranos del mal.」
다만 악에서 구하소서.

해성은 글귀를 떠올리며 말했다.

"찾아보니까 스페인어였어요."

"정확히는 주기도문."

해성이 고개를 끄덕이자 강현이 이어 말했다.

"범인의 종교는 아마 기독교일 확률이 높을 겁니다."

쪽지 하나만으로 확신하기엔 어려운 문제였으나 생각해 볼수록 어처구니가 없다. 온갖 악행과 살인을 일삼으면서 종교를 갖고 있다니. 회개라도 하려는 걸까. 미친놈. 우습지도 않다.

"하지만 범인이 이 교회에 다닐 거란 보장은 어디에도 없잖아요."

강현이 작게 고개를 끄덕였다.

"한번 찍어 봤어요. 가장 가능성이 높은 곳으로."

"왜 하필 이곳인데요?"

강현은 단상에 서서 말을 전하는 목사를 넌지시 응시하며 말했다.

"성동, 광진, 강남, 서초, 수서, 송파, 강동. 연쇄 살인범이 살인을 저지르고 다녔던 활동 범위는 서울 동부 지역으로 한정됩니다. 서울의 중심부에서 가장 큰 교회를 먼저 선택하는 편이 좋을 것 같다는 게 내 판단이고."

"서울에 위치한 교회는 셀 수도 없습니다. 하나하나 다 찾아다니기엔 무리예요. 범인을 만나게 된다는 확신도 없고요. 시간 낭비가 될 수 있다는 점을 감안하면 차라리 프로파일러에게……"

"이후에 움직이면 늦어."

강현은 덤덤히 말을 이었다.

"프로파일러는 사건과 범인에 대한 분석 결과가 나올 때까지 담당 형사와 협조하는 일이 드물기도 하고."

"왜요?"

"사건을 조사하다 보면 여러 용의자를 만나게 되는 형사는 특정 인물에게 편견을 가질 수 있으니까. 이해성 씨와 내가 여태까지 터진 살인 사건 범인을 동부 연쇄 살인범일 거라고 생각하는 것처럼 말이죠. 결론적으로 서로 도와 봤자 노선만 복잡하게 엉킨다고 칩시다."

아……. 해성이 작게 탄식했다. 강현은 무미건조하게 이어 말했다.

"범죄 흔적은 필연적으로 남을 수밖에 없지. 범죄는 어디까지나 인간이 남긴 사회적 행동이니까. 인간은 연대 관계 속에서 살고 있기 때문에 물질적인 증거가 없더라도 범인의 범행 동기, 성격, 도주 등으로 추리가 가능한 겁니다. 반대로 사회관계에 흔적을 남길 수 있고. 이를테면 소문 같은 것들."

"완전 범죄는 없다는 뜻이네요."

확실히 배울 것이 많았다. 갓 3개월 차 된 초보 형사에게 강현은 하늘 같은 선배이자 이 분야에 있어선 베테랑이었으니까.

"저는 팀장님이 프로파일러를 못 믿는다고 생각했어요."

강현이 피식 웃었다.

"그것도 틀린 말은 아니지."

해성이 눈을 깜빡였다.

"이 바닥에서 아직까지 나보다 똑똑한 사람은 못 봤거든."

자신감 넘치는 말투에 해성은 순간 할 말을 잃었다. 다른 사람이었다면 속으로 허세 부린다며 비웃었을 텐데, 상대가 차강현인 만큼 아예 납득이 안 되는 것도 아니다.

"못 믿는 눈친데."

강현이 슬며시 시선을 돌려 흘긋거리자 해성은 즉시 반박했다.

"아닙니다."

"내기할까?"

"무슨 내기요?"

"내 예상이 맞으면. 내일 밤에 나 좀 봅시다."

내일 밤이라니. 당황한 해성이 말을 더듬었다.

"팀장님 예상이 틀렸으면요?"

"뭘 원하는데?"

해성의 입술이 느슨하게 벌어졌다. 반응이 우스웠는지 강현의 입술 끝이 길게 올라섰다.

해성이 무어라 말하려는 찰나 옆에서 크흠, 하고 헛기침하는 소리가 넘어왔다. 주변을 의식한 해성이 흠칫하며 입을 다물자 강현이 픽 웃음을 흘렸다.

"그만 떠들고 눈 감아요."

"눈은 왜……."

"기도하라고. 지기 싫으면 이겨야지."

어이가 없어서 헛웃음이 터졌다. 속을 아는지 모르는지 차 팀장은 다른 곳에 시선을 둔 채였다.

로마에 가면 로마법을 따르라고. 해성은 하릴없이 두 손을 꼭 모으고 눈을 감았다.

"말은 잘 듣지."

옆얼굴에 와 닿는 집요한 시선을, 웃음기 섞인 낮은 목소리에 심장이 떨리는 것을 애써 무시하며.

○ ◎ ●

예배가 모두 끝난 뒤 강현은 교인들과 대화를 나누는 목사를 가만히 주시하며 해성에게 지시했다.

'나가서 기다려요.'

그 말의 숨은 뜻을 안다. 어디까지나 살인 사건과 관련된 탐문 조사일 뿐이지만 분명 교인들이 듣게 된다면 크게 동요할 일이었다.

교회 측에 피해를 입히지 않고 무사히 조사를 진행하기 위해선 가장 먼저 주변부터 차단해야 했다.

누구도 들어오지 못하도록.

해성은 순순히 차 팀장 지시를 따랐다. 출입문 앞에 서서 지나다니는 교인들의 얼굴을 확인하는 것도 잊지 않았다.

만에 하나 정말 낮은 확률로 범인이 이곳에 있다면 자신의 얼굴을 보고 그냥 지나치진 못할 테니까.

유심히 주변 인물들의 얼굴을 살피고 있는데, 대예배관 문이 덜컥 열리며 차 팀장이 모습을 드러냈다. 해성이 반짝 눈을 들었다.

"벌써 끝나셨어요?"

강현이 슬며시 눈꺼풀을 내리깐 채 시선을 맞추었다.

"내가 이겼습니다."

"정말 범인을 찾으신 거예요?"

너무 놀라 목소리가 어긋났다. 강현이 짧게 웃음을 터트리며 얼굴을 내저었다.

"그랬으면 좋겠지만, 아니."

"그럼……."

"대신 유성태가 이 교회 교인이라는 사실 관계는 알아냈지. 교회 측에서 주최한 봉사 활동에 참여했다는 것. 그리고 최근 전세금 문제 때문에 정신 질환으로 힘들어했다는 것까지."

해성의 입술이 작게 벌어졌다.

"어떻게, 예상하셨어요? 유성태가 이 교회에 다닐 거라는 사실이요."

강현이 어깨를 으쓱였다.

"물어봤습니다. 유성태 본인에게 직접. 그것보다 빠르고 확실한 방법은 없으니까."

해성이 옅게 눈살을 찌푸렸다.

"처음엔 팀장님이 전부 다 예측하셨던 것처럼 말하셨잖아요."

많은 교회 중 하필 이곳을 선택한 이유를 그렇게 장황하게 설명하더니 결국 유성태에게 물어봐서 온 거였다고. 잘났다는 듯이 떠들던 차 팀장의 모습이 상기되자 허탈한 웃음이 터졌다.

"저를 놀리셨던 거네요."

"너무 억울해하지는 말고. 예상이 뭐였는지는 아직 말 안 했으니까."

"뭔데요, 그게."

"진범은 생각보다 가까이에 있을지도 모르겠습니다."

해성의 눈이 크게 떠졌다.

"살해당한 피해자. 그리고 용의자로 지목된 사람들과 밀접하게 연관되어 있다, 이 말입니다."

"밀접하게, 연관되어 있다고요?"

"응. 적어도 우발적 살인은 아니야. 철저하게 계획된 범행이지."

강현이 가까이 오라 말하듯 손을 까딱였다. 해성이 의심을 품은 얼굴로 한 걸음 다가섰다.

"지금부터 이해성 씨와 나는 형사가 아니라 범인이 되어야 합니다."

범인의 입장이 되어 생각해야 앞 수를 내다볼 수 있으니까.

"10년 전 사건의 유일한 생존자였던 이해성 씨가 현재 살고 있는 집을 알고 있는 걸로 봐서 범인은 상당히 집요해. 유성태에게 범행을 뒤집어씌울 정도로 노련한 데다가 예고장을 남길 만큼 여유롭다는 건, 범인은 피해자 주변 인물들이 어떻게 움직이고 행동할지 전부 파악하고 있다는 방증이 되는 겁니다."

"아⋯⋯."

"특히 이해성 씨에게 강한 집착을 보여. 살인 예고장을 남겨 두는 성의

만 보더라도."

해성이 마른침을 삼켰다.

"하지만 범인에게 지금 당장 중요한 우선순위는 이해성 씨가 아닙니다. 4월 25일. 범인이 이해성 씨에게 남긴 쪽지. 그 숫자가 살인을 예고한 날짜가 맞는다면 앞으로 한 달 하고 2주 뒤."

해성이 입술을 잘근 깨물었다.

"며칠 전 전세금을 횡령한 송정하가 연쇄 살인을 당했으니, 예고한 날 전까지 다른 살인을 즐기는 것에 집중하겠다는 뜻으로 해석할 수 있죠."

"하지만 유성태가 이 교회에 다닌다는 사실이나 정신 질환을 앓고 있다는 정보는 본인에게 직접 물어보면 알 수 있는 거잖아요. 굳이 교회까지 찾아올 필요가 있을까요?"

"용의자 말을 믿습니까?"

"결국 사실이었으니까요."

"그걸 증명받고 확인하기 위해 온 겁니다. 더불어 교회 어딘가에서 지켜보고 있을 범인을 압박하려는 목적도 있었고. 내가 너 찾으려고 여기까지 왔다. 친절하게 알려 주는 셈 치죠. 미끼를 먼저 던져야 범인도 방향을 정하고 움직이기 시작할 테니까."

차 팀장은 범인이 이곳 어딘가에서 지켜보고 있을 거라 90% 확신하고 있었다. 더불어 차 팀장이 선택한 방식은 단순하고 명쾌했지만 상당히 위험했다. 대놓고 범인에게 수사 진행 과정을 노출시키겠다니.

"계획은 있으세요?"

"이제 움직이길 기다려야지."

"더 숨으려고 하지 않을까요."

강현이 싱겁게 웃었다.

"사이코패스는 승부욕이 강합니다. 본인의 우월함을 증명하고 싶어 하는 성향이 커. 그러니까."

강현이 검지로 머리를 툭툭 가볍게 두드렸다.

"이제부턴 이거. 머리싸움이야."

해성이 눈만 깜빡거리자 강현이 손으로 그녀의 턱을 받쳐 올렸다.

"약속 지켜요."

강현은 똑바로 해성의 눈을 들여다보며 못을 박았다.

"월요일, 밤에 봅시다."

결국,

그가 이길 수밖에 없는 내기였다.

○ ◎ ●

강남경찰서 강력 2팀 팀원들은 할 일이 배로 늘었다. 근무 시간엔 쉬지 않고 떨어지는 일반 사건 출동에 집중하였고, 퇴근 후에는 송정하 토막 살인 조사가 내부적으로 은밀하게 이뤄졌다.

정시 퇴근은 무의미했다. 앞으로 사건이 해결될 때까지는 제대로 씻지 도, 자지도 못하고 필사적으로 범인을 잡는 일에 매달려야 했다.

2팀 사무실 문 앞에는 '관계자 외 출입 금지' 문구가 적힌 경고장이 붙 었다. 내부적으로 상부의 눈을 피해 본격적으로 이중 작전이 시작된 것이 다.

대형 화이트보드 칠판엔 10년 전 벌어진 동부 연쇄 살인 사건 목록과 송정하 토막 살인 사건. 그리고 최근 발생한 광나루 토막 살인 사건까지 구체적으로 나열되어 있었다. 뿐만 아니라 지명된 용의자들의 이름과 그 들에게 공통적으로 나타난 정보들까지 무엇 하나 놓치지 않고 꼼꼼히 기 재되었다.

"확실히 범인의 이동 반경이 뚜렷하긴 하네요."

세찬이 칠판에 부착된 지도를 뚫어져라 바라보며 중얼거렸다. 해성은 업무를 보다 말고 칠판으로 시선을 옮겼다.

범인이 연쇄 살인을 저지르고 다닌 범행 지역은 역삼각형 구도를 보였다. 차 팀장의 예상이 맞는다면 범인의 다음 예상 살인 지역은 수서다.

"와……, 근데 차 팀장님 진짜 대단하지 않아요? 저걸 언제 다 준비하셨대. 프로파일러가 따로 필요 없겠어요, 저 정도 정보력이면. 강사를 했어도 성공하셨을 것 같지 않아요? 무식한 내가 봐도 한눈에 딱 이해가 되는데."

세찬이 감탄하는 것도 이상한 일은 아니었다. 해성도 내심 놀랐다. 따로 메모를 해 두거나 정리를 한 것도 아닌데 차 팀장은 머리에 있는 기억을 칠판에 막힘없이 적어 내려갔다. 단정하고 유려한 필체가 그의 확실하고 침착한 성향을 대변하였는데, 그게 뭐라고 가슴이 떨리는지 모를 일이다.

팀원들이 자잘한 일반 사건 업무를 처리하고 있을 때 칠판 앞에 서서 묵묵히 필기를 하던 차 팀장의 듬직한 뒷모습이 물안개처럼 피어올랐다.

상황을 못마땅하게 지켜보던 형운이 볼멘소리를 내며 끼어들었다.

"쓸데없는 말 그만 떠들고 윗분들 들이닥치기 전에 빨리 칠판 뒤집어 놔. 방심하다 걸리면 우리만 뒈지게 까인다."

형운의 말도 틀린 건 아니었다. 상부에서 허락한 선은 어디까지나 송정하 토막 살인 조사까지였다.

차 팀장이 억지로 유성태의 입건을 늦춘 시점에서 서장에게 10년 전 동부연쇄 살인 사건과 광나루 사건까지 파헤치려는 사실을 들켰다간 시작을 해 보기도 전에 난장판이 될 것이다.

"뭐 하고 있어? 얼른 안 뒤집고."

형운의 불호령이 떨어지자 세찬이 급히 만류했다.

"아아, 잠시만요. 저 아직 다 못 적었어요. 아까 팀장님이 광나루 사건 관할서 다녀와서 바로 회의 시작한다고 하셨잖아요. 마저 받아쓰고 뒤집어 놓을게요."

형운이 인상을 찌그렸다.

"새끼야. 그 정신으로 공부를 했으면 공따리가 아니라 서울대를 갔겠다. 머리는 폼으로 달고 있어? 이해성이 단톡방에 사진 올려놨잖아. 그거 보고 적으면 되지."

세찬이 놀란 듯 크게 눈을 떴다.

"아, 정말요? 출동 갔다 오느라 못 봤어요. 역시 해성 선배 센스 끝내준다. 저걸 찍어 둘 생각을 하다니."

세찬이 쌍 엄지를 번쩍 추켜올리자 해성이 조금 웃어 보였다. 그러나 정작 해성의 정신은 다른 곳에 가 있었다. 며칠 전 예상 못 한 순간에 받은 문자 때문이다.

이재원.

연이어 터진 사건으로 잊고 있었는데 다시 생각해 보면 찝찝한 구석이 한두 가지가 아니다. 기다리겠다니. 그 의미는 무엇이었을까. 긴 시간이 흘러 하필 지금 시점에 연락을 한 이유는 뭘까.

다시 또 연락이 온다면 모르는 척 받아 봤을 텐데 휴대폰은 조용했다. 왜 답장이 없느냐는 재촉도, 확인 전화도 없었다.

어디까지나 꿈일 테니 담아 둘 것도 아니었다. 무의식적으로 깊게 생각한 이유가 클 것이다. 하지만 꿈속에서 환청처럼 들렸던 이재원의 목소리나, 전화. 그리고 병원에서 간호사가 호명하였던 이재원의 이름까지 전부 마음에 걸렸다.

분명 연관이 있을 텐데……. 예민해진 탓인가. 해성이 세차게 얼굴을 흔들었다. 현재에 집중하자. 마음을 추스르고서 서류를 다시 들춰 든 때였다.

덜컥, 둔탁한 소리와 함께 사무실 문이 열렸다.

화들짝 놀란 세찬이 벌떡 자리에서 일어나 단숨에 칠판 앞으로 뛰쳐나갔다. 혹시나 상부의 불시 방문일까 싶어 재빨리 칠판을 뒤집어 놓으려는 찰나 강현이 손을 들어 세찬의 움직임을 막았다.

"그대로 두세요."

"하……. 팀장님. 깜짝 놀랐잖아요. 없던 애가 떨어질 뻔했습니다."

차 팀장의 얼굴을 확인한 순간 누구랄 것도 없이 긴장한 팀원들은 안도하며 가슴을 쓸어내렸다.

강현은 별다른 말 없이 긴 다리를 움직여 걸어 들어왔다. 칠판 앞에 잠시 우두커니 멈춰 서서 내용물을 물끄러미 응시하는가 싶더니 슬쩍 고개를 돌렸다. 흘긋거리는 강현의 눈길이 해성에게 닿았다가 빠르게 떨어졌다.

"칠판에 적힌 내용은 다들 숙지했습니까."

강현이 묻기 무섭게 예, 하는 우렁찬 대답들이 사무실을 채웠다.

들고 있던 검은색 서류 파일철을 던지듯 책상 위에 올려놓은 강현이 팀원들을 천천히 훑었다. 고요한 시선에 단체로 숨을 참으며 자세를 바르게 고쳐 앉았다. 강현이 느릿하게 입을 뗐다.

"빠르게 요점만 설명합니다. 광나루 한강 공원 둔치에서 발견된 토막 살인 사건 피해자 이름은 김영희, 나이 서른둘, 성별 여성. 국과수 감식 결과 송정하 사건과 상당히 비슷한 방식으로 절단됐음을 확인. 범인이 남긴 메모 내용 역시 동일. 추가로 오늘 오전 피해자 오른쪽 손바닥에서 25cm가량 긴 모발 발견됐습니다. 여기까지 질문 있습니까."

모두가 침묵하는 가운데 건우가 조용히 손을 들었다. 강현이 턱을 까딱이자 기다렸다는 듯 건우가 입을 열었다.

"솔직히 어제까지는 긴가민가했는데 이번 광나루 토막 살인 사건을 보니까 확신이 서네요. 이쯤 되니 범인이 저지른 사건 범위는 송정하 토막 살인 사건으로만 단정 지을 문제가 아닌 것 같습니다."

건우가 펜으로 칠판을 가리켰다.

"보니까 동부 연쇄 살인 사건과 상당수 비슷한 것 같아요. 범행 수법이나 절단 방식. 그리고 고의적으로 남겨 둔 모발과 메모 내용까지 전부다요. 하지만 10년 전 방화 살인 사건은 방식이 달랐다는 게 좀 걸립니다."

유일한 생존자였던 해성이 듣기에 예민할 수 있는 방화 살인 사건이 언급되자 강현이 흐름을 끊었다.

"이번 사건을 기점으로 모든 수사 방향은 원점으로 돌립니다. 지목된 용의자는 계속 주시하면서 조 경위가 나 대신 조사하시고 나머지 동부 연쇄 살인은 사건별로 서류 재취합해서 가져오세요."

형운의 눈이 휘둥그레 떠졌다.

"지금 그 말씀은……."

"10년 전 미제 편철로 마감된 동부 연쇄 살인 사건. 오늘부로 재수사합니다. 결재는 내가 받고, 미제 편철로 마감된 서류 열람은 이거."

강현이 손에 쥔 본인의 경찰증을 흔들어 보였다. 정처를 잃고 진동하는 해성의 눈을 똑바로 들여다보며 강현이 이어 말했다.

"원할 때 언제든 사용해도 좋습니다. 추후 벌어질 일에 대해선 전적으로 내가 책임지죠."

그토록 간절히 기다려 온,

동부 연쇄 살인 사건의 재수사가 시작된 순간이었다.

자정에 가까워진 시각이었지만 강력 2팀 사무실의 불은 꺼지지 않았다. 졸지에 늦은 시간까지 발이 묶여 버린 팀원들은 바쁘게 움직였다.

세찬과 건우가 미제 편철로 마감된 서류를 보관실에서 가져오면 해성이 사건별로 분류하여 다시 보고서를 작성하였다.

동부 연쇄 살인범의 악행은 셀 수도 없었다. 처리해야 할 사건이 늘어 갈수록 칠판의 공백도 따라 줄어들었다. 마지막 글자를 적고 난 뒤 해성이 한숨을 내쉬었다.

보드 마커를 닫으려고 뚜껑을 집으려는데 손이 미끄러지며 바닥으로 툭, 떨어졌다. 도르륵 굴러간 파란색 뚜껑이 멈춘 곳은 하필 차 팀장 발치였다.

잠시 멈칫한 해성이 엉거주춤 다리를 굽히고 앉아 팔을 뻗었다. 뚜껑을 주워 들려는 순간, 손끝이 닿았다.

"아⋯⋯."

파직, 전류가 튀었다. 기다란 손가락의 존재를 확인한 해성의 눈이 토끼 눈처럼 크게 떠졌다. 놀라 황급히 손을 떼어 내려는데 차 팀장의 큰 손이 해성의 손등을 단숨에 덮었다.

차 팀장의 책상에 완벽히 가려진 위치라 천만다행이었다. 업무를 보느라 다들 정신없기도 했지만 노출된 공간이었다면 큰일이다.

해성이 간신히 마른침을 삼키며 손목을 비틀었다. 하지만 강현은 좀처럼 손에 힘을 풀지 않았다. 도리어 비스듬히 고개를 기울인 채 가만히 해성을 응시했다.

"팀원들이 봐요."

차 팀장에게만 들릴 정도로 작게 속삭였다. 그럼에도 강한 악력은 여전했다. 팀장님. 부르기 무섭게 손 사이사이로 길고 굵은 남자의 손가락이 끼워졌다.

철렁, 심장이 내려앉았다. 누구는 속이 타들어 가는데 남자는 이 순간마저 여유를 부렸다. 깍지를 풀어내는가 싶던 강현은 손끝으로 해성의 손바닥을 간지럽히듯 천천히 긁어 내리며 뚜껑을 빼앗아 움켜쥐고 허리를 세웠다.

"손이 많이 작네."

한숨처럼 나직한 목소리에 심장이 빠르게 뛰었다.

뚜껑을 빼앗긴 탓인지, 공과 사의 경계를 우습게 만드는 그의 뻔뻔한 태도 때문이었는지 해성은 기막혀하며 미간을 좁힌 채 강현을 쳐다봤다.

"자, 받아요."

강현이 보드 마커 뚜껑을 내밀며 입술 끝을 늘였다. 해성이 숨을 몰아쉬는 동안에도 강현은 말없이 해성을 주시할 뿐이었다.

커다란 손바닥 위에 놓인 보드 마커 뚜껑을 의심 어린 눈으로 바라보던 해성이 조심히 주워 들었다.

"겁줄 생각은 없었는데."

강현은 의자에 길게 몸을 기댄 채 비스듬히 웃었다.

"쉬고 싶으면 말해요."

어울리지 않게 다정해진 말투에 심장이 멋대로 요동쳤다.

해성은 애써 못 들은 척하며 자리로 돌아와 서류를 확인했다. 다행히 팀원들은 본인이 맡은 일을 처리하느라 정신이 없어 보였다.

해성이 입술을 꾹 깨물었다. 겨우 마음을 다잡고 다시 보고서를 작성하려는데, 모니터 창에 메신저가 떠올랐다. 대화를 걸어온 사람은 맞은편 자리의 건우였다.

[건우: 이해성. 혹시 팀장님한테 까였어?]

알 수 없는 물음에 해성이 고개를 갸웃거리며 타자기를 두드렸다.

[해성: 아니요. 왜요?]

답장은 조금 텀을 두고 도착했다.

[건우: 왜, 그날 있잖아. 차 검사님 오셨을 때. 네 말 듣고 그냥 모르는 척하려고 했는데, 그냥 넘길 문제는 아닌 것 같아서 솔직하게 말씀드렸거든. 아직 송치하지도 않았는데 검사가 왜 오겠어. 무시 아니면 도발이지. 아무리 그래도 우리는 차 팀장님 부하 직원이니까 팀장님도 알고 계셔야 할 것 같아서.]

아……. 해성이 속으로 탄식했다.

[해성: 괜찮아요. 제 생각이 짧았어요. 괜히 분란 일으키고 싶지 않아서 그

랬던 건데 경사님 판단이 옳았던 것 같아요. 감사해요.]

[건우: 감사는 무슨. 그래도 일단 같은 팀이니까 작은 일이라도 숨기면 안될 것 같았어. 나중에 일 커지면 수습 안 되니까. 하여튼, 보고 안 했다고 팀장님한테 혼났으면 미안하다. ㅠㅠ]

모니터에서 시선을 떼고 고개를 들자 맞은편에서 두 손을 모은 채 울상을 짓는 건우의 얼굴이 보였다. 해성이 정말 괜찮다는 뜻을 담아 눈을 휘며 웃었다.

다시 모니터로 고개를 돌리려는 순간이었다. 언제부터였는지 강현의 노골적인 시선은 해성에게 향해 있었다. 올곧게 뻗어진 눈길을 마주한 해성이 급히 눈을 내리깔았다.

인지한 이후부터 일이 손에 잡히지 않는다. 몇 줄 타이핑을 하다 말고 다시 눈을 들었다. 강현은 여전히 무표정한 얼굴로 해성을 빤히 응시하고 있었다. 해성의 입술이 작게 벌어졌다.

어쩌자는 거지…….

해성의 얼굴에 난감함이 스치자 강현의 표정이 미세하게 변했다. 살풋 한쪽 눈썹을 찡그리는가 싶던 차 팀장이 이내 자리에서 몸을 일으켰다. 해성이 얼른 고개를 숙였다. 걸음 소리가 가깝게 들렸다. 빠른 길을 두고 강현은 굳이 해성의 자리를 지나쳐 걸었다.

누가 보더라도 의도한 것이었다.

따라 나오라는 뜻일까.

고민 끝에 얼굴을 들었을 땐 강현은 이미 사무실을 벗어난 뒤였다. 남은 것은 진한 그의 체취뿐이었다.

해성은 서둘러 사무실을 나섰다. 하지만 차 팀장의 모습은 어디에서도 보이지 않았다.

경찰서 밖, 주차장, 휴게실, 회의실 전부를 뒤져 봐도 털끝 하나 없었다.

전화를 걸어 볼 생각으로 휴대폰을 꺼내어 들었을 때, 때맞춰 문자가 도착했다.

[옥상.]

길어지는 숨바꼭질이 지루했을까. 차 팀장에게서 온 문자는 더없이 간략했다.

눈으로 내용을 확인한 해성은 지체하지 않고 걸음을 옮겼다. 10년 전 동부 연쇄 살인범의 범행으로 추정되는 사건과 긴 공백을 끝내고 최근 연이어 발생한 토막 살인 사건의 공통점을 취합한 서류 파일철을 품에 꼭 안고서.

옥상 철문은 반쯤 열려 있었다. 해성은 문 너머로 조심히 발을 들이며 주변을 두리번거렸다.

옥상엔 아무도 없었다. 해성은 혹시라도 대화가 새어 나갈까 문을 닫는 것을 잊지 않았다.

차 팀장은 옥상 입구 반대편에 서 있었다. 인기척을 느낀 듯 강현이 비스듬히 몸을 돌렸다.

그는 느린 걸음으로 다가오는 해성을 덤덤히 쳐다보고만 있었다.

두 걸음 떨어진 곳에 멈춰 선 해성이 가볍게 묵례를 했다. 떨어진 간격이 거슬렸는지 그가 슬며시 인상을 구겼다.

강현이 손가락을 까딱였다.

"가까이."

불시에 짓궂은 행동을 할까 미연에 방지하려는 목적이었던 건데. 해성은 불안하게 눈을 굴리며 한 걸음 더 가까이 다가섰다.

"아까는 잘만 웃더니."

강현이 해성의 얼굴을 빤히 들여다보며 말했다.

"내 앞에선 당장 죽을 것 같은 표정만 짓고 있네요."

건우에게 짓던 표정을 질책하는 걸까. 아……. 당황한 해성이 말끝을 흘리며 제 얼굴을 문질렀다.

"아닙니다."

"기분이 좀 나쁜데."

"……죄송합니다."

무엇을 잘못했는지 잘 모르겠지만 분위기 흐름상 죄송하다 먼저 말해야 할 것 같았다.

"싫습니다. 죄송합니다. 안 됩니다. 습관처럼 입에 달고 살길래 몰랐지. 이해성 씨가 다른 남자 앞에서 어떻게 웃는지."

강현이 비딱하게 해성을 낮춰 보며 하, 짧게 웃었다.

"내 앞에서도 아까처럼 웃어 봐. 혹시 압니까. 개처럼 정신 못 차리고 꼬리 흔들면서 갖고 있는 전부를 퍼다 줄지."

지금 이 남자는 대체 왜 화가 난 걸까. 기억을 곱씹어 봐도 어긋난 타이밍을 짐작조차 할 수 없었다.

설마……. 아니. 아니다. 해성이 슬며시 미간을 찌푸렸다. 선뜻 말을 늘어놓기가 곤란한 듯 벙긋거리다가 어렵게 입을 열었다.

"질투하시는 거예요?"

"드디어 미친 거지."

강현이 갑작스럽게 웃음을 터트렸다. 해성은 멍한 표정으로 작게 입을 벌렸다.

"실언했습니다."

"실언은 무슨."

강현이 예고 없이 손을 뻗었다. 해성은 주춤하며 한 걸음 물러섰다. 불쑥 스며든 그의 향수 냄새가 원인이었다. 기분이 상했을까. 허공에서 멈춘 강현의 손끝을 응시하며 해성이 숨을 참았다.

"맞는 말 해 놓고 왜 피합니까. 사람 무안하게 만드는 게 취민가?"

뻗어진 그의 손은 거둬지지 않았다. 여전히 어딘가를 지목하고 있었다. 해성의 시선이 그의 손이 가리키고 있는 곳을 따라 천천히 움직였다. 손에 들린 파일철이었다.

"안 잡아먹을 테니까 그만 쫄고 손에 들고 있는 거나 가져와요."

그제야 숨통이 트였다. 해성이 품에 안고 있던 파일철을 공손히 내밀자 강현은 더 볼 것도 없다는 듯 서류를 낚아챘다. 파일철을 펼쳐 낸 강현이 서류 종이를 넘기며 빠르게 내용을 숙지했다.

그러는 동안 해성은 차 팀장의 날카로운 눈매를 유심히 들여다보았다. 고요히 움직이며 활자를 읽어 내려가는 새까만 눈동자가 보였다.

서류에 정리되어 작성된 내용은 간단했다. 연쇄 살인 사건과 공통점이 분명 존재했으니까.

스페인어로 적힌 주기도문의 문장.

명백한 용의자.

일부러 남긴 듯한 의문의 모발.

시체가 절단된 방식의 일관성.

피해자 시체가 발견된 지역 순서.

하필 범행 전날 용의자로 지목된 사람들 집에 끊어진 채로 발견된 CCTV 연결선까지.

하나가 아닌 여러 가지의 공통점으로 보아 범인은 한 명이다. 더 이상 모방 범죄의 가능성은 없다. 언론에 노출된 동부 연쇄 살인범의 범행 방식은 극히 일부만 오픈되었기 때문에 일반인들은 따라 하는 데 한계가 있기 때문이다.

사건을 담당하는 형사들이라면 이미 짐작할 것이다. 추정이 아닌 확신으로 알게 모르게 범인과 한 발짝 가까워졌다는 사실을 말이다.

보고서가 잘못되었거나 형편없다는 말을 듣게 될까 봐 걱정스럽진 않았다. 이번만큼 자신 있었다. 다른 사건도 아닌 동부 연쇄 살인범을 조사하는 일이라면 더더욱.

그를 증명하듯 차 팀장은 말이 없었다. 묵묵히 서류를 살필 뿐이다. 무표정한 얼굴은 여전했지만 딱히 지적할 것을 일부러 찾아내려는 것처럼 보이진 않았다. 안도의 숨을 내쉬려는데 낮은 음성이 불쑥 흘러나왔다.

"질투 맞아요."

탁, 소리 나게 파일철을 덮어 내며 강현이 느긋하게 시선을 들었다.

"근데 왜 풀어 줄 생각을 안 하지."

보고서는 훌륭하네요. 그리 말하며 강현이 파일철을 내밀었다.

"입은 멀쩡한 것 같은데."

다시 돌려받게 되었을 때 다른 의미로 심장이 쿵쿵 뛰었다. 여러 감정이 복합적으로 뒤엉켜 버렸다. 해성은 무엇부터 정리해야 할지 몰랐다.

질투가 맞는다는 말? 풀어 달라는 말? 아니면, 보고서가 훌륭하다는 말이었나. 적어도 마지막 말 때문은 아닐 것이다.

해성은 차마 눈을 맞추지 못하고 주머니를 뒤적거렸다. 곧 밖으로 꺼내어진 그녀의 손에는 작은 캔 음료가 들려 있었다. 강현은 캔 커피를 넌지시 바라보며 말했다.

"커피?"

해성이 조심스럽게 팔을 뻗었다.

"괜찮으면 드세요."

캔 커피를 빤히 쳐다보던 강현이 하, 하고 헛웃음을 흘렸다.

"그걸로 마음 풀라고?"

"……내내 피곤해 보이셔서, 아침에 뽑아 두긴 했는데 언제 드려야 할지 몰라서 계속 갖고 있었어요."

"뇌물이라기엔 좀 많이 약한데."

"싫어하세요?"

"좋아하는 편은 아닌데."

해성이 캔 커피를 꾹 움켜쥐었다.

"그럼 좋아하는 게 뭔지 알려 주세요."

"사 주게?"

"네."

"줘요."

"이거요?"

해성이 눈을 깜빡였다.

"응."

해성이 어쩌지도 못하고 있는데 강현이 한 걸음 다가왔다.

"안 줍니까?"

"싫어하신다고……."

"좋아하는 거 말해 달라며."

해성이 고장 난 기계처럼 어색하게 고개를 끄덕였다. 강현이 다시 한번 검지로 해성을 가리켰다.

"너."

해성의 눈이 휘둥그레 떠졌다. 강현이 다시 말했다.

"이해성이 주는 거."

"아……."

숨처럼 낮은 웃음이 남자의 입술을 비집고 새어 나왔다.

"그게 뭐든 좋을 것 같은데."

강현이 손끝으로 음료를 꽉 움켜쥔 해성의 주먹을 톡톡 두드렸다.

"이제 좀 줄 생각이 듭니까?"

줬다가 뺏는 건 좀 아니지 않나.

회유하는 듯 나직한 음성에 저절로 손힘이 풀어졌다. 강현이 캔 커피를 받아 들며 짧게 웃음을 터트렸다.

"잘 먹을게."

모를 일이다. 그 말이 왜 이렇게 야하게 느껴지는 건지.

강현은 캔 커피 표면을 만지작거리는가 싶더니 그대로 코트 주머니에 밀어 넣었다. 그 모습을 보며 해성이 의아한 표정으로 물었다.

"안 드세요?"

"아껴 뒀다 먹어야 맛있으니까."

너한테도 해당되는 말이라고 말하듯 남자의 집요한 시선은 해성의 입술에 머물러 있었다. 입술을 지나 목덜미로, 목덜미에서 가슴으로. 노골적으로 훑는 눈길에 당장이라도 심장이 터져 나갈 것만 같았다.

해성이 억지로 마른침을 삼켰다. 입술을 오물거리다 조심히 속내를 꺼내 놓았다.

"팀장님 앞에선 작은 행동이라도 눈치가 보여요."

"왜?"

"긴장이 돼서……."

평소 다른 일엔 지나치다 싶을 정도로 대범함을 보인 적도 있었다. 하지만 차 팀장 앞에만 섰다 하면 이상하리만큼 작아지는 기분을 떨쳐 낼 수가 없다. 그건 어쩌면 상위층 포식자를 마주했을 때의 본능 같은 걸지도 모른다.

"그래서 어떻게 해야 할지 잘 모르겠어요."

"내가 무서워?"

"그것과는 별개의 문제 같습니다."

강현이 길게 숨을 흘렸다. 그러다 곧 픽, 웃으며 뚫어져라 해성을 쳐다봤다.

"내일 밤."

잊을까 걱정이 되었던 건지, 강현은 못을 박듯 해성의 손에 들린 파일철을 손끝으로 가볍게 툭툭 두드렸다.

"잊지 마."

그러면 진짜 화낼 것 같으니까.

12

약속한 다음 날 저녁 10시에 가까워진 시각이었지만 사건으로 외근을 나간 차 팀장은 아직 돌아오지 않았다.

해성은 강현을 기다리는 동안 팀원들과 사건 출동을 나가거나, 남은 보고서를 정리하며 놓친 부분이 있는지 몇 번이고 검토하였다.

팀원들이 하나둘씩 퇴근하고 조용해진 사무실엔 해성 홀로 남았다. 해성은 뻐근해진 목을 좌우로 꺾으며 질끈 눈을 감았다 떴다. 한숨을 내쉬며 다시 파일철에 손을 뻗으려는데, 문득 책상 옆에 놓아둔 휴대폰이 눈에 들어왔다.

"전화……."

굳게 닫힌 판도라의 상자를 열어 보지도 못하고 품고만 있는 기분이 이런 게 아닐까.

방심하면 떠오르는 그 이름 때문에 머릿속이 복잡하다. 해성은 의미 없이 휴대폰을 쥐어 들고서 부재중 전화 기록에 남아 있는 발신자 이름을 물끄러미 응시했다.

[이재원]

'기다리고 있을게.'

누를까, 말까.

단순한 호기심이었다. 어떻게 바뀐 번호를 알아냈는지, 연락한 이유가 무엇인지. 묻고 싶은 것들은 셀 수도 없이 많았지만 허공에 멈춘 채로 굳어 버린 엄지는 좀처럼 움직이지 않았다.

그때, 액정 화면이 바뀌며 휴대폰이 부르르 진동을 일으켰다.

놀란 해성이 흠칫 몸을 떨며 발신자를 확인했다.

처음 보는 전화번호. 누구지? 해성은 의심 없이 통화 버튼을 누르고 곧장 휴대폰을 귓가로 가져다 댔다.

"여보세요."

— 혹시 이해성 씨 휴대폰 맞나요?

"네, 맞는데요. 누구시죠?"

— 아, 저 최정우입니다.

최정우……. 해성이 속으로 이름을 곱씹었다. 어디서 많이 들어 본 이름인데. 생각이 거기까지 다다르자 해성은 아, 하고 탄식을 흘렸다.

"선생님?"

최정우. 해성이 주기적으로 찾는 대학병원의 정신의학과 주치의였다. 단 한 번도 개인적으로 연락하는 일이 없었기에 해성은 의아함을 감추지 못했다.

— 내 이름 기억하고 있었네요?

그런 심정을 알아차린 듯, 휴대폰 너머로 희미한 웃음소리가 들려왔다.

— 많이 놀라셨죠. 뜬금없이 늦은 시간에 연락드려서 죄송해요.

"아, 아니요. 어쩐 일이세요?"

— 다름이 아니라, 최근에 병원 오셨을 때 일기장을 놓고 가셨더라고

요. 간호사님한테 대신 연락 부탁드렸는데 일이 바빠서 잊으신 모양이에요. 지금은 제가 보관하고 있고요.

최근 들어 일이 바빠지면서 일기 쓸 생각 자체를 못 하고 있었다. 그러다 보니 일기장의 존재마저 까맣게 모르고 지냈다.

당연히 집 어딘가에 처박혀 있을 것이라 생각했는데, 놓고 왔구나.

트라우마에서 벗어나기 위해 의사가 제안한 치료법을 졸지에 잊고 지냈음을 시인하는 꼴이 되었다.

"요즘 제가 일이 바빠서 일기 쓸 생각을 못 하고 지냈거든요. 없어진 줄도 모르고 있었나 봐요."

— 혼내려고 전화한 건 아닌데. 만날 때마다 말하잖아요, 바쁠수록 좋은 거라고.

괜히 밀려오는 민망함에 해성이 입술을 달싹였다. 짧은 정적을 끊어 내며 정우가 본론을 꺼냈다.

— 언제 시간 돼요? 계속 맡고 있기도 그렇고. 이제 슬슬 주인한테 돌려줘야 할 것 같은데.

"아……. 그럼, 다음 진료 때."

— 그때까지 안 쓰려고요? 그건 좀 너무한데. 못해도 일주일에 두 번은 써 줘야 나도 수월하게 해성 씨 진료를 볼 수 있지 않을까요?

정우의 목소리에 웃음기가 묻어났다. 머쓱했는지 해성이 뒷덜미를 긁적이며 말했다.

"진료 보시느라 바쁘실 것 같아서요. 민폐일까 봐……. 아, 그럼 접수처에 맡겨 주시겠어요? 조만간 찾으러 갈게요."

— 내일은 어때요?

"내일요?"

— 네. 내일은 오전 진료밖에 없어서 점심만 넘기면 언제든 괜찮을 것 같은데.

굳이 직접 만나야 할 필요가 있을까. 고작 일기장인데. 해성이 선뜻 답하지 못하자 정우가 눈치껏 말을 덧붙였다.

— 그래도 내가 담당하는 환자 일기장을 두 번이나 다른 사람한테 맡겨 두기가 좀 그래요. 호기심에 볼 수도 있고 개인적인 내용이 적혀 있는 건데 찝찝하잖아요. 두 번 오기 번거로우면, 내일로 앞당겨서 진료 봐도 괜찮고요.

부가 설명을 들으니 어느 정도 납득이 됐다. 딱히 누가 보더라도 어차피 모르는 사람일 텐데 상관은 없겠지만. 해성이 작게 고개를 끄덕였다.

"거기까진 미처 생각을 못 했네요. 감사합니다. 신경 써 주셔서."

뭘요. 답이 돌아오자 해성은 네, 그럼 내일 뵐게요. 답하며 대화를 일축했다.

전화를 끊고 다시 시계를 확인했다. 9시 15분. 놓아둔 휴대폰을 다시 집어 들고 망설임 없이 액정을 두드렸다.

[언제쯤 도착하세요?]

써 놓고도 해성은 선뜻 전송 버튼을 누르지 못했다. 너무 재촉하는 것처럼 느껴질 것 같아서.

그냥 '오늘 배당받은 사건 서류 취합해서 전부 송치했습니다.' 라고 보내는 게 나을까.

어이없는 고민을 뒤로하고 결국 처음 쓴 내용 그대로 전송 버튼을 눌렀다. 괜히 긴장이 되는 건 이런 사사로운 일로 차 팀장과 연락을 나누는 일이 없었던 탓이다.

초조하게 휴대폰 액정만 바라보며 답장을 기다리는데, 얼마 지나지 않아 진동이 울렸다.

[지금.]

단순명료한 답장을 확인한 해성의 눈이 휘둥그레 떠졌다. 곧이어 똑똑, 문을 두드리는 소리에 번쩍 고개를 들었다. 반쯤 열린 사무실 문 앞엔 차 팀장이 비딱하게 서 있었다.

해성이 엉거주춤 몸을 일으켰다.

"아, 오셨어요."

"응."

잊을 만하면 침묵이 찾아왔다. 해성은 어색함을 참지 못하고 두서없이 말을 뱉었다.

"오늘 배당받은 사건은 전부 서류 처리 해서 송치했습니다. 또, 최근 발생한 살인 사건은 분기별로 취합해 뒀고……. 아, 팀원들은 방금 전에 업무 끝내고 퇴근했습니다."

바쁘게 토해 내는 해성의 말을 잠자코 듣고 있던 강현이 가볍게 웃었다.

"수고가 많았네."

"아니요. 당연히……."

해야 할 일인데요. 말을 채 잇기도 전에 강현이 이어 말했다.

"나도 말해 줘야 할까?"

"네?"

"밖에서 뭘 하고 다녔는지. 궁금해하는 것 같아서."

해성이 눈동자를 굴렸다.

"광나루 토막 살인 사건 담당 관할서에 잠시 다녀왔습니다. 발생 보고 듣고, 추가적으로 발견된 감식 결과 알아보려고 국과수에도 다녀왔고."

"되게 바쁘셨네요."

사건 하나로 충분히 정신없었던 사람에게 언제 오느냐며 눈치 없이 재촉한 스스로가 창피했다.

하지만 정작 당사자는 아무렇지도 않아 보였다. 조금도 대수롭지 않다는 얼굴로 믿을 수 없는 말을 뱉는다.

"바빴는데, 좀 서둘렀지."

"왜요?"

"그냥 갈까 봐."

"제가요?"

"응."

"천천히 오셨어도 괜찮은데."

"기다릴 생각이었습니까?"

해성이 어색하게 고개를 끄덕였다.

"기다리라고 하셨으니까요."

"도망치는 게 취미인 줄 알았지."

강현이 피식 웃었다.

"놓칠까 봐 조급해서 뒤도 안 돌아보고 밟았거든. 미친놈처럼."

이유 없이 아랫입술이 파르르 떨렸다. 심장도 따라 쿵쿵 뛰었다.

강현은 빤히 해성을 바라보며 넓은 보폭으로 성큼 걸어왔다.

"너랑 밥 한번 같이 먹으려고."

순식간에 가까워진 거리에 해성의 시선이 한참 위로 올라갔다.

"별짓을 다 했어. 내가."

넌 모르겠지만.

강현이 의문스럽게 웃었다.

○ ◎ ●

예고도 없이 덜컥 폭탄을 내던진 남자와의 저녁 식사는 그야말로 혼란
그 자체였다.

먹고 싶은 음식을 묻는 질문에 급한 대로 가장 먼저 떠오른 파스타를
말했지만 면이 입으로 들어가는지 코로 들어가는지 알 수 없었다. 평소
같았다면 단번에 해치웠을 값비싼 스테이크마저 반이나 남겼다.

분명 신경 쓰일 만도 한데 남자는 묵묵히 식사를 이어 갔다. 반듯한 칼질을 넣 놓고 바라보고 있는데 웨이터가 디저트를 들고 나타났다.

해성은 앞에 놓인 치즈케이크 대신 아메리카노를 한 모금 삼켰다. 식사를 마무리하려는지 강현이 냅킨으로 입 주변을 툭툭 눌러 닦으며 시선을 들었다.

"아직도 내가 불편합니까?"

"아뇨."

"아. 내 앞에선 긴장이 된다고 했었지."

강현이 어제저녁 해성이 했던 말을 곱씹자 해성의 얼굴이 붉게 달아올랐다. 강현은 조금 웃으며 치즈케이크가 담긴 그릇을 눈짓으로 가리켰다.

"단거 안 좋아하는 편인가?"

손을 댄 흔적이 없는 케이크가 거슬렸을까. 성의를 봐서라도 한 입 정돈 먹어야겠다, 생각하며 해성이 포크를 꾹 말아 쥐었다.

"억지로 먹지는 말고."

단순히 겸상을 하기 위해서 만나자고 한 것이었나. 그럴 리가 없는데. 차 팀장은 지나치게 평온했다.

"팀장님."

"내일은 뭐 합니까."

강현이 서슴없이 말을 낚아채자 당황한 해성의 입술이 작게 벌어졌다.

"내일, 이요?"

"일정 있어요?"

"……네."

"물어봐도 됩니까."

의미를 알 수 없어 해성이 눈을 깜빡였다. 병원에 가 봐야 한다는 말은 어디로 보나 껄끄러웠지만 이미 사정을 알게 된 상대 앞에서 거짓을 말할 이유도 없었다.

"점심쯤 병원에 다녀와야 할 것 같아요."

병원이라는 단어가 언급되기 무섭게 강현이 순간적으로 멈칫했다.

"진료받으러?"

"아뇨, 물건을 놓고 와서요."

"이해성 씨가 다닌다는 그 병원. 어디라고 했죠."

"한국대학병원입니다. 근데 그건 왜······."

한국대학병원. 강현은 해성의 말을 속으로 되뇌다 눈썹을 찡그렸다. 결심이 섰는지 들고 있던 냅킨을 테이블 위에 내려놓고는 똑바로 해성의 눈을 들여다보았다.

"같이 갑시다."

"네?"

"다니는 병원에, 같이 가자고 했습니다."

어떤 의미로 해석해야 좋을까.

잠시 생각에 잠겨 있는데 해성이 식사를 끝낸 것을 확인한 강현이 자리에서 일어서며 흐름을 끊었다.

자연스레 해성의 시선이 높게 들렸다. 강현은 벗어 둔 코트를 단번에 둘러 입고는 슬쩍 고개만 돌려 해성을 향해 턱짓했다.

"일어나요."

"어디 가시게요?"

남자는 명확한 답을 내놓지 않았다. 동그랗게 눈을 뜬 해성을 비스듬히 내려다보며 기묘하게 입술을 늘여 웃을 뿐이었다.

○ ◎ ●

벌써 몇 번이나 얻어 탄 이력이 있었지만 적막만 흐르는 차 안에 단둘이 있는 것보다 곤욕은 없었다.

차라리 식당은 잡음이라도 있지.

뚫어져라 전방만 주시하며 운전에 집중하는 강현은 굳게 입을 다문 채였다. 아무런 말이라도 건네 볼까 했지만 마땅한 주제가 생각나지 않아 그마저도 포기했다.

해성은 차창으로 떨어지는 빗방울을, 그리고 규칙적으로 움직이는 와이퍼를 의미 없이 바라보았다. 유독 신호가 길게 느껴진다. 차가 멈춰 있는 시간이 길어지자 결국 참지 못하고 해성이 먼저 입을 열었다.

"비가 그치질 않네요."

"날씨가 많이 풀렸으니까."

그러고 보니 유독 길었던 추위가 하루 만에 확 따뜻해졌다. 성큼 봄이 찾아온 것이다. 봄은 안 어울려. 차 팀장과 어울리는 계절을 꼽으라면 단연 겨울이 아닐까. 그런 터무니없는 생각을 하게 됐다.

"라디오 틀어도 될까요?"

운전석을 흘긋거리는 시선을 느꼈는지 강현이 천천히 입을 뗐다.

"좋을 대로."

이제 와 목적지가 어딘지 묻는 건 무의미했다. 향하는 방향이 익숙했기 때문이다. 예상이 맞는다면 도착지는 비워 둔 지 오래된 집이었다.

말을 꺼낸 적도 없는데 왜 집으로 가는 것이냐고 물어보려 했지만 어차피 한 번은 들렀어야 했다. 급한 대로 경찰서에서 숙식을 해결하고는 있어도 여벌 옷이 필요했으니 챙길 겸 혼자보단 차 팀장과 함께 이동하는 것이 훨씬 안전할 것이다.

늘 앞서가는 차 팀장이라면 이미 거기까지 염두에 뒀는지도 모를 일이지만. 조금 머뭇거리는가 싶던 해성이 손을 뻗어 라디오 버튼을 눌렀다. 흘러나오는 나긋한 여자 DJ 목소리가 침묵이 내려앉은 차량 내부를 가득 채웠다.

— 최근 발생한 살인 사건으로 인근 지역에 거주하시는 청취자분들이 많이 불안하실 것 같습니다. 하루빨리 진범이 잡혔으면 좋겠네요.

첫 시작부터 좋지 못했다. 모든 것은 살인범의 잘못이겠지만 계속된 피해자의 속출과 시민들의 불안을 단숨에 잠재우지 못한 경찰의 잘못도 어쩌면 무시할 수 없는 것이라서.

해성은 여전히 무표정한 강현의 눈치를 살피며 입술을 감쳐물었다. 마음이 무겁다. 그 마음을 알아차린 건지 다행히 화제는 금세 바뀌었다.

— 며칠째 쉬지 않고 비가 내리고 있는데요. 덕분에 미세 먼지가 조금은 가라앉아 다행입니다. 날씨도 많이 풀려서 조만간 벚꽃도 볼 수 있을 것 같아요. 아무것도 하지 않아도, 숨만 쉬어도, 듣기만 해도 설레는 계절. 드디어 봄입니다.

아무것도 하지 않아도, 숨만 쉬어도, 듣기만 해도 설레는 계절.
드디어, 봄.
해성은 여자 DJ의 멘트를 속으로 되뇌며 창밖을 바라보았다.

— 봄이 되면 괜히 마음부터 들뜨는 것 같아요. 혹시 봄처럼 마음을 설레게 하는 사람이 곁에 있나요? 아직 다가서지 못하고 망설이고 있다면 계절을 핑계 삼아 이번 기회에 용기 한번 내 보시는 건 어때요? 원했던 대답을 듣지 못해도, 봄이니까. 봄이라서 그래. 하고 변명하면 되니까.

모를 일이다. 그 말을 듣고 어째서 차 팀장의 얼굴을 훔쳐봤는지.
좋아해요. 좋아하게 됐어요. 이유는 모르겠어요. 그냥, 당신이 너무.
그 쉽고 간단한 말이 왜 그렇게 무겁게만 느껴지는 건지. 우습기도 하다. 이 시국에, 하루라도 빨리 진범을 붙잡아 2차 피해를 막아야 하는 상황에서. 차도현 검사의 경고를 무시하면서까지 그에게 성큼 다가서고 싶은 이 마음을 어떻게 멈춰 세워야 할지.

방법이 있긴 할까. 해성이 조용히 손을 말아 쥐었다.

결코 사랑은 하지 않겠다던 그날의 당신은 조금 달라졌을까.

"팀장님."

"응."

자꾸만 부질없는 기대를 걸게 된다.

그래서였는지도 모른다. 봄이니까, 봄이라서. 들뜬 마음에 이끌려서, 나도 모르게.

"좋아해요."

아침 인사를 전하듯 정말 아무렇지 않은 척 덤덤히 뱉은 말이었지만 떨리는 숨결까지는 감출 수 없었다. 목소리가 너무 작아서 듣지 못한 걸까. 그는 별다른 반응이 없었다. 해성은 일자로 굳게 다물린 강현의 입술을 보며 차라리 잘됐다 싶었다.

때맞춰 목적지에 도착한 차가 부드럽게 멈춰 섰다. 해성은 서둘러 안전 벨트를 풀어냈다. 저 멀리 가출했던 이성이 드디어 되돌아온 것인지 화르 륵 얼굴이 달아올랐다.

지금 무슨 말을 뱉은 거야. 잠시 정신이 나간 모양이다.

이게 다 저 라디오 DJ 때문이야.

최대한 얼굴을 푹 수그리며 조수석 문고리를 당겼다. 몇 번이나 손이 미끄러졌지만 한시라도 빨리 벗어나고 싶은 마음이 간절했다.

차에서 내린 해성은 창문이 반쯤 열린 운전석으로 급히 다가가 꾸벅 허리를 숙였다.

"데려다주셔서 감사합니다."

차마 눈을 제대로 볼 수 없었다.

"그럼 내일 경찰서에서……."

"이해성 씨."

낮게 잠긴 음성에 솜털이 오소소 일어서는 기분이 들었다.

"얼굴 들어요."

느긋한 말투는 지나치게 차분했다. 해성이 느릿하게 허리를 세우자 비스듬히 시선을 올린 강현이 빤히 해성을 주시했다. 곧 지잉, 소릴 내며 창문이 완벽하게 내려갔다. 그제야 남자의 얼굴이 온전히 드러났다.

강현이 무어라 말하기도 전에 해성이 성급하게 먼저 말을 덧붙였다.

"계절이요. 봄이요."

변명이 통할 리는 없겠지만. 당장은 최선이었다.

무슨 뜻이냐고 묻는 듯, 강현의 미간이 좁아졌다. 남자가 눈썹을 조금 찡그리며 눈을 치뜨자 해성은 가쁜 숨을 몰아쉬며 빠르게 말했다.

"봄을, 좋아한다는 뜻이었어요."

"아."

강현의 입술이 작게 벌어졌다.

"그건 좀 반칙이지."

어처구니가 없었는지 픽 짧게 실소를 터뜨렸다.

"곱게 보내 줄 생각 없다고."

강현이 의미 없이 손끝으로 운전대를 툭 튕겼다.

"네?"

"난 그 말을 하려고 했는데."

짧은 침묵이 감돌았다. 빠르게 눈을 깜빡이며 상황을 파악한 해성은 아, 하며 탄식을 흘렸다.

"경찰이 아니라 도둑이었네."

도둑이 제 발 저렸단 말을 하고 싶었던 걸까. 전부를 간파하고 있는 것 같다. 상황을 즐기는 것처럼 보였다. 모든 것들이 삐딱하게 다가온다.

"……지금 놀리시는 거죠."

해성이 시선을 내린 채 볼멘소리를 내자 강현이 짧게 웃었다.

여전히, 명쾌한 답은 주지 않고서.

무엇을 기대했나. 방금 전, 곱게 보내 주지 않을 거란 그 말이 좀처럼 머릿속에서 가시질 않는다.

거리낌 없이 훌쩍 다가와 당황하게 만들다가도 적정선에 다다르면 우두커니 멈춰 선다.

"간단하게 짐만 챙겨서 나와요."

해성이 눈을 깜빡였다.

"노출된 장소는 위험하니까. 경찰서 앞까지 데려다줄게."

"괜찮습니다. 집을 비운 지 오래돼서 청소도 해야 하고, 일 끝나는 대로 택시 타고 가면 됩니다."

아마……, 오늘 밤 잠은 다 잤지 싶다. 이불이나 걷어차지 않으면 다행이겠지. 허탈한 마음에 해성은 조용히 한숨을 내쉬며 다시 고개를 숙였다.

"조심히 들어가세요."

"그래요. 그럼."

주춤거리며 돌아선 해성이 빌라 안으로 들어섰다. 출입문이 닫히고 자취를 감추자 그제야 강현은 깊은 숨을 몰아쉬며 시트에 깊게 몸을 묻었다.

"확실히 도둑 맞네."

고요히 눈을 감은 채 한숨을 내쉬며 중얼거렸다.

"……잡아야지 별수 있나."

○ ◎ ●

넋이 나간 사람처럼 계단을 올라 현관문 앞에 다다르자 기다렸다는 듯 안도의 숨이 훅 쏟아졌다.

드디어 미쳤지. 미치지 않고서야.

라디오 따위 틀지 말았어야 했다. 분위기도 상황도 처음부터 틀렸다. 누군가를 마음에 담는 일은 절대 하지 않기로 다짐했는데, 한번 담기 시작하니 간신히 담아 봐도 흘러넘쳐 결국 울컥 토해지고 말았다.

전부 다 엉망진창이야.

스스로를 자조하며 도어 록 비밀번호를 눌렀다. 이제 차 팀장도 없는 마당에 쿵쿵 뛰는 심장 소리는 도통 줄어들 기미가 보이지 않는다.

철컥, 현관문을 열고 대충 신발을 벗었다. 천천히 고개를 들었을 때 해성의 눈이 크게 떠졌다.

"이게 지금……."

뭐야.

눈앞에 벌어진 집 안 풍경은 난장판이었다. 거실 한복판엔 갈기갈기 찢긴 옷가지들이 아무렇게나 널브러져 있고, 날카롭게 깨진 그릇이 산산조각 난 채였다.

발 디딜 틈도 없었다. 발견하지 못하고 그대로 걸어갔다면 발에 조각이 박혀 피범벅이 됐을지도 모른다.

제아무리 형사라 할지라도 사람인지라 놀랄 수밖에 없었다. 여러 사건을 봐 왔지만 직접 경험하게 되자 바짝 얼어붙어 굳어 버린 몸은 뜻대로 움직여 주지 않았다.

"나와."

해성이 어두운 허공에 대고 나직이 읊조렸다. 아직도 집에 숨어 있을 수도 있다는 가능성을 배제할 수 없었다. 그러나 숨 막히게 조용한 집 안은 작은 소음 하나 없었다.

전과 다른 의미로 심장이 뛰었다.

불안과 공포. 피가 빠르게 도는 불쾌한 흥분. 해성은 간신히 숨을 몰아쉬며 차분하려 애썼다.

매뉴얼을 생각하고, 형사임을 상기하였다. 만약 범인이 집 안에 숨어 있다면, 예기치 않게 달려들었을 때 어떤 식으로 제압하고 대처를 해야할지 끊임없이 머릿속으로 그렸다.

그래. 이 순간은 피해자였지만 결코 나약해져선 안 된다.

"다시 한번 말한다. 나와."

여전히 조용했다.

벗어 둔 신발을 다시 신고, 한 걸음 한 걸음 신중히 걸어갔다. 깨진 유리 조각이 밟힐 때마다 짜각짜각 으깨지는 오싹한 소음이 귓전을 파고들었지만 애써 무시했다. 해성은 빠르게 주변을 살피며 활짝 열려 있는 방 안을 하나씩 확인했다.

사람의 흔적은 찾아볼 수 없었다. 긴장을 한 탓인지 심장 소리와 숨소리가 너무 크게 들려서 집중하기가 어렵다. 마지막으로 화장실까지 확인한 뒤, 다시 거실로 걸어 나온 순간이었다.

테이블에 놓인 그릇. 그 안에 아무렇게나 짓이긴 담배꽁초. 해성은 인상을 찡그리며 반쯤 타들어 간 담배를 노려보았다.

집 안에서 은근히 풍기던 쾨쾨한 냄새가 담배 향이었나.

"미친 새끼가······."

사람이 없다는 것을 확신하자 저절로 욕이 터져 나왔다. 밀려오는 분노와 짜증이 상당하다.

경찰서에서 숙식을 해결한 선택은 백번 옳은 판단이었다. 차 팀장의 말을 무시하고 쓸데없는 고집을 부리면서까지 집에 남았더라면. 아니, 어쩌면 그 편이 나았을지도 모른다. 최소한 범인의 얼굴은 확인할 수 있었을 테니까.

골치가 아파 손바닥으로 이마를 짚은 찰나였다. 툭. 어깨 위로 무언가가 묵직하게 내려앉았다.

놀랄 틈도 없었다. 그다음 벌어진 일은 순전히 훈련으로 단련된 본능이었다. 해성은 제 어깨로 내려앉은 손을 잽싸게 잡아채 가차 없이 돌려 꺾었다.

"누구······!"

뒤돌아 눈앞의 상대를 확인한 해성은 다음 말을 이을 수 없었다.

"도무지 혼자 보낼 수가 없어서."

나직한 신음을 토해 낸 사람. 어깨 위로 손을 올린 사람은 익숙했다.

"데리러 왔어."

차 팀장. 그였다.

해성의 눈이 휘둥그레 떠졌다. 놀란 심장은 쉽게 진정되지 않았다.

엉망진창이 되어 버린 현장을 목격한 탓인지, 잔뜩 긴장한 상태에서 차 팀장을 직면한 탓인지는 몰라도 자칫 터져 나갈 듯 세차게 뛰었다.

"순발력은 나쁘지 않은데."

해성에게 강한 힘으로 붙잡힌 채 꺾여 버린 제 손을 흘긋 내려다보며 강현이 슬며시 눈살을 찡그렸다.

"이제 좀 놔 주지. 아픈데."

"아. 죄, 죄송……."

그제야 번뜩 정신을 차린 해성이 빠르게 힘을 풀고 손을 놓아 주었다.

상대가 누군지도 모르고 무방비한 상태에서 속수무책 당했으니 힘 조절이 됐을 리 없었다. 강현은 뻐근했는지 천천히 손목을 돌리며 주변을 살폈다.

해성은 강현의 큰 손을 응시하며 조심스레 물었다.

"팀장님. 손은 괜찮으세요?"

강현의 시선이 다시 정면으로 돌아왔다. 말없이 해성을 쳐다보다 말고 설핏 웃음을 흘렸다.

"지금 내 손을 걱정하는 겁니까?"

"죄송합니다. 제대로 확인했어야 했는데."

"지금은 내 상태가 아니라 벌어진 상황부터 걱정해야 정상 같은데."

차 팀장의 말도 틀린 건 없었지만 해성은 진심으로 그의 손목 상태가 걱정되었다. 정말 있는 힘껏 돌려 꺾었다. 이런 일에 능숙한 강현이 붙잡힘과 동시에 손에 힘을 주었으니 망정이지 일반인이었다면 그대로 골절이 되었어도 이상할 게 없었다.

강현은 비스듬히 고개를 기울이고서 해성의 눈을 빤히 들여다보았다.

"놀라질 않네."

나직한 음성에 해성이 멈칫하였다.

"둔한 건지 담력이 높은 건지."

강현이 천천히 눈꺼풀을 밀어 올렸다. 차갑게 얼어 버린 새까만 눈동자는 왠지 화가 난 것처럼 보였다.

해성은 잠시 숨을 고르며 침착하게 대꾸했다.

"이미 벌어진 일은 돌이킬 수 없으니까요. 어쩌지 못하고 울고만 있을 수도 없는 노릇이고요. 최대한 침착하게 매뉴얼대로 상황 판단부터 하는 것이 우선이라 생각했을 뿐입니다."

"뚫린 입이라고 말은 잘하네요."

입안을 긁어내듯 뱉은 덤덤한 말투 속엔 날카로운 가시가 박혀 있었다. 해성은 애써 웃으며 가라앉은 분위기를 전환했다.

"가족의 살인 현장까지 목격한 마당에 이제 더 놀랄 것도 없죠."

그 말 한마디로 모든 상황을 일축한 해성이 슬며시 눈길을 낮추자, 문득 강현의 시선이 멀어졌다.

강현은 무언가를 발견한 듯 해성을 지나쳐 걸어가 테이블 앞에 우두커니 멈춰 섰다. 그가 사납게 꿰뚫어 보고 있는 것. 그것은 집 안을 난장판으로 만들어 놓은 주범이 피운 것으로 추정되는 담배꽁초였다.

정확히 말하자면 필터가 없는, 일부러 잘라 낸 흔적이 남은 이상한 형태의 연초. 해성이 눈치껏 말했다.

"아무래도 타액 DNA 감식을 피하려고 한 모양입니다."

"흔적을 남겼지만, 남기지 않았다."

강현이 헛웃음을 터트렸다.

"노력이 가상하네."

더 볼 것도 없다는 듯 강현이 몸을 돌려세웠다. 눈이 마주치자 해성이 허리를 굽혔다.

"일단, 집 안이 이런 상태라…… 먼저 치우겠습니다."

"아니. 손대지 말아요. 아무것도."

단호한 어투에 해성은 하려던 행동을 멈추고 강현을 올려다보았다. 강현이 무감정하게 말했다.

"방금 전까지만 해도 매뉴얼 운운하더니 그새 잊었습니까."

사건 발생 시 현장 보존을 최우선으로 한다. 모를 리가 없었다.

"사건 접수부터 하죠."

말을 끝낸 강현이 망설임 없이 코트 주머니에서 휴대폰을 꺼내 들었다. 그가 어디에 전화를 하려고 하는지 해성은 보지 않아도 직감적으로 알아차릴 수 있었다.

"안 됩니다, 팀장님."

112. 번호를 누르려다 말고 강현이 인상을 찡그리며 시선을 올렸다.

"왜."

"……신고는 안 돼요."

"그러니까 왜."

돌아온 대답은 없었다. 입술을 씹어 무는 해성을 똑바로 들여다보던 강현이 의미를 알아차리고 어이가 없다는 듯 웃었다.

"노출되고 싶지 않아서 그럽니까."

"아닙니다."

"그럼."

노출이 되는 것은 아무래도 상관없었다. 하지만 직장 동료들의 대우는 명확하게 갈릴 것이다.

동정을 가장한 호기심과 우려.

비단 그것은 해성 본인에게만 해당될 문제가 아니었다. 개인적인 복수심으로 시작한 수사는 위험하다. 처음엔 차 팀장 역시 자신을 기피하던 이유로 사건의 유가족임을 언급했으니까.

적극적으로 나서는 행동이 도리어 화를 불러일으킬 것이라 판단하여 상부에선 해당 사건을 다른 부서에게 인계하라 지시할 것이다. 더 나아가 팀원을 관리하는 차 팀장의 입장도 난처해질 수 있다.

상황이 이렇게 될 때까지 묵인한 것. 제시할 수 있을 만한 증거가 나온다면 그나마 다행이겠지만 그럴 확률은 현저히 적었다. 담배 필터까지 잘라 둘 정도의 치밀함이라면. 보란 듯이 집을 헤집어 놓을 만큼의 대범함이라면 말이다.

그럼에도 명확한 증거 하나 확보하지 못한 경찰의 무능력함은 국민들의 질타를 피해 갈 수 없다.

경찰에게 그보다 더한 수치는 없었다. 상부에서 죄 없는 차 팀장을 가만히 내버려 둘 리가 없다.

해성은 확신했다. 이번 사건은 범인이 일부러 설치한 덫이다. 명백한 고의로 행해진 일이란 뜻이다.

"범인이 움직이기 시작한 거예요."

"음?"

"며칠 전 교회에서 말씀하셨죠. 이제부턴 머리싸움이라고. 예상대로 진범은 그날 교회에서 저희를 지켜보고 있었던 것 같습니다."

분명했다. 집을 엉망진창으로 만들어 놓은 주범이 동부 연쇄 살인범이라면, 그는 교회에서 차 팀장과 자신을 봤다. 그러니 움직인 것이다.

"계속해요."

"범인이 노리는 건 저와 팀장님이 해당 사건 수사에서 제외당하도록 수를 쓰고 있는 게 분명해요."

해성이 마른침을 삼키며 빠르게 말을 이었다.

"팀장님도 보셨으니까 아시잖아요. 범인이 남긴 쪽지엔 날짜로 추정되는 숫자가 적혀 있었습니다. 기간을 무시하면서까지 예정보다 빠르게 움직이기 시작했다는 건 단순히 심정의 변화가 아니라 조급해진 겁니다. 그 말인즉 팀장님이 선택한 방식이 제대로 통했다는 뜻이기도 하고요."

"그래서?"

"위기감을 느낀 거예요. 이 정도로 빠른 시일 안에 가까워질 거란 생각은 미처 하지 못했을 테니까요."

직접 찾아와 해를 가하지 않고 집을 건드린 것은 역으로 생각하면 쉽다. 현재 진범이 느끼고 있을 위기감을 돌려주고 싶은 것이다.

어느 정도는 납득했는지 강현은 잠자코 해성의 말을 듣고만 있었다.

"그게 아니고선 말이 안 됩니다. 지금 각종 매스컴에서 한창 살인 사건에 집중하고 있는 상황인데 이런 대범한 짓을 저지를 이유가 없어요."

강현이 손목시계를 확인했다.

"결론이 뭡니까."

"범인의 계획대로 움직여선 안 됩니다. 한발 앞서서 생각해야죠. 교회에 갔던 그날처럼요."

"무슨 말을 하고 싶은지는 알겠는데."

말끝을 흐리자 긴장한 해성은 눈을 깜빡이는 것조차 잊고서 숨을 참았다.

"그래도 내가 그냥은 못 넘어가겠다면."

"팀장님."

"장소부터 옮기죠. 간단히 짐 챙겨서 나와요. 현장은 그대로 두고."

"……무슨 생각이신지 듣기 전까진 움직일 수 없습니다."

제법 당돌한 요구였다. 눈 한번 제대로 맞추지 못하던 모습은 찾아볼 수 없었다. 궁지에 몰렸는데도 물러서지 않고 꿋꿋이 범위를 지켜 내는 여자를 보며 강현은 피식 웃음을 흘렸다.

"국과수에 감정 의뢰 넣을 겁니다. 이 난리를 쳐 놨는데 뭐라도 하나는 걸리겠지 싶은 마음이 가시질 않아서. 대답 됐습니까."

뜻대로 움직이지 않겠다는 건가. 최대한으로 설득한다고 했는데, 돌아온 대답은 처음과 다를 게 없다.

가슴이 철렁 내려앉는 기분이다. 수사권을 지켜 내는 것이 우선인데, 왜 이해하지 못하는 걸까. 여론의 심각성 따윈 인지할 생각 자체가 없는 본인의 안위부터 챙기기 바쁜 서장. 그 아래에 잡힌 다른 팀으로 사건이 인계된다면 흐지부지 시간만 흐르다 미제로 종결될 것이 뻔한데.

턱이 뻣뻣해질 만큼 이를 악물며 침묵하는 해성을 넌지시 바라보며 강현이 느릿하게 입을 떼어 냈다.

"안심해요. 사건 접수 안 합니다."

해성이 번쩍 얼굴을 추켜들었다.

"가진 권력은 이럴 때 쓰라고 있는 거지. 안 그래요?"

아버지의 배경을 이용해 보고를 올리지 않고 개인적으로 은밀하게 처리하겠다는 의미였다.

"……그런 행동 싫어하신다고 들었는데요."

강현이 가볍게 고개를 끄덕이며 팔을 뻗어 해성의 손목을 움켜쥐었다.

"맞아. 끔찍하게 싫어하지. 내 것이 아닌 것을 탐내는 건 인간이 할 짓이 아니니까."

짐승이라면 모를까.

"근데 그 대상이 너라면 달라."

짐승이 한번 되어 보는 것도 나쁘지 않겠지.

"이유는 모르겠지만."

강현이 손에 힘을 주어 해성의 손목을 잡아당겼다.

일정 간격을 두고 떨어져 있던 거리가 단숨에 좁혀졌다.

○ ◎ ●

집을 나와 다시 함께 차를 타고 달려 도착한 곳은 그의 집이었다.

지하 주차장으로 들어선 차가 부드럽게 정차하고 시동을 끈 강현이 먼저 운전석에서 몸을 내렸다. 해성도 그를 따라 조수석 문을 열어젖혔다.

땅에 발이 닿기 무섭게 긴장이 풀린 탓인지 다리에 힘이 빠지며 몸이 작게 휘청거렸다. 넘어질 정도는 아니었지만 가까운 곳에 있던 강현이 순발력 있게 해성의 팔을 잡아 일으켰다.

"조심."

"……감사합니다."

고마움을 전했지만 해성의 팔을 꽉 움켜쥔 남자의 손은 좀처럼 떨어질 기미가 보이지 않았다. 뚫어져라 쳐다보는 시선을 잠자코 마주하던 해성이 결국 참지 못하고 먼저 입을 열었다.

"팀장님, 저 이제 괜찮은데요."

"내가 안 괜찮아서."

"네?"

"갑시다."

순순히 해성의 팔에서 손을 떼는가 싶더니 이번엔 손을 꽉 움켜쥐었다. 당황할 새도 없이 앞장서서 걷는 바람에 해성은 이끌리듯 다리를 움직여야 했다.

엘리베이터로 향하는 동안, 해성은 남자의 큰 손을 멍하니 바라보았다. 얼마나 손이 크던지 자신의 손은 보이지도 않았다.

때맞춰 도착한 엘리베이터에 몸을 밀어 넣고, 층수가 끝없이 상승하고 있는데도 남자는 손을 풀지 않았다.

"팀장님."

해성은 말을 다 잇지 못했다. 남자의 손힘이 갈수록 강해진 탓이다.

띵. 소리와 함께 엘리베이터 문이 열렸다. 현관문 앞에 멈춰 선 강현이 조용히 물어 왔다.

"왜 괜찮은 척하는 겁니까."

"그게 무슨……."

"약해 빠졌다고 내가 무시할까 봐?"

해성이 고개를 내저었다.

"아니요. 다른 사람들이 당한 사건을 조사할 땐 멀쩡했던 형사가 정작 자기가 당했을 때 의연하지 못하면 안 되는 거잖아요."

"그놈의 형사."

지긋지긋하다는 듯 강현이 엄지로 관자놀이를 눌렀다.

"와 주셨잖아요."

멈칫한 강현이 눈을 치떴다. 해성은 다시 한번 침착하게 말했다.

"팀장님이 와 주셨으니까, 괜찮아요."

말하면서도 입술이 떨렸다. 물끄러미 해성을 내려다보던 강현이 짧게 허탈한 웃음을 터트렸다.

"다시 말해 봐."

"뭐를……."

"방금 한 말."

해성이 도르륵 눈을 굴렸다. 입술을 달싹이다 어렵게 입을 떼어 냈다.

"놀랐어요. 두려운 것도 맞아요. 근데, 다른 사람도 아니고 팀장님이었 잖아요. 그냥 곁에 있는 것만으로도 의지가 돼서……."

"미치게 하네."

해성이 동그랗게 눈을 떴다.

강현이 해성의 목덜미를 감싸 안은 채 엄지로 천천히 입술을 쓸었다.

"그 입술 말이야."

화상을 입은 듯 남자의 손이 다녀간 입술이 화끈거렸다. 해성은 짙은 눈을 마주하며 숨을 크게 들이켠 채 간신히 말했다.

"들어가면. ……키스, 하실 거예요?"

"무슨 용기야?"

"하려고 하셨잖아요."

안심이 될 것 같았다. 키스하면, 안아 주면, 깊은 곳까지 함께하면.

"다행히 눈치는 있는 것 같고."

강현이 눈썹을 구긴 채로 웃었다.

"근데 집에 들어갈 때까지 참을 생각은 없었어."

고요히 중얼거리는 남자의 눈이 짙게 번뜩거렸다.

짧은 침묵 끝에 남자의 얼굴이 비스듬히 내려왔다.

아, 탄식을 뱉을 새도 없었다.

남자의 입술이 해성의 입술에 가볍게 부딪치듯 머물렀다 떨어졌다. 하지만 이내 다시금 깊게 맞물렸다. 그가 강한 기세로 파고들자 해성의 얼굴이 자연스레 뒤로 젖혀졌다.

강현은 키스하며 팔을 뻗어 카드 키를 도어 록에 가져다 댔다. 반쯤 열린 현관문 틈 사이로 거리낌 없이 걸음을 옮기자 해성은 떠밀리듯 주춤거리며 뒤로 물러섰다.

덜컥, 문이 완벽히 닫히는 소음이 귓전을 때렸다.

턱이 뻐근해질 만큼 진한 입맞춤이었다. 미끈한 그의 혀가 맹렬하게 휘감아 오자 해성이 질끈 눈을 감았다. 무슨 용기였는지 해성은 간신히 발끝을 들어 강현의 목덜미를 꽉 끌어안았다.

두려웠다고. 무서웠다고. 악착같이 매달려 키스하며 속으로 울부짖었다. 그 마음을 알아차린 듯 남자가 강한 힘으로 해성의 허리를 잡아당겼다. 두 몸이 빈틈없이 맞붙고, 누구 것인지 모를 심장 소리가 더 크게 울려 퍼졌다.

한 손으로는 허리를, 그리고 다른 손으로는 뺨을 감싸 안은 채 남자는 한동안 해성을 놓아주지 않았다.

코끝으로 스미는 그의 진한 체향 때문인지, 정신없이 밀려오는 농밀한 입맞춤 탓이었는지. 조금 전의 불안과 두려움은 형체도 알아볼 수 없이 단숨에 녹아 사라졌다.

점차 숨이 가빠 올 때쯤, 남자가 천천히 입술을 떼고는 한층 더 가라앉은 음성으로 말했다.

"너 오늘 집에 못 가."

"……알아요."

집으로 들어가는 건 위험하니까.

아니, 어쩌면 그와 단둘이 있는 이 공간이 더 위험할지도.

해성이 턱을 들어 시선을 맞추었다. 불현듯 남자가 희미하게 웃었다. 지금 네가 생각하고 있는 그런 의미가 아니라고 말하는 듯한 착각이 든다.

목구멍이 건조하다 못해 퍽퍽하다. 목소리를 잃어버린 인어공주가 된 기분이다. 해성은 있는 힘껏 억지로 쥐어짜 말했다.

"아까, 왜 다시 오셨어요?"

일자로 다물린 남자의 입술은 좀처럼 움직일 생각이 없어 보였다. 생각을 읽어 낼 수 없는 무표정한 얼굴로 지그시 해성을 응시할 뿐이었다.

남자가 조용히 손을 뻗었다. 안착한 곳은 해성의 패딩 지퍼였다. 강현이 천천히 손을 내리자 움직임을 따라 지퍼도 아래로 향했다.

잊고 있던 긴장감이 화르륵 되살아나며 해성의 입술이 잘게 떨렸다.

알면서도 강현은 멈추지 않았다. 꿰뚫듯 고집스럽게 눈을 주시한 채 서슴없이 패딩을 벗겼다. 툭, 바닥으로 무거운 옷가지가 떨어지고 동시에 남자가 한쪽 무릎을 굽혀 앉았다.

"지금 뭐 하시는……."

적잖게 당황한 해성이 놀라 눈을 크게 뜨고서 강현을 내려다보았다. 무려 차 팀장이 자신 앞에서 이런 모습을 보이게 될 것이라고는 상상도 못했다.

정작 당사자는 전혀 개의치 않아 보였다. 해성의 얇은 발목을 조심스럽게 움켜쥐고서 힘을 주어 당기자 자연스레 해성의 한쪽 발이 허공으로 들렸다.

"잠깐만……."

강현은 해성의 말을 무시하고 느린 손길로 신발을 벗겨 내며 느릿하게 입을 떼어 냈다.

"널 잃게 되면 화가 날까."

잘못 들었나. 낮게 읊조리는 음성에 해성이 눈을 깜빡였다.

"그때와 같은 상황이 벌어지면."

강현이 천천히 고개를 들어 눈을 맞췄다.

"이번엔 확실히 지킬 수 있을까."

어쩐지 스스로에게 묻는 듯하였다.

그래서 해성은 차마 대답할 수 없었다. 무슨 뜻이냐고 물어볼 수 없었다. 아주 찰나였지만 마주한 남자의 검고 고요한 눈에 스친 절망이 그 이유였다.

있잖아. 강현이 조용히 말을 걸어왔다.

"수사만 포기하면 몇 번이고 얼마든지 네 밑에 깔려 줄게."

밤처럼 어두운 눈으로 유혹해 온다. 해성은 대답하지 않았다. 그런 반응일 것이라 예상한 듯 강현은 해성의 발목을 움켜쥔 채 엄지로 복사뼈를 살살 문지르며 조용히 자조하였다.

"밀어낼수록 욕심만 생겨."

발목에서 손을 뗀 강현이 느릿하게 몸을 일으켰다.

"안달 난 짐승 새끼처럼 말이야."

본인을 짐승으로 비유하다니. 이상했다. 이 남자는 어째서 스스로에게 그토록 엄격한 걸까.

'너희 팀장, 총 쐈대.'

은영의 말이 뇌리를 스치고 지나갔다. 지킬 수 있을지 물었던 건, 그것과 연관되어 있을지도 모른다.

"소중한 사람이었나요?"

강현은 대답이 없었다.

잃어버렸구나. 끝내 지키지 못했구나. 해성은 직감적으로 알아차릴 수 있었다. 그가 경찰청에서 강남경찰서로 좌천된 이유, 누군가를 쉽게 마음에 담지 못하는 원인. 그토록 사건 조사에서 자신을 밀어내려고 한 까닭까지. 차 팀장은 두려운 것이다. 그날과 같은 일이 벌어질까 봐. 지켜 내지 못하고 허무하게 잃어버릴까 봐.

해성은 조용히 강현을 바라보았다. 그런다고 답이 나올 리가 없는데도 한참을 말없이 들여다보다 무의식적으로 말을 뱉었다.

"저는."

"응?"

"뭐가 됐든 후회할 거라면 지금이 더 중요할 것 같아요."

죽는 건 순식간이고 잃었을 땐 감춰 온 지난날에 미련만 남을 뿐이니까.

"가족이 전부 죽고 혼자 남았을 때 가장 먼저 들었던 후회가 있어요."

"뭔데."

"전날 밤 사랑한다고 말해 주지 못한 거요."

일순 남자의 잠잠한 눈이 파동을 쳤다. 기분이 이상했다. 좀처럼 감정을 잘 드러내지 않는 남자의 심연을, 그 이면의 어두운 솔직함을 보았을 때 해석하기 힘든 묘한 희열과 함께 찾아온 것은 걱정이었다.

해성은 애써 웃으며 말했다.

"그날 사건 이후로 셀 수도 없이 시도해 봤거든요."

"시도?"

자살. 삶의 이유를 잃어버린 해성에게 다른 방도는 없었다. 자세한 의미를 언급하지 않고 시선을 피하자 강현은 반박자 늦게 뜻을 이해하고는 눈썹을 찡그렸다.

해성이 엷게 미소 지었다.

"전부 실패했어요. 보시다시피 멀쩡히 살아 있으니까."

"미련한 구석이 있네."

"그때 깨달았어요. 아, 나는 쉽게 죽을 운명이 아닌가 보다. 다 잃었는데 쓸데없이 생명 줄만 길어서. 그러니까 걱정 안 하셔도……."

말을 다 이을 수 없었다. 다시금 입술이 맞물린 탓이다.

"위로는 충분해."

길고 지루한 망설임을 단숨에 박살 내 버리는 말이었다.

누가 먼저랄 것도 없었다.

농밀한 키스는 다시 이어졌고, 둘은 입술을 떼지 않은 채 안으로 들어섰다. 어디로 향하는지 알 수 없었다.

강한 기세로 몰아붙이는 탓에 정신이 하나도 없었지만 해성은 이 순간이 나쁘지 않았다. 더, 조금만 더……. 잡념은 조금도 남김없이 증발되어 흔적조차 남지 않게 되었다. 그래. 당장은 현재에 집중하고 싶었다.

눈앞에 있는 남자는 채워도 채워도 갈증을 느끼는 사람처럼 끊임없이 갈구했다. 거칠고 날것 그대로의 모습으로 부서질 듯 꽉 껴안고서.

벽에 다다른 해성은 거칠게 숨을 몰아쉬는 강현을 흔들리는 눈으로 마주했다. 남자의 넓은 어깨가, 가슴팍이 크게 들썩였다. 흥분으로 잠식된 차 팀장의 눈빛은 도전적이었고, 또 그만큼 야했다.

찬기가 도는 어둠은 그와 꼭 닮았다. 달빛을 받아 은은하게 감도는 날렵한 얼굴이 눈에 담겼다. 목덜미에 입술을 묻고 여린 살을 자근자근 물던 남자가 옷 속으로 불쑥 손을 밀어 넣었다.

찬 기운이 감돌자 몸을 웅크리며 흠칫거렸지만 잠시뿐이었다. 남자의 손길이 닿은 곳마다 화끈하게 달아올랐다. 뜨거웠다.

"이걸 참느라 내가……."

남자가 간신히 씹어 삼키듯 말했다. 힐긋 시선을 돌리자 주먹을 얼마나 세게 쥐고 있는지 그의 손등 위로 불거진 핏줄이 보였다.

"집 안이 그 지경이 됐는데도 잘났다고 떠드는 네 입술을 틀어막고 싶은 걸 여태 참느라 곤욕이었어."

이성이 완전히 멀어진 것은 아니었지만 자칫 끊어질 듯 위태로웠다.

해성의 입술 사이로 뜨거운 숨결이 쏟아지는 것을 보며, 강현이 나직하게 읊조렸다.

"왜 다시 왔냐고 물었지."

커다란 그의 품에 갇힌 채 해성이 겨우 고개를 끄덕였다. 남자가 대뜸 다가와 해성의 아랫입술을 아프지 않게 깨물었다.

"순서가 잘못됐어."

"무슨……."

"처음부터 보낼 생각 없었거든."

다시 온 게 아니라 찾으러 간 거지.

강현이 겨드랑이에 두 손을 끼워 넣고서 가볍게 해성을 들어 올렸다. 앗, 하는 순간 내려앉은 곳은 근처 아일랜드 식탁 위였다.

얼추 눈높이가 맞춰지자 강현이 웃으며 다시금 옷 속으로 손을 밀어 넣었다. 손이 차가워 해성이 흡, 숨을 참았다. 하지만 얼마 지나지 않아 부푼 속살을 지분거리는 손길에 여린 신음이 흘렀다.

움직임을 가로막는 옷가지가 거슬렸는지 강현이 순식간에 해성의 니트를 올려 벗겼다. 숨통이 트이나 싶던 순간 후크가 풀어졌다. 느슨해진 브래지어가 밖으로 떨어지자마자 남자의 입술이 가슴으로 성급하게 따라붙었다.

"아……."

민망해할 시간도 부족했다. 해성은 전류가 흐르는 듯한 자극에 저도 모르게 남자의 뒷머리에 손을 밀어 넣고 머리카락을 꽉 움켜쥐었다.

잔뜩 예민해져 솟아오른 부위가 남자의 입안에서 멋대로 굴려지자 아랫배가 저릿저릿 비명을 질러 댔다. 발가락이 멋대로 오그라들었다.

"팀, 팀장님."

"왜 불러."

남자가 짜증스럽게 답했다.

왜 불렀는지 해성은 본인조차 알지 못했다. 삽시간에 밀려온 쾌락에 몽롱해진 정신은 이미 제 것이 아니었다. 가슴 위를 점령한 그의 큰 손이, 이로 긁어 내리는 아찔함이 머릿속에 담긴 모든 것들을 부정하며 지워 버렸다.

"벗길 거야."

어느새 아래로 내려온 그의 손길 한 번에 청바지 버클이 툭 풀렸다. 남자의 양손이 골반에 닿았다. 눈이 마주치자 해성의 얼굴이 붉게 달아올랐다.

창피했지만 어쩔 도리가 없었다. 뜻을 이해한 해성이 주춤 엉덩이를 들어 올리자 강현이 그녀의 바지와 속옷을 단숨에 끌어 내렸다.

대리석의 차가운 온도가 전부 느껴져 잠시 주춤했지만 그뿐이었다.

강현은 여자의 나체를 뚫어져라 보며 한 손으로 자신의 셔츠 단추를 툭, 투둑 풀어내기 시작했다.

"왜 그렇게 보세요. 보지 말아요."

창피해. 노골적인 시선이 와 닿자 때아닌 부끄러움에 해성이 눈을 굴리며 시선을 피했다.

"어떻게 안 봐."

강현이 느슨히 웃으며 자신의 바지 버클에 손을 가져다 댔다.

"차라리 죽으라고 해."

무엇 하나 걸치지 않은 상태가 되었지만 남자는 당당했다. 지그시 시선을 내리깐 채 빤히 응시하는, 오만하고 자신감 넘치는 얼굴이 지나치게 매혹적이다.

남자의 몸을 처음 보는 것도 아닌데 해성은 눈을 어디에 둬야 할지 몰랐다. 애써 시선을 피하려는데 강현이 다시 다가와 손으로 턱을 잡아채고는 입을 맞추었다. 그러면서 천천히 타고 내려와 목덜미를 자근 씹으며 한 손으로는 가슴을 가득 움켜쥐었다.

으응, 해성이 무의식적으로 내뱉은 교성에 남자의 움직임은 조금 더 집요해졌다. 목덜미에 머물렀던 입술이 점점 더 아래로 내려왔다. 강현의 무게에 떠밀려 해성의 몸이 뒤로 넘어가려 하자 남자가 순발력 있게 손을 뻗어 그녀의 뒤통수를 받쳤다.

여긴 식탁인데……

말을 하고 싶었지만 휩쓸린 분위기에 취해 이곳이 어디인지 장소마저 망각하고 말았다. 강현은 해성의 가슴에 얼굴을 푹 파묻고서 달콤한 사탕을 맛보듯 혀를 굴려 여유롭게 음미했다.

"아……."

"맛있어."

간지러움과 동반되는 아찔함을 견디지 못하고 해성이 남자의 넓은 어깨를 꾹 움켜쥐었다. 저절로 엉덩이가 들썩거렸다.

"너한테 좋은 냄새가 나."

향수 뿌려? 속삭이듯 묻자 해성이 간신히 고개를 내저었다.

"신기하네……."

낮은 목소리로 속삭이며 아프지 않게 깨물었다. 해성이 허리를 뒤틀며 가슴을 내밀었다. 가까스로 호흡할 때마다 남자의 입술이, 날렵한 콧대가 달아오른 부위에 스쳤다. 한계점까지 크게 부풀어 오른 풍선이 되어 버린 기분이다. 해성은 언제 터질지 모를 만큼 잔뜩 예민해진 상태였다.

더한 자극을 바랐지만 남자는 때아닌 여유를 부리며 해성의 애를 태웠다.

"팀장……, 님."

"응."

성적인 욕망으로 달아오른 두 사람에게 공적인 관계는 무의미했다. 해성은 저도 모르게 강현의 얼굴을 제 가슴팍 쪽으로 더 깊숙이 당겨 안았다.

강현의 입매가 미묘하게 올라섰다. 알겠어. 그만 애태울게. 그리 말하듯 천천히 능선을 그리며 끈적하게 끝을 건드리자 해성은 당장이라도 녹아 버릴 것 같았다.

저릿하다. 당장 죽어도 좋을 것만 같아. 지금까지 벌어진 일들이 거짓말처럼 아무것도 아닌 게 되었다.

해성은 입술을 꽉 감쳐물며 신음을 삼켰다.

더, 더……. 해 줬으면 좋겠어.

내면에서 꿈틀거리는 욕망을 감추며 해성이 게슴츠레 뜬 눈을 낮췄다. 가슴팍에 파묻힌 흠잡을 곳 없이 완벽한 남자의 얼굴이 보인다.

흐트러짐 없는 일관된 모습을 보였지만 여자의 몸을 탐하는 남자의 짙은 눈에선 흥분으로 잠식된 열감이 들끓었다.

총구 앞에 선 사람이 된 것 같다. 온몸이 극한의 긴장감으로 굳었다.

남자가 뚫어져라 해성의 눈을 주시하며 길게 핥아 올렸다. 그 순간, 파직 불꽃이 튀며 치솟은 쾌락이 머릿속을 뒤덮었다. 가차 없이 삼켜 문 채 흡입하는 통에 정신이 하나도 없었다. 파도에 휩쓸리듯 점차 이성이 멀어졌다. 눈앞이 몽롱해질 때쯤 남자가 가깝게 다가왔다.

무어라 말을 뱉으려는 순간 남김없이 먹어 치울 기세로 이를 세워 가슴을 짓씹었다.

"……읏."

뾰족한 무언가가 날아 꽂힌 듯했다. 아팠지만 그만큼 세찬 자극이 뒤따랐다. 갈수록 농밀해지는 혀 놀림에 해성이 달뜬 숨을 헐떡이자 강현은 자연스레 벌어진 다리 사이로 능숙하게 몸을 밀어 넣으며 가슴을 길게 핥았다.

"좋아?"

"으응……."

강현이 타액으로 번들거리는 입을 손등으로 훔치듯 닦으며 짧게 웃었다. 남자의 깊은 눈동자가 위로 향했다. 그와 반대로 손은 점차 아래로 내려갔다. 부드럽게 살결을 쓰다듬으며 침착하게 해성의 반응을 살폈다.

"아!"

해성의 눈매가 미약하게 찡그려졌다. 그녀의 입술에서 가느다란 신음이 흘렀다.

"건드리기만 해도 죽으려고 하면 어떡해. 아직 시작도 안 했는데."

미묘하게 달라진 찰나의 순간을 놓치지 않고 캐치한 남자가 신중을 기해 서슴없이 공략하였다.

강현이 낮게 웃음을 흘리며 다시 다가와 짧게 입을 맞췄다. 그다음은 귓불을 물고, 귓바퀴를 따라 혀를 굴렸다. 낮은 숨결과 질척한 소음이 고막 깊은 곳까지 스몄다.

끊이지 않고 아래에서 움직이는 손길은 점점 더 과감해졌다. 좁은 곳을 쉬지 않고 들락거리는 통에 정신이 혼미해졌다.

오소소 소름이 돋고 아랫배가 찌르르 울렸다. 해성은 더 이상 참을 수 없어 조급히 말을 뱉었다.

"그만……, 요. 이제……."

응? 강현이 되물었다.

"그거 말고. 다른 거, 해 줘요."

"그러니까 뭐를. 제대로 말해."

해성이 뜨거운 숨을 몰아쉬었다. 절로 속눈썹이 파르르 떨렸다. 남자가 한 걸음 더 가까이 다가왔다.

덕분에 좁은 거리가 더 가까워졌다. 하지만 강현은 그 이상 좀처럼 움직이지 않았다. 해성은 점점 더 조바심이 났다.

"아무 생각도 안 나게요."

해성을 쳐다보는 남자의 눈이 돌연 깊게 가라앉았다. 모든 잡념을 털어 내고 싶다는 말에, 열기로 달아오른 여자의 얼굴에. 붉은 입술을 악착같이 깨물며 어떻게든 신음을 참아 내려는 반응에 한순간 고삐가 풀렸다.

"그런 얼굴로 발칙하게 굴면 내가."

남자의 턱이 팽팽하게 당겨졌다. 이를 악물며 가까스로 말을 이었다.

"친절하게 대해 줄 수가 없잖아."

눈썹을 구기며 입술로는 웃는다. 해성은 이상하게 그 표정이 좋았다. 강현이 묵직한 숨을 내쉬며 해성의 허리를 둘러 안고 바짝 당겼다. 두 몸이 빈틈없이 맞붙자 묵직한 무언가가 아래에 닿는 것이 전부 느껴졌다.

낯설었다. 익숙해질 리가 없었다.

다른 사람도 아닌 차강현. 팀을 이끄는 직장 상사. 결코 좋지 못했던 첫 만남과 엇나간 관계. 한 치 앞도 모르는 것이 사람 인생이라지만 해성은 돌연 불안해졌다.

아무것도 없는 내게 깊숙이 스며든 당신마저 떠나 버리면, 사라지면.

그땐 어떡하지.

처음도, 지금도 달라진 건 없었다. 절벽 끝에 다다르면 그때마다 손을 내미는 사람은 결국 차강현, 그였다. 그밖에 없었다. 그러니 나는 어쩔 수 없이 그가 내민 손을 잡게 될 것이다. 몇 번이고 지금처럼, 살기 위해서.

살고 싶어지기 위해서.

"상관없어요."

"응?"

"친절하지 않아도. 상관없어."

갑작스럽게 짧아진 당돌한 말투에 강현이 피식 웃음을 흘렸다.

"근데 너 왜 반말해?"

"퇴근, 했으니까."

"좋아."

그것도 묘하게 흥분되네.

남자가 작게 혼잣말을 읊조렸다. 슬쩍 고개를 기울인 채 꿰뚫듯 아래를 바라본다. 수치스럽고 창피했지만 해성은 물러서지 않았다.

강현이 천천히 팔을 뻗어 아래에 손을 가져다 댔다. 반응은 빨랐다. 모든 준비가 되어 있음을 확인하고는 천천히 위아래로 문질렀다.

둔탁하고 묵직한 느낌이 그대로 쩔러 올 듯했다. 해성이 겨우 숨을 내쉬었다.

"하……."

강현이 해성의 얼굴을 빤히 쳐다보며 물었다. 그거 알아?

"난 생각보다 참을성이 없어."

알 수 없는 말을 중얼거리며 남자가 씩 웃었다.

"근데 네 앞에선 얌전한 척 납작 엎드려 있었지. 어울리지 않게."

"아……."

"다행히 더 이상 시간 끌 필요는 없겠어."

노골적이고 은밀한 의도가 확실히 담긴 말이었다. 감질나게 애를 태우던 움직임이 돌연 멈추었다.

"미리 말해 두지만 너만 피해자가 아니야."

큰 손으로 가슴을 힘껏 움켜쥐자 갓 건져 낸 활어처럼 펄떡펄떡 심장이 뛰었다. 해성이 질끈 눈을 감았다.

"널 두고 어쩌지도 못하고 있는 나. 나도 피해자지."

가해는 없고 피해자만 남은 관계. 이유도 모르고 끌렸던 관계.

말이 끝나기 무섭게 깊게 파고들었다. 조금 전의 일들은 단순한 장난이었음을 깨달았을 땐 이미 늦었다.

아픔을 단숨에 지워 버릴 정도로 강렬한 쾌감이 온몸을 순식간에 지배했다. 흐읍, 호흡을 멈추자 다가온 남자가 아랫입술을 깨물며 혀를 밀어 넣었다.

겨우 눈을 떴을 때 남자는 위험한 얼굴을 하고 있었다. 야하고, 조금은 퇴폐적인. 기묘한 분위기를 품은 남자가 바로 눈앞에 있다.

강현이 느리게 허리를 움직이기 시작하자 억눌린 신음이 왈칵 쏟아졌다. 처음은 옅었다. 하지만 그 존재감이 상당해 꽉 들어찬 기분이었다.

해성은 저도 모르게 온몸에 바짝 힘을 실었다. 그 자극이 남자에겐 꽤 컸는지 미간을 찌푸리며 가늘게 눈을 떴다.

"또. 돌게 만들지."

깊게 잠긴 남자의 목소리가 어렴풋이 들렸던 것 같기도 하다.

잠시 방심한 순간이었다. 완전히 빠져나가는가 싶더니 단숨에 끝까지 파고들었다. 아! 단발적인 비명을 뱉기 무섭게 남자는 다시금 거칠게 밀려들었다. 상상을 초월하는 힘과 속도였다. 갈수록 더 빨라졌다.

격한 움직임을 따라 전해지는 극한의 자극을 견디지 못하고 해성이 허공에 뻗은 손을 허우적거렸다.

무엇이라도 잡아 지탱하려고 했지만 닿으려는 순간 빠져나갔다가 다시 뚫고 들어왔다.

"아, 으읏!"

그 모습이 보기에 안쓰러웠는지 강현이 해성의 손목을 잡아챘다.

"아파?"

도리도리. 해성이 얼굴을 흔들었다.

"조금, 조금만 천천히요."

"싫어."

짓궂게 답하며 가슴을 잘근 씹었다. 그러면서 움켜쥔 손목을 강하게 끌어당겼다. 그 반동으로 해성의 허리가 붕 떠올랐다. 아흑, 우는 소리가 흘렀다. 안기다시피 매달린 자세가 되자, 강현이 두 손으로 해성의 엉덩이를 받쳐 들었다.

눈앞이 뿌옇게 흐려졌다. 적잖은 무게를 감당하고 있는 남자는 조금도 힘든 기색이 없었다.

"아기 같아."

널찍한 어깨에 얼굴을 기댄 채 아이처럼 남자의 목덜미를 꽉 끌어안고 매달렸다. 남자가 해성의 엉덩이를 받친 손에 힘을 주었다 풀 때마다 전보다 더 깊은 곳을 휘젓는 자극이 생경하다.

해성이 덜덜 떨리는 입술을 가까스로 움직였다.

"내릴래요. 내려 줘……."

"조금 더."

"제발요. 느낌이 이상해."

"못 참겠어?"

"으응."

강현이 소리 없이 웃으며 순순히 해성을 내려 주었다. 바닥에 발이 닿자 불안정한 호흡이 훅 토해졌다.

쉴 틈을 주지 않았다. 해성의 허리를 잡아 빙글 돌린 강현이 바짝 붙어 섰다.

"지금 너, 되게 야한 거 알아?"

해성의 얼굴이 붉게 달아올랐다. 어떻게 아무렇지 않게 그런 말을 뱉을 수가 있지. 남자의 속이 궁금했다. 호기심도 잠시, 강현이 짧게 밀어 쳐올리자 불씨가 확 살아났다.

해성이 신음을 삼키며 한 글자, 한 글자 겨우 뱉었다.

"미친, 것 같아……."

살인범에게 살인 예고를 받은 상황에서 좋아 죽겠다며 우는 소리를 내는 나도, 그런 나를 끌어안고 섹스에 열중하는 당신도.

강현이 희미하게 웃었다.

"알아."

강현이 조그맣게 웃으며 해성의 아랫배를 강하게 잡아당겼다. 전과 비교도 할 수 없을 만큼 깊었다. 뻐근한 감각과 동반된 쾌감이 몸을 뚫고 들어오는 듯했다.

"하웃……."

"다리 좀 더 벌려 봐."

"시, 싫어요."

창피해. 부끄러워. 알아줬으면 하는 마음이었지만 남자는 단호했다.

"싫다는 여자 억지로 벌리는 취미 없어. 직접 벌려."

말은 그렇게 했으면서 손으로는 끊임없이 가슴을 주물거리며 희롱했다. 해성은 입술을 꾹 감쳐물고선 주춤주춤 다리를 움직였다. 그제야 남자가 다시금 느릿하게 허리를 움직였다.

"아파?"

아픈데, 좋았다. 더 세게 해 줬으면 좋겠다. 제발, 제발 좀……, 더.

속내를 알아차린 건지 남자가 예고 없이 속도를 높였다. 아래에서 위로 치올리는 강도가 높아지자 해성은 더듬더듬 손을 뻗어 벽을 짚고 무게를 지탱했다. 으응, 하아……. 흠칫 떨리는 몸을 주체할 수 없었다. 점차 아득해지는 정신을 붙잡기엔 너무 멀리 왔다.

그가 내 이름을 불러 주며 사랑한다 말해 줬으면 좋겠다. 욕심일까.

쉴 새 없이 이어졌다. 속절없이 무너지고 또 무너져 내렸다. 도저히 참을 수 없다고, 무언가 터져 나올 것 같다고 그만 멈춰 달라고 애원하려는 순간이었다.

"이해성."

모든 것들이 멈춘 느낌이었다. 서 있을 힘도 없었다. 후들후들 떨리는 다리로 가까스로 버티고 서서 겨우 고개만 돌려 강현과 눈을 맞췄다.

땀이 맺힌 얼굴이 보인다. 민감해진 탓인지 이따금씩 인상을 찡그리는 남자가 있다. 당장이라도 빨려 들어갈 것 같은 새까만 눈으로 빤히 쳐다보면서.

"이해성."

남자는 몇 번이고 해성의 이름을 불렀다. 그날 해성은 미처 알아차리지 못했다. 젖어 버린 채 흔들리며 동요하던 남자의 눈을. 그 의미를.

당신은 그날 밤, 내게 무슨 말을 하고 싶었던 걸까.

13

한국대학병원 정신건강의학과는 평소와 다를 바 없이 소란스러웠다.

낯선 듯 주변을 살피며 조용히 순번을 기다리는 환자가 있는 반면, 바락바락 윽박을 내지르며 의료진들을 괴롭게 만드는 환자도 적지 않았다.

잠시 숨을 돌릴 수 있는 유일한 시간은 점심 교대 시간이었다. 유독 힘들었던 진상 환자에게 이골이 난 듯 김 간호사가 한숨을 쉬며 동료 간호사에게 한탄을 흘렸다.

"저, 이 일 관둘 때가 됐나 봐요."

동료 간호사가 놀라 눈을 크게 뜨며 다급히 팔을 붙잡았다.

"절대 안 돼. 안 그래도 인력 부족해서 난리인데. 왜, 진료 때 무슨 일 있었어?"

"말해 뭐 해요. 박동규 환자요. 이러다 제가 먼저 정신병 걸리겠어요."

박동규 환자는 정신의학과 내에서 악명이 자자했다. 정신 질환을 앓고 있는 환자란 명목으로 의료진들을 달달 구워삶는데, 참지 못하고 울음을 터트린 간호사도 적지 않았다.

"괜히 정신의학과에 지원했나 봐요. 차라리 애들 울음소리로 괴로워하는 소아과가 백배는 낫겠어요."

"다른 과는 고충이 없는 줄 알아? 의료진을 봉으로 생각하는 환자는 어디든 있어. 힘내. 응?"

"휴……. 네에. 그래야죠."

지친 기색이 가득 묻어 있는 얼굴은 쉽게 나아질 것이 아니었다. 동료 간호사가 무언가가 떠오른 듯 짝 손뼉을 부딪쳤다.

"아, 이참에 김 간호사도 최 교수님한테 진료 한번 받아 보는 게 어때?"

김 간호사의 눈이 휘둥그레 떠졌다.

"최 교수님이요?"

"그래. 우리부터 제정신 꼭 붙들고 있어야지. 저번엔 이 간호사님도 상담받았다는데, 너무 좋았대. 마주 보고 앉아서 얼굴만 감상해도 10년 묵은 화병이 싹 가라앉는다나 뭐라나."

서 간호사가 키득거렸다.

"에이, 그 정도는 아니구요. 교수님도 환자들 진료 보시느라 바쁘실 텐데 제가 뭐라고요."

"어어. 아니야. 교수님도 말씀하셨어. 의사보다 더 고통받는 직업이 일차적으로 환자 대응하는 간호사라구. 의료진부터 건강해야 환자도 제대로 돌볼 수 있는 거라면서 언제든 상담 신청 하라고 하셨는걸. 병원에서 일하는 사람들 그나마 괜찮은 복지가 검진인데 그대로 날려 먹을 순 없잖아."

김 간호사의 눈이 반짝 빛났다.

"그럼, 한번 받아 볼까요? 박동규 환자는 둘째 치고, 사실 가족사에 문제가 좀 있어서……."

"가족사? 새어머니 말하는 거지?"

김 간호사가 고개를 끄덕였다.

"사람 살리는 직업이니까 이런 말 하면 안 되는 거 잘 아는데, 진짜 다 내려놓고 솔직히 말하면 정말 죽여 버리고 싶은 심정이에요. 어제 그 여자가 아빠 통장에 있는 돈을 전부 빼다 썼대요. 그거 제 결혼 자금으로 아빠가 15년 동안 한 푼씩 모아 놨던 거라고 했는데……."

"세상에. 뭐 그런 사람이 다 있대? 진짜 미친 거 아니야?"

"그러니까요."

동료 간호사가 안쓰럽다는 듯 김 간호사의 어깨를 다독여 주었다.

"그래서 오늘 유독 더 힘들어했던 거구나. 어쩌다니, 정말……."

누구랄 것도 없이 긴 한숨을 내쉬고 있는데 데스크 앞으로 의사 가운을 입은 남자가 멈춰 섰다.

"오늘 오전 예약 진료는 황예선 환자가 마지막인가요?"

남자가 차트를 확인하며 시선을 올리자 앉아 있던 간호사들이 자리에서 벌떡 일어섰다.

"교, 교수님!"

"뭘 그렇게 놀라요. 누가 보면 땡땡이치다가 걸린 줄 알겠다."

정우가 사람 좋게 웃자 간호사들이 얼굴을 붉혔다.

"혹시, 다 들으셨어요?"

"아, 미안해요. 밖에서 대화 끝날 때까지 기다리려고 했는데, 나도 바빠서."

"아니에요. 안 그래도 김 간호사가……."

말을 꺼내기 무섭게 김 간호사가 동료 간호사의 어깨를 툭 쳤다. 말하지 말아 달라는 신호를 알아차린 동료 간호사가 입을 꾹 다물자 차트를 넘기며 진료 목록을 확인하던 정우가 시선을 올렸다.

"김 간호사님."

"……네?"

"차트 좀 받아 줄래요?"

"앗, 네. 죄송해요. 정신이 없어서."

정우가 내민 차트를 뒤늦게 확인한 김 간호사가 서둘러 건네받았다.

"오지랖일 수도 있는데, 진료받는 거 창피한 일 아니에요. 나도 주기적으로 동료 의사한테 상담받고 있는데. 그게 뭐라고."

"아니, 그런 게 아니라……."

"물론 민폐도 아니고요. 아픈 사람이 병원에 오는 건 당연한 거니까. 의사든, 간호사든. 누구라도 언제든지 환자는 될 수 있어요."

"아……."

"누군가를 죽여 버리고 싶다. 그 정도로 강한 분노를 느낀다는 건 감정을 가진 사람이라면 살다가 한 번씩 느껴 볼 수 있는 당연한 증상이죠. 그 괴로운 감정에 공감하면서 환자를 고통에서 벗어나게 해 주는 게 우리 같은 정신의학과 의료진의 의무고."

정우가 의미심장한 미소를 그렸다. 잠시 눈길을 낮춰 손목시계를 확인한 뒤 곤란한 듯 고개를 기울였다.

"아무래도 오늘은 중요한 선약 때문에 안 될 것 같은데……. 아. 문자 하나만 남겨 줄래요? 시간 날 때 한번 진료받으러 와요."

"정말 괜찮으세요? 요즘 예약 환자가 넘쳐 나고 있는데."

정우가 어깨를 으쓱였다.

"가능한 최선을 다해 볼게요. 고통에서 벗어날 수 있도록."

○ ◎ ●

휴대폰으로 시간을 확인했다. 아직 약속 시간까진 15분이나 남아 있었다. 해성은 병원 근처에 위치한 카페에 들어가 주문한 음료를 받아 들고 구석진 빈자리에 착석했다.

"후……."

긴 숨을 내쉬며 창밖을 바라보았다.

평화롭게 길을 거니는 사람들을 멍하니 바라보고 있자니 정신없던 지난밤이 까마득히 멀게만 느껴졌다.

그는 늦은 새벽까지 해성을 놓아주지 않았다. 온몸에 힘이 빠져 그대로 무너지려 하면 다시 끌어 올리고, 그만 멈춰 달라 우는소리를 내면 더 보란 듯이 속도에 박차를 가했다.

그만. 제발 그만……

신음보다 그 말을 더 많이 했던 것 같다. 한계를 넘어선 자극에, 펑 터질 것만 같았다. 아니, 이미 터진 풍선에 다시 바람을 불어 넣었던가.

어떻게 잠이 들었는지 기억도 잘 나지 않았다. 눈을 뜨게 된 건 다시 몸을 자극하는 그의 손길 때문이었다.

약속 시간이 가까워질 때쯤 관계는 겨우 끝이 났다. 이른 오전, 무방비한 상태에서 차 팀장을 마주했을 때 해성은 기분이 이상했다.

실오라기 하나 걸치지 않은 해성의 맨몸에 브래지어를, 그리고 속옷을 차례로 직접 입혀 주며 강현이 덤덤히 말했다.

'데려다줄게.'

괜찮다는 거절이나 알겠다는 수락조차 나오지 않았다. 남자의 침대에 지친 채로 축 늘어진 해성과 달리 강현은 일찍 준비를 마치고 다가왔다. 감히 상대할 수 있는 체력이 아니란 걸 뒤늦게 깨달은 순간이었다.

'정말, 같이 가실 거예요?'

남자는 대답이 없었다. 빤히 해성을 쳐다보다가 다가와 입을 맞추었다. 그러면서, 상상도 못 한 질문을 던졌다.

'집 비밀번호가 어떻게 됩니까.'
'비밀번호는 왜……'

'알아 둬야 할 것 같아서.'

쉽게 말을 하지 못하고 머뭇거리자 강현은 해성의 귓불을 자근 씹어 물며 다시 되물었다.

'말 안 해?'
'아니……'
'말할 때까지 괴롭힐 거야.'

어제처럼. 낮게 읊조리는 음성은 터무니없는 협박이었지만 그보다 자극적이었다. 더는 시간을 지체할 수 없던 해성은 하는 수 없이 자신의 집 현관 비밀번호를 불러 주어야 했다.

'이렇게 해야 말을 듣지.'

원하는 답을 내주었는데도 남자는 좀처럼 물러서지 않았다. 해성이 붙잡힌 손목을 비틀며 벗어나려 하자 이번엔 가슴을 움켜쥐며 입을 묻었다.

'안, 안 돼……'
'왜.'
'그만요. 정말 안 돼요.'

사실은 더 하고 싶었다. 그의 곁에 더 길게 머물고 싶었지만 야속한 시간은 쉬지 않고 흘러갔다.
의도치 않게 마주한 방해가 조금 짜증이 나는지 강현은 설핏 인상을 찡그리면서 감질나게 촉, 빨아들이고는 입을 뗐다.

빤히 해성을 들여다보며 강현이 바지 뒷주머니에서 무언가를 꺼내어 들었다. 남자가 건넨 물체는 경찰증이었다.

'이걸 왜 저한테……'
'비밀번호 알려 준 답례.'

도통 달라는 소리를 안 하길래. 남자는 기다리고 있었다 했다. 그 당시 엔 차 팀장의 의도를 알 수 없었다. 대뜸 비밀번호를 알려 달라는 질문도, 답례라며 건넨 경찰증의 의미도.

'네 거야. 마음대로 써도 좋아.'

네 거. 그 말이 머릿속에서 떠나질 않았다. 굳건한 방패가 생겼다는 든 직함보다 그를 소유하게 된 것만 같은 기분이 잠잠한 마음을 들뜨게 만들 었다. 장난 같은 고백에 대한 대답을 들은 것만 같았다면, 그건.
착각이었을까.

'제가 이걸 어디서 어떻게 쓸 줄 알고 선뜻 맡겨요.'

남자가 픽 웃음을 터트렸다.

'갖다 버리지만 마.'

버리지만 마.
해성은 그의 말을 끊임없이 속으로 곱씹었다. 버리지만 말아 달라는 그 말을, 알 수 없는 미소를.
함께 가자 했던 차 팀장은 갑작스럽게 볼일이 생겼다 했다. 무슨 일인지 물어보진 않았다. 오히려 잘된 일이라고 생각했다.

온전치 못한 자신의 정신 상태를 인지하고 있다 한들, 주치의에게 직접적으로 심각성을 전해 듣는 것과는 별개의 문제였으니까.

얼마나 시간이 흘렀을까. 카페 출입문이 열리며 딸랑, 종소리가 울려 퍼졌다. 퍼뜩 정신을 차린 해성이 고개를 들었다.

열린 문 사이로 들어선 남자를 확인한 순간, 해성이 반사적으로 몸을 일으켰다.

"아, 선생님."

최정우였다.

"해성 씨."

넓은 보폭으로 단숨에 다가온 정우가 부드러운 미소를 그리며 해성의 맞은편 자리에 섰다.

"오셨어요."

해성이 엉거주춤 일어서려 하자 정우가 됐다는 듯 손사래를 쳤다.

"일어나지 마요. 오래 기다렸어요?"

정우가 의자에 앉으며 손목에 채워진 시계를 확인했다. 해성이 고개를 흔들었다.

"아니요. 저도 방금 도착했어요."

"다행이네요. 진료가 늦어져서 기다리고 있으면 어쩌나 걱정했거든요."

정우가 제 앞에 놓인 음료를 흘긋거리자 해성이 눈치껏 말했다.

"괜찮을지 모르겠어요. 커피로 하려다가 혹시 몸에 안 맞으실까 봐 차로 시켰는데."

"뭐든 좋아요. 그래도 제가 먼저 만나자고 했으니 대접해 드려야 하는데 얻어먹어서 어쩌죠."

"항상 신세 지고 있는걸요. 얼마 하지도 않는데, 그냥 감사 인사로 받아 주세요."

"의사 하길 잘했네요. 잘 마실게요. 해성 씨."

정우가 차를 한 입 들이켜며 슬며시 입술을 늘여 웃었다.

"맛있네요."

그제야 해성의 얼굴이 부드럽게 풀어졌다. 대화가 끊기자 기다렸다는 듯 어색한 침묵이 흘렀다. 잠시 후 정적을 끊어 내고 정우가 먼저 운을 뗐다.

"그러고 보니 해성 씨를 알고 지낸 시간이 벌써 10년이나 됐네요. 시간이 참 빨라요."

"아……. 그러게요. 그땐 제가 고등학생이었으니까."

"맞아요. 교복 입고 있었죠? 기억나요. 남색 교복. 당시엔 나도 전공의때라 이래저래 서툴고 실수도 많았던 것 같은데. 다시 생각해 보니 많이 미안해지네요."

"아니에요. 오히려 제가 더 죄송하죠. 아무리 어릴 때라지만 예의 없이 틱틱거리기나 하고."

"상황이 상황이었잖아요. 신경 쓰지 말아요. 해성 씨 정도면 양반이니까."

사건이 발생한 당일, 가족들이 전부 죽고 정우를 처음 마주하게 되었을 때 해성은 날이 선 상태였다.

그 누구도 믿을 수 없었다. 그럼에도 정우는 끊임없이 다가와 문을 두드렸고 시간이 지나며 해성은 조금씩 마음을 열기 시작했다.

맞은편에 앉은 정우가 지난날을 회상하며 손에 쥔 따뜻한 머그 컵을 엄지로 느리게 문질렀다.

"그러고 보면 나도 해성 씨 덕분에 많이 웃었던 것 같아요."

"저 때문에요?"

"네. 이건 다른 주제긴 한데, 남의 일기장을 들여다보고 있으면 괜히 죄책감이 들거든요. 그래도 어디까지나 치료 목적이니까 최대한 의료진의 입장에서 생각하려고 노력하고 있어요."

"아……."

"일기장에 적힌 날짜가 늘어 갈수록 성장해 가는 모습이 보여서 다행이다 싶었어요. 기특하기도 했고."

괜히 쑥스러워 해성은 어색하게 웃기만 했다. 창밖 풍경을 넌지시 응시하던 정우가 다시금 천천히 고개를 돌려 물끄러미 해성을 바라봤다.

"경찰 공무원에 합격했단 소식을 일기장에서 접했을 땐 정말 깜짝 놀랐던 기억이 나요. 오랜 꿈을 접는 게 쉽지만은 않았을 텐데. 아, 상처를 들췄다면 미안해요. 그래도 한번은 툭 터놓고 말하고 싶었거든요."

"괜찮아요. 전부 지난 일인데요. 지금은 경찰 일도 나름 배우는 재미가 있어요. 최근까진 정말 적성에 맞지 않는다고 생각해서 진지하게 그만둘까 생각도 했는데, 지금은 꼭 그런 것 같지도 않아요."

"하나 물어보고 싶은 게 있는데."

"말씀하세요."

"경찰이 됐다는 것까진 일기장에 적혀 있는데, 왜 그 이후로는 언급이 없어요? 내가 형사물 드라마를 좋아해서 내심 관련된 에피소드도 기대하고 있었거든요. 지금도 그렇고."

"별거 없어요. 지금은 형사지만 그땐 지구대 소속 경찰이라서 주취자 달래 주고 인계하거나 교통사고 음주 단속. 대부분 그런 것들뿐이라서."

해성이 조금 머뭇거리다가 어렵게 입을 열었다.

"무엇보다 형사 일은 아무리 일기장이라도 상세하게 적기가 어려워요. 비공개로 조사에 착수해야 하는 사건들이 대부분이라."

"날 믿지 못하는 거예요?"

"아, 아니요. 그건……."

당황한 해성이 말끝을 흐리자 정우가 크게 웃음을 터트렸다.

"장난이에요, 장난."

어색했던 기류가 정우의 농담으로 어느 정도 풀어졌다.

"아, 맞다. 일기장. 여기요."

정우가 가져온 해성의 일기장을 테이블에 내려두었다. 해성은 일기장을 가만히 바라보다 시선을 들었다.

"저, 선생님."

"네?"

"혹시 시간 괜찮으시면 자문 하나만 구해도 될까요."

"얼마든지요."

"인격 장애에 대해서 여쭤보고 싶어요. 사이코패스와 소시오패스요."

정우가 찰나 멈칫하며 움직임을 멈추었다.

"갑자기 그건 왜 물어요?"

"아무래도 이쪽 일을 하고 있다 보니까……. 어느 정도 기본적인 개념은 알고 있긴 한데, 판별하는 게 쉽지가 않더라고요."

"음……. 뭐, 그럴 수 있죠. 충분히."

이런 질문을 받게 될지 몰랐다는 눈치였다. 정우는 잠시 생각에 잠긴 듯 조용히 말끝을 흐리다 결심이 섰는지 입을 열었다.

"사실 사이코패스와 소시오패스를 구분하는 건 의료진이나 전문가들도 쉽지가 않아요."

"그렇군요."

"반사회적 인격 장애로 잘 알려진 성향이죠. 소시오패스와 사이코패스."

해성이 고개를 끄덕이자 정우가 음, 하며 이어 말했다.

"사이코패스와 소시오패스에 대한 이론, 그리고 논문들은 확정된 것이 없고 지금까지도 지속적으로 수정되고 있어요. 사람마다 판단하는 기준이 다르고 가설도 넘쳐 나기 때문에 일반인들의 입장에선 접근성이 어려울 수밖에 없죠. 하나 예시를 들자면, 캘리포니아 정신보건센터 마이클 톰킨스 박사는 두 인격 장애의 차이를 '양심'으로 봤다고 해요."

정우가 손끝으로 의미 없이 테이블에 원을 그렸다.

"충동적이고 극단적인 성격의 사이코패스는 '죄'를 인식하지 못한다고들 하죠. 반대로 소시오패스는 '죄'는 인식하지만 목적과 목표, 그리고 성공을 위해서 악행쯤은 대수롭지 않게 생각할 뿐이고요. 굳이 차이를 골라 말하자면 사이코패스는 윤리나 법적 개념을 모르고, 알고 싶어 하지도 않지만 소시오패스는 잘못된 행동임을 알면서도 범죄를 저지른다는 차이가 있겠네요."

"아……."

거기까진 이미 알고 있는 사실이었다. 해성이 이해했다는 듯 고개를 작게 주억거리자 정우가 조그맣게 웃었다.

"혹시 그거 알아요? 여담이지만 의료진들은 보통 인격 장애를 가진 환자를 두고 흰색 도화지 같다고 표현해요."

"도화지요?"

어감이 이상했다. 흰색이라니. 깨끗함을 상징하는 색과는 전혀 반대가 아닐까. 해성이 의문을 갖고 보일 듯 말 듯 인상을 찡그리자 그걸 눈치챈 정우가 말을 덧붙였다.

"흰색 도화지는 섞이지 않고 본연의 색 그대로, 전부를 흡수할 수 있으니까. 그게 밝은색이든, 어두운색이든 상관없이 말이죠."

"그러네요."

"그들의 머릿속엔 단 한 가지만 존재해요."

정우가 검지로 자신의 관자놀이를 툭툭 두드렸다.

"나. 세상의 중심은 오직 본인이죠. 나를 위해, 나를 위한. 나의 감정, 사랑, 성공을 위해 살아요. 그것이 그들의 신념이니까. 하지만 세상 사람들은 그들을 향해 쓰레기라 말하죠. 사실은 누구보다 순수한, 동물적 감각을 가진 인간인데. 아마 그들은 이런 생각을 갖고 있을 거예요. '세상에 존재하는 악의 기준은 대체 누가, 무슨 권리로 만들었지?'라고. 짐승을 보면 본인이 살기 위해, 배를 채우기 위해 먹잇감을 사냥하고, 동족을 죽이기도 하지만 우리는 그 행위를 결코 잘못됐다 생각하지 않잖아요. 왜? 자연의 섭리, 당연한 이치니까. 그런데 어째서 사람에겐 그 행위가 정당하다 성립되지 못하고 죄가 되는 것일까. 해성 씨는 궁금하지 않아요?"

"상당히 철학적이네요."

쉽지만 어려웠다. 어렵지만 단순했다. 인격 장애의 속을 알 수 있는 건 당사자뿐이다. 아무리 세상의 진리를 깨우친 지식인들이라도 100% 그들을 알 수는 없다. 그저 추측할 뿐이지.

"소시오패스는 필요한 사람들을 유혹하고 다루는 것에 능통하죠. 그래서 그런지 통계적으로 소시오패스는 사업가, 기업인, 사기꾼이 많아요."

"그럼 혹시, 소시오패스가 충동적으로 살인을 하고 싶다는 생각을 할 수도 있나요? 반대로 사이코패스가 소시오패스처럼 살인 충동을 감추면서 좋은 사람인 척 일반인과 섞여 살고 있다거나."

"글쎄요. 그건 장담하지 못하겠네요. 본인의 목적에 따라 달라지는 거니까. 소시오패스, 사이코패스를 구분하는 것도 그 기준이 애매하거든요. 하지만, 비교적 충동적인 성향이 강한 사이코패스와 다르게 소시오패스는 적어도 동기가 존재할 거예요."

"만약 선생님이 범인이라면 지금쯤 어떤 생각을 할 것 같아요?"

"음. 어려운 질문이네요."

"아무래도 그쪽 분야에 지식이 많으시니까, 알아 두면 조금은 도움이 되지 않을까 싶어서요."

"정리를 해 볼까요. 범인의 성향이 사이코패스라 치고 그게 나라고 가정한다면, 지금쯤 아마."

정우가 비스듬히 고개를 기울이며 뚫어져라 해성을 직시했다.

"가장 거슬리는 것부터 죽이고 싶다."

순간 소름이 확 끼쳤다.

"그렇게 생각하지 않을까요?"

정우가 부드럽게 입술을 늘여 웃었다. 그제야 숨이 트였다. 기분 탓이겠지. 해성은 간신히 마른침을 삼키며 겨우 말했다.

"……그렇군요."

누구라도 쉽게 예측할 수 있는 것이었다. 해성도 정우와 같은 생각을 하고 있었다. 유일한 생존자를 가장 먼저 노려 오는 것은 당연했으니까. 하지만.

"한 가지만 더 여쭤볼게요."

"얼마든지요."

"사이코패스가 살인 예고를 하는 경우도 있나요? 충동적인 성향과는 조금 맞지 않는 것 같은데."

"음. 그러게요. 하지만 어디서든 예외는 항상 있는 법이니까 무시할 순 없겠죠."

정우가 깍지를 낀 손등 위에 턱을 괴고서 천천히 눈꺼풀을 밀어 올렸다.

"하지만 해성 씨. 일각에선 사이코패스보다 소시오패스를 더 주의해야 한다는 말도 있어요."

"왜요?"

정우가 눈을 휘어 웃었다.

"글쎄요, 아마 조금 더 섬세하니까?"

○ ◎ ●

정우와 헤어지고 카페를 나섰을 땐 오후 2시였다. 해성은 새파란 하늘을 올려다보며 한숨을 흘렸다.

'성향에 따라 다르겠지만, 일반적으로 소시오패스는 사이코패스와 다르게 살인을 즐기진 않아요. 필요하다면 거리낌 없이 행동으로 옮길 수는 있겠지만 소시오패스는 자신의 어두운 이면을 수면 위로 드러내는 걸 딱히 좋아하지 않거든요. 본인의 우월함을 증명받는 것에 관심도 없고요.'

'그럼요?'

'이용을 하겠죠. 성공과 목표 달성을 위해.'

살인을 통해 살아 있음을 느끼며 단순하고 충동적으로 움직이는 사이코패스와 달리 소시오패스는 정신의학과 의료진들도 어려워하는 난제라고 했다. 어디로 어떻게 뻗어 나갈지 그 누구도 예측할 수 없다고, 그래서 더 두려운 존재라고.

해성이 정신을 차리고 휴대폰을 꺼내어 들었다. 차 팀장에게 볼일이 끝났음을 보고하기 위해서였다.

그때, 누군가가 해성을 알아보고 말을 걸어왔다.

"어? 너 이해성 아니야?"

해성이 움직임을 멈추고 뒤를 돌아보았다.

긴 웨이브 머리에 한껏 치장한 여자.

10년 전까지 늘 해성에게 가려진 채 그림자 역할만 해 왔던, 같은 고등학교 클래식 피아노 전공생 최지윤이었다.

그런 순간들이 있었다.

수많은 사람들에게 꽃다발을 받고, 축하를 받고, 재능과 노력을 가진 천재는 그 누구도 이길 수 없다는 말로 매일을 들뜨게 만들던.

매 순간이 천국이었다.

좋아하는 일에 마음껏 열중할 수 있는 것보다 더한 축복은 없었다. 그걸 알기에 해성은 하루도 쉬지 않고 피아노를 쳤다. 힘들다 생각한 적은 단 한 번도 없었다. 그저 감사했다. 그래서 그땐 미처 알지 못했다.

내가 높이 비상할수록 누군가는 끝없이 추락하고 있다는 것을. 내가 많은 사람들의 찬사를 받으며 막힘없이 내달릴 때, 누군가는 그 모습을 곁에서 지켜보며 죽을 만큼 괴로워한다는 사실을.

한계를 뚫고 보란 듯이 정상에 올라 쟁취한 화려한 명성도 예기치 못한 순간, 꿈처럼 허무하게 사라질 수도 있다는 사실까지도.

해성과 지윤은 둘도 없는 친구이자 라이벌이었다. 하지만 패자의 속은 뒤틀려 있었다. 지윤은 내심 해성의 노력과 재능을 시기하고 질투했다. 비단 그것은 지윤뿐만이 아니었지만 그녀가 유독 민감해하던 이유는 분명했다. 초등학교, 중학교, 고등학교. 심지어 입시와 콩쿨에서조차 최지윤은 늘 2등이었다. 1등은 항상 해성의 차지였다.

해성은 지윤의 눈을 보았다. 나는 네가 이 세상에서 사라졌으면 좋겠어. 나보다 높게 날지 말았으면 좋겠어. 내 참담한 기분을 너도 한 번쯤 느껴 봤으면 좋겠어. 해성을 바라보는 지윤의 눈빛엔 원망과 부러움이 뒤섞여 있었다.

"진짜 오랜만이다."

지윤이 활짝 웃으며 가깝게 다가와 해성을 마주 보고 섰다. 달콤한 향수 냄새가 코끝을 간지럽혔다. 굵게 웨이브 진 긴 머리에선 윤기가 돌았고 공들여 화장한 예쁜 얼굴은 생기가 넘쳤다. 앳된 교복을 벗고 성숙해진 그녀의 분위기는 낯선 것이었다.

당황한 해성은 굳은 채 서서 지윤이 품 안에 소중히 끌어안고 있는 악보 파일을 물끄러미 쳐다봤다.

"오랜만에 만났는데 왜 말이 없어. 나 안 반가워?"

지윤이 다그치자 그제야 정신을 차린 해성이 눈을 깜빡였다.

"그러네. 오랜만이다."

"어떻게 길 한복판에서 이렇게 딱 마주칠 수가 있지? 너무 신기하다. 그나저나 그동안 뭐 하면서 지냈어? 그 일 있고 통 연락이 안 돼서 걱정 많았는데."

정말 걱정했던 게 맞을까. 묘한 기분이었다. 입장이 뒤바뀐 상황, 피아노를 포기한 시점에서 아직도 현역인 옛 라이벌을 마주 본다는 건.

"해성이 넌 아직도 피아노 쳐?"

지윤이 억지로 웃으면서 물었다. 알면서 일부러 묻는 것이다. 의도를 파악한 해성은 최대한 담담히 답했다.

"아니. 예전에 그만뒀어."

"왜? 네 실력 썩히기 아깝잖아. 계속 쳤으면 지금쯤……. 아, 하긴. 그런 일이 있었는데 계속 피아노를 친다는 게 말이 안 되지. 미안. 내가 너무 눈치가 없었다. 오랜만에 만나서 반가웠나 봐. 눈치도 없이."

손으로 자신의 입을 치며 지윤이 멋쩍게 웃었다. 그 모습을 덤덤히 바라보면서 해성이 물었다.

"너는 계속 피아노 치는 거야?"

"응. 한 달 뒤에 독일 가게 됐거든."

"그렇구나, 잘됐다. 너 독일 가고 싶어 했잖아."

"기억하는구나! 내가 그때 너한테 자리 뺏겨서 그날 얼마나 울었는데. 나 요즘 박사 학위 준비하고 있거든. 좀 힘들지만 너무 행복해."

지윤의 손끝이 파르르 떨렸다. 해성은 그 모습을 놓치지 않았다.

"그럼, 해성이 넌 피아노 그만두고 요즘 무슨 일 해? 직장 다니니?"

"뭐, 응. 그렇지."

"피아노밖에 모르던 애가 직장이라니. 진짜 안 어울린다. 회사에선 배가 이만큼 나온 팀장이 그렇게 갈구고 면박 준다는데, 진짜 그래?"

배 나온 팀장. 차 팀장은 몸이 좋은 편인데. 아니다. 배가 나왔어도 아마 그 남자는 잘생겼겠지.

새삼스럽게 강현이 떠오르자 해성은 저도 모르게 피식 웃음을 흘렸다. 지윤이 의아하다는 듯 눈을 동그랗게 떴다. 이렇다 할 반응이 없으니 지윤은 조금 더 깊게 파고들었다.

"직장인들은 야근도 엄청 많이 하잖아. 적성에도 안 맞는 일, 적당히 현실에 타협하면서 어쩔 수 없이 하는 거 괴롭지 않아? 얼굴 상한 것 좀 봐. 회사에서 많이 괴롭혀?"

"세상에 힘들지 않은 일이 어디에 있겠어. 다 참고 하는 거지."

해성이 대수롭지 않게 답하자 지윤은 뻣뻣하게 굳으려는 입술을 가까스로 올리며 답했다.

"해성이 넌 예전이나 지금이나 달라진 게 없구나. 부족함 없이 자라서 그런지 쓸데없이 너무 긍정적이야."

"반대로 넌 너무 예민했지. 쓸데없는 것까지 신경 쓰느라 정작 너 자신은 챙기지 못해서 힘들어했고."

해성은 무덤하게 받아쳤다. 찰나 지윤의 미간이 잘게 구겨졌다. 해성은 조금도 개의치 않았다. 손목시계를 흘긋 내려다보고는 다시 시선을 들어 지윤을 마주 보았다.

무의식적으로 파일을 톡톡 두드리며 박자를 맞추는 지윤의 손가락이 눈에 들어왔다. 그건 지난날 피아노를 치던 해성의 버릇이었다.

'해성아, 지윤이 쟤 너 너무 따라 하는 거 아니야? 옷 스타일부터 피아노 치는 습관까지 싹 다. 저번 연주회 때도 네 드레스랑 똑같은 거 입고 왔잖아.'

친구의 말이 불현듯 떠올랐다. 그땐 그저 기분 탓이라고, 너무 앞서가지 말자며 흐름을 끊었던 기억이 되살아났다.

이대로는 안 돼. 휘둘리지 마.

"나 이제 가 봐야겠다. 조심히 들어가."

단호하게 선을 긋고 돌아서자 지윤의 얼굴이 삽시간에 차게 굳었다. 해성이 발을 떼어 내려는 순간, 지윤이 잽싸게 해성의 손목을 잡아챘다.

"얼마나 급하길래 그래. 우리 들어가서 커피 마시자. 내가 살게, 응?"

"나중에. 오늘은 일이 바빠서 안 될 것 같네."

그대로 지나치려는데 걸음을 떼기 무섭게 등 뒤에서 지윤의 음성이 급박하게 날아와 꽂혔다.

"나! 예전에 너 되게 싫어했어."

우두커니 멈췄다. 짧은 침묵이 흐르고, 해성이 천천히 입을 떼어 냈다.

"알아."

"가족이 화목한 것도 싫었고, 아빠가 대기업 임원인 것도 부러워서 싫었어. 잘생긴 오빠가 있는 것도, 걱정 없이 행복하게 웃으면서 피아노 치고, 내 옆에서 상 받는 모습도 진짜 꼴도 보기 싫었다고."

잘생긴 오빠는 이재원을 말하는 걸까. 해성이 질끈 눈을 감았다 뜨기 무섭게 지윤이 빽 소리쳤다.

"지금도 마찬가지야!"

해성은 돌아보지 않은 채 말했다.

"하고 싶은 말이 뭐야."

"넌 뭐가 항상 당당해? 꿈도 잃고 피아노도 못 치게 됐는데. 마지막까지 자존심은 못 버리겠다 이거니? 솔직히 너, 지금 나 부럽잖아!"

해성이 긴 숨을 내쉬며 천천히 몸을 돌렸다.

"그래. 부러워. 부러워 죽겠다. 됐지."

지극히 무감한 해성의 반응에 지윤이 아랫입술을 꾹 깨물었다.

"저주했어. 너 망하게 해 달라고."

"축하해. 반은 성공했네."

"차라리 욕을 해! 이렇게 못되게 말하는데 왜 아무런 말도 안 하는 건데? 화나지도 않아? 아직도 내가 네 상대도 안 되는 것 같니?"

"굳이 감정 낭비 할 필요가 없을 것 같아서 그래. 어린애 아니니까."

"죄책감 때문에 잠도 못 잤어."

"뭐?"

해성이 인상을 찡그리며 지윤을 주시했다.

"나 때문에 너희 가족 그렇게 된 것 같아서! 아무것도 못 했다고."

"그게 무슨 소리야."

"나 그때 정신병원 다녔어. 아무리 노력해도 너처럼 되질 않으니까. 널 너무 미워하다 보니까 드디어 내가 미쳐 가는 것 같아서 병원 가서 의사 선생님한테 널 정말 죽이고 싶은데 어떻게 해야 하냐고 상담까지 받을 정도였단 말이야. 그런데 일주일 뒤에 그런 일이 벌어져서 나는."

상담. 정신병원.

익숙하지만 전혀 반갑지 않은 단어들이 아프게 심장을 찔렀다.

"오랜만에 만난 사람 붙잡고 그런 말 하는 의도가 뭔지는 모르겠는데, 난 다시 피아노 시작할 생각 없어. 지금 하고 있는 일도 피아노만큼 좋아졌고. 그러니까 그렇게 날 세우면서 경계하지 않아도 네가 있는 곳에 내가 억지로 자리 비집고 들어설 일은 없을 거란 뜻이야."

언젠지 모르게 지윤이 들고 있던 악보 파일이 바닥에 떨어져 있었다. 해성이 허리를 굽혀 주워 든 악보 파일을 지윤에게 내밀었다.

"리스트 타란텔라. 이젠 잘 쳐?"

피아노 전공자들이 가장 어려워하는 곡들 중 하나로 꼽히는 곡이었지만 해성에겐 그저 좋은 곡이었다. 지윤은 해성의 손에 들린 악보 파일을 낚아채듯 빼앗아 들고는 빽 소리쳤다.

"이, 이젠 잘 치거든? 경력이 몇인데! 너보다 훨씬 잘할 수 있어."

지윤이 발끈하자 해성이 웃었다.

"아직까지도 나한테 위기감 느끼는 거 보면 아직 한참 멀었다. 너."

"이해성, 너 진짜……."

그때였다.

"이 형사."

낮은 음성과 함께 어깨 위로 묵직한 무게가 느껴졌다. 놀라 뒤돌았을 때 보인 건 차 팀장의 얼굴이었다. 어깨에 놓인 큰 손을 한 번, 그리고 강현의 얼굴을 한 번. 번갈아 보던 해성이 크게 눈을 떴다.

"팀장님이 어떻게……."

"볼일이 일찍 끝나서."

강현이 부드럽게 웃었다. 낯선 웃음에 해성은 어떤 반응을 보여야 할지 몰라 입을 달싹였다.

"형사? 팀장?"

영문을 몰라 지윤이 강현의 얼굴을 홀린 듯 바라보며 물었다. 강현은 자연스레 해성의 손에 자신의 손가락을 껴 넣으며 답했다.

"이해성 씨 직장 동료입니다."

지윤의 눈을 빤히 들여다보면서 덤덤한 어투로.

"대화 중인 것 같아서 기다리려고 했는데."

강현은 해성의 손을 잡은 상태로 슬쩍 시선만 낮춰 손목시계를 확인하고는 다시금 날렵하게 눈꺼풀을 밀어 올렸다.

"시간이 촉박해서."

"아……."

"그럼."

강현은 성의 없이 고개를 대충 까딱이는 것으로 인사를 대신했다. 손목을 잡아끌며 걸음을 떼어 내려는데, 지윤이 다급히 발목을 잡아챘다.

"무, 무슨 관계야?"

끈질기게 묻는 지윤이 귀찮았던지 강현은 작게 미간을 구기며 빠르게 답했다.

"하루라도 안 보면 큰일 나는 관계."

지윤만큼 해성도 놀랐다. 입을 떡 벌린 채 강현을 바라보는데, 남자는 능청스럽게 잘도 거짓을 말했다.

"대답 됐습니까."

직장에선 배가 이만큼 나온 팀장이 그렇게 갈군다더라, 하며 해성을 안쓰러워하던 지윤은 지나치게 미남인 강현의 얼굴을 보고 제대로 말을 잇지도 못했다.

강현이 해성의 손목을 잡아끌며 벙찐 지윤을 매정히 스쳐 지나갔다.

자리를 벗어나 한참을 걷다가 지윤의 모습이 완전히 보이지 않게 되었을 때쯤 강현이 우뚝 멈춰 섰다.

"곤란한 상황인 것 같아서 나섰는데."

"아……."

"기분 나빴습니까?"

의미를 이해하지 못한 해성이 눈을 들어 강현을 쳐다보았다.

"아니요. 조금 놀라긴 했지만."

"왜?"

놓아 줄 기미가 보이지 않는다. 강현에게 꽉 붙잡힌 손을 슬쩍 내려다보며 해성이 입술을 감쳐물었다.

"하루라도 안 보면 큰일 나는 관계라고……, 말씀하셨잖아요. 아무렇지 않게 거짓말을 하실 줄은 몰랐습니다."

"누가 거짓말을 합니까."

강현이 헛웃음을 터트렸다.

"맞잖아. 하루라도 안 보면, 큰일 나는 사이."

"아……, 네. 범인을 잡아야 하니까요. 급할 때 없으면……."

"아니. 말고."

단호하게 말을 낚아챈 강현이 입술 끝을 올리며 웃었다.

"섹스도 하고 밥도 같이 먹고 보고 싶어서 데리러 왔으면."

강현이 손을 뻗어 버릇처럼 해성의 귓불을 만지작거리며 말했다.

"답 나온 거 아닌가?"

○ ◎ ●

2시간 전.

강현은 해성의 집을 다시 찾았다. 누군가의 횡포로 어질러진 집은 어딘가 을씨년스럽기까지 했다.

엉망진창이 되어 버린 집 안을 다시 마주한 강현은 저도 모르게 인상을 찌푸렸다.

"대체 어떤 새끼지……."

이를 꽉 깨물자 턱이 팽팽하게 당겨졌다. 나쁘지만은 않은 감각이다.

범인은 게임을 제안한 것이다.

강현이 천천히 주변을 둘러보며 피식 웃음을 터트렸다.

"재밌네."

잠시 긴 정적이 흐르고 등 뒤에서 쯧, 혀를 차는 소리가 넘어왔다.

"뭐가 그렇게 재미있어. 집 안 꼴이 이 모양인데."

기막히다는 남자의 목소리에 강현이 슬며시 고개를 돌렸다. 조금 늦게 도착한 남자는 서울지방경찰청 과학수사과 소속 팀장이었다.

백석호. 그는 강현이 경찰에서 근무할 당시, 사건이 터지면 함께 호흡을 맞춰 온 오래된 동료이자 실력이 좋고 상성이 잘 맞아 몇 안 되는 믿을 수 있는 측근이기도 했다.

"이야……. 집 안 꼬라지 봐라. 아주 작정하고 난리를 쳐 놨네. 누구 집이야?"

석호가 호기심을 내비치는데도 강현은 굳게 입을 다문 채였다. 새끼, 성격은 여전하네. 석호는 강현의 무감한 반응이 익숙하다는 눈치였지만 이번만큼은 쉽게 물러서지 않았다.

"대체 무슨 사이길래 절차도 안 밟고 나를 불렀어. 대충 보니까 여자 집 같은데. 설마, 애인이냐?"

"조사 시작하시죠."

"허, 새끼. 여전히 정 없는 것 좀 봐라. 야. 너랑 내가 몇 살 차인 줄은 아냐? 싹싹한 맛이라도 있어야 도와줄 맛이 생기지. 어휴."

강현은 석호의 말을 가볍게 무시하며 묵묵히 라텍스 장갑을 착용했다. 그 모습을 넌지시 바라보던 석호가 절레절레 얼굴을 흔들며 챙겨 온 장비를 하나둘씩 꺼내었다.

"너, 인마. 이번 일 윗분들. 아니, 너희 아버지 귀에 들어가면 야단난다. 대법원장님 융통성 없는 분인 거 네가 더 잘 알 거 아냐. 아들이고 나발이고 절차 싹 무시하고 비밀리에 사건 조사하는 거 걸리면 넌 그렇다 쳐도 나는……."

"제가 책임집니다."

"그 말이 얼마나 무책임한 소린지 알고는 있어? 까딱하면 너 도와준 사람들 인생 통으로 날아간단 뜻이라고. 그 사람들 가족, 자식들은 또 어쩔 거야. 하여튼 넌 복받은 줄 알아. 그런 거 다 감수하고 나서서 도와주는 일이 어디 쉬워?"

올해로 경찰 근무 25년 차 경력인 석호의 말은 틀린 것이 없었다. 동부 연쇄 살인 사건 재수사가 시작된 시점부터 관련된 모든 사안은 비밀리에 진행되어야 한다. 새어 나간다면 조사는커녕 경찰이란 명분을 내세울 수도 없어진다.

범인을 잡는다.

경찰이라면 악행을 저지른 범인을 찾아 체포하고 조사하는 일이 당연하겠지만 조직 내에선 제법 까다롭게 다뤄진다.

하나부터 열까지 사사건건 걸고넘어지며 무엇 하나 멋대로 행동할 수 없다. 만에 하나 벌어질 문제를 미연에 방지하고자 하는 일이겠지만 그 때문에 놓친 사건도 적지 않았다.

"됐다. 난 그냥 입 닥치고 네가 시키는 일만 하면 되는 거지?"

"결과는……."

강현이 무어라 말을 잇기도 전에 석호가 손을 내저으며 가로챘다.

"알아, 알아. 너한테만 말하면 되는 거 아니야. 그러니까 멀쩡한 직원들 내버려 두고 굳이 팀장인 나를 불러다 네 따까리 짓이나 시키는 거겠지."

현장 촬영을 시작하기 전, 전체적인 분위기를 확인하려는 듯 석호가 꼼꼼하게 주변을 훑었다.

"강남서는 어때. 경찰청보단 안 바쁠 텐데. 적응은 잘했냐? 거기까지 가서 또 팀원들 숨통 조이고 있는 거 아니고?"

강현이 답이 없자 석호는 기다렸다는 듯 습관처럼 잔소리를 쏟아 냈다.

"너 때문에 부서 이동 한 직원이 몇 명이냐. 지금이라도 성격 좀 죽이

고 살아. 너도 장가갈 나인데 언제까지 사건에 집착하면서 살 거야. 이제
슬슬 여자 친구도 만들고 그래야지."

여자 친구.

낯간지러운 단어는 어쩐지 생소했다. 사춘기 소년을 대하듯 하는 석호
의 음성이 멀게 느껴졌다.

한 번도 생각한 적 없던 감정이다.

그 순간 바지 주머니에 넣어 둔 휴대폰이 진동을 일으켰다. 강현은 주
머니 속으로 손을 밀어 넣어 휴대폰을 꺼내어 들고는 액정에 떠오른 문자
를 눈으로 읽었다.

[팀장님. 저 이해성입니다. 방금 병원에 도착했습니다. 옆에 새로 생긴 카페
요. 볼일 끝나면 경찰서로 곧장 가겠습니다.]

군더더기 없는 내용이었다. 어젯밤, 자신의 아래에 갇힌 채 울다시피
흐느끼며 매달리던 여자는 없다.

"이건 뭐, 신데렐라도 아니고."

개인적인 연락보다 보고에 가까운 말투가 새삼 우습다. 귀엽네. 강현은
짧게 픽, 웃음을 흘리며 휴대폰을 다시 주머니에 밀어 넣었다.

적막이 흘렀다. 찰칵, 찰칵. 현장을 카메라에 담는 셔터 소음만이 간간
이 울려 퍼질 뿐이다. 강현은 바쁘게 움직이며 사진을 찍는 석호를 두고
느릿하게 걸음을 떼어 냈다.

우두커니 멈춰 선 곳은 해성의 침실이었다. 작은 싱글 침대가 보이고,
베이지색 암막 커튼이 보인다. 시선을 돌리자 화장대가 눈에 담겼다.

보디로션과 크림. 그리고 붉은색 립스틱 하나가 전부였다. 강현이 무의
식적으로 손을 뻗어 립스틱을 집어 들었다. 한 번도 사용한 흔적이 없는
새것이었다.

"이해성답네."

화장기 없는 얼굴을 떠올리자 설핏 웃음이 샜다. 립스틱을 다시 제자리에 놓아두고 뒤돌아 침실을 빠져나가려는데 반쯤 열린 서랍이 눈에 띄었다.

명백히 누군가가 열어 본 흔적이다. 도무지 그냥 지나칠 수가 없었다. 강현은 고민 없이 화장대 서랍을 마저 열어젖혔다.

가장 먼저 눈에 들어온 것은 뒤집혀 있는 작은 액자였다. 강현이 액자를 집어 들고 내용물을 확인했다.

액자 속엔 사진 한 장이 들어 있었다. 가운데에 서서 활짝 웃고 있는 해성의 얼굴이 가장 먼저 보였다. 조금은 앳된 얼굴을 한 교복 차림의 이해성. 활기가 넘치는 표정은 현재의 그녀와 매치가 되지 않는다.

해성의 오른쪽엔 그녀와 꼭 빼닮은 여자가 부드럽게 웃고 있었다. 이해성의 언니로 추정되었다.

강현이 천천히 옆으로 눈길을 옮겼다. 해성의 왼쪽에 서 있는 남자. 무표정하게 정면을 응시하는 것처럼 보이지만 알게 모르게 낮춰진 시선은 다른 누군가를 향해 있다.

"너였구나."

이해성 첫사랑.

깊게 가라앉은 강현의 짙은 눈동자가 살벌하게 번뜩였다.

14

　지윤은 지나치게 주변을 경계하며 조심스럽게 진료 상담실 문을 열고 들어섰다.

　"진료 날은 오늘이 아니었던 것 같은데."

　갑작스러운 지윤의 등장에 정우는 조금 당황한 기색이었지만 언제 그랬냐는 듯 상냥하게 물었다. 하지만 지윤의 얼굴엔 불안한 기색이 가득했다. 지윤은 다급히 달려와 정우에게 무작정 매달리며 애원했다.

　"교수님, 제발요. 제발 조금만 더 처방해 주시면 안 될까요? 공연이 일주일도 안 남았는데 불안해서 아무것도 못……."

　"더는 안 돼요."

　정우가 단호하게 선을 긋자 지윤은 당장이라도 울음을 터트릴 것처럼 울먹거렸다.

　"제발요, 교수님. 이번 한 번만……."

　"수면제 부작용은 이미 겪어 봤으니 잘 알고 계실 텐데요. 진정제도 그렇고 모든 약물은 적당선을 지켜야 해요. 내성도 문제지만 환자분 의지가 없으면 아무리 많은 약물을 투여하고 처방받아도 소용이 없어요."

정우가 말을 하다 말고 어딘가 이상함을 느낀 듯 가늘게 눈을 떴다.

"최근에 무슨 일이라도 있었나요? 저번 진료 때보다 불안 증세가 더 심해진 것 같은데."

지윤은 선뜻 말을 뱉지 못하고 죄 없는 입술만 잘근잘근 씹었다.

그녀가 처음 이곳을 찾은 것은 고등학교 1학년 때였다. 지윤은 병적으로 1등에 집착했고, 해성에 대한 열등감과 자격지심을 먹고 자라 결국 괴물이 되었다.

간절히 바랐다. 이해성이 없어지길, 불행하길. 그 애가 가진 자리와 명성. 그리고 행복을 전부 내가 갖게 되는 날이 오기를.

다섯 번째 병원을 옮겼고, 여러 의사를 만난 끝에 드디어 희망을 갖게 됐다.

'내가 도와줄게요.'

정우의 그 말 한마디가 지윤에겐 신의 축복처럼 다가왔다. 정우는 지윤을 포기하지 않았다. 지윤도 노력하였다. 언젠간 이유 모를 이 고통과 미움에서 전부 해방될 수 있을 것이라는 확신마저 들었다.

하지만 여전했다. 달라진 건 없었다. 그래서 선택한 것이 종교였다. 지윤은 매일 기도했다. 네 자리가 내 것이 되기를.

그날도 다를 것 없는 하루였다. 기도를 했고, 누군가를 미워하는 마음을 품은 채 잠이 들었다. 눈을 떴을 땐 한순간 모든 것들이 달라져 있었다. 마치, 거짓말처럼.

라이벌. 이해성의 가족이 전부 죽었다. 뉴스에선 연쇄 살인범의 손에 죽었다고 했다. 호화스러운 대저택은 흔적도 없이 불에 타 사라졌고, 늘 밝고 긍정적이던 이해성은 어둠 속에 파묻혔다.

해성이 피아노를 포기하자 1등은 자연스레 지윤의 차지가 되었다. 그토록 원하던 것이었다. 간절히 바라던 것이었다. 분명히 그랬는데……

"하나도 기쁘지가 않아요."

괴로워요. 더, 더 숨이 막혀요.

나 때문이야. 나 때문에……

"조금도 나아지질 않아요, 선생님."

실력으로 차지한 자리가 아니었다. 정정당당한 승부가 아니었다.

지윤이 결국 울음을 터트렸다. 시간이 지나면서 겨우 무뎌졌다 싶었는데, 그랬는데.

"지윤 씨. 조금만 진정하고 천천히 말해 봐요. 지금 환자분 너무 격양되어 있어요. 이러면 과호흡이."

"그 애를 만났어요."

정우가 멈칫하며 입을 다물었다.

"교수님. 저, 오늘 길에서 그 애를 만났어요. 아무렇지 않은 척하긴 했는데, 심장이 터질 것 같아요. 저 어떡해요. 어떡하죠. 잊고 있었어요. 그 애도 선생님 환자였다는 사실이요."

"괜찮아요. 환자의 진료 내용은 본인을 제외한 그 누구에게도 발설하지 않아요."

"아니요. 아니에요. 다 말했어요."

지윤이 미친 사람처럼 고개를 흔들며 같은 말을 반복하자 정우가 미간을 좁혔다.

"말을 하다니?"

"전부 말했어요. 미워했던 거, 저주했던 거. 전부를 빼앗고 싶었다고 그래도 내가 밉지 않느냐고 따졌어요. 그렇게 전부를 잃어버렸는데도 그 애는 멀쩡했어요. 무너지지도 않았고, 근사한 애인도 있었어요. 경찰이 됐던데. 하아. 하……."

정우의 얼굴이 순간적으로 굳었다.

"쓸데없는 짓을."

그러면서 닿지 않을 만큼 낮은 음성으로 작게 중얼거렸다.

하지만 정우는 언제 그랬냐는 듯 턱을 들어 차분히 지윤을 마주했다.

"일단 진정하는 게 좋겠어요. 실제로 지윤 씨가 직접 살인을 저지른 것도 아니었으니까."

"어떻게 진정을 해요? 꼭 직접 칼로 찔러 죽여야 살인은 아니잖아요. 분명 저를 의심할 거예요. 내가 죽였다고 생각할지도 몰라요. 청부했다고, 사람을 시켜서 죽였다고 할 수도……. 그 애, 경찰이라고, 형사가 됐다고 했어요. 분명히 들었단 말이에요."

"지윤 씨."

"아니, 아니지. 선생님 말이 맞아요. 난 잘못한 게 없어. 그냥 저주만 하고 미워했을 뿐인데. 다들 열등감이나 자격지심 같은 건 살면서 한 번쯤은 느끼잖아요. 그렇죠?"

지윤은 이미 제정신이 아니었다. 30분 전 당차게 해성을 도발하던 모습은 온데간데없었다.

"그 애는 다시 일어서려고 해요. 더 이상 떨어질 곳도, 잃을 것도 없어서 행복해질 일만 남았을 거야. 그럼 이제 나는 어쩌죠? 이제야 전부를 갖게 됐는데 불안해요. 기쁘지 않고 늘 고통스러워요. 잠도 못 자고 매일을……. 이 고통을 언제까지 느껴야 할까요, 선생님."

"그럼, 행복할 줄 알았나요?"

"……네?"

정우가 상냥히 웃었다. 넋이 나간 채 불안하게 흔들리는 지윤의 눈을 빤히 바라보며 그저 웃었다.

"남의 것을 전부 빼앗고 억지로 쟁취하고 나면, 정말 행복해질 줄 알았어요?"

네가 더 잘 알고 있잖아.

악마에게 영혼을 판 건.

다름 아닌 너. 너였으니까.

○ ◎ ●

오늘은 공식적인 휴무 날이었지만 강현과 해성은 당연하다는 듯 다시 경찰서를 찾았다.

강력 2팀 사무실 안쪽에 위치한 회의실엔 강현과 해성 단둘뿐이었다.

'ㄷ'자 형태의 데스크 정중앙엔 강현이, 그리고 그 옆엔 해성이 착석했다. 산처럼 쌓인 서류들을 차근차근 정리해 가며 검토한 지도 어느덧 5시간째였다.

째깍째깍 움직이는 시계 초침 소리와 이따금씩 사그락 넘어가는 서류 종이 소리를 제외하면 회의실엔 그 어떤 소음도 없었다.

대부분이 비교 분석이었다. 10년 전 동부 연쇄 살인범이 저지른 살인으로 추정되는 사건과 최근 벌어진 사건들을 대입하고 퍼즐을 맞추는 일.

90%는 어느 정도 맞아떨어졌지만 단 하나, 방화 사건만큼은 달랐다. 아무리 다시 검토하고 확인해 봐도 겹치는 부분이 없었다. 성폭행 흔적이 없었다는 것. 그리고 범인이 남기고 간 쪽지 외에는.

좀처럼 진도가 나가지 않자 답답한 기분을 참지 못하고 해성이 인상을 찡그렸다.

"왜……."

대체 왜일까. 무엇 하나 겹치는 것이 없는데 어째서 프로파일러는 범인을 동부 연쇄 살인범, 즉 동일범일 확률이 높다고 판단한 것일까. 합리적으로 의심 가능한 부분은 동부 연쇄 살인범이 활동한 시기에 사건이 발생했다는 것. 단지 그것뿐인데.

해성이 습관적으로 아랫입술을 짓씹으며 질끈 눈을 감았다 떴다.

천천히 다음 장으로 넘겼다. 미제 편철로 마감된 사건. 봉인된 서류 뒷장엔 적나라하게 찍혀 있는 현장 사진들이 빈틈없이 서류에 붙어 있었다.

꿈에서 봤던 죽어 버린 가족의 시체, 피로 흥건해진 바닥과 벽지. 불에 타 새까맣게 재가 되어 버린 집. 쿵쿵 심장이 뛰었다. 겨우 잠재워 둔 공포와 두려움이 스멀스멀 끓어오르기 시작한다.

글자만 봤을 때는 몰랐는데, 막상 사진으로 마주하니 이성을 유지하기 힘들 만큼 충분히 곤욕스러웠다.

덥지도 않은데 이상하게 식은땀이 흐른다. 해성이 저도 모르게 주먹을 꽉 말아 쥐었다.

"정신 좀 차리지."

나직한 음성에 끝도 모르고 몰아치던 소용돌이가 흔적도 없이 사라졌다. 해성이 느리게 눈을 깜빡였다. 옆엔 탄산수가 놓여 있었다. 차 팀장이 자리를 비운 줄도 모를 만큼 집중한 것이다.

"아……, 감사합니다."

해성이 숨을 몰아쉬며 음료수 뚜껑을 비틀어 열었다. 마침 갈증이 나던 차였다. 바짝 메마른 목구멍으로 시원하면서 따끔거리는 탄산이 막힘없이 흘러들었다. 해성은 손등으로 입 주변을 닦아 내고는 다시 테이블에 탄산수를 올려 두었다.

"지금 기분이 어떠냐고 물어보면, 그건 좀 실례인가?"

강현이 의자에 앉아 한쪽 다리를 꼬며 물었다.

"이제 내 마음을 조금은 이해하겠냐고 묻는 겁니다."

알 것 같았다. 아니, 알고 있었다.

가족의 복수를 꿈꾸며 호기롭게 나섰지만 애초에 계획 따윈 없었다. 혼자서 범인을 잡는다는 것은 시도조차 불가하다는 사실을 누구보다 잘 알고 있었기에 가능했던 무식한 용기일지도 모르겠다.

차 팀장은 전부 꿰뚫어 본 것이다.

범인을 잡겠다며 겉으로는 완전 무장 한 척, 도전적으로 날을 세우고 있지만 정작 그 속은 볼품없이 연약하다는 사실을.

제아무리 피를 깎는 고통을 감내하며 체력을 길러 왔어도 결국 피아노밖에 모르고 살았던 풋내기다. 수많은 사건을 경험해 본 베테랑의 입장에서 봤을 때 해성은 뭣도 모르고 득달같이 달려들 줄만 아는 맹랑한 사춘기 소녀. 그 이상, 그 이하도 아니었다.

악몽을 꿀 때마다 벌벌 떨던 모습을 그에게 들켰다. 분명, 고작 현장 증거 사진을 보고서 굳어 버린 자신을, 알게 모르게 표출된 두려움을 보았을 것이다.

그는 무슨 생각을 했을까. 예상이 틀리지 않았음에 한숨을 쉬었을까. 역시 넌 안 되겠어, 생각하며 한심스럽다 생각했을까.

"저도, 제가 부족하다는 거 잘 압니다."

해성이 강현을 올려다보았다.

"단순히 하루아침에 가족을 잃었다는 복수심으로 덜컥 시작해선 안 될 일이었다는 것도, 이젠 알아요."

강현은 말없이 해성을 응시했다.

"강가에 내놓은 어린애 바라보듯 불안해하는 팀장님의 심정도 충분히 이해합니다."

해성이 간신히 마른침을 삼켰다.

"그럼에도 불구하고 제게 져 주신 거. 믿고 도와주신 것 진심으로 감사하게 생각하고 있습니다."

"누가 그러더군요."

강현이 천천히 머리를 쓸어 올렸다.

"내 손에 팀원들의 인생이 달려 있다고. 그 피해를 감수하면서까지 나를 믿고 따라 준 사람들에게 고마워하라고, 말입니다."

강현이 피식 웃었다.

"하지만 사실 난 그렇게 생각하지 않습니다. 틀린 일은 하지 않으면 그만이니까. 상사의 제안이라서 거부하지 못했다. 고작 그 정도의 판단력이라면 질타를 받아야 마땅하겠죠."

쉽게 이해할 수 없는 말이었다. 혼란스러워하는 해성의 눈을 빤히 들여다보며 강현이 손끝으로 데스크를 툭툭 두드렸다.

"다들 옳다고 생각했으니까."

"아……."

"이해성 씨는 단순히 복수심으로 시작한 일이었을지도 모르지만 그것보단 재수사를 막고 있는 상부의 뜻이 더 잘못됐다고 판단했기 때문에. 그래서 뜻을 함께한 겁니다."

너 때문에 노선을 바꾼 것이 아니니 착각하지 마, 라고 말하는 듯한 답이었다.

"예전에도 한번 말했던 것 같은데."

강현의 턱이 삐딱하게 기울어졌다.

"난 범인을 잡습니다."

날카로운 눈이 빛을 받아 번뜩였다.

"그게 내 일이니까."

강현이 팔을 뻗어 해성의 앞에 놓인 서류를 손바닥으로 탁, 짚었다. 커다란 손이 잔인한 현장을 담은 사진을 단숨에 가리자 해성이 순간 흠칫 어깨를 떨었다.

"그 일에 이해성. 유가족이자 생존자인 네가 끼어드는 게 난감했던 것뿐이지. 다른 이유는 없었어. 어제까지는."

"아직도……."

해성이 겨우 목소리를 짜내었다.

"아직도 제가 이번 사건 조사에 가담하는 게 못마땅하신 거죠."

"아니라고는 말 못 하겠는데."

남자의 대답엔 망설임이 없었다.

"지금이라도 늦지 않았으니 사건에서 손 떼고 경찰 옷 벗으라고 하면. 내 말 들을 겁니까?"

어느 정도 예상했지만 직접 듣게 되니 마음 한쪽이 어그러진다.

"아니잖아."

쓸쓸함을 애써 감춰 보려고 했지만 뻣뻣하게 굳어 버린 입술은 움직일 기미가 보이지 않았다.

강현은 뚫어져라 해성을 주시하다 말고 점퍼 안쪽으로 손을 밀어 넣었다. 곧이어 탁, 둔탁한 소릴 내며 데스크 위로 무언가가 놓였다.

해성이 천천히 시선을 들었다. 눈에 들어온 것은 총이었다.

"이건……."

"잘 쏩니까?"

당황한 해성이 선뜻 답하지 못하자 강현이 한쪽 눈썹을 올리고서 물었다.

"정례 사격. 몇 점 나옵니까."

"대부분 만점, 받았습니다."

"속사, 완사. 전부 만점?"

"……네."

호오. 의외였는지 강현의 입술이 조그맣게 벌어졌다.

"잡아 봐요."

"예?"

"총. 잡아 보라고 했습니다."

"여기서, 말입니까?"

"두 번 말해야 합니까."

명백히 규정에 어긋나는 행위였다. 하지만 팀장의 단호한 명령을 어길 수도 없는 노릇이다. 해성은 잠시 고민하는가 싶더니 천천히 팔을 뻗어 총기를 집어 들었다.

"똑바로 들어."

제대로 자세를 취하라는 뜻이다. 해성은 이건 아니다 싶었는지 차분히 반박했다.

"팀장님. 여긴 회의실입니다. 차라리 사격장에서……."

"범인 앞에서도 그따위 소리나 하면서 망설일 겁니까."

사격장이라고 해 봤자 경찰서 지하실에 있는데. 아무리 그래도 이건 실제 상황이 아니지 않느냐며 따져 묻고 싶었지만 차갑게 식은 차 팀장의 얼굴을 보자 차마 말을 뱉을 수 없었다.

해성은 언제 그랬냐는 듯 당혹스러운 표정을 싹 지워 내고는 잠시 내려놓은 권총을 빠르게 받쳐 들며 자세를 취했다.

"쏴요."

총구는 차 팀장을 향해 있었다.

해성이 인상을 찡그리며 흘긋 실린더를 확인했다. 총기에 내장되어 있어 실탄이 장전되어 있는지 가늠할 수 없다.

"실탄이 장전되어 있을지도 모릅니다."

"내가 채워 놨어요."

"팀장님."

일하다 말고 이게 무슨……. 장난이 과하다.

"내가 지금 장난하는 것처럼 보입니까."

"아무리 그래도 이건."

"왜. 못 쏘겠어?"

작정하고 도발하는 말투였지만 해성은 쉽게 넘어가지 않았다. 실탄이 장전되어 있는지 확인하기 위해 해성이 엄지를 움직여 실린더를 해체하려는 순간, 자리를 박차고 일어난 강현이 해성의 손에 들린 총기를 빼앗듯 빠르게 낚아챘다.

순식간에 벌어진 일이었다. 강현이 빼앗아 든 총기를 빠르게 받쳐 들며 총구를 해성에게 겨누었다.

강현은 똑바르게 해성은 주시하며 말했다.

"지금 넌 인질을 죽였어."

말이 끝나기 무섭게 강현이 방아쇠를 당겼다. 해성은 너무 놀라 눈을 감지도 못했다. 하지만 그 어떤 일도 벌어지지 않았다. 폭발하는 굉음도, 고통도 없었다. 차 팀장의 말과 달리 실탄은 장전되어 있지 않았다.

"범인을 쫓고 있을 때."

탁. 강현이 손에 들고 있던 총기를 신경질적으로 데스크에 던지듯 내려놓으며 비딱하게 해성을 쳐다봤다.

"내가 총을 쏘라고 하면 넌 지금처럼 쓸데없는 이유를 들먹이며 망설이겠지."

"그렇지 않습니다. 범인이라면 망설일 이유가 없으니까요. 단지 상대가 팀장님이라서……."

"그 인질이 내가 된다면. 그땐 어떻게 할 겁니까."

강현이 우습지도 않다는 듯 피식, 웃음을 터트렸다.

"정례 사격. 속사 완사 포함 300점 만점이 무슨 소용입니까. 그때가 돼도 분명 이해성 씨는 망설일 겁니다. 동료를 피해 범인만 정확히 맞힐 수 있을까. 혹시나. 자칫 내 실수로 소중한 동료가 내 총에 맞아 죽으면 어떡하지. 지금처럼 걱정만 하다가 결국엔 다 잃게 되겠죠. 범인도, 동료도. 안 그래요?"

"그럼, 팀장님은……."

울컥 치밀어 올랐다. 해성이 흔들리는 눈으로 총기를 바라보며 말했다.

"동료가 인질로 잡힌다면, 지금처럼 망설임 없이 격발하실 수 있나요."

비록 대답은 없었지만 차 팀장의 짙은 눈은 찰나의 흔들림조차 없었다. 자신의 능력을, 실력을 믿기에 뻗을 수 있는 증명된 자신감이었다.

무엇을 기대한 걸까. 허탈했다. 해성이 쓴웃음을 지으려는 순간, 남자가 입을 열었다.

"이해성 씨는 인질이 될 가능성이 높습니다."

쿵쿵, 심장이 세차게 뛰었다.

"하지만 내가 어떤 식으로 회유를 하든, 포기하지 않겠지."

그래서 널 온전히 담을 수 없다고. 온 마음을 다해 진심으로 다가서면 흔적도 없이 연기처럼 사라질까 봐. 다시 또 혼자가 될 것이 두려워서. 강현은 느릿하게 눈꺼풀을 밀어 올리며 한 걸음 가까이 다가섰다.

"그럼 나는 이제 어떡할까. 요즘은 그게 고민이야."

무엇 때문일까. 무감한 성향의 차 팀장은 평소와 달랐다. 유독 '인질'

과 관련된 부분에서 지나치게 예민하게 굴었다. 특히 지금과 같은 상황에선 더욱. 설마. 해성은 지난날의 기억을 더듬거리며 어렵게 입을 뗐다.

"혹시 1년 전 한범수 도주 사건 때 인질범이……."

"어머니."

심장이 멈췄다.

"내 어머니를."

강현이 빤히 해성을 주시하며 차게 조소했다.

"내가 죽였어."

자정을 훌쩍 넘긴 시각이었다.

해성은 경찰서에서 샤워를 하고 숙직실로 향했다. 30분째 침대에 누워 멍하니 깜깜한 천장만 바라보았다. 집을 나와 생활한 지도 벌써 일주일이 넘게 지났지만 딱딱한 숙직실 침대는 좀처럼 적응이 되질 않는다.

하지만 여러 직원들이 드나들고 뒤척거리는 소음에 편히 쉴 수 없는 것은 어쩌면 당연했다. 이곳은 경찰서니까.

"언제까지……."

절로 한숨이 흘렀다. 대체 언제까지 이런 생활을 반복해야 하는 걸까. 범인이 잡힐 때까지? 전혀 예측할 수 없는 기간에 벌써부터 암담하다.

'불편하면 말해요. 방 하나 내주는 것쯤은 어렵지 않으니까.'

문득 차 팀장의 제안이 떠올랐다.

숙직실이 불편하면 언제든 자신의 집으로 오라던. 대충 눈으로만 훑어봐도 그의 집은 혼자 지내기엔 지나치게 컸다. 비워 둔 방만 해도 세 개는 되어 보였는데.

아니. 아니다. 더 이상 민폐를 끼칠 수는 없다. 해성이 세차게 고개를 흔들며 귀에 이어폰을 밀어 넣었다.

나른한 노랫소리가 귓속으로 흘러들었지만 쿵쿵 울리는 심장 소리는 조금도 진정되지 않았다.

불과 몇 시간 전 일이 잊히질 않아서. 도리어 더 선명해져 불편하리만큼 심장이 뛰었다.

자신을 향해 총구를 겨누던 차 팀장의 얼굴이 지속적으로 생각나 도통 잠을 이룰 수 없었다. 주체할 수 없을 만큼 손이 떨렸다. 도무지 그 감각이 지워지질 않는다.

"어머니라고 했지."

해성이 작게 중얼거렸다.

도주한 한범수가 인질로 삼았던 사람이 어머니였다 했다. 그토록 냉정하고 이성적인 차 팀장이 무작정 실탄을 격발할 정도였다면 분명 인질과 특별한 사이일 것이라 예상은 했지만 그 상대가 어머니일 것이라곤 미처 생각하지 못했다.

보도에 의하면 1년 전 도주 사건에 휘말린 인질은 한범수의 칼에 찔려 죽었다. 그렇다는 건……. 그제야 하나둘씩 퍼즐이 맞춰졌다. 도무지 공감할 수 없던 부분까지. 차 팀장의 결핍은 어머니였던 것이다.

지켜 내지 못했다는 무거운 죄책감 때문에 마음을 편하게 주지도, 받지도 못하고 홀로 외롭고 고통스럽게 쥐어짜며 지금껏 버텨 온 거다.

자신처럼.

형과 아버지와 사이가 좋지 않다던 소문도 어머니의 죽음 때문이라면 충분히 이해할 수 있었다. 어쩌면 그는 자신을 대할 때 거울 앞에 선 기분을 느꼈을지도 모른다.

헤아릴 수 없던 그의 날카로움과 예민함이 더는 아프지 않다.

유일한 생존자인 해성은 언제든 연쇄 살인범의 인질로 붙잡혀도 이상할 게 없었다. 과거와 같은 일이 반복된다면 차 팀장은 고통스러운 상처

속에 갇히게 될 테니까.

　그 충격을, 다시. 다시 또.

　생각이 짧았다. 짧아도 너무…….

　"이기적이었어."

　여유롭게 사랑을 꿈꿀 수 있는 사람이 아니었는데. 해성이 다시금 한숨을 푹 내쉬며 질끈 눈을 감았다.

　'내 어머니를.'

　'내가 죽였어.'

　피가 차게 식는 기분이었다.

　처음부터 그의 도움을 바란 것 자체부터 잘못됐다. 지울 수 없는 상처와 죄책감을 떠안고 사는 것만으로도 벅찬 사람에게.

　해선 안 될 말을 가볍게 했다.

　나는 쉽게 죽지 않는다고.

　좋아한다고.

　바로 눈앞에서 소중한 사람이 죽어 가는 모습을 목격한 사람에게 그 말이 얼마나 무책임하고 상처가 되는 비수였을지 모를 리가 없는데.

　"이건 반칙이잖아……."

　미리 알았더라면. 그랬더라면.

　결코 그와 얽히지 않았을 것이다. 찰나의 도움을 바라지도, 당신은 절대 나를 이해하지 못할 거라 감히 무시하지도 않았을 것이다. 사건 배당에서 배척했을 때 억울하더라도 마땅히 감수했을 것이다.

　새벽 1시 10분.

　시간은 쉬지 않고 흘러갔다. 퇴근했을까. 그땐 너무 당황해서, 경황이 없어서 아무런 대답도 하지 못했는데, 지금이라도 문자를 보내 볼까.

휴대폰을 만지작거리며 고민하고 있는데, 별안간 액정이 밝은 빛을 뿜어내며 진동을 일으켰다.

액정에 떠오른 발신자 이름을 확인한 해성의 눈이 크게 떠졌다.

위이잉. 위이이잉.

진동은 쉬지 않고 이어졌다.

해성의 입술이 작게 벌어졌다.

"……이재원."

이재원이었다.

○ ◎ ●

어둠이 내려앉은 집무실은 평소보다 고요했다. 재원은 가죽 의자에 길게 몸을 묻고 지그시 눈을 감은 채였다. 좀처럼 끊어질 생각 없이 반복적으로 이어지는 통화 연결음이 지루했는지 살풋 인상을 찡그리며 무거운 눈꺼풀을 천천히 밀어 올렸다.

널찍한 통창 밖으로 서울의 야경이 넓게 펼쳐졌다. 무수한 건물과 차량 빛이 줄을 잇고, 먹구름에 가려진 뿌연 달빛이 은은하게 새어 들었다.

"이상하네……."

왜 받질 않아, 해성아.

"슬슬 서운해지려고 하는데."

재원이 한숨처럼 웃으며 검지로 천천히 턱을 쓸어 냈다. 무심히 허공을 응시하다가 슬며시 고개를 돌려 통창 밖을 바라보았다. 서울의 한강 뷰는 눈이 부시도록 아름다웠지만 재원의 눈은 그저 삭막했다.

재원은 감흥 없이 다시금 통화 버튼을 누르고 휴대폰을 귓가에 가져다 댔다. 그리고 조용히 눈을 감는다.

오늘은 네 목소리가 듣고 싶어.

해성아, 해성아.

○ ◎ ●

이 회장 부부의 눈빛과 대하는 행동이 미묘하게 달라지기 시작한 것은 재원이 일곱 살이 되던 해였다.

그 당시 재원은 조금 많이 특별했다. 또래 아이들처럼 투정 부리는 일 없이 성숙했다. 일곱 살 때부터 남다른 천재성을 보였기 때문일까. 이 회장 부부는 한편으론 아들을 지독히 자랑스러워했지만 문제는 다른 곳에 있었다.

바로, '사회성'이었다.

재원은 형제가 없었다. 회장 부부는 하나밖에 없는 외동아들에게 넘칠 만큼 많은 것들을 손에 쥐여 주었다. 언젠가 기업을 물려받아야 했기에 재원에겐 스스로 꿈을 선택할 수 있는 기회도, 권리도 없었다. 누군가는 그것을 두고 '다이아몬드 수저'로 태어났기에 마땅히 감수해야 하는 대가라고 말했다.

모든 것들은 비교적 정확히 정해져 있었다. 음식과 옷, 하루의 일과와 속옷, 장난감과 습관까지 전부 다. 선택의 여지는 없었다. 반드시 그들이 위치해 있는 자리에 걸맞은 것들이어야만 했다.

환경 탓인지 재원은 말수가 없었다. 회장 부부는 재원의 성격과 성향을 걱정했다. 소심하고, 내성적인 아이. 좋아하는 것이나 싫어하는 것조차 말하지 못하는 아이. 회장 부부의 걱정은 날이 갈수록 커져만 갔다. 기업을 물려받아야 하는데 필요한 리더십과 진취적인 도전 정신. 그리고 가장 중요한 야망이 재원에겐 없었으니까.

외동이라 외로움을 타고 있는 걸까. 문제점을 멋대로 추측한 회장 부부는 고민 없이 작은 강아지 한 마리를 어린 재원에게 선물했다.

"재원아, 잘 보살펴 줘야 해."

바란 적이 없었기에 재원은 대답이 없었다. 그저 작은 솜뭉치 같은 하얀색 강아지를 물끄러미 바라볼 뿐이었다.

"이름은 지어 줬니?"

한 달이 지났지만 강아지의 이름은 없었다. 생각이 나질 않는다면 같이 지어 줄까? 다정히 묻는 어머니의 말에 재원은 조용히 대꾸했다.

"어차피 얼마 살지도 못하잖아요."

작고 연약한 강아지는 조금만 힘을 주어도 죽어 버릴 것 같았다. 그 당시만 해도 어머니는 재원에게서 이상한 기운을 느끼지 못했다. 그저, 정이 들고 나면 강아지가 죽었을 때 슬플까 봐 쉽게 마음을 주지 못하는 것이라고 단순히 생각했다.

재원은 그 이후로도 강아지에게 흥미를 갖지 않았다. 밥을 챙겨 주지도, 산책을 시켜 주지도 않았다. 그저 폴짝폴짝 넓은 마당을 뛰어다니는 모습을 방관하는 게 전부였다.

반대로 강아지는 집요하게 재원의 곁을 찾았다. 멋대로 달려와 품속으로 파고들고, 밀어 내면 다시 달려와 손을 핥거나 꼬리를 흔들며 초롱초롱한 눈으로 재원을 올려다보곤 했다.

"너는 너무 약해."

결국 병이 들고 아플 거야.

이곳에 오게 된 것도 네 의지가 아니었잖아. 어두컴컴한 공장에서 태어나 임신 기계가 되어 버린 어미 견 젖도 제대로 빨지 못하고 왔겠지.

인간들의 욕심 때문에.

내가 자라고 학교에 입학을 하게 되면 너는 다시 혼자가 될 거야. 잘 쳐도 집 지키는 개. 목줄에 묶인 채 평생을 그렇게 지내야 할걸.

너는 나를 닮았어. 주인의 몸을 치장하는, 그저 빛나고 값비싼 액세서리 취급만 받겠지. 그 가치를 다하게 되면 결국 버려질 텐데.

"그 고통을 느낄 바엔 그냥 죽는 편이 나아."

내가 잘 알아. 예쁜 인형으로 전시되는 기분은 정말이지, 더럽고 역겹거든.

"내가 행복하게 해 줄게."

고통은 잠시뿐이야.

그날 밤, 늦은 시각이었다. 회장 부부가 긴 일정을 끝내고 집으로 돌아왔을 때. 현관문을 열고 어두컴컴한 집 안에 홀로 남은 고작 일곱 살의 어린 아들, 재원과 눈이 마주쳤을 때.

그들은 직감했다.

내 아들은 정상이 아니라는 걸.

피범벅이 되어 버린 하얀색 대리석 바닥. 작은 손으로 식칼을 들고 강아지를 찌르고 있는 아들. 무표정한 어린 아들의 표정. 죄의식이라곤 조금도 찾아볼 수 없는, 소름 끼치도록 순진한 눈동자.

"재원아!"

어머니의 비명이 가득했다. 귀가 찢어질 것만 같았다. 이명은 곧 사라졌지만 입을 틀어막고 오열하는 어머니의 울음소리는 좀처럼 줄어들지 않았다.

무엇이 그토록 슬픈 걸까.

"이, 이게 대체…… 아줌마!"

어머니는 그날 깜빡 잠이 든 가사 도우미 아주머니를 내쳤다. 이유는 단순했다. 아들 관리를 제대로 하지 않았기 때문에. 정작 보호자는 어머니였는데, 애먼 외부인이 질타를 당했다.

며칠 뒤, 의사가 집으로 찾아왔고 짧은 대화를 나눴다. 볼일을 마친 의사가 자취를 감추고 재원은 아버지와 어머니가 나누는 대화 소리를 듣게 됐다.

"누구도 알지 못하게 해."

"네. 네……."

"무슨 수를 써서라도 돌려놔야 해. 고치지 못한다면 멀쩡한 척이라도 하게 만들어. 대체 어쩌다. 하필 내 아들이…… 하……."

충격이 가시질 않았던 이 회장은 골치가 아팠는지 인상을 찡그리며 이마를 짚었다.

백 여사는 다급히 대책을 마련했다.

"이번엔 철저히 감시하라고 말해 둘게요. 사람 셋 정도 붙여 두면 허튼 짓은 못 할 거예요."

"그렇게 해. 그리고 그, 이 사장 첫째 딸. 요즘 안 본 지 꽤 됐지. 시간 내서 재원이 데리고 한번 찾아가 봐."

"그렇긴 한데, 해연이가 재원이를 반기는 눈치가 아니라서……."

"어떻게든 친해지게 만들어. 붙여 두면 없던 정도 생기겠지. 애들이야 다 싸우면서 자라는 거고. 사회성부터 길러야 뭐라도 될 거 아니야."

"네. 알겠어요. 그렇게 할게요."

재원은 어른들의 대화를 이해하지 못했다. 하지만 느낌으로나마 알 수 있었다.

또 시작이구나. 멋대로, 제멋대로.

종이접기 하듯 마음에 들지 않으면 마음에 들 때까지 접고 또 접고. 그렇게 결국 구겨진 종이로 완성해 낸 작품을 과연 완성작이라 말할 수 있을까.

며칠 뒤 재원은 어머니의 손에 이끌려 해연의 집을 찾았다. 대문 앞까지 한걸음에 달려 나와 먼저 반겨 준 사람은 온화한 얼굴의 아주머니였다.

"재원이 많이 컸구나. 잘 지냈어?"

"네."

1년 전과는 조금 다른 모습이었다. 풍선처럼 부풀어 오른 아주머니의 배가 재원의 눈에 들어왔다.

뚫어져라 바라보는 재원의 시선을 느낀 듯 아주머니는 환하게 웃으며 말했다.

"신기하니? 한번 만져 볼래?"

"그 안에 뭐가 있어요?"

"아기가 있어. 조만간 재원이도 볼 수 있을 거야."

"아기요?"

"응. 처음엔 엄청 작고 약할 거야. 이제 곧 재원이는 오빠가 될 거니까 소중히 지켜 줘야 해. 알겠지?"

"오빠?"

"그래. 오빠. 재원이는 오빠고, 해연이는 언니가 될 거야."

"왜요?"

"응?"

"왜 지켜 줘야 해요? 책에서 봤을 땐 작고 약한 존재는 도태되어야 하는 게 자연의 섭리라고 배웠는데."

느리게 눈을 깜빡이는 재원의 반응에 아주머니는 적잖게 당황한 기색을 감추지 못했다. 하지만 그것도 잠시뿐이었다. 아주머니는 한결 편안해진 얼굴로 부푼 자신의 배를 부드럽게 쓰다듬었다.

"이름은 해성이야. 이해성."

말이 없는 재원을 보며 아주머니가 유하게 웃었다.

"해처럼 밝고 어둠 속에서도 별처럼 반짝반짝 빛나길 바라면서 아줌마가 해성이라고 지었어. 이해성. 여자아이란다."

아주머니는 엉뚱한 답을 내놓았다.

"해성……."

재원이 작게 중얼거리며 가만히 눈을 깜빡였다. 그때, 새침한 여자애가 어디선가 불쑥 나타나 사이에 끼어들었다. 그리고 재원을 향해 두 팔을 활짝 벌리고 서서는 바짝 날을 세웠다.

"내 동생이니까 건들지 마! 쟤 빨리 돌아가라고 해, 엄마!"

"스읍. 해연아. 친구한테 그러면 못써. 사과해, 얼른."

"싫어! 쟤 진짜 이상하단 말야! 저번엔……!"

해연은 차마 말을 잇지 못하고 입을 꾹 다물었다. 해연이 재원을 극도로 기피하는 이유가 있었다.

해연이 유치원에 가기 싫다고 불평을 늘어놓았을 때, 재원은 방법이 아예 없는 것도 아니라며 답했다. 해연이 무엇이냐고 묻기도 전에 벌어진 일이었다. 계단을 내려가던 해연을 밀어 버린 행동엔 찰나의 망설임도 없었다.

해연은 다시 떠오른 기억이 끔찍했는지 몸서리를 치며 빽 소리쳤다.

"너, 우리 동생 태어나고 손가락 하나 건들기만 해! 가만 안 둘 거야!"

솔직하게 말하면 친구가 혼날까 걱정이 되었던 건지 해연은 끝내 사실을 말하지 못했다.

그저 입술을 꽉 감쳐물고는 경계의 눈초리로 흘겨볼 뿐이었다.

"얘들아, 그만 다투고 엄마가 간식 만들어 줄 테니까 마당에서 조금만 놀고 있어. 알겠지?"

아주머니가 자리를 비우고 단둘이 남게 되자, 적정 거리를 유지하던 해연이 매섭게 재원을 흘기며 먼저 입을 열었다.

"너, 그때 왜 그랬어?"

"뭐가."

"저번에 계단에서 네가 나 밀었잖아. 기억 안 나? 이마 찢어졌어! 피도 엄청 많이 났단 말야. 무려 열 바늘이나 꿰맸다고! 보여? 보이냐고!"

해연이 앞머리를 확 밀어 올리자 이마에 남은 흉터가 적나라하게 드러났다. 그럼에도 재원은 동요하지 않았다.

"알아."

직접 봤으니까.

무덤덤한 재원의 대꾸에 해원은 분함을 참지 못하고 씩씩거렸다.

"내가 그날 얼마나 아팠는지 알아? 사과는 왜 안 해? 내가 말하면 아마 너 울 엄마 아빠한테 엄청 혼날걸?"

"내가 왜?"

정말 모르겠다는 말투였다. 당황한 듯 해연은 커다란 눈망울을 끔뻑거리며 다시 되물었다.

"……뭐?"

"그날 유치원에 가기 싫다고 했던 건 너였잖아. 며칠만 아팠으면 좋겠다면서. 나는 네가 원하는 걸 이뤄 준 것뿐이야. 가장 쉽고 정확한 방법으로."

"나는 그런 뜻으로 말한 게……."

"그리고 무엇보다 너희 부모님은 절대 날 혼내지 못해."

비록 해연의 아버지와 재원의 아버지는 둘도 없는 친구 사이였지만 사회적 위치로 봤을 땐 엄연히 이 회장의 부하 직원, 그 이상 그 이하도 아니었다.

재원은 멍하니 넋을 놓은 해연을 건조한 눈으로 바라보며 말했다.

"책임질 수 없는 말이라면 뱉지 않는 편이 좋아."

"하, 하여튼 진짜 이상해, 너! 저번에 내가 사 온 병아리도 그냥 묻어 버렸잖아. 살아 있었는데. 얼마나 귀여웠는데!"

끔찍하다는 듯, 이해할 수 없다는 듯 해연이 악을 내지르는데도 재원은 일말의 감흥 없이 무심한 어조로 대꾸했다.

"병아리가 성장하고 닭이 되면 결국 잡아먹히게 될걸. 아니면 기껏 낳은 알을 인간에게 쉼 없이 빼앗기거나. 일방적으로 빼앗기는 삶은 불행하잖아. 살아 있는 생명이 귀엽다고 책임감도 없이 무작정 돈을 주고 사 오는 네가 내 눈엔 더 잔인하고 이상해."

어린아이다운 구석이라고는 조금도 찾아볼 수 없었다. 고작 일곱 살이었다. 해연은 당장이라도 울음을 터트릴 것처럼 울먹거리며 소리쳤다.

"너 진짜 짜증 나!"

"알아."

"뭘 알아! 하나도 모르면서! 유치원에서 애들이 너를 뭐라고 부르는지도 모르잖아!"

"알고 있어."

"유치원도 안 나오는 네가 뭘 알아!"

잠시 침묵하는가 싶던 재원이 느릿하게 고개를 들어 해연을 마주 보았다. 몇 초쯤 흘렀을까. 재원이 천천히 눈을 휘며 웃었다.

"괴물."

해연은 아무런 말도 할 수 없었다. 울리고 싶었는데, 화나게 만들고 싶었는데, 재원은 마치 감정이 없는 아이처럼 느껴졌다.

슬픔도 고통도 사랑도 모르는,

괴물보단 새하얀 백지 같은 아이.

그런, 아이였다. 이재원은.

○ ◎ ●

정확히 열 번째였다.

연결음이 끊어지고 다시 이어지기를 반복한 지 정확히 열 번째. 연결이 되지 않는다는 안내가 들려올 타이밍에 돌연 연결음이 뚝 끊어지며 정적이 감돌았다.

받았구나.

인지한 재원이 피로로 내려앉은 눈꺼풀을 천천히 밀어 올렸다.

한동안 묵직한 침묵이 감돌았다. 해성과 재원은 약속이라도 한 것처럼 누구도 먼저 말을 꺼내지 않았다.

어떤 표정을 짓고 있을까.

묻고 싶은 말들이 너무 많은데.

재원이 느릿하게 입술을 떼어 냈다.

"해성아."

돌아온 답은 없었다. 이런 반응일 것이라고 예상한 듯 재원은 의연히 말을 이었다.

"연락 기다리겠다고 했는데."

재원의 입매가 부드럽게 올라섰다.

"걱정이 돼서 못 참고 연락했어."

재원이 시선을 낮추자 손에 들고 있던 사진 한 장이 눈에 들어왔다. 그속에 박힌 앳된 해성의 얼굴을 물끄러미 들여다보며 말을 이었다.

"말도 없이 사라졌다고 원망한 적 없는데, 나는."

트로피를 품에 안고 활짝 웃는 해성의 얼굴이 눈앞에 아른거리는 것만 같다. 혼자가 된 넌 결국 참지 못할 거라고. 끝내 먼저 나를 찾을 거라 생각했는데. 뭘까, 이 기분은.

"목소리가 듣고 싶어, 해성아."

가만히 눈을 감고 있으면 자연스럽게 그날이 떠올랐다.

네가 처음으로 세상 빛을 보던 날. 작고 연약했던 너는 살짝만 힘을 줘도 부서질 것 같았는데.

아직도 생생하다.

생명의 탄생을 알리던 울음소리.

맑고 커다란 눈을 깜빡이며 조그마한 손으로 내 손가락을 꼬옥 움켜쥐던 순간, 태어나 처음으로 소속감을 느꼈다. 경이롭고 신비했다.

가슴이 울렁거렸다. 순수한 너는, 너만큼은 괴물로 낙인찍힌 나를 유일하게 이해하고 구원해 줄 수 있을 거란 확신이 들었다.

엄지로 사진을 살살 문지르며 재원이 애정을 가득 담아 말했다.

"해성아."

이제야 드디어 우리 둘만 남았어.

모두가 죽고, 죽고, 죽어서.

방해물 따윈 없어.

— ……선생님.

그토록 듣고 싶었던 차분한 해성의 목소리가 수화기를 타고 귓속으로 내려앉은 순간, 재원의 입술이 작게 벌어졌다.

"응."

— 오랜만이네요.

은은히 새어 든 달빛만이 어두운 공간을 밝히는 가운데 재원이 슬며시 입술을 늘여 웃었다.

— 잘, 지내셨죠.

"……아니."

— 죄송해요. 연락도 없이…….

"그동안 많이 힘들었지?"

엄마를 잃고, 아빠를 잃고, 언니를 잃고. 너는 많이 힘들었을까. 내게 의지해 주면 있는 힘껏 안아 줄 수 있었는데. 그저 그러지 못했던 게 아쉬울 뿐인데.

지금이라도 힘들다고 말해 주면.

못 참겠다고 말해 주면.

그랬으면 좋겠는데.

— 아니요. 이미 지난 일인걸요.

재원의 얼굴에 남아 있던 웃음기가 삽시간에 차게 식었다.

— 저는 잘 지내고 있어요.

"……그래?"

이건 계획에 없던 건데.

넌 그러면 안 되는데.

— 저보단 선생님이 더 걱정됐어요. 회장님도, 여사님도 그렇고. 언니도…….

아니, 아니. 안 되잖아.

이건 좀, 불공평하잖아. 해성아.

— 결혼도 얼마 남지 않았었잖아요. 저 때문에 그렇게 된 것 같아서, 언니한테도 선생님한테도 미안했어요. 끝까지 책임지고 보살펴 주려고 했던 거 알아요. 아는데, 무서워서 도망쳤어요. 비겁하게.

죽을 만큼 힘들었다고.

견디기 버거웠다고.

기댈 곳이 나뿐이라.

기다리고 있었다고. 해야지.

……해성아.

"그런데 내 전화는 왜 받았어?"

— 언제까지 피할 수만은 없을 것 같아서요. 한 번쯤은 꼭 죄송하다고 사과드리고 싶었어요.

단조로운 해성의 음성에선 예전의 발랄함과 활기를 찾아볼 수 없었지만 여전했다.

서서히 재원의 손에 힘이 풀어졌다. 동시에 들고 있던 사진이 느리게 바닥으로 떨어졌다. 재원은 구두 옆에 떨어진 사진을 무감하게 바라보며 낮게 읊조렸다.

"강해졌구나."

곤란하네.

그럼 아주머니와 했던 약속을 지킬 수가 없잖아, 해성아.

○ ◎ ●

— 시간이 벌써 이렇게 됐네. 너무 늦었다. 조만간 다시 연락할게.

다시 연락할 땐 만나서 얘기하고 싶은데, 그럴 수 있을까?

조심스럽게 물어 오는 재원을 해성은 차마 거절할 수 없었다. 사건과 관련된 모든 것들을 끊어 내 봐도 도무지 지울 수 없는 유일한 존재였으니까.

죄책감.

오랜 친구이자 평생을 함께하기로 한 예비 신부가 죽었다. 결혼을 코앞에 남겨 두고. 언니는 죽었는데 그녀의 동생인 해성만 살아남았다.

그 누구도 해성에게 너 때문이라며 손가락질하지 않았지만, 모두가 괜찮아질 거라며 네 탓이 아니라고 위로했지만 정작 가슴 한구석에 자리한 죄책감은 급속도로 빠르게 퍼져 가 온 정신을 지배했다.

떠났던 이유는 괴로워서였다. 재원을 마주할 때마다 밀려오는 죄인의 감정을 감당해 낼 자신이 없어서.

자신을 바라보며 언니를 떠올릴 사람. 방심하면 버릇처럼 튀어나와 상처만 남길 옛 추억들, '너라도 살아서 다행이다.' 말하면서도 내심 '차라리 네가 죽고 해연이가 살았으면 얼마나 좋았을까.' 무의식적으로 생각하게 될 그의 원망 섞인 눈동자를 도무지 마주할 엄두가 나지 않았다.

'언니. 오늘 집에 와 주면 안 돼? 엄마 아빠는 골프 모임 간다고 해서 나 혼자 자야 되는데 무섭단 말이야.'

— 네 나이가 몇인데 그걸 무서워해. 나 이따가 재원이 만나기로 했어. 야근도 해야 하고. 오늘은 안 돼.

'아, 제발. 응? 하루만 같이 자자. 언니 본가 안 온 지 오래됐잖아. 하나뿐인 동생이 이렇게 부탁하는데도 그럴 거야? 이제 결혼하면 남 된다 이거지? 말해. 선생님이야, 나야?'

— 어휴, 알겠다. 알겠어. 내가 널 어떻게 이겨. 일 끝나는 대로 갈게, 됐지? 넌 집에 언제쯤 오는데.

'모의고사 마저 풀고 갈게. 올 때 떡볶이 사 와! 꼭 오는 거다?'

그날 나만 아니었다면 언니는, 적어도 언니만큼은 살았을지도 모른다.

해성이 입술을 아프게 짓이겨 물며 신경질적으로 머리끝까지 이불을 뒤집어썼다.

차 팀장도 이런 기분이었을까. 인질로 잡힌 어머니를, 한범수의 칼에 찔린 어머니의 모습을 직접 두 눈으로 목격했을 때, 그 순간 차 팀장이 느꼈을 무력함과 절망이 가슴 깊숙한 곳까지 밀려든다.

자야지. 자야 하는데…….

숨 막히도록 괴로운 밤이었다.

○ ◎ ●

강현은 차량 운전석 시트에 길게 몸을 묻고서 잠시 눈을 붙였다. 30분쯤 지났을까, 휴대폰 진동을 느끼고 천천히 눈꺼풀을 밀어 올렸다.

[AM 02:37]

시계에 떠오른 시간을 흘긋 확인하고는 비스듬히 고개를 돌려 창밖을
확인했다.

경찰서 건물은 여전히 빛을 잃지 않고 어두운 밤을 밝히고 있었다.

정문으로 지구대 순찰차가 드나들며 경찰 직원들이 바쁘게 오가고 있
었지만 강현의 시선은 어느 한 곳에 멈춰 있었다. 4층, 숙직실.

팀원들 전부가 퇴근한 늦은 시각이었음에도 불구하고 경찰서를 떠나지
못한 이유가 바로 그곳에 있었다.

이해성.

집 안이 한바탕 뒤집어진 사건 이후 그녀는 표현을 하지 않았지만 분명
동요하며 불안해하고 있을 것이다.

"잠복근무도 아니고."

어이가 없어 픽 웃음이 샜다. 월급을 더 주는 것도 아닌데 지극히 사적
인 마음으로 연장 근무를 자처하고 있다는 게.

내부적으로. 그것도 단둘이서 일을 처리하자던 이해성의 맹랑한 말이
떠오른다. 겁이 없는 건지, 답도 없이 그저 당돌한 건지. 도무지 종잡을
수가 없다.

그러는 와중에도 휴대폰은 끊이지 않고 진동했다. 결국 강현은 피곤한
듯 묵직한 숨을 내쉬며 휴대폰을 꺼내어 들었다.

"예. 차강현입니다."

— 나야, 차 팀장. 지금 어디야?

"경찰서입니다."

발신자는 경찰청 과학수사과 소속 팀장 백석호였다. 일전 해성의 집에
사건이 터졌을 때 도움을 주었던.

― 오늘 당직이야? 야간 근무?

"아니요. 용건 있으십니까."

― 그때 네가 부탁했던 현장 조사 있잖아. 그거 결과 나와서 연락했어. 혹시 지금 통화 가능해?

해성의 집을 엉망진창으로 만들었던 사건이다. 강현은 꼿꼿하게 허리를 펴고 자세를 고쳤다.

"말씀하세요."

― 반가운 소식은 아니야. 재떨이에 있던 담배꽁초가 그나마 DNA 발견될 가능성이 높았던 유일한 증거물이었는데 알다시피 필터가 잘려 있어서. 차 팀장 예상대로 타액이나 지문은 없었어. 어떤 새낀지는 모르겠지만 더럽게 치밀한 놈인 건 확실해. 보통내기가 아니야.

예상한 일이었기에 강현은 놀란 기색이 없었다. 수화기 너머로 후우, 한숨 소리가 들려왔다. 담배를 피우고 있는 모양이었다.

― 그리고 또 뭐냐……. 아, 그래. 그 현장에 발자국, 지문 전부 없었어. 심지어 신발 자국조차 없더라. 두세 번 확인해 봤는데 깨끗하더라고. 지문이야 장갑을 꼈다고 쳐도 신발 자국이 없는 건 이해가 안 되네. 발에 비닐이라도 씌우고 들어간 건지, 뭔지. 그릇을 전부 박살 내 놨길래 혈흔이라도 있을까 싶었는데. 미안하다.

"아닙니다."

― 이제 어떡하냐, 이거. 남은 증거물도 없는데 골치 아프게 생겼다.

백석호가 혀를 차는 소리를 흘려들으며 강현이 조용히 시선을 내렸다. 손에 들린 물체를 넌지시 바라보았다. 투명한 지퍼 백에 담긴 액자. 그리고 그 속에 끼워진 사진 한 장.

"증거물이 아예 없는 건 아닙니다."

― 뭐? 너 현장에서 따로 발견한 거라도 있어?

강현의 눈이 어둡게 가라앉았다.

"내일 시간 되십니까. 제가 경찰청으로 가겠습니다."

가능성만 있다면.

전부를 잃을 때까지 포기는 없다.

○ ◎ ●

통화를 끝낸 강현이 룸 미러에 비친 제 얼굴을 가만히 들여다보았다.

"말이 아니네."

잠시 고민하다 운전석 문을 열고 차에서 내렸다. 망설임 없이 경찰서 건물 안으로 들어가 계단을 올랐다. 목적지를 향해 넓은 보폭으로 걷던 두 다리가 우두커니 멈춘 곳은 숙직실 앞이었다.

여자 숙직실 문은 굳게 닫혀 있었다. 예상치 못한 난관에 부딪치자 강현이 설핏 눈썹을 찡그렸다.

함부로 들어가선 안 되는 곳.

마음만 앞서 벌어진 일이었다. 앞뒤 생각도 없이 무작정 이곳까지 걸어온 행동은 돌이켜 생각해 봐도 어처구니가 없었다.

하릴없이 다시 걸음을 돌리려는데, 때마침 여자 숙직실 문이 열리며 여자 경찰 직원이 모습을 드러냈다.

"차 경감님?"

여청과 경찰이었다. 강현을 한눈에 알아본 직원이 공손히 허리를 굽혀 인사하자 강현은 대충 고개를 끄덕이는 것으로 대신했다.

"혹시 이 형사님 찾으십니까?"

"안에 있습니까."

"네. 주무시고 계시는 것 같은데. 혹시 업무 때문에 그러세요? 급한 일이면 들어가서 깨워 드릴까요?"

"아니요. 괜찮습니다. 일 봐요."

"아……."

직원은 고개를 돌려 반쯤 열린 문 사이로 힐끔 숙직실 안을 보다가 눈치껏 말했다.

"요즘 사건 때문에 많이 신경 쓰이시나 봐요. 계속 뒤척이시더라고요."

무표정한 얼굴로 일관하며 강현이 별다른 반응을 보이지 않자 직원은 머쓱한 미소를 지으며 옆으로 한 걸음 물러섰다.

"오늘은 아마 제가 마지막 대기일 거예요. 다른 직원분들 올라올 일 없을 테니까, 들어가 보세요."

그럼 수고하십시오. 직원은 반듯한 자세로 강현을 향해 거수경례를 해 보이고는 후다닥 자리를 벗어났다.

뭘 알고 저러는 건지. 조심성이 없어도 너무 없지 않나. 삐딱하게 생각하면서도 머리와 달리 강현의 시선은 어두운 숙직실 내부로 향했다.

목석처럼 서 있던 강현이 천천히 다리를 움직였다. 조용히 문을 닫고 조금 더 깊숙한 곳까지 걸어 들어갔다.

가장 끝 1층 침대. 고요히 눈을 감고 있는 해성이 눈에 담겼다. 쏟아지는 달빛이 거슬렸는지 해성이 찰나 미간을 찡그렸다.

강현은 침대 옆에 놓인 간이 의자에 다리를 꼬고 앉아 빤히 해성을 들여다보았다.

"넌 알수록 이해가 안 돼."

나직한 음성이 자욱하게 깔렸다.

짧은 공백을 두고 강현이 천천히 팔을 뻗었다. 커다란 손이 해성의 얼굴과 어느 정도 간격을 두고 허공에서 멈추었다. 손으로 해성의 눈을 가려 준 것이다.

커다란 손에 의해 달빛이 완벽하게 차단되자 그제야 찡그린 해성의 얼굴이 곱게 펴졌다.

순간적으로 강현의 손끝이 떨렸다. 부드러운 호선을 그린 채 미소를 머금고 있는 여자의 입술을 목격한 탓이다. 좋은 꿈을 꾸고 있을까.

얼마 지나지 않아 일자로 굳게 다물린 강현의 입술 끝이 언뜻 올라섰다. 무의식적으로.

"놀랐겠지."

총기를 들게 했다. 자신에게 격발하라 명령했다. 그리고 망설이는 이해
성을 향해 빼앗아 든 총을 겨눴다.

끝도 없이 용기만 가상한 여자의 무모함에 화가 치밀었다. 충동적인 행
동이었지만 후회는 없었다.

후회가 됐던 건, 과거를 말했던 것.

그뿐이었다.

어디에도 그 누구에게도 절대 새어 나가선 안 될 비밀을, 치부를, 나와
가족의 약점을 실토했다.

왜. 대체 왜 너에게 털어놓았을까.

그저 충동에 지나지 않았던 걸까. 답답했을까. 그것도 아니라면.

"……위로를 원했나."

공감을 이해를 위로를 바라면서. 나도 너와 같은 상처를 갖고 있다고.
나의 상처를 너는 절대 이해하지 못할 것이라는 눈으로 더 이상 나를 쳐
다보지 말라고. 말하고 싶었을까.

강현이 비스듬히 고개를 기울였다.

펼친 제 손바닥 아래에 가려진 여자의 입술이 보인다. 조금 눈길을 올
리자 감겨 있어야 할 여자의 눈과.

"……."

마주쳤다.

언제부터였는지 가늠할 수 없었다. 해성은 피로가 묻어난 눈으로 물끄
러미 강현을 바라보고 있었다.

"언제부터 깨어 있었습니까."

"방금요."

인기척에 깬 모양이었다.

강현이 한숨 같은 웃음을 흘리며 손을 거두었다.

"깨웠네요. 미안합니다. 더 자요."

그대로 의자에서 몸을 일으키려는데, 작은 음성이 발목을 붙잡았다.

"팀장님."

발을 떼어 내려다 말고 강현이 슬쩍 몸을 돌려 침대에 누워 있는 해성을 내려다보았다.

지친 얼굴로 강현을 올려다보며 해성이 입술을 떼어 냈다.

"좋은 꿈을 꿨어요. 오랜만에."

그녀가 졸음이 묻어난 눈을 느리게 깜빡였다.

"그런데 무슨 꿈이었는지는 생각이 안 나요."

의미 없는 미소를 그리며 해성이 팔을 뻗었다. 조심스럽게 강현의 옷소매를 붙잡고는 작게 중얼거렸다.

"죄송해요."

"이해성 씨가 뭐가 죄송합니까."

"팀장님 과거를 들었을 때요. 슬펐어야 했는데, 걱정부터 했어야 했는데. 사실 저는 조금 기뻤어요."

강현의 눈가가 미미하게 구겨졌다.

"나와 같은 상처를 가진 사람이었구나, 생각이 들어서……. 기뻤어요."

차분한 음성은 더없이 자극적이다.

"잊어버려요."

해선 안 된 말이었다. 적어도 이해성 앞에선 더욱 철저하게 봉인되었어야 할 말이었다.

"힘드셨나요?"

강현의 눈이 가늘어졌다.

"저는 되게 많이 힘들었는데."

천천히 몸을 일으킨 해성이 침대에서 내려와 강현을 마주 보고 섰다.

"괜찮아졌어요."

똑바로 시선을 마주하면서.

"아닌 거 아는데요. 전 위로받는 기분이었어요. 말뿐인 그 어떤 위로보다 더 진심 같았거든요."

멋대로 헝클어진 욕망을 건드린다.

"내가 이해성 씨한테 무슨 위로를 해 줬는데."

"키스요."

단호한 대답에 강현이 멈칫 굳었다.

"해 드릴까요?"

당돌한 제안이었다.

잘못 들었나.

조금 인상을 찡그린 채 해성을 내려다보던 강현이 돌연 피식 웃음을 터트렸다.

까불긴⋯⋯.

강현이 손끝으로 해성의 이마를 가볍게 툭 밀었다.

"못 잔 잠이나 더 자요."

예상치 못한 남자의 행동에 넋이 나간 해성이 눈을 끔뻑이며 멍하니 강현을 바라보았다.

혹시 동정이라 느꼈을까.

어쭙잖게 건넨 위로가 얼마나 큰 상처로 돌아오는지 겪어 본 해성은 그 기분을 누구보다 잘 알고 있었다.

강현이 그대로 등을 돌리려 하자 번쩍 이성을 되찾은 해성이 재빠르게 말을 덧붙였다.

"가벼운 동정 같은 거 아닙니다."

강현은 걸음을 떼려다 말고 고개를 돌려 비스듬히 해성을 쳐다봤다. 가만히 해성의 눈을 들여다보다가 느릿하게 입술을 떼어 냈다.

"알아요."

무감정한 남자의 얼굴엔 찰나의 동요조차 찾아볼 수 없었다. 마치, 처음부터 상처 따윈 모르는 사람처럼.

"동정이었다 해도 상관없고."

"아……."

"나는 이해성 씨가 신뢰할 수 있을 만한 사람이라 판단했고 그래서 말했던 겁니다."

신뢰할 수 있는 사람.

이상한 일이다. 고백을 듣게 된 것도 아닌데 심장이 간지러웠다.

해성은 연신 입술을 벙긋거리다가 짜내듯 간신히 말을 뱉었다.

"그럼 저는, 팀장님의 사람인가요."

"그건 내가 선택할 수 있는 범위가 아닌 것 같은데."

강현이 한 걸음 더 가깝게 다가오자 남자를 올려다보느라 해성의 얼굴이 조금 더 위로 들렸다.

강현의 입가에 알게 모르게 씁쓸한 웃음이 스쳤다.

"내 사람이 될지 말지는 이해성 씨가 선택해야지."

고민의 여지가 없었다. 당연히…….

"되고 싶어요."

해성은 남자의 짙은 눈을 똑바로 마주 보며 또박또박 말했다.

"팀장님 사람."

굳어 버린 강현을 향해 이번엔 해성이 한 걸음 움직여 다가섰다. 그리고 천천히 팔을 뻗어 남자의 가슴팍에 손을 얹었다. 강현은 슬쩍 시선만 낮춰 제 가슴에 얹어진 해성의 손을 가만히 주시했다.

"발칙하네……."

"같은 상처를 가졌잖아요."

천천히 어루만지는 손길에 강현의 입술이 일자로 꽉 다물렸다.

"저는 팀장님이 그동안 얼마나 아팠고 괴로웠는지 알아요."

작은 파동조차 없이 잠잠한 남자의 얼굴과 달리 쿵, 쿵 울리는 심장 박동 소리가 손바닥으로 전부 전해졌다.

해성은 남자의 가슴팍을 물끄러미 응시하면서 조용히 읊조렸다.

"좋아한다고. 진심으로 좋아하게 됐다고 보채지 않을게요. 상응하는 대답을 달라 닦달할 생각도 없어요."

누군가를 담기엔 당신의 상처가 얼마나 깊은지 이제 나는 아니까.

해성이 손을 내리며 말했다.

"그냥, 위로가 되고 싶어요. 팀장님이 저한테 해 주셨던 것처럼."

"내가 뭘 했는데."

서로를 위해 이용했던 것뿐인데. 너는 그걸 어떻게 위로라고 착각할 수 있어.

"됐어요. 충분히. 외면하지 않고 받아 주셨잖아요. 몇 번이나 도와주셨잖아요."

강현이 눈썹을 찡그렸다.

"내 사람으로 남고 싶다고."

"네."

강현의 입가에 서늘한 조소가 스쳤다. 날카로운 눈매가 가늘어졌다.

"그게 어떤 의미인지 알고 말하는 겁니까?"

"알아요."

수많은 억측과 질타가 난무한다 할지라도 굳건히 곁을 지키는, 무한한 신뢰와 충성으로 다져진. 사랑의 감정을 초월한 그런 의미.

서장의 명령을 무시하면서까지 재수사를 강행한 책임을, 그 대가와 피해까지 온전히 함께하겠다는 뜻.

정말 괜찮았다.

언젠가 혹시라도 인질이 되어 범인에게 붙잡히는 날이 왔을 때, 당신이 무감정한 얼굴로 내게 총구를 겨누는 그 순간마저 편안히 웃어 줄 수 있을 것 같다. 나는 당신을 믿는다고. 여기까지 올 수 있도록 도와줘서 고맙다고. 혹여나 잘못되더라도 슬퍼하지 않았으면 좋겠다고 말해 줄 수 있을 것만 같다.

당신, 당신이라면.

"말이라고 함부로 뱉네."

기막히다는 듯 남자가 짧게 웃었다.

강현이 코트 안주머니에 손을 밀어 넣었다. 곧이어 빠져나온 그의 손엔 투명한 지퍼 백이 들려 있었다.

"보입니까."

지퍼 백 윗부분을 손끝으로 집어 든 강현이 팔을 뻗었다. 해성은 눈을 크게 뜨고서 바로 눈앞까지 다가온 물체를 확인했다. 지퍼 백 속에는 익숙한 사진 한 장이 들어 있었다.

"이건……."

"제대로 봐요. 이해성 씨 집에서 찾은 겁니다."

"아."

해성의 눈동자가 정처를 잃고 흔들렸다. 언니와 이재원. 그리고 본인까지. 나란히 서서 활짝 웃고 있는 사진. 기억 저편에 묻어 두고 몇 년이 흐를 때까지 꺼내 보지 않았던 것이었다.

"이걸, 어떻게 찾으셨어요?"

"현장 조사 중에 발견한 겁니다."

강현은 서랍이 반쯤 열려 있었다는 언급은 일부러 하지 않았다.

"하나 묻죠."

"네."

"내 사람이 되겠다고 했지."

"……네."

"그 말이 무슨 의미인지도 알고 있고."

"네."

"좋습니다."

강현이 대충 고개를 끄덕이며 똑바르게 해성의 눈을 들여다보았다.

"허무맹랑한 가설 하나 만들어 보죠. 내가 만약."

이해할 수 없는 불안감이 온몸을 휘감았다. 그리고 그 불안은 곧 현실로 벌어졌다.

"이재원. 내가 그 남자를 용의자로 의심하고 있다 말하면, 이해성 씨는 어떤 선택을 할 겁니까."

"네? 그게 지금 무슨."

해성이 저도 모르게 미간을 찌푸렸다. 정말 단 한 번도 생각해 본 적 없는 부분이라서. 정말이지 뜬금없었다.

"두 번 말해야 합니까."

"팀장님."

그럴 수는 없다. 그토록 상냥했던 남자인데. 본인의 가족보다 우리 가족을 더 챙겼던 남자인데. 언니를 그 누구보다 사랑했던 사람이 결혼을 코앞에 남겨 두고 어떻게. 범행을 저지를 동기도 이유도 없었다.

별안간 강현이 픽 웃음을 흘렸다.

"농담입니다. 흘려들어요."

해성은 직감했다.

"……아니잖아요."

지금 차 팀장은 농담을 하고 있는 것이 아니다.

"말씀해 주세요. 어느 부분에서 그렇게 느끼셨던 건지."

차강현은 절대 그냥 넘겨짚는 말을 할 사람이 아니니까.

지금이라도 늦지 않았으니 사건에서 손 떼고 경찰 옷 벗으라고 하면. 내 말 들을 겁니까?

그 말을 했던 이유가 이것 때문이었나. 머리가 복잡했다. 몇 시간 전 불현듯 걸려 온 이재원의 전화도.

강해졌구나.

나긋이 말하던 그 목소리도 떠올릴수록 혼란스러웠다.

"아니. 아쉽지만 그렇게는 안 되겠는데."

강현이 단호하게 선을 그었다.

"몇 번이나 같은 말을 반복했는데도 이런 식으로 반응하는 걸 보면 내가 볼 땐 감도 못 찾았거든, 너."

소중한 사람이 보이지 않는 곳에서 죽임을 당한 것과 바로 눈앞에서 찰나의 망설임으로 머뭇거린 순간 죽임을 당하는 걸 목격한 것엔 명백한 차이가 존재했다.

"어째서 팀장님은 최악의 상황만 생각하시나요."

알면서도 물러설 수 없었다. 해성이 주먹을 꽉 말아 쥐었다.

"아직 벌어지지도 않은 일이잖아요. 어떻게 될지, 그건 아무도 모르는 거잖아요. 절 신뢰한다고 하셨으면서 정작 말씀해 주시는 건 없어요. 그게 어떻게 신뢰인가요. 제가 보기엔 의심만 하고 계신데요."

"신뢰한다고 전부를 공유해야 한다는 법은 없으니까. 최선만 생각하다 최악을 직면했을 때, 멍청하게 무기력한 눈으로 바라보는 것보단 끊임없이 고민하고 의심해서라도 피해를 줄여야 한다는 게 내 판단입니다."

"……."

"형사는 그런 위치에 선 사람이니까. 선택지는 없고 무조건 최악부터 생각해야 돼. 최악보다 더한 최악을. 밑바닥을 먼저 생각한 뒤 그다음에 최선을 판단합니다, 나는. 사건의 용의자. 그리고 그 피해자가 오늘 나와 함께 커피를 나눠 마시면서 아침 안부를 물었던 사람이 될 수도 있으니까. 상대가 누구든 의심부터. 그 누구도 믿어선 안 된다는 뜻이죠."

합당한 질책이었다.

"인질과 피해자의 목숨은 그 누구도 지켜 주지 못해. 설령 그게 형사라도 달라질 건 없어. 나 역시 실패했으니까. 형사도 두려움을 느끼는 인간이니까. 아무리 빠르고 정확한 판단을 내려도 눈앞엔 이미 죽어 버린 피해자들의 시체로 수두룩한데. 어떻게, 이해성 씨는 본인의 실수로, 또는 안일함으로 죽어 버린 그들의 시체를 밟고 올라설 수 있겠습니까."

무거운 책임감이다.

"대충 공부하다 운 좋게 경찰 공무원에 합격한 사람들은 이 바닥에서 얼마 못 버텨. 해 봤자 지구대, 경찰서 사무직 정도겠지. 경찰의 꽃은 강력계 형사다. 그건 영화나 드라마에서 미화된 이미지고 정작 내부에선 좋은 취급도 못 받아. 백이면 백."

강현이 손끝으로 제 관자놀이를 툭툭 두드렸다.

"이 짓 몇 번 하면 전부 정신병 걸리거든."

검은 눈이 차게 식었다.

"내 목숨 내 미래 내 인생. 다 내놓고 뛰어들어야 하는 미친 짓이야. 그런데도 총 한번 들면 과잉 진압이라 욕먹고 망설이면 그게 경찰이냐고 손가락질이나 받지. 연금이고 세금이고 일반인보다 더 내면 냈지 덜 내진 않는데, 실질적으로 국민 혈세나 뜯어먹는 메뚜기 취급이나 받고 말이야. 뉴스고 인터넷이고 소방관은 너도나도 영웅 취급인데 경찰들은 버러지만도 못한 새끼들이라고 욕만 먹어. 근데. 이 짓이 대체 뭐가 아쉽다고 평생 품어 온 꿈을 포기하면서까지 버팁니까, 버티긴."

가슴에 실금이 간다.

"그게 어떻게 미련한 짓이 됩니까. 사람 목숨을 지키는 일인데요."

"반대로 죽이기도 하지. 네 손으로. 또는 내 손으로. 살인범만 흉기를 들고 있는 게 아니니까."

강현이 뻗은 팔을 천천히 거두었다. 사진이 들어 있는 지퍼 백을 다시 코트 안주머니에 밀어 넣고는 시선을 올려 해성을 마주 보았다.

"생각 바뀌면 그때 다시 덤벼요. 내 가족이, 또는 둘도 없는 친구가 살인범이라도 눈 한번 깜빡이지 않고 방아쇠를 당길 수 있을 정도가 됐을 때. 내가 볼 때 이해성 씨는 아직 한참 멀었으니까."

해성이 다급하게 강현을 붙잡았다.

"그때요."

"응?"

"대답 안 하셨잖아요."

"무슨 대답."

"만약 동료가 인질로 잡힌다면 제게 총구를 겨눴을 때처럼 망설임 없이 격발할 수 있냐고 물어봤을 때요."

"아아."

강현이 생각났다는 듯 한숨처럼 웃으며 삐딱하게 섰다.

"대답해 주세요."

"동료가 인질로 잡힌다면."

"아니요."

"그럼."

"사랑하는 여자가 인질로 잡힌다면. 목숨을 내놔도 아깝지 않을 만큼 사랑하는 여자가 사실은 살인범이었다면 팀장님은 어떻게 하실 건가요. 실탄 격발, 하실 건가요."

유치했다. 기껏 생각해 낸 게 고작 이런 옹졸한 복수라니.

하지만 이번만큼은 머뭇거림이 없었다. 강현은 조금 웃으며 해성의 머리 위에 손을 얹었다.

"응."

날카로운 말로 비수를 꽂아 넣을 때는 언제고, 지금은 마치 다른 사람처럼 부드럽게 머리를 쓰다듬는다.

"쏠 겁니다. 망설임 없이."

울어야 할지, 웃어야 할지 모르겠다. 말문이 막혀 마른침만 억지로 삼키고 있는데 강현이 느리게 허리를 굽히며 시선을 맞춰 왔다.

"한 번에 고통 없이 보내 주고."

"……."

"나도 너 따라 같이 죽어 줄게."

됐지.

남자의 날렵한 눈매가 부드럽게 휘었다.

15

이른 아침부터 경찰서 입구에선 때아닌 소란이 몇 시간째 이어지고 있었다.

"지금 경찰은 국민들의 알 권리를 완전히 무시하고 있습니다! 경찰은 지금 당장 비공개수사를 멈추고 모든 수사 과정을 국민들에게 공개해야 합니다!"

"공개하라! 공개하라!"

시위였다.

경찰서 건물을 마주 보고 선 시위대는 안전을 위해 일렬로 늘어선 경찰들과 팽팽하게 대치 중이었다. 갈수록 우렁차게 높아지는 목소리는 좀처럼 물러설 기미가 보이지 않았다.

동부 연쇄 살인범이 잠적한 이후 10년 만에 연이어 살인 사건이 발생하자 국민들은 불안에 떨기 시작했고 그 두려움은 곧 경찰을 향한 분노로 변질되었다.

비공개수사는 같은 수법의 범행을 막기 위함이자 경찰의 수사 반경을 진범에게 들키지 않도록 암막을 씌우는 것이었다. 물론 그에 따른 리스크도 존재했다. 수사 진행 방향을 알지 못하는 피해자의 유가족과 국민들의 불만이 속출했다.

강력 2팀은 강현의 지휘 아래 상부의 지시를 무시하면서까지 비밀리에 수사를 진행하고 있는 상황이었다. 서장은 경찰의 이미지 실추를 막기 위해 입건이란 카드를 꺼내어 들었지만 강현은 단호히 거부했다.

용의자가 진범으로 밝혀진다면 다행이겠지만 이번 토막 살인 사건 진범이 10년 전 동부 연쇄 살인범과 동일범일 것이란 추측이 제시되면서 그럴 확률은 사실상 현저히 줄어들었다.

용의자 유성태를 입건하라 지시한 서장의 뜻을 따른다면 당장 국민들의 분노는 줄어들 수 있겠지만 멀리 본다면 최악의 상황일 때 죄 없는 사람이 진범으로 몰릴 수도 있다.

그 사실을 모르는 것도 아니었지만 박대영 서장은 상황이 좋지 않게 흘러가자 썩 골치가 아팠다.

"돌겠군."

그도 그럴 것이 서장실 책상에 놓인 수화기와 휴대폰이 번갈아 가며 시끄럽게 울려 댔다. 박대영 서장은 슬쩍 블라인드를 들추며 바깥 상황을 확인하고는 고개를 돌려 짜증스럽게 한숨을 내쉬었다.

"아침부터 계속 이 꼴인데 차 팀장은 대체 어디에서 무얼 하고 있어!"

박대영 서장의 호통에 곁에서 대기하던 형사과장 서명호가 급히 얼굴을 숙였다.

"외근이 있어서 조금 늦나 봅니다."

박대영 서장의 얼굴이 보기 싫게 일그러졌다.

"외근? 지금 2팀에 떨어지는 배당 해 봤자 일반 사건밖에 없잖아. 대법원장님 한창 예민하신 거 몰라? 경찰청에서 사고 친 거 아버지 얼굴 봐서 받아 줬더니만……. 쥐 죽은 듯이 얌전하게 있으란 말을 뒷구멍으로 들었나. 어딜 싸돌아다니는 거야? 넌 정신이 있어 없어. 애들 관리 하나 제대로 못 해?"

"죄송합니다, 서장님. 면목이 없습니다."

후우……. 박대영 서장이 긴 숨을 몰아쉬며 서명호 과장을 향해 손을 까딱였다.

"이봐, 서명호."

"예."

"혹시나 해서 묻는 건데 말야. 차 팀장, 아니, 차강현이를 포함해서 2팀, 별일 없지?"

"예? 무슨 말씀이신지……."

"그 왜, 10년 전 사건 있잖아!"

"아. 동부 연쇄 살인 사건 말입니까."

"그래, 그래. 그거. 내가 뒷조사하지 말라고 분명히 일러뒀는데. 설마 뒤에서 나 몰래 작당 치고 있는 건 아니겠지."

서명호 형사과장이 잘근 입술을 씹었다. 차마 서장의 눈을 똑바로 마주 볼 수 없었는지 슬쩍 시선을 내리깔고선 억지로 웃었다.

"그럼요. 별일 있겠습니까. 아무리 차 팀장이라도 경찰 조직의 일원인데요. 상부 지시를 무시하면서까지 무리하게 움직일 정도로 막무가내는 아닐 겁니다."

"그렇다면 다행이지만 그 불같은 성격이 어디 가겠어. 대법원장님 믿고 나대는 것도 정도껏이어야지."

만에 하나 강현이 서장의 시선이 닿지 않는 곳에서 동부 연쇄 살인범을 쫓고 있다면 그것보다 큰 골치는 없었다.

난생처음 대법원장에게 아들을 잘 부탁한다는 소리까지 듣게 된 마당에 차 팀장이 멋대로 움직이게 된다면, 그래서 또 한 번 제대로 큰 사고를 치게 된다면 서장 자리까지 위태로워질 수 있다. 이 바닥에서 대법원장의 아들 사랑이 유별나다는 사실을 모르는 사람은 없었다. 그러다 보니 대법원장뿐 아니라 강현의 눈치도 살펴야 했다.

자존심이 말이 아니었다. 멋대로 들쑤시고 다니는 부하 직원에게 호통 한번 제대로 치지도 못하고 도련님 모시듯 어르고 달래야 하는 현실이 말이다.

생각에 잠겨 있다 말고 잊고 있던 것이 생각난 듯 박대영 서장이 시선을 올렸다.

"그 입건은 어떻게 됐어."

"용의자 유성태 입건은 아직 보류 중입니다."

"아직도? 지금 며칠이 지났는데 아직도 결정을 안 했어. 일 처리를 어떻게 하고 있는 거야, 어? 이것들이 단체로 미쳤나. 서장 말이 우습게 들려?"

"아닙니다, 서장님. 하지만 저도 입건 문제는 신중해야 한다는 차 팀장의 의견엔 동의합니다. 즉시 입건을 결정하게 된다면 지금 당장은 잠잠해질 수 있겠지만, 만약 유성태가 진범이 아니란 증거가 법정에서 밝혀지게 된다면 그땐 서장님 입장이 더 난감해질 수 있습니다."

"누가 그걸 몰라? 위에서 하도 입건하라 지랄발광을 떨어 대니까 문제란 거잖아. 이러다 검찰에서 수사권 뺏어 가면, 우리 입장이 뭐가 돼? 우리가 검찰 따까리냐고. 어? 수사를 시작했으면 결과가 나와야 할 거 아니냐고!"

"죄송합니다. 최대한……."

"이러다 청원 수 불길처럼 치솟으면, BH(청와대)에서 전화라도 떨어지면 그땐 어쩔 거야. 대책 있어?"

서명호 형사과장은 차마 대답을 내놓지 못했다. 박대영 서장이 이마를 짚고서 질끈 눈을 감았다.

"하, 돌겠구만……."

"일단, 지금 당장은 상황을 지켜보시는 편이 좋을 것 같습니다."

"차 검사는 따로 연락 없어?"

"네. 아직까지는 없습니다."

그야말로 형제의 난이다. 어찌 된 연유인지는 모르겠지만 차도현 검사와 차강현의 관계가 이런 파국을 몰고 오게 될 줄은 몰랐다.

"송정하 토막 살인 사건 입건은 무조건 우리 경찰서에서 해. 혹시나 차 검사한테 연락 오면 입조심하고. 최대한 피해. 무엇보다 동부 연쇄 살인 사건 절대 수면 위로 올라오지 못하도록 철저히 막아. VIP(대통령) 심기 건드리는 일은 없어야 해. 알겠어?"

"송정하 토막 살인 사건과 연관이 되어 있다면 어쩔 수 없이 세간에 드러나게 될 텐데요. 지금도 시경캡 기자들이 진을 치고 있는 상황이라."

"그러니까 입건부터 하라는 거 아니야! 동부 연쇄 살인 사건 묻으려고 윗분들이 얼마나 진을 뺐는지 몰라?"

포털 사이트 실검 장악과 여론 막기.

독재나 다름없는 상황이었다.

"하지만 서장님. 저희는 경찰입니다. 범인을 찾을 수만 있다면……."

"경찰? 결국 너도 나도 먹고살기 바쁜 직장인이야. 돈 받아먹는 좀벌레. 하루살이라고. 알아들어? 지금 있는 자리라도 지키려면 윗대가리들이 시키는 대로 넙죽 엎드리면 돼."

서명호 형사과장이 소리 없이 이를 악다물었다. 이렇다 할 반응이 없자 박대영 서장이 눈을 가늘게 떴다.

"서명호. 내 말뜻 알아들었냐고."

참담함을 이루 말할 수 없었다. 서명호 형사과장은 대답 대신 꽈악 주먹을 말아 쥐었다.

'침묵과 외면도 죄가 된다고 합니다. 과장님.'

한동안 강현의 말이 머릿속에서 가시질 않았다.

○ ◎ ●

"선배. 이거 진짜 괜찮을까요?"

세찬은 근심스러운 얼굴로 경찰서 정문 밖을 바라보았다.

"차 팀장님 곧 도착하실 텐데 시위대 인파가 워낙 많아서…… 어쩌죠. 마중이라도 나가야 하나."

걱정스러운 건 해성 역시 마찬가지였다. 하루아침 사이에 완전 무장 한 시위대가 경찰서를 점령한 것은 전부 이윤호 시경캡 기자 때문일 확률이 컸다.

사건 발생 후 며칠째 그 어떤 소득도 발표도 없었다. 담당 수사관이 무책임하게 침묵하고 있다는 뉴스와 기사가 전국적으로 퍼졌다. 허락도 없이 차 팀장의 얼굴과 실명, 전부가 노출된 것이다. 덕분에 전국이 발칵 뒤집혔다.

차 팀장과 이윤호 시경캡 기자 사이가 우호적이지 못하다는 것쯤은 진작 눈치채고 있었지만 이런 식으로 사전에 말도 없이 뒤통수를 때릴 줄은 몰랐다. 경찰청, 경찰서를 밥 먹듯이 드나드는 시경캡 기자가 비공개수사의 이유를 모를 리가 없는데.

그 순간, 자리에 앉아 구호를 외치던 시위대가 벌떡 일어섰다. 의경들의 보호를 받으며 검은색 세단 차가 천천히 경찰서 입구 안으로 들어서고 있었다.

해성은 더 볼 것도 없다는 듯 경찰서 정문을 열어젖히고 다급히 걸음을 옮겼다.

"선배! 어디 가요! 같이 가요!"

등 뒤에서 들려오는 세찬의 말을 무시하며 해성은 곧장 주차장으로 향했다. 걸치고 있던 점퍼를 급히 벗어 내고 빠르게 정차한 차 팀장의 차로 달려갔다.

"팀장님."

이제 막 시동을 끄고 운전석 문을 열고 내리는 차 팀장과 눈이 마주쳤다. 다행인지 불행인지는 모르겠지만 그는 마치 이런 상황을 예상한 듯 평소와 다를 바 없었다. 지극히 무표정한 얼굴이었다.

"왜 나와 있습니까."

해성은 대답 대신 손에 들고 있던 점퍼를 두 손으로 활짝 펼쳐 높게 들었다. 얼굴을 가린 것이다. 시선이 차단되자 강현은 슬며시 눈썹을 찡그리며 해성의 손목을 잡아 내렸다.

"지금 뭐 하는 겁니까."

"얼굴 노출되잖아요."

"누가 보면 범인이라고 오해하겠네."

기막히다는 듯 강현이 짧게 실소를 터트렸다.

"나 걱정돼서 달려왔어요?"

해성이 입술을 꾹 감쳐물었다. 강현은 가만히 해성을 내려다보다 그녀의 손에 들린 점퍼를 받아 들었다.

걱정이 되었다고 말하려는데, 점점 커지는 시위대의 목소리에 막혔다.

"용의자 입건을 미루고 있는 이유를 밝혀라!"

"사람만도 못한 새끼. 네가 그러고도 경찰이냐!"

"피해자 마음은 안중에도 없는 놈은 경찰이라 불릴 자격도 없다! 그러니까 견찰이란 소리를 듣지!"

멈칫. 움직임이 멈추었다. 해성은 울컥 치밀어 오르는 감정을 이기지 못하고 신경질적으로 고개를 돌려 시위대를 사납게 흘겨보았다.

아무것도 모르면서. 우리가 범인 잡으려고 얼마나 애쓰고 있는지 조금도 모르면서.

정작 피해자는 가만히 있는데 정치색으로 뒤덮인 이들이 더 난리다. 이익을 챙기기 위해 물어뜯고 있는 꼴이 참을 수 없을 만큼 역겨웠다.

안 봐도 뻔했다. 불법 시위로 뭉친 사람들. 약해진 공권력을 이용해 여당을 밀어내고자 보여 주기 식 연극을, 야당 지지자들의 속을 모를까.

"비켜 주세요! 이러다 사고 납니다. 뒤로 물러서 주세요!"

뒤늦게 달려온 세찬이 팔을 뻗으며 강현과 해성을 보호하려고 하자, 시위대 중 한 명이 오버액션을 취하며 혼자 뒤로 넘겨졌다.

"아이고, 나 죽네! 이거 과잉 진압이야! 요즘 시대가 어느 때인데 경찰이 사람을 쳐! 빨리 사진 찍어!"

황당한 나머지 헛웃음이 터졌다. 난장판 속에서 무엇 하나 제대로 통제되는 게 없었다. 아니, 할 수 없었다. 잘못했다간 중징계, 또는 경찰 옷을 벗게 될 수도 있으니 누구도 선뜻 나서지 못하는 것이다.

우두커니 선 강현은 자신과 자신의 동료를 둘러싸고 조롱하는 시위대를 삐딱하게 바라보다 조용히 팔을 뻗었다. 크게 당황한 세찬의 어깨를 잡아끌어 당겼다. 얼떨결에 차 팀장의 등 뒤에 가려진 세찬은 아무런 말도 못 하고 입만 벙긋거렸다.

시위대가 너도나도 할 것 없이 바닥에 드러눕고, 경찰들은 끝도 없이 치고 들어오는 시위대를 힘겹게 막아 세웠다. 기자들은 말할 것도 없었다. 난장판이 되어 버린 틈 사이로 마이크와 휴대폰을 밀어 넣으며 강현을 향해 질문 공세를 퍼부었다.

"차 경감님 한 말씀 해 주시죠. 사건 진행은 어떻게 되어 가고 있습니까!"

"유력 용의자 입건을 보류하겠단 말이 사실입니까!"

머리가 빙빙 돌았다. 귀에선 이명이 들리는 듯하였다. 도무지 참을 수 없었다. 해성이 인상을 찡그리며 이런 무례한 짓은 그만두라고 소리치려는 때였다.

강현이 기자의 손에 들린 마이크를 낚아챘다. 그리고 더없이 무감한 얼굴로 입을 열었다.

"잡습니다. 범인."

나직하지만 정확한 목소리에 시끌벅적하던 주변이 단숨에 조용해졌다.

"무조건 잡아 처넣겠다고."

흔들림 없는 눈으로 뚫어져라 카메라를 주시하며 말했다.

"그러니까 딱 기다리고 있어."

그가 입술을 늘이며 씩 웃었다.

"일주일 안에 내가 너 꼭 잡는다."

○ ◎ ●

집무실의 묵직한 공기가 수면 밑으로 깊게 가라앉았다.

재원은 새까만 가죽 소파에 길게 몸을 묻고서 얼굴을 뒤로 젖힌 채 지그시 눈을 감고 있었다.

벽에 걸린 TV에서 뿜어 나오는 빛이 어두운 공간을 밝혔다. 얼마쯤 지났을까. 곧 아나운서의 정중한 음성이 흘러나왔다.

— 최근 연이어 발생한 살인 사건이 비공개수사로 진행되던 중, 담당 경찰 수사관이 유력 용의자 입건을 보류해 화제가 되고 있는데요. 바로 현장 연결하겠습니다. 이용미 기자.

— 네. 이용미 기자입니다. 이곳은 강남경찰서인데요. 현장에선 시위대와 경찰이 대치 중에 있습니다. 사건 조사에 진전이 없는 것을 두고, 시위대는 불안한 국민들의 마음을 헤아리고 비공개수사를 전면 공개수사로 돌리라며 강력히 요구하고 있는데요. 아, 지금 사건 담당 수사관이 들어오고 있습니다!

기자의 다급한 음성이 멀어진 지 얼마 지나지 않아 다시 이어졌다.

— 차 경감님 한 말씀 해 주시죠. 사건 진행은 어떻게 되어 가고 있습니까! 유력 용의자 입건을 보류하겠단 말이 사실입니까!

감겨 있던 재원의 눈꺼풀이 천천히 떠밀려 올라갔다. 화면 속 카메라에 언뜻 비친 해성의 얼굴을 확인한 순간 재원의 입가에 미미한 미소가 번졌다. 하지만 그것도 잠시뿐이었다.

— 잡습니다, 범인.

삽시간에 재원의 얼굴이 차게 식었다. 재원은 무표정한 얼굴로 흔들림 없이 꿰뚫듯 카메라를 응시하는 남자를 바라보았다.

— 무조건 잡아 처넣겠다고.

확신에 찬 화면 속 남자의 얼굴은 물러서는 것 따위를 애초에 모르는 사람처럼 자신감이 넘쳤다.

재원은 남자의 얼굴을 빤히 바라보면서 무의식적으로 손에 들린 지포 라이터를 만지작거렸다.

— 그러니까 딱 기다리고 있어.

찰칵, 찰칵. 부싯돌이 돌아가는 소음이 일순 뚝 끊어졌다.

"지랄하고 있네."

재원이 픽, 헛웃음을 터트리며 시선을 올렸다.

"뭣도 없는 새끼가."

거슬리는 부분은 따로 있었다. 남자의 곁에 가깝게 붙어 선 해성의 모습. 걱정이 되어 죽을 것 같다는 표정, 눈빛. 꾹 감춰문 입술까지도.

"자꾸 물을 흐린단 말이지……."

재원이 짜증스럽게 중얼거리며 연초를 물었다. 불을 붙이려는 순간 똑똑, 집무실 문을 두드리는 노크 소리가 넘어왔다.

"들어와요."

재원의 허락이 떨어지자마자 모습을 드러낸 비서가 급한 걸음으로 다가와 섰다.

"이사장님."

보나 마나 업무와 관련된 보고일 것이다. 재원은 조금 지친 듯한 얼굴로 손등을 보이며 입 다물란 신호를 보였다. 의미를 알아챈 비서가 가볍게 고개를 수그리며 한 걸음 뒤로 물러섰다. 재원이 느릿하게 소파에서 몸을 일으켰다.

"불 좀 빌리죠."

"아, 예."

비서가 서둘러 재킷 안주머니를 뒤적거렸다. 재원이 슬쩍 시선을 낮추자 공손히 라이터를 받쳐 든 비서가 조심스럽게 불을 붙였다. 재원의 입술에 삐뚜름하게 물린 담배가 조금씩 타들어 가며 쾨쾨한 연기가 자욱이 퍼져 갔다.

"요즘 사회적으로 분위기가 좋지 않네요. 밖은 저렇게 평화로운데."

재원이 창밖 풍경을 바라보며 말하자 비서는 공감한다는 듯 답했다.

"시기적으로 지금이 적기인 것 같습니다. 분위기가 좋지 않을 때 피해자 유가족들 위로금 목적으로 후원 의견이 나오고 있어서요."

"음……."

재원이 고개를 슬며시 기울였다.

"위로가 될까요. 고작 돈 몇 푼에."

"명분만 충분하다면 사회적 이슈로 기업 이미지 기여에 나쁘진 않을 것 같습니다."

재원이 반쯤 타들어 간 담배를 입에서 빼어 내고는 그대로 재떨이에 짓이겼다.

"혹시 사람이 언제 두려움을 느끼는지, 알고 있어요?"

"죽음과 마주했을 때가, 아닐까요."

시국이 시국인 만큼. 드높은 권력을 짓누르고 앉아 있어도 죽음 앞에선 부질없이 나약해지는 존재가 바로, 인간이니까.

"아니."

단호한 재원의 대답에 비서가 눈을 깜빡였다. 인간은 말이죠……. 재원이 말을 늘이며 천천히 덧붙였다.

"비로소 혼자가 됐을 때."

재원이 싱긋 웃었다.

"그때가 적기겠지."

지금이 아니라.

의문스러운 대답이었다.

○ ◎ ●

강력 2팀 사무실 분위기는 그야말로 살얼음판을 걷는 듯 위태로웠다.

아직까지도 물러설 생각 없이 경찰서 건물을 둘러싼 불법 시위대, 그리고 강현이 기자에게 던진 발언이 그 이유였다. 흘긋 창문 밖 상황을 흘겨보던 세찬이 불만 섞인 푸념을 늘어놓았다.

"진짜 끈질기네요. 저 사람들은 밥도 안 먹나……."

"일주일 정도는 시끄러울 것 같네."

건우가 절레절레 고개를 흔들며 한숨을 내쉬었다. 약속이라도 한 것처럼 강현을 제외한 팀원 전부가 한숨을 내쉬었다. 그도 그럴 것이 30분 전, 경찰서 전체가 발칵 뒤집혔다. 서장이 예고도 없이 2팀 사무실 문을 열고 들이닥쳤다.

강현의 발언으로 하여금 속에서 천불이 난 것이다. 도대체 무슨 배짱으로 일주일 안에 진범을 잡아 처넣겠단 헛소리를 떵떵거린 것이냐고 윽박을 질렀다.

머리카락 한 톨조차 찾아내지 못한 상황에서 차 팀장의 발언은 분명 성급했다. 모든 결과에 따른 책임은 서장의 몫이었으니 다짜고짜 문을 열어젖히고 소리를 지르는 것이 조금도 이상하지 않았다.

서장이 삿대질을 하며 바락바락 목이 쉬어라 소리를 내질러도 강현은 시선 한번 주지 않았다. 보고서에서 눈을 떼지 않고 묵묵히 맡은 업무에 집중하였다. 강현에게선 그 어떤 동요도 찾아볼 수 없었다.

마치, 일이 이렇게 될 것이라고 예상이라도 한 사람처럼.

대단하다 해야 할지, 답답하다 해야 할지 팀원들은 가늠할 수 없었다. 그저 서장과 강현 사이에 오가는 불꽃 튀는 광경을 바짝 긴장한 채 숨죽여 지켜볼 뿐이었다.

폭탄을 던진 당사자보다 방관하는 사람이 더 불안한 상황이었다. 지속적으로 차 팀장의 눈치를 살피던 형운이 결국 참지 못하고 자리에서 일어나 강현에게 다가갔다.

"차 팀장님. 아무리 생각해 봐도 불안하단 말입니다. 이거, 정말 괜찮은 거 맞습니까? 이러다 일주일 안에 진범을 못 찾기라도 하면……."

형운은 말을 채 잇지 못하고 입을 다물었다. 막힘없이 사인을 하던 강현의 손이 종이 위에서 움직임을 멈춘 탓이다. 형운이 묵직한 숨을 푹 내쉬었다.

"걱정이 되어 그럽니다. 걱정이."

결국 형운은 속내를 털어놓을 수밖에 없었다.

"모르시겠지만 저 이래 봬도 한 가정의 가장입니다. 결국 범인도 못 찾고 입건 시기도 놓치면, 저희는 둘째 치고 팀장님도 끝이라고요."

"알고 있습니다."

"네. 당연히 알…… 네?"

강현이 손에 쥐고 있던 펜을 탁, 소리 나게 내려놓으며 날렵하게 시선을 올렸다.

"알고 있다고 했습니다. 조 경위님 집 사정. 딸 두 명 아들 한 명. 더 말해 드릴까요."

"아니……. 그걸 어떻게……."

"난 내가 한번 뱉은 말은 지킵니다. 믿고 못 믿고는 나머지 사람들 마음 내키는 대로, 편하게 생각하세요."

군더더기 없이 깔끔한 항변이었다.

할 말을 끝낸 강현이 형운에게서 시선을 떼고 고개를 돌려 해성을 응시했다.

"이 형사."

"네. 팀장님."

불시에 호명을 당한 해성이 놀란 듯 번쩍 얼굴을 들며 자세를 고쳤다.

"지금 시간 됩니까."

"예?"

당황한 해성이 눈을 깜빡였다.

"하던 일 멈추고 잠깐 나 좀 보죠."

"지금, 말입니까?"

강현은 무감한 얼굴로 멀뚱히 서 있는 해성을 빤히 쳐다보다 곁을 스쳐 지나갔다.

차 팀장 뒤를 쫓아 들어간 곳은 회의실이었다. 그는 의자에 앉아 가만히 눈을 감고 있었다. 무슨 생각이라도 하는 걸까. 그때, 느릿하게 눈을 뜬 강현이 슬며시 고개를 돌려 해성을 바라봤다.

"옆에 와서 앉아요."

강현이 작게 턱짓하자 해성은 대답 대신 고개를 끄덕이고는 걸음을 옮겼다. 옆자리에 의자를 꺼내어 앉자마자 강현이 펼쳐 둔 파일을 해성의 앞으로 놓아 주었다.

"대충 읽어 봐요."

해성은 자신의 앞에 놓인 서류를 빠르게 눈으로 읽었다. 특별할 것 없는 사건 보고서였다. 놓친 부분이라도 있는 걸까. 이유 없이 확인해 보라고 할 사람은 아닌데. 해성은 집중하며 다시 처음부터 읽어 내려갔다.

"이상한 부분, 못 찾았습니까."

"네. 아직까지는……."

해성이 목덜미를 쓸어 내며 다시 서류를 처음 장으로 넘겼다. 한참 신경을 곤두세우고 읽어 내려가는데 뒤에서 차 팀장의 손이 불쑥 앞으로 뻗어졌다. 언제 뒤에 서 있었지. 짙은 향수 냄새가 확 풍겨 왔다. 해성이 가까스로 마른침을 삼켰다.

"이 부분."

강현이 손끝으로 짚고 있는 부분을 따라 해성의 시선이 움직였다.

병원 기록. 현재까지 발생한 살인 사건 피해자의 진료 목록들이 상세히 나열되어 있었다.

"피해자 진료 목록에 문제라도 있나요? 국과수 부검 결과는 이미……."

"아니."

강현의 손가락이 천천히 옆으로 옮겨졌다. 해성은 차 팀장의 손끝에 온 정신을 집중했다. 종이에 나열된 글자를 따라 느리게 움직이던 강현의 손이 어느 부분에서 멈추었다.

"이 부분."

피해자가 아닌, 가해자. 즉 유력 용의자로 지목된 이들의 진료 목록.

"이제 좀. 보입니까."

"……네."

이상했다. 이상해도, 너무하다 싶게.

"전부……."

해성이 말을 흐리며 고개를 돌렸다. 그리고 시선을 올려 차 팀장의 눈을 마주 보았다.

강현은 뚫어져라 해성의 입술을 바라보며 물었다.

"말해 봐요. 뭐가 수상한지."

숨이 멎는 기분이었다. 해성은 가까스로 입을 열었다.

"……살인 사건 유력 용의자로 지목된 사람들의 정신과 상담 진료 기록이, 수상합니다."

직접 말을 뱉는 순간 온몸의 피가 차게 식었다.

스치듯 봤다면 대수롭지 않게 생각할 수도 있었지만 수상했다. 도무지 넘겨짚을 수 없었다.

해성 본인 역시 긴 시간 정신과 치료를 받고 있는 상황이었으니 그깟 게 뭐라고 생각할 수도 있었다. 하지만 여태 발생한 살인 사건 용의자들이 빠짐없이 정신과 치료를 받고 있었다는 건 말이 안 된다. 적어도 한 명쯤은 아닐 법도 한데. 해성은 어쩐지 큰 맥락을 놓친 채 헛돌고 있었다는 기분을 지울 수 없었다.

찝찝한 듯 해성은 다시 한번 신중히 서류를 검토하고는 시선을 들어 강현을 올려다보았다.

"혹시, 용의자들이 다녔던 병원도 전부 같은 곳인가요?"

강현이 대충 고개를 끄덕였다. 해성은 애써 마른침을 삼키며 물었다.

"그럼, 그 병원이……."

"한국대학병원."

막힘없이 흘러나온 낮은 음성에 놀란 듯 해성의 입술이 작게 벌어졌다.

"지금, 어디라고 하셨어요?"

"한국대학병원이라고 했습니다."

입술이 바짝 마르고 심장이 터질 듯 쿵쿵 뛰었다. 불쾌하리만큼 불안한 이 기분을 어떻게 해석해야 할지 가늠이 되질 않았다.

'가장 거슬리는 것부터 죽이고 싶다.'

왜 이 순간 주치의 최정우의 말이 떠올랐는지 모를 일이다.

만약. 정말 만에 하나.

아니, 아니겠지. 설마.

섣부르게 행동해선 안 된다. 증거가 부족한 이상 무엇 하나 지레짐작할 수 없다. 이성적이고 객관적으로 생각해야 한다. 어느 한쪽으로 치우쳐선 안 돼. 아닐 수도 있으니까.

그러니까.

당장은 혼란스러워할 때가 아니었다. 직접 눈으로 확인하고 귀로 들어야 했다. 해성이 회의실 테이블을 짚고 벌떡 일어섰다.

"저, 잠시 외근 좀 다녀오겠습니다."

"어디를."

"잠시 볼일이……. 자세한 건 다녀와서 말씀드릴게요."

급한 나머지 말도 다 잇지 못하고 해성이 서둘러 걸음을 떼어 냈다. 하지만 몇 걸음 걷지 못하고 강현에게 손목을 붙잡혔다.

"혼자서 가겠다고. 그곳에."

"아직 확실한 건 아닙니다."

"장담할 수 있습니까."

강현의 눈이 짙게 가라앉았다.

"무엇을……."

"확실하지 않다. 지금 당장 그걸 어떻게 확신할 수 있냐고 물었습니다."

"확실한 증거가 없으니까요."

"그래서."

"증거를 찾아야죠. 그게 뭐가 됐든."

"이해성 씨가 생각하는 그 사람이 진범이 맞으면. 다친 곳 없이 멀쩡하게 돌아올 수 있을 거란 보장은 어디에 있습니까."

날카롭게 정곡을 찌르는 말에도 해성은 물러서지 않았다. 도리어 똑바로 고개를 추켜들고 빤히 강현을 마주 보며 답했다.

"가만히 있으면 무엇도 얻을 수 없고 찾아낼 수도 없습니다. 피해자만 늘어날 뿐이죠."

"그 피해자가 이번엔 이해성. 네가 될 수도 있어."

"두렵지 않습니다."

흔들림 없는 음성에 해성의 손목을 움켜쥔 강현의 악력이 조금 더 강해졌다. 그럼에도 해성은 멈추지 않았다.

"전 범인을 잡습니다."

총기 어린 눈빛이 또렷하게 빛났다.

"그게 제가 해야 하는 일이니까요."

하. 강현의 잇새로 짧은 헛웃음이 토해졌다. 자신이 했던 말을 그대로 돌려주는 해성의 배포가 기막히면서도 나쁘지 않았던 탓이다.

"일주일 안에 잡아야죠, 범인."

확신에 찬 해성의 말투에 강현이 작게 인상을 찡그렸다. 손목을 감싸 쥔 남자의 강한 손힘이 알게 모르게 느슨히 풀어지자 해성은 때를 놓치지 않고 마지막 한 방을 날렸다.

"어딘가 숨어 있을 범인에게 경고하셨고 전 국민에게 약속도 하셨잖아요. 생방송으로 송출되는 카메라 앞에서."

"난 널 앞세운 적 없는 것 같은데."

"도와주세요, 그럼."

강현이 조금 인상을 찡그렸다.

"……뭐?"

"범인을 잡을 수 있도록 도와 달라고요. 처참하게 가족을 살해한 벌레만도 못한 쓰레기 하나 제발 내 손으로 직접 잡을 수 있게."

짧은 정적이 흘렀다. 강현은 비스듬히 서서 꿰뚫듯 해성의 눈을 들여다보았다. 침묵이 길어지자 해성이 재킷 안주머니에서 경찰증을 꺼내어 들었다.

"저한테 주셨던 거 기억하시죠."

강현이 일전에 직접 해성에게 주었던, '차강현' 이름 석 자가 새겨진 경찰증이었다.

"마음대로 사용하라 하셨고요."

"그래서."

"지금 사용하겠습니다. 이거. 프리 패스 티켓."

어처구니가 없어 웃음이 터질 만큼 당돌한 요구였다. 하지만 강현의 표정은 여전히 굳어 있었다. 무감정한 얼굴로 날카롭게 해성을 직시하며 한 걸음 다가섰다.

"그런 곳에 쓰라고 준 게 아닌데."

"갖다 버리지만 말아 달라고 하셨잖아요."

크게 한 방 먹었다. 아……. 미치겠네. 결국 강현이 피식거리며 머리를 쓸어 올렸다.

"좋습니다."

수락이 떨어지자 그제야 긴장으로 얼어붙은 해성의 얼굴이 부드럽게 풀어졌다. 하지만 그것도 잠시였다.

"대신."

강현은 순발력 있게 다시금 해성의 손목을 잡아채며 이어 말했다.

"끝까지 가겠다면 같이 가죠."

"……네?"

해성이 눈을 깜빡였다.

"너 혼자선 못 보내."

이 이상은 양보 못 해 주겠다는 듯 강현은 완고했다.

"죽어도."

절대로.

결국 차 팀장과의 동행을 결정했다.

향한 곳은 한국대학병원이 아니었다. 차 팀장은 병원보다 살인 사건 유력 용의자로 지목된 사람들을 먼저 만나 봐야 한다고 했다.

현재까지의 경험으로 미루어 봤을 때 진범은 굉장히 치밀하고 계획적인 성향이었다. 그렇기 때문에 차 팀장은 지금의 전개까지도 일찍이 예상했을 것이라 추측했다.

검거보단 증거 회수가 중요하다. 해성 역시 차 팀장의 판단이 백번 옳다고 생각했다.

강남에 위치한 카페에 강현과 해성. 그리고 송정하 토막 살인 사건의 유력 용의자로 지목된 유성태가 마주 보고 앉았다.

"수사에 도움을 주셔서 감사합니다. 지금부터 나누는 대화를 녹음하려고 하는데, 동의해 주실 수 있나요?"

해성이 들고 있던 휴대폰을 테이블에 올려 두며 정중히 묻자, 한층 수척해진 유성태가 고개를 끄덕였다.

"저는 상관없습니다. 형사님들이 제 억울함을 알아주시고 입건까지 미뤄 주셨는데 도움만 된다면 무엇이든 협조하겠습니다."

마음고생이 상당했는지 바짝 말라 터진 입술은 보는 사람이 다 안쓰러울 지경이었지만 강현은 작은 동요조차 없었다.

"입건을 미룬 건 어디까지나 증거 부족 때문이었습니다. 유성태 씨가 송정하 토막 살인 사건 유력 용의자란 사실은 지금도 변함이 없고요."

"아……. 네. 그럼요. 그렇지요."

흠칫거릴 정도로 서늘한 강현의 말투에 유성태가 푹 고개를 떨궜다.

증거 확보를 위한 유일한 길이었다. 유성태의 기력을 떨어트려선 안 되는데. 눈치를 살피던 해성이 조금 인상을 찡그리며 그만 멈추란 뜻을 담아 강현을 흘겼다.

너무 몰아세우지 마세요.

해성의 시선을 읽었는지 강현은 눈을 가늘게 뜨며 못마땅하단 기색을 내비쳤다. 하지만 다행히 순순히 입을 다물어 주었다.

해성은 가슴을 쓸어내리며 다시 유성태에게 집중하였다.

"그럼, 몇 가지만 여쭤보고 싶은데요. 괜찮을까요?"

"네."

"조사받으셨을 때 말씀하셨죠. 사건 발생 당일 자택 CCTV가 고장 나 있었다고요."

"네. 맞습니다. 경찰분들이 오셔서 현장 조사를 하셨을 때 선이 끊어져 있는 걸 확인했습니다."

"그렇군요. 그럼, 집에선 뭘 하고 계셨나요. 사건 발생 하루 전부터 당일까지 밖에 나가지 않았다고 하셨던 것 같은데. 솔직히 집 앞 편의점 한 번은 나갈 법도 한데요."

"……아무래도 제 직업이 현장직이라, 몸이 말이 아닙니다. 아들놈 뒷바라지를 하다 보니 하루 쉬는 것도 타격이 커요. 그래서 최대한 빠짐없이 현장에 나가려고 하는데, 정말 이러다 죽겠다 싶을 때 어쩔 수 없이 쉬거든요. 그런 날엔 수면제를 먹고 하루 종일 잠만 잡니다. 체력을 보충해야 하니까요."

깊은 생각에 잠긴 듯, 유성태의 말을 들으며 턱을 매만지던 해성이 아, 탄식을 흘려보내고는 시선을 들었다.

"그럼, 수면제 처방을 위해서 정신과 진료를 받으신 건가요?"

"처음은 그랬습니다. 그런데 진료를 봐 주신 의사 선생님이 굉장히 친절하시더라고요. 수면제 처방은 함부로 해 줄 수 없다고 하셨습니다. 제가 보통 사람들보다 한숨을 많이 쉬는 걸 확인하시고는 공황 장애와 과호흡 증상이 의심된다 하시면서 제대로 한번 검사를 받아 보자 권유하셨고요."

"결과는요?"

"과호흡과 공황 장애. 그리고 심리 불안 증세 수치가 과도하게 높게 나왔습니다. 그때부터 주기적으로 못해도 한 달에 두 번 이상은 병원에 와 치료를 받으라고 권유하셨어요. 정신 불안 증세와 관련된 병은 조금만 초기 치료 시기를 놓쳐도 대안이 없다고요. 아들을 위해서라도 꼭 함께 이겨 내 보잔 위로로 시간이 날 때마다 들렀습니다."

"실례가 안 된다면 그런 증상을 느끼게 된 계기가 무엇이었는지 여쭤봐도 될까요?"

해성의 질문을 듣고 유성태가 희어진 머리를 긁적였다.

"저도 정확하게는 잘……. 아마 아내와 사별한 시점부터였던 것 같습니다. 그때부터 불면증과 우울함, 무기력증이 심해졌거든요."

"주치의에게 유성태 씨 집안 사정, 전부 말하셨죠?"

"네. 아무래도 진료를 받으려면 전후 사정을 솔직하게 말씀드려야 할 것 같아서요."

해성이 입술을 꾹 깨물었다.

"……혹시, 그 주치의가 치료 목적으로 일기 쓰는 것을 권유했나요?"

유성태의 눈이 크게 떠졌다.

"그걸 형사님이 어떻게……."

"그 주치의 이름이."

옆자리에서 딱딱하게 굳어진 해성의 얼굴을 확인한 강현의 눈썹 끝이 슬쩍 올라갔다. 고요한 정적이 감도는 가운데 해성이 떨리는 음성으로 다시 되물었다.

"최정우 교수. 맞나요."

어긋난 퍼즐이 끼워 맞춰지고,

"……네. 맞습니다."

한순간에 유력 용의자가 바뀌었다.

○ ◎ ●

이명이 들리는 듯했다.

유성태가 자리를 떠난 후 해성은 곁에 차 팀장이 있다는 것도 잊고서 한참을 멍하니 허공만 바라보았다.

이재원이 진범일 것이라던 차 팀장의 예상이 빗나갔단 사실에 감사해야 하는데 그와 견줄 수 없을 정도로 상당한 충격이었다. 전혀 예상치 못한 인물이 용의자 선상에 오르게 되자 해성은 혼란스러웠다.

10년이다. 무려 10년 동안 하나부터 열까지 해성의 정신 상태를 관리

하고 치료해 온 사람이었다.

동기가 무엇이었을까. 아무리 생각해 봐도 범행 동기가 마땅히 떠오르질 않는다.

어쩌면 우연일 수도 있지 않을까. 다른 용의자들의 주치의가 동일 인물이 아닐 수도 있잖아.

끊임없이 아니길 바라는 자신이 싫었다. 어떻게든 놓친 빈틈이 있는지 찾고 또 찾는 스스로가 답답했다. 정확한 핵심을 찾았는데, 찾은 순간부터 머뭇거리면 안 되는데. 다 알면서도 인정하고 싶지 않았다.

잘될 거라고, 어제보단 오늘이, 오늘보단 내일이 나아질 거라고.

반드시 당신은 행복해질 거라고.

그렇게 응원하던 사람이었다. 10년 동안 변함없이 무한한 확신과 위로를 건네주던 사람.

'죄책감 때문에 잠도 못 잤어.'

왜였을까. 왜 하필 이 순간 최지윤이 떠올랐을까.

'나 그때 정신병원 다녔어. 아무리 노력해도 너처럼 되질 않으니까. 널 너무 미워하다 보니까 드디어 내가 미쳐 가는 것 같아서 병원 가서 의사 선생님한테 널 정말 죽이고 싶은데 어떻게 해야 하냐고 상담까지 받을 정도였단 말이야. 그런데 일주일 뒤에 그런 일이 벌어져서 나는.'

예민해진 탓일까. 왠지 최지윤은 조금 더 선명하고 확실한 열쇠를 쥐고 있을지도 모른단 생각이 들었다.

해성이 주먹을 꽉 말아 쥐었다. 곁에서 그 모습을 넌지시 바라보던 강현이 조용히 입을 뗐다.

"첫 단계는 끝난 것 같은데."

낮게 잠긴 음성이 침묵을 깨자 복잡하게 엉킨 정신이 번쩍 깨어났다. 해성이 고개를 돌려 강현을 마주 보았다.

"이제 다음 계획은 뭡니까."

강현이 관찰하듯 똑바로 해성의 눈을 들여다보았다.

잠시 고민하던 해성이 이내 꾹 감쳐문 입술을 천천히 떼어 냈다.

"우선 최지윤부터 만나 봐야 할 것 같습니다. 그다음에 최정우 교수를……."

"최지윤?"

"저번에 길에서 만났던, 동창이요."

"아아."

강현은 대수롭지 않게 고개를 끄덕였다.

"이유, 물어봐도 됩니까."

"그때는 딱히 이상한 부분을 느끼지 못했지만 지금 다시 생각해 보니 수상한 게 한두 개가 아니에요."

"수상하다니."

"10년 전 방화 사건이 터졌을 때 최지윤은 죄책감을 느꼈다고 했어요."

강현의 입술이 일자로 굳게 다물렸다. 계속하라는 신호를 알아차린 해성이 최대한 덤덤한 척 말을 이었다.

"저한테 라이벌 의식이 상당했던 친구였어요. 아마 돌아오는 반응이 없으니 더 화가 났을 거예요. 누군가를 미워하는 일이 본인 스스로를 더 몰아붙이고 힘들게 만드는 일인 줄도 몰랐겠죠. 어렸을 때니까."

해성은 소리 없이 겹친 손을 매만지며 한숨을 내쉬었다.

"콩쿨 전날 대기실에서 그 애가 약을 먹는 모습을 본 기억이 있어요. 크게 관심을 두진 않았어요. 그저 컨디션이 좋지 않나 보다 생각만 했죠. 며칠 전 우연히 만났던 날 알게 된 사실인데 병원을 다녔다고 하더라고요. 저 때문에 정신과 치료를 받았다고. 그리고 일주일 뒤에 방화 사건이 터졌다고 했어요. 최지윤이 그 시기에 병원을 다녔다는 사실이 좀 걸려요. 주치의가 누구였는지도, 하필 그날 만났던 장소가 한국대학병원 근처였던 것도 신경 쓰이고요."

강현이 기막히다는 듯 헛웃음을 터트렸다. 어이가 없을 만도 했다. 고작 라이벌 한 명 때문에 정신적 스트레스를 받아 정신과 치료를 받았다니. 너무나 미련한 결과였다.

"저를 저주했다고 했어요."

"이해성 씨는 오래 살겠네요."

차 팀장과 전혀 어울리지 않는 말장난에 해성이 피식 웃으며 어깨를 으쓱였다.

"말했잖아요. 쓸데없이 생명 줄만 길다고."

강현이 슬쩍 눈살을 찌푸렸다. 그리고 손끝으로 해성의 이마를 가볍게 툭, 튕기듯 밀었다.

"앞으로 그 소리 한 번만 더 해."

당황한 해성이 고개를 숙이며 남자의 손길이 닿았던 이마를 천천히 문질렀다. 상황이 어느 때인데 별 뜻 없는 행동에도 심장이 반응하는 걸 보면 정상은 아니다. 확실히.

눈치 없이 두근거리는 심장을 애써 잠재우느라 누구는 정신이 하나도 없는데 강현 홀로 태연했다. 차 팀장은 테이블 위에 놓인 아이스아메리카노를 느긋하게 한 입 마시며 다시금 운을 뗐다.

"최지윤을 만나고 싶다는 건 확신이 들었단 뜻인가?"

해성이 눈을 깜빡였다.

"확신이요?"

"현재 이해성 씨가 의심하고 있는 사람이 누군지 묻고 있는 겁니다."

"아……. 그건."

"내가 맞춰 볼까요."

강현이 천천히 몸을 돌려 해성을 빤히 응시했다.

"한국대학병원 정신건강의학과 최정우 교수. 사건 직후 10년째 이해성 씨를 담당하고 있는 주치의."

"아니었으면 좋겠다고 믿고 있습니다. 최대한 치우치지 않고 이성적으로……."

"의심이 되는 건 어쩔 수 없겠지."

울컥한 해성이 바로 반박했다.

"지금 상황에서 의심을 조금도 하지 않는 게 더 이상하지 않나요?"

"글쎄. 어떨까."

차 팀장은 수사가 아니라 게임을 즐기려는 사람 같았다. 때아닌 여유에 속이 타는 건 해성이었다.

"용의자들 병원 진료 기록을 보여 준 건 팀장님이셨잖아요. 제 입장에 선 팀장님도 최정우 교수를 의심하고 계셨단 방증으로밖에 해석이 안 되는데요."

"누구든 의심의 대상이 될 수는 있겠죠. 다방면으로 주시하고 있을 테니까. 하지만 그 추측이 결코 확신이 되어서는 안 됩니다."

좀처럼 쉽게 이해되지 않는 말이었다. 의도가 뭘까. 해성이 아랫입술을 질끈 깨물었다.

"쉽게 말씀해 주세요."

지금도 충분히 머리가 터질 것 같은데. 혼란스러운 머릿속에 친절히 폭탄을 집어넣어 주는 꼴이었다.

그런 해성의 속을 아는지 모르는지 강현은 시원하게 답을 터놓지 않았다. 일부러 저러는 건가. 시간이 지체될수록 한계는 빠르게 찾아왔다. 결국 해성은 참지 못하고 한숨을 내쉬었다.

"맞습니다. 저 최정우 교수 의심하고 있습니다. 진심으로 아니길 바라고 있고 놓친 부분이 있을까 봐 수도 없이 다시 생각해 봐도 결과는 같아요. 용의자들의 진료 기록이나 전에 만났던 최지윤의 말을 조합해 보면 그들이 가리키는 방향이 한곳이라서요."

"난 지금 그게 문제라고 말하고 있는 겁니다."

"문제라니……."

"직접 봤어요?"

해성은 뻣뻣하게 굳은 채로 강현을 바라보았다. 강현이 다시 한번 물었다.

"최정우 교수가 사람 죽이는 모습을 직접 봤냐고 물었습니다."

해성이 어이없다는 표정을 지었다.

"그럴 리가 없잖습니까."

"증거는. 있습니까."

대답할 수 없었다. 없으니까.

"정신과 진료를 받았다는 기록은 겹치지만 주치의가 누구였는지는 아직 확실하지 않습니다. 사실상 한 명, 당장은 송정하 토막 살인 사건의 유력 용의자였던 유성태의 진술만 확보한 상태니까."

"……."

"내가 이해성 씨에게 용의자들의 진료 기록을 보여 줬던 건 어디까지나 피라미드 맨 꼭대기에 선 진범을 잡기 위한 힌트를 알려 주고 싶었던 거지, 고작 함정 카드에 지나지 않는 것을 진범이라 가르쳐 주고 있는 게 아닙니다."

함정 카드.

해성은 속으로 강현의 말을 곱씹었다. 함정……. 함정.

그때, 강현이 손끝으로 자신의 관자놀이를 가볍게 툭툭 두드렸다.

"머리 굴리는 건 위에 있는 검, 판사들이나 하는 짓이고."

관자놀이에서 손을 뗀 강현이 이번엔 눈을 가리켰다.

"우리는 이거. 눈을 사용하는 사람들입니다. 직접 확인한, 그래서 확실한. 결과를 판단하고 형량을 결정하는 판사마저 고개를 끄덕일 수밖에 없도록 만들 수 있는 증거. 또는 현장."

무감정한 차 팀장의 얼굴이 그제야 제대로 보였다. 동요 없는 새까만 눈이, 일자로 굳게 다물린 입술이 보였다.

몇 분 전, 몸을 벌벌 떨며 새하얗게 질린 채 억울함을 호소하는 유성태를 앞에 두고도 눈 한번 깜빡이지 않던 남자. 마지막까지 유성태의 눈에서 시선을 떼지 않던, 피도 눈물도 없을 것 같은. 유성태에게 잠시나마 적대감을 거두고서 동정한 해성과 달리 찰나의 의심조차 거두지 않던 굳센 사람.

　"팩트만 말하죠."

　강현이 테이블에 널브러진 서류를 흘긋거리다 다시금 고개를 돌려 해성의 눈에 시선을 고정했다.

　"현재 우리가 가진 무기는 없습니다. 유성태가 진범이 아니란 알리바이를 증명해 줄 수 있는 증거. 반대로 최정우 교수가 진범일 거란 증거. 하물며 범인이 현장에 남긴 DNA, 머리카락 하나. 아무것도 가진 게 없어. 우리가 가진 건 고작 서류에 적힌 몇 줄, 용의자들의 정신의학과 진료 기록. 그게 답니다."

　"아……."

　"고작 그걸 가지고 최정우 교수를 만날 겁니까? 가서 뭐라고 물어볼 건데. 네가 10년 전 방화 살인을 저지르고 수많은 사람을 찔러 죽였던, 동부 연쇄 살인범이었냐고?"

　해성은 입안이 바짝 말라 가는 기분을 느꼈다. 무능함을 몸소 느껴 버린 지금, 수치스러움보단 이렇다 할 성과도 없이 다시 원점으로 돌아왔다는 사실이 허탈했다.

　"영장도 없는데 무슨 수로 체포할 생각입니까. 발부받았다 한들, 검사에겐 뭐라고 말할 겁니까. 거기까지 생각은 해 봤습니까."

　"아뇨, 아직……."

　해성이 말끝을 흐리자 강현이 의자에서 몸을 일으켰다. 저절로 눈이 높게 들렸다. 오만하고 거만한 남자의 시선이 지그시 내리깔렸다.

　"내 형, 차도현이 담당 검사야."

　만만한 상대가 아니라고.

강현은 비딱하게 고개를 기울이고서 못을 박았다.

"지고 싶지 않다는 뜻입니다."

분명 그는 자신의 형에게 지고 싶지 않다고 했지만 어쩐지 해성은 '인정받고 싶다'는 뜻으로 들렸다.

······착각이었을까.

그 순간, 해성의 머리 위로 남자의 커다란 손바닥이 내려앉았다.

"이해성 씨도 마찬가지겠지."

해성이 조금 놀란 얼굴로 강현을 올려다보았다.

"지지 말라고. 나한테."

인정받아 보라고.

"끊임없이 배우고, 공부하고, 생각하세요."

강현이 슬며시 입술을 늘여 웃었다.

"나한테 예쁨 좀 받는다고 해서 봐줄 생각 없으니까."

넌 갈수록 힘들어할 거야.

딱 죽기 직전까지. 미치기 직전까지.

진실과 가까워질수록, 마주할수록.

무너지고 또 무너지겠지.

곁에서 잡아 줄 수는 있지만 빠른 답을 알려 주진 않을 거야. 지금의 넌 약하니까. 그러니까, 강해질 때까지.

괴로워도 끝까지 견뎌.

"악바리로 버텨."

꿰뚫듯 직선적으로 와 닿는 시선을 마주하자 해성의 눈동자가 잘게 흔들렸다.

"난 그렇게 배웠습니다. 신입 때."

16

재원이 천천히 눈을 떴다. 이른 새벽, 창밖은 여전히 어두웠다. 조금씩 동이 트고 있었지만 검푸른 하늘색은 여전히 고요하기만 하다.

조용히 숨을 들이켜자 조금 열어 둔 창문 사이로 서늘한 새벽 냄새가 밀려들었다.

적막하고 건조한 공기 속에서 재원은 늘 그렇듯 침대 옆 협탁에 올려 둔 유리컵으로 손을 뻗었다.

미지근한 물을 한 모금 마신 뒤 침대에서 내려온 재원은 습관처럼 당연하게 TV 전원 버튼을 누르고 차가운 대리석 바닥을 맨발로 밟았다.

물을 틀자 쏴아아 시원한 물줄기 소음이 욕실을 가득 채웠다. 재원은 한 손으로 세면대를 짚고 선 채 빤히 거울을 들여다보았다.

'어쩌다 내가 괴물 같은 새끼를 낳아서! 왜 하필, 하필……!'

살아생전 아버지의 절규를 떠올리자 절로 피식 웃음이 샜다.

"괴물이라……."

그랬던가.

재원이 자조하며 비스듬히 고개를 기울였다. 거울에 비친 얼굴은 감정을 모른다. 긴 시간 잠잠한 수면은 파동을 잃었다.

"아무리 봐도 멀쩡한 것 같은데."

타인들의 무한한 존경과 동경을 받아 온 회장 부부가 정작 제 아들에겐 괴물이라며 손가락질하는 꼴이라니.

인간들이 멋대로 정한 법규와 도덕을 지키지 않았기에 멸시받아 온 기억은 썩 유쾌하지 못했다.

재원은 보란 듯이 비웃으며 면도기를 꺼내어 들었다. 쉐이빙 폼을 턱 주변에 바르고 천천히 면도를 시작했다.

'악마 같은 놈. 너 같은 건 애초에 태어나지 말았어야 했다.'

탁. 손에 들린 면도기가 미끄러지며 아래로 떨어졌다. 재원은 세면대에 처박힌 면도기를 물끄러미 응시하다 맨손으로 쉐이빙 폼을 닦아 냈다.

시선을 들었을 땐 아니나 다를까 왼쪽 뺨 아래에 얇게 베인 상처 사이로 붉은 피가 흐르고 있었다.

"짜증 나네……."

쯧, 혀를 차며 인상을 찌그렸다.

아직 채 가시지 않은 피로가 버거운 탓이었는지도 모른다. 재원은 뭉친 어깨를 크게 한 번 돌리며 다시 면도기를 집어 들었다.

그때, 거실에 틀어 놓은 TV에서 아나운서의 음성이 뚜렷하게 흘러나왔다.

— 속보입니다. 오늘 새벽 3시경 수서역 공원 공중화장실 근처에서 시신이 발견되었습니다. 시신은 네 부위로 토막 난 상태였으며, 머리와 몸

다리 등이 분리된 채 검은색 비닐봉지에 감싸여 있었습니다. 관할서 형사 과장은 사체가 발견된 위치 주변 CCTV 분석 중이라고 밝혀…….

조용한 집 안을 채우는 아나운서의 정확한 발음은 보다 크게 울렸지만 재원은 관심조차 없었다. 그저 거울을 통해 자신의 얼굴에 새겨진 거슬리는 상처만 재차 확인할 뿐이었다.

"거슬리게."

못마땅하다는 듯이.

"잘 보여야 하는데."

또는 조금 들뜬 얼굴로.

강남경찰서는 또 한차례 소란이 일었다. 오늘 새벽에 발생한 살인 사건이 그 이유였다.

비록 관할 지역은 달랐지만 동일한 범행 수법으로 봤을 때 모방 범죄일 확률보다 동일범일 가능성이 훨씬 높았다. 하루가 다르게 하이에나처럼 달려드는 시위대와 기자들 때문에 수사관들은 골머리를 앓았다.

"차 팀장님 예상이 맞았네요. 다음 범행 예상 지역이 수서일 거라고 하셨는데 한 치의 오차도 없었어요. 이럴 수가 있나? 돌겠네요, 진짜."

세찬이 서류 뭉치를 책상에 던지듯 내려놓으며 망연자실하듯 의자 등받이에 몸을 기댔다.

"하아……. 진짜 큰일이네."

건우가 깊은 한숨을 내쉬었다. 대화를 가만히 듣고만 있던 형운은 인상을 찌푸리며 이마를 짚었다.

강력 2팀 사무실 분위기는 그야말로 초상집이 따로 없었다. 어떻게든 진범을 잡기 위해 밤새 두 발로 뛰었는데 소득은 없고 사건은 재차 발생

되었다. 2차, 3차 피해가 지속되는 이 시점에서 담당 형사들은 죄책감과 부담감을 피해 갈 수 없었다.

수사관들도 지친 것이다.

범인을 잡지 못했다는 상실감. 보일 듯 보이지 않는 목적에 대한 의욕 저하. 부진한 결과에 따른 국민들과 윗선의 따가운 눈총, 그리고 손가락질은 전부 이들이 감당해야 할 몫이었다.

경찰도 사람이기에 버거운 것이 사실이다. 명확한 증거와 물증이 없는 이상 손쓸 방도가 없으니 진범은 더욱 날뛸 수밖에 없었다.

지금 같은 시대에 현장에 남겨 둔 DNA, 하물며 CCTV 하나 얻을 수 없다니. 2팀 수사관들은 지속적으로 누적되는 답답함에 목 놓아 소리라도 지르고 싶은 심정이었다.

"어쩌겠냐. 일단 세찬아. 팀장님 지금 어디쯤이래. 연락 못 받았어?"

건우가 고개를 돌려 묻자 세찬은 바로 자세를 고쳐 앉으며 대답했다.

"네. 오전에 수서 관할서 들러서 상황 보고받고 사건 담당 형사님이랑 같이 국과수 찍고 온다고 하셨어요. 잠시만요. 지금이 2시니까……, 아마 곧 도착하실 것 같은데요?"

"오케이. 차 팀장님도 바쁘실 테니까 우리는 우리가 할 수 있는 일부터 하자. 일단 세찬이 넌 수서 쪽에서 공조 수사 협조문 날아왔으니까 우리가 갖고 있는 자료 바로 넘겨주고, 조 경위님은 저랑 함께 가시죠."

"어, 알겠다. 난 어제 잠을 못 자서 운전은 네가 해라. 범인 잡기도 전에 골로 가고 싶지 않으니까."

"알겠습니다."

건우와 형운이 동시에 자리에서 일어났다. 사무실 문을 열고 나서려다 말고 잊고 있던 것이 생각난 듯 돌연 움직임을 멈춘 건우가 돌아섰다.

"아, 맞다. 이해성."

말없이 이를 악물고 있던 해성이 가까스로 고개를 들어 건우를 바라보았다.

"……네."

"별건 아니고 세찬이 좀 잘 도와 달라고. 저 새끼 보고서 작성 완전 엉망진창이야. 그리고 이따 팀장님 오시면 우리 외근 나갔다고 전해 줘."

"알겠습니다."

"안색이 왜 그래? 어디 안 좋아?"

"아닙니다."

단호한 해성의 대답에 건우가 슬쩍 미간을 구겼다.

"아니긴 뭐가 아니야. 얼굴이 하얗게 질렸는데. 아프면 병원 다녀와. 조퇴하고 집에서 쉬라고 하고 싶은데 상황이 이래서 팀원 한 명 빠지면 답이 없다."

"괜찮습니다. 저는 신경……."

"혹시나 해서 물어보는 건데. 기분 나쁘게 듣지는 말고. 혹시 오늘 그 날이냐?"

해성은 아무도 모르게 주먹을 꽉 쥐었다 피며 겨우 마른침을 삼켜 내고 입을 열었다.

"아뇨. 아직 멀었습니다."

"아니면 됐고. 그럼, 수고해."

"예. 다녀오십시오."

건우가 모습을 감추자 그제야 해성은 참았던 숨을 몰아쉬며 두 손으로 얼굴을 쓸어 냈다.

"……미치겠네."

왜 하필 오늘이야.

젠장. 절로 욕이 터져 나왔다. 매달 찾아오는 월경은 해성에게 곤욕 그 자체였다. 정신 질환을 앓고 있는 탓인지 주기는 제멋대로였고 그 이유 때문에 남들보다 유독 생리통이 심했다.

혹시 몰라 항상 진통제를 챙겨 다녔지만 최근 일이 바빠 구비해 두는 것을 깜빡 잊고 있었다. 마지막으로 남은 두 알을 챙겨 먹었으나 효과는 미미했다. 척추와 아랫배가 찢어질 것처럼 아픈 데다가 엎친 데 덮친 격으로 속까지 울렁거려 미칠 노릇이다.

하지만 그 누구에게도 내색할 수 없었다. 강력계는 그런 곳이었으니까. 성별을 불문하고 작은 배려 하나조차 용납될 수 없는 곳.

"선배. 정말 괜찮아요?"

진심으로 걱정하는 세찬을 향해 해성은 억지로 웃으며 안심시켰다.

"응. 그냥 컨디션이 안 좋아서 그래. 신경 쓰이게 해서 미안. 하던 일해. 지금 서류 작성 거의 끝났으니까, 나 잠깐 가서 인쇄하고 올게."

"왜요? 저희 사무실 프린터 또 고장 났어요?"

"아까 확인해 보니까 안 되던데."

"어휴, 이런 것 좀 고쳐 주지. 나랏돈 이런 데 안 쓰고 어디에 쓰나 몰라. 조심히 다녀오세요, 선배. 정 힘들면 경사님 말대로 병원 다녀오시고요. 병 키우면 큰일 나요."

해성은 미소로 대답을 대신하며 의자에서 천천히 몸을 일으켰다.

사무실을 빠져나오자 긴장이 풀려 눈앞이 빙글 돌았다. 중심을 잡고 아랫입술을 꽉 씹으며 간신히 한 걸음 한 걸음 떼어 냈다.

빠른 걸음으로는 15초도 안 되는 거리인데 오늘따라 유독 멀게만 느껴진다. 벽에 손을 짚고 힘겹게 앞으로 나아가던 해성이 결국 걸음을 멈춰 세웠다.

"안 되겠다. 조금만……."

후. 한숨을 내쉬며 로비 복도 의자에 풀썩 주저앉았다. 이 죽일 놈의 대자연. 허락도 없이 찾아와선 제멋대로 부수고 짓고 난리도 아니지. 차라리 산부인과를 찾아가 볼까. 임플라논인지 뭔지 여경들이 추천한 그 수술이라도 받아 봐야 하나.

무릎에 얼굴을 처박고 허무맹랑한 생각을 늘어놓고 있는데 얼마쯤 지났을까. 활짝 열린 정문 사이로 불어닥친 바람에 섞인 향수 냄새가 코끝을 간지럽혔다.

천천히 눈을 깜빡이던 해성이 슬며시 시선만 올렸다.

"아……."

"거기서 뭐 하고 있습니까."

눈을 낮춘 채 해성을 내리깔아 보고 있는 남자는 다름 아닌 차 팀장이었다. 강현의 얼굴을 확인하자마자 해성의 눈이 크게 뜨였다. 곧장 허리를 펴고 벌떡 자리에서 일어났다. 문제는 일어서자마자 비명을 질러 대는 아랫배였다. 쿡쿡 찌르는 듯한 통증을 참아 내고서 해성은 이를 악물며 표정 관리를 하려 애썼다.

"오셨습니까, 팀장님."

"밥은."

삐딱하게 턱을 기울인 채 물어 오는 남자는 지극히 무신경했다. 해성은 최대한 아무렇지 않은 척 덤덤히 대꾸했다.

"생각이 없어서요."

"다 죽어 가네요. 입술도 찢어지고."

"피곤해서 그런 것 같습니다."

"원래도 피부가 하얀 편이었던 것 같은데 그러다 없어지겠습니다."

우습지도 않은 건조한 농담을 건네며 강현이 팔을 뻗었다. 남자의 손에는 하얀색 불투명한 봉지가 들려 있었다. 정중앙에 박힌 약국 마크를 확인한 해성이 눈을 깜빡였다.

"이건."

"아침에 출근하고 나서부터 계속 봤는데 필요할 것 같아서."

"아……."

"받아요."

"……감사합니다."

이상하게 차 팀장 앞에선 괜찮다는 거절의 말이 나오지 않았다. 어색한 기류가 흘렀다. 슬쩍 건네받은 비닐봉지 안을 힐긋 내려다봤을 때 가장 먼저 보인 것은 생리통 약이었다. 하나가 아니다. 대충 눈으로 세어 봐도 종류만 여섯 개. 생리대와 소화제까지 다양했다.

"소화제는 왜……."

"일반적으로 생리통이 심한 여성들은 소화도 잘 안 된다고 하길래."

"어디서요?"

"좀 찾아봤습니다."

"어떻게, 아셨어요? 그날인 거."

"할 때쯤 됐겠다 싶어서."

남자 입장에선 언급하기에 껄끄러운 부분일 수 있을 텐데도 차 팀장은 눈 한번 깜빡이지 않았다. 뭔가 설명하기 어려운 감정이었다.

해성은 간지러운 감정을 뒤로하고 정중히 허리를 숙였다.

"감사합니다. 하지만 일하지 말고 쉬라는 말은 하지 말아 주세요."

"누가 쉬라고 했습니까."

강현의 눈꺼풀이 날렵하게 떠밀려 올라갔다.

"먹고 일하라고 사 준 겁니다."

"아……."

"버티라고 했잖아."

어떤 상황에서도.

그래. 그래서 이 남자가 좋아진 거다. 조금의 특별함. 하지만 결코 약한 존재로 인식하지 않는 면이 숨 막히게 좋아서.

너는 나, 그리고 우리와 동등하다.

그것만큼 더한 위로도 없다.

"원하는 대답 맞습니까."

"네."

조금은 활기를 되찾고 씩씩해진 해성의 대답에 강현이 피식 웃었다.

그제야 진심으로 웃을 수 있었다. 아픈 것조차 잊고서 한결 편안하게. 어쩐지 약은 먹지도 않았는데 내내 몸을 괴롭히던 통증마저 사라져 가는 기분이다.

하지만 그 기분은 오래가지 못했다.

별 뜻 없이 고개를 돌렸을 때, 경찰서 입구 쪽으로 느긋하게 걸이 들어오는 남자와 눈이 마주친 순간. 강현과 해성의 얼굴이 동시에 굳었다.

바로 앞까지 걸어온 남자가 우두커니 멈춰 섰다.

"안녕."

이재원.

"아무리 기다려도 연락이 오지 않아서……."

재원이 희미하게 웃었다.

"자수하러 왔어. 해성아."

생각지도 못한 복병의 등장이었다.

저 말투와 목소리를 안다. 이재원은 자수를 하러 온 것이 아니다.

갑작스러운 재원의 등장으로 가중된 혼란스러움과 당혹감은 둘째였다. 당장의 걱정은 싸하게 얼어붙은 차 팀장의 얼굴이었다. 상황은 좋지 못했다.

해성은 다시 한번 흘긋 강현을 훔쳐보았다. 확실했다. 평소와 다를 바 없는 무감한 얼굴이었지만 분명 적을 마주했을 때의 표정이다. 해성은 침착하게 재원을 마주 보았다.

"여긴 어떻게 알고 오셨어요?"

이재원의 위치에서 뭐든 알아볼 방법은 많았다. 손가락 한번 까딱하면 그 어떤 정보도 쉽게 얻어 낼 수 있는 사람이다. 바뀐 휴대폰 번호까지 알아냈는데 직업과 일하는 곳을 파헤치는 건 일도 아니겠지. 그런데…….

자수를 하러 왔다고 선전 포고를 할 줄은 몰랐다.

진심이 아니란 걸 알지만 좀처럼 가늠하기가 힘들었다. 원래 속을 알 수 없는 사람이라서 더 그런 것일 수도 있겠지만.

"반가워하는 눈치가 아니네."

재원은 진심으로 서운하다는 기색을 내비쳤다.

해성의 입장에선 반가움보단 불편했다. 또 그만큼 어색한 것도 사실이다.

사건 이후 처음 대면해서 그런 걸까. 아니면 알게 모르게 달라진 분위기 탓일까.

해성의 심란한 속도 모르고 재원은 곱게 눈을 휘었다.

"나는 너무 보고 싶었는데."

"아……."

"널 만날 생각에 한숨도 못 잤어."

위험하다.

차 팀장이 듣는다면 충분히 오해할 여지가 있었다. 해성은 조용히 재원의 눈을 들여다보았다. 두려움이 없는 눈빛. 저지른 잘못이 있어 찾아온 것이 아니다. 고동색 눈동자엔 죄의식 따윈 조금도 찾아볼 수 없다.

해성은 재원에게서 시선을 거두고 차 팀장을 향해 돌아섰다.

"잠시만 대화 좀 나누고 오겠습니다. 팀장님."

차 팀장은 답이 없었다. 그저 빤히 재원을 직시한 채 우두커니 서 있을 뿐이었다. 차 팀장이 반응을 보이지 않자 재원이 웃으며 강현을 향해 손을 뻗었다.

"이재원입니다."

강현은 악수를 건네는 재원의 손을 무미건조하게 내려다보았다. 짧은 침묵 끝에 강현이 날렵하게 시선을 들어 올렸다.

"알고 있습니다."

"영광이네요. 차강현 경감님이 저를 알고 있다니."

"내 이름을 알고 있네요."

직급까지도.

뒷조사를 했다는 방증이다.

어둡게 빛나는 강현의 눈을 의연하게 받아치며 재원이 어깨를 으쓱였다.

"뭐……, 경감님도 저를 알고 계시니까. 워낙에 유명하시기도 하고."

강현이 살짝 고개를 숙이고선 픽, 실소를 터트렸다. 하지만 언제 그랬냐는 듯 서늘하게 표정을 굳혔다. 강현은 시선만 치켜뜨고는 똑바로 재원을 노려보았다.

"그래 봤자 일개 공무원 아닙니까."

"내가 낸 세금이 제대로 된 분을 위해 쓰인다면 그보다 보람찬 일은 없죠."

사회적 지위가 높은 사업가들이 공무원을 상대로 서열 위치를 분명히 하고자 할 때 격식 있게 짓누르는 수법이다. 이대로는 안 된다는 사실을 인지한 해성이 눈치껏 끼어들었다.

"따라오세요. 저를 만나러 오신 거잖아요."

그제야 흐름이 바뀌었다. 강현에게서 눈을 뗀 재원이 해성을 바라보며 다정하게 답했다.

"응."

강현을 대할 때와는 확연히 달랐다. 완벽히 무장 해제가 된 태도. 강현의 눈이 가늘어졌다.

"그럼. 다녀오겠습니다. 팀장님."

해성은 그대로 강현을 스쳐 지나갔다. 아니, 그러려고 했지만 걸음을 채 떼지도 못하고 다시 멈추어야 했다. 땅에서 발이 떨어지려는 찰나 강현이 순발력 있게 해성의 손목을 낚아챘다.

"팀장님?"

당황한 해성이 눈을 깜빡였다. 그럼에도 강현의 차가운 시선은 여전히 재원에게 고정되어 있었다.

"누가 허락했습니까."

"……예?"

"누가 보내 준다 했냐고."

화가 난 것이다. 손목을 움켜쥔 차 팀장의 악력이 알게 모르게 강해진 것만 봐도 알 수 있었다.

차 팀장은 아직 이재원을 의심하고 있는 걸까. 해성은 조용히 숨을 밀어 내며 반대편 손으로 강현의 손을 꼭 맞잡았다.

"다녀올게요."

물러서지 않는다.

그 의미를 이해한 듯 강현의 턱이 팽팽하게 당겨졌다.

"5분."

그제야 강현은 재원에게서 시선을 떼고 해성에게 눈길을 주었다.

"그 이상은 안 돼."

해성이 조금은 편안해진 얼굴로 웃어 보였다.

"알겠습니다."

"전화받고."

"네."

"가 봐요."

강현이 반대편 복도를 향해 슬쩍 턱짓하며 허락을 말하자 해성이 고개를 끄덕이며 마저 걸음을 옮겼다.

해성이 점차 멀어지자 강현의 얼굴이 다시금 차게 식었다. 여전히 여유를 부리는 재원을 꿰뚫듯 들여다보며 나직한 음성으로 경고했다.

"허튼짓할 생각 마."

재원이 우습지도 않다는 듯 웃었다.

"그럼 너를 건드려야 할까?"

해성이 자리에 없는 지금, 두 남자에겐 거리낄 것이 없었다.

정중함과 예의 따윈 전부 거둬 낸 얼굴. 두 남자는 언제든 숨겨 둔 이빨과 발톱을 드러내고 서로를 물어뜯을 준비가 된 일발 장전 상태였다.

○ ◎ ●

추웠다 따뜻해졌다가를 반복하던 날씨는 어느새 중간을 찾았다. 반쯤 열린 창문으로 조금은 선선한 바람이 불어닥칠 때마다 얇은 커튼이 들썩거렸다.

빈 회의실엔 재원과 해성 단둘뿐이었다. 그 어떤 대화도 없었다. 3분쯤 흘렀을까. 테이블 위에 각각 놓인 캔 커피를 물끄러미 내려다보던 해성이 먼저 긴 정적을 끊어 냈다.

"······어떻게 지내셨어요?"

"눈이라도 보면서 묻지, 해성아."

움찔, 어깨가 떨렸다.

여전히 다정하고 부드러운 목소리였다. 질책하거나 서운함이 묻어난 말투가 아니었음에도 해성은 어쩐지 재원의 눈을 들여다볼 용기가 나지 않았다.

가장 힘들 때. 가장 밑바닥이었을 때. 가장 최악의 상황이었을 때 곁을 지켜 준 사람. 그 사람이 고통에 몸부림칠 때 외면하고 도망쳤다.

그런데 어떻게 아무렇지 않은 얼굴로 반갑다며 웃어 줄 수 있을까.

사람이라면. 양심이 있다면 결코 그럴 수 없다. 온통 주변이 가시밭길 같았다. 따끔거리고 아팠다.

해성은 어쩔 줄 몰랐다. 연신 눈동자를 굴리며 두 손으로 캔 커피를 꽉 움켜쥐었다. 마른 입술을 몇 번이나 잘근 씹다가 겨우 입을 떼어 냈다.

"늘 죄송했어요."

"······죄송?"

정말 모르겠다는 듯 재원이 고개를 갸웃거렸다. 해성은 손가락을 매만지다 천천히 눈을 들어 올려 재원을 바라보았다.

"저만 힘든 시기를 보낸 게 아니었잖아요. 선생님은 언니도 회장님도 사모님도, 전부를 잃었으니까요. 그렇게 말도 없이 사라져선 안 됐어요. 적어도 상황 설명은 하고······."

"푸흡."

별안간 재원이 크게 웃음을 터트렸다. 해성은 박장대소를 터트리는 재원을 어리둥절한 얼굴로 바라보며 눈을 깜빡였다. 겨우 웃음을 멈춘 재원이 큰 숨을 내쉬며 비스듬히 해성을 건너다보았다.

"해성아."

"네."

"예전부터 너는 정말 착했어."

"무슨……."

"씩씩하고, 밝고 천진난만하고, 똑똑하고. 아, 또 배려심도 많았지."

해성은 침묵했고 재원은 그런 그녀를 가만히 들여다보았다.

"근데, 많이 변한 것 같아. 차분해졌어. 차가워졌고."

"……시간이 많이 지났으니까요."

"그래?"

재원이 말없이 미소 지었다. 조금은 씁쓸하다는 듯이.

"난 누구보다 널 잘 알아."

재원이 천천히 팔을 뻗었다. 캔 커피를 움켜쥔 해성의 손끝을 조심스레 떼어 내고는 그대로 감싸 쥐었다. 불편한 듯 해성이 슬쩍 손을 오므리며 비틀어 봤지만 그럴수록 재원의 악력은 강해졌다.

"네가 처음 태어났을 때 말이야."

감싼 해성의 손을 매만지며 재원이 말을 이었다.

"이렇게 내 손을 잡았는데."

정말이지 따뜻하고, 강했어.

"기억나?"

조용히 중얼거리는 음성에 해성은 묘한 이질감을 느꼈다.

"아니요."

예전까지는 단 한 번도 없던 접촉이 껄끄러웠는지 해성이 다시 한번 힘을 주어 손목을 비틀었다. 재원은 쉽게 손에 힘을 풀며 해성을 놓아주었다.

"선생님."

"응."

"자수를 하러 왔다고 하셨잖아요."

"아아."

재원이 심드렁하게 고개를 끄덕였다. 해성은 침착하게 말을 이었다.

"여쭤봐도 될까요."

음……. 말끝을 흘리던 재원이 빙그레 입술을 늘였다.

"심각한 문제는 아닌데."

"경찰서까지 찾아와서 자수를 하러 왔다는 말은 쉽게 넘겨짚을 문제가 아니라서요."

"그렇구나. 충분히 그럴 수 있지."

"말씀해 주세요."

"글쎄……."

의문스러운 웃음을 흘리며 재원이 의자에서 몸을 일으켰다.

"근데 해성아."

해성이 대답 대신 시선을 올렸다.

"아직도 나 좋아해?"

"지금 그게 무슨……."

해성이 저도 모르게 미간을 좁혔다. 설마, 알고 있었나? 어렸을 때 잠시 느꼈던 동경을, 철없던 두근거림을.

"그럴 리가 없잖아요."

그건 진심이었다. 지금은 아니니까.

"그렇구나."

아쉽다는 말투였다. 서운하다는 눈이었다. 찰나였지만 해성은 놓치지 않았다.

"말 그대로 보고 싶은데 더는 견딜 수 없을 것 같아서 직접 왔어."

변했다. 아니, 원래 이런 사람이었던가.

"그렇게라도 말하면 상대해 줄 것 같아서 과장했어. 사실 아까 네 곁에서 있는 남자가 조금 거슬렸거든."

어렸을 때부터 이재원은 소유욕이 강한 사람이었다. 자신의 것. 자신의 사람. 자신의 물건. 한정된 모든 것들에겐 더할 나위 없이 친절하지만 그 외의 것들에겐 더없이 잔인하고 무심한. 언니는 그런 이재원의 면모에 때때로 불안함을 느꼈지만 해성은 이상하다 느끼지 못했다. 그저 조금 특이한 성향이라 생각했을 뿐.

"그런데, 오늘은 날이 아닌 것 같네."

재원은 마지막까지 미소를 잃지 않았다. 그대로 천천히 걸어가는가 싶더니 잠시 멈춰 서서 뒤를 돌아보았다.

"아. 말 못 한 게 하나 있는데."

해성이 느릿하게 고개를 돌렸다.

"난 단 한 번도 힘든 적 없었어."

이상하리만큼 잔잔한 기류였다.

"네가 사라졌을 때조차도."

재원은 평온했다.

"다행이야. 해성아."

이제야 드디어 우리 둘만 남았어.

그 말이 왜 다시 또 생각났는지 도무지 모를 일이다.

"또 보자."

미로에 갇힌 기분이었다.

재원의 모습이 완전히 사라지자 해성은 참아 온 숨을 훅 쏟아 냈다.

"……뭐지."

분명 변한 건 없었는데 이상하다.

마치 생판 모르는 다른 사람을 마주한 것만 같은 기분을 떨칠 수 없었다. 심장이 뛰었다. 불안한 것이다. 해성이 가슴팍에 손을 얹었다. 쿵, 쿵, 쿵. 기분 나쁜 고동 소리는 멈출 기미가 보이지 않았다.

"왜……."

왜 하필 이 시기에 찾아온 이유가 무엇일까. 단지 보고 싶어서? 그리워서? 아니, 아니다. 뭔가 놓친 부분이 있는데. 그게 대체 뭐지.

해성이 아랫입술을 잘근 짓이겨 씹었다.

내가 못마땅한 걸까. 너만 잘 살지 말라는 무언의 경고였을지도 모른다. 웃으면서, 다행이라 말하며,

언니를 떠올리면서.

부정적인 생각들은 점차 빠른 속도로 머릿속을 검게 물들였다. 죄책감과 묘한 기시감으로 가슴이 답답해졌을 때쯤, 다시 한번 회의실 문이 열리며 누군가가 모습을 드러냈다.

해성이 느리게 고개를 돌렸다. 차 팀장의 얼굴이 눈에 담겼다. 불안과 걱정이 순식간에 사라지고 남은 건 안심뿐이었다.

그래. 어쩌면 생각보다 훨씬 더 많이 차 팀장에게 의지하고 있었는지도 모르겠다. 얼굴만 봤을 뿐인데 이토록 평온해지는 것을 보면.

몇 걸음 떨어진 곳에서 물끄러미 해성을 건너다보던 강현이 천천히 다리를 움직였다.

"표정이 영 별론데."

"······팀장님."

"누구한테 맞았습니까?"

한숨 같은 웃음이 터졌다.

해성은 주머니에 넣어 뒀던 휴대폰을 조심스럽게 데스크에 내려놓으며 정지 버튼을 누른 뒤 얼굴을 들었다.

"그거 아세요? 가끔 하는 팀장님 농담, 되게 재미없는 거."

강현이 설핏 인상을 구겼다.

"근데 그게 또 나쁘지 않아요."

성미에 안 맞는 농담을 건넬 만큼 특별하다는 거니까.

해성이 강현을 향해 휴대폰을 내밀었다. 하지만 강현은 선뜻 건네받지 않고 넌지시 바라만 보았다.

"뭡니까."

"대화 내용입니다."

"녹음을 했습니까."

"네."

"왜?"

강현이 날렵하게 시선을 올려 똑바로 해성을 주시했다. 해성은 침착하게 대답했다.

"누구도 믿지 말라고 하셨잖아요."

"그래서."

"지금의 저로서는 도무지 이성적인 판단이 불가능할 것 같아서요."

"듣고 직접 판단해라. 그런 뜻인가?"

"네."

"내가 어떤 결론을 내놓을 줄 알고."

"지금 당장은 믿을 수 있는 사람이 팀장님뿐이라서요."

"거짓말은 그런 식으로 하는 게 아닌데."

오래 떨어져 있었지만 그것들을 전부 무마할 수 있을 정도로 함께 지내 온 시간을 무시할 수는 없다. 해성에게 재원은 태어난 순간부터 일생을 함께 공유해 온 사이였다. 가족 그 이상의 유대감을 쌓아 온 관계는 제아무리 비교적 정확한 확증과 물증이 있다고 한들 쉽게 끊어질 것이 아니었다.

"예전에도 말했지만 판단이 선다 해도 이해성 씨와 공유할 생각은 없습니다."

이재원과 관련된 모든 것들에 있어선 너의 의견을 듣지도 거치지도 않겠다. 혼자 생각한 뒤 결정하고 행동하겠다는 의미였다.

"그렇게 해도 괜찮겠습니까."

해성은 잠시 말이 없었다. 진범이 이재원은 아니길 진심으로 바랐으니까. 그럼에도 해성은 스스로에게 세뇌하듯 주문을 외웠다.

"네. 괜찮습니다."

나는 경찰이다.

"저는 제가 할 일을 할게요."

나는, 국민의 건강과 안전을 최우선으로 생각하는 대한민국 경찰이다.

"그러니까, 팀장님은 팀장님이 하셔야 할 일을 하시면 될 것 같습니다."

가만히 해성을 들여다보던 강현이 문득 소리 내어 웃었다.

"이젠 가르치려고 드네. 귀엽게."

강현이 비스듬히 고개를 낮추고는 해성과 시선을 맞추었다.

"너 걱정돼서 왔어."

"아……."

"이재원을 의심해서가 아니라."

해성의 속눈썹이 파르르 떨렸다.

"일분일초."

강현이 손을 뻗어 해성의 턱을 부드럽게 감싸 안았다.

"눈에 안 보이면 불안한 요즘이라."

"……팀장님."

해성이 떨리는 음성을 가까스로 숨기며 강현을 불렀다.

"응."

"이번 사건만 끝나면."

긴장이 되는지 해성은 양손을 매만지며 망설였다.

"잘 마무리되면……."

"난 언제든 환영인데."

강현이 픽 웃음을 흘리며 휴대폰을 꽉 움켜쥔 해성의 손을 덮었다.

"지금 당장이라도 먹고 싶어서 안달 난 남자 앞에서 그런 위험한 발언은 조금 더 신중할 필요가 있겠습니다. 이해성 경장."

이건 잘 받아 가죠.

해성의 손에 들린 휴대폰이 강현의 손으로 옮겨졌다. 강현은 해성의 휴대폰을 슬쩍 내려다보다 입을 열었다.

"키스 정도는 괜찮나."

"……네?"

그대로 뒤돌아 회의실을 빠져나가는가 싶던 강현이 돌연 방향을 틀었다. 다시금 성큼성큼 넓은 보폭으로 걸어와 바로 앞에서 우두커니 멈춰 섰다.

"괜찮다는 답으로 알겠습니다."

눈 깜빡할 사이에 벌어진 일이었다. 단숨에 해성의 목덜미를 감싸 안고는 여자의 입술에 입을 맞추었다. 촉, 소리가 울린 순간 놀란 해성의 입술이 슬며시 벌어졌다.

강현은 틈을 놓치지 않고 깊게 파고들었다. 짧지만 노골적인 키스였다. 혀를 굴려 입안을 탐색한 뒤 아랫입술을 지그시 물었다 놔 주었다.

"사탕 먹었어?"

"아니……, 요."

"복숭아 향이 나서."

강현이 엄지로 해성의 입술을 꾹 눌렀다. 척추를 타고 찌릿 전율이 흘렀다.

"달아."

슬슬 참기 짜증 날 만큼.

늦은 밤, 강현은 차량 운전석에서 홀로 자리를 지켰다. 언제 어디서 누가 지켜보고 있을지 모르기 때문에 가장 안전하고 조용한 공간을 찾다 보니 자연스레 찾게 된 곳이었다.

"확실한 물증만 있었어도."

이렇게 꼬이진 않았을 텐데.

강현이 짜증스럽게 혀를 찼다.

구실이라도 있었다면 영장을 발부받아 체포하면 그만인데 함부로 나서지 못하는 건 입건 이후 정해진 시간 때문이었다. 그 시간 안에 확실한 진실을 알아낼 수 없다면 그땐 정말 끝이다.

"후……."

강현이 한숨을 내쉬며 신경질적으로 머리를 쓸어 올렸다. 잠시 시선을 낮춰 손에 들린 해성의 휴대폰을 흘겼다.

"무슨 자신감이지."

대체 무슨 배짱으로 이곳까지 찾아온 걸까. 곱씹어 생각해 볼수록 어처구니가 없어 절로 헛웃음이 터졌다.

이재원과 해성의 대화가 녹음된 파일을 눌러 확인해 보려는 순간, 점퍼 주머니에 넣어 둔 휴대폰이 진동을 일으켰다. 꺼내 든 휴대폰 액정을 확인했을 때 강현의 눈매가 반사적으로 찌푸려졌다.

[아버지]

기막힌 타이밍이었다.

강현은 다시금 한숨을 밀어 내며 통화 버튼을 눌렀다.

"예. 아버지."

— 어디냐.

"서에 있습니다."

— 조만간 본가에 한번 들러라.

"무슨 일이십니까."

— 네게 소개시켜 줄 사람이 있어. 동하그룹 외동아들.

"동하그룹이라면."

— 왜, 있잖아. 최근 승계 다툼에서 망설임 없이 발 뺐던. 동하재단 이사장 이재원 말이다. 네 또래던데.

강현이 고요하게 이를 악물었다.

개새끼가……

— 권력에 딱히 큰 욕심도 없고 이리저리 따지지도 않고 말이야. 요즘 쓸데없이 야망만 많은 젊은이답지 않게 성실하고. 엊그제 내게 연락이 왔다. 이번 동하재단에서 주최하는 기부 행사의 참여 의사를 묻더군.

"아버지."

— 기업인들 속이야 뻔한 것 아니겠냐고 묻고 싶은 거겠지. 뒤에서 무슨 작당을 하고 있는지 완벽하게 신뢰할 수는 없지만 당장은 사회적 약자를 돕고 싶어 해. 난 뜻을 함께하기로 했다.

이젠 하다 하다 아버지를 노려 온다.

"지금은 사건 때문에 힘듭니다."

— 무슨 사건. 설마 연쇄 살인 사건을 말하는 거냐.

"예."

쾅! 서재 책상을 강하게 내리치는 소음이 휴대폰 너머로 적나라하게 울려 퍼졌다.

— 아비 말이 말 같지가 않지.

"아버지."

— 그 사건은 네 담당이 아니야. 이미 경찰청에서 맡고 있고. 분명 손 떼라 일렀던 것 같은데 박 서장 통해서 못 들은 거냐.

"전해 들었습니다."

— 들었는데도 그 고집을 부려?

"지금은 담당 관할을 따질 때가 아닙니다. 공조 수사 요청으로 맡은 일에 최선을 다할 뿐이고요."

— 고얀 놈. BH(청와대)에서 주시하고 있는 사건을 기어코 찾아 건들겠다고.

"아버지."

— 언제까지 속 썩일 생각이냐. 그렇게 죽어 버린 네 어미가 불쌍하지

도 않아? 너. 내 뜻을 이해하지 못하고 있구나.

금기시되었던 어머니의 죽음이 언급되었다. 강현의 입술이 일자로 굳게 다물렸다. 주먹을 강하게 말아 쥔 채 침묵을 지키는 수밖에 없었다.

"어머니가 살아 계셨다면."

울컥 솟아오르는 감정을 가까스로 잠재우며 힘을 실어 말했다.

"적어도 비겁하게 숨진 말라 하셨을 겁니다."

— 피할 수 있는 건 피하는 것이 능사일 때도 있는 법이다.

"피하지 않을 수 있는데 외면하는 것보다 비겁한 일도 없습니다."

더 들을 것도 없었다. 강현은 아버지의 대답을 듣지도 않고 통화를 끊었다. 처음 있는 반항이었다.

"죽고 싶어서 환장을 했네……."

강현의 눈빛이 서늘하게 식었다.

살벌하게 번뜩이는 눈으로 죽일 듯 액정을 꿰뚫다가 손을 움직여 파일 재생 버튼을 눌렀다.

— 어떻게 지내셨어요?

익숙한 해성의 음성이 흘러나왔다. 강현은 한 글자도 놓치지 않을 기세로 녹음된 음성 파일에 집중했다.

미안하다 말하는 이해성. 그에 박장대소를 터트리는 이재원.

— 난 누구보다 널 잘 알아.

이재원이 이해성을 세뇌한다.

— 네가 처음 태어났을 때 말이야.

네 곁에 설 사람은 나뿐이라고.

― 이렇게 내 손을 잡았는데.

피식, 실소가 터졌다.
강현이 지그시 눈을 감고서 차량 시트에 깊게 몸을 기대었다.

― ……근데 해성아. 아직도 나 좋아해?
― 그럴 리가 없잖아요.
― 말 그대로 보고 싶은데 더는 견딜 수 없을 것 같아서 직접 왔어.

휘어잡고 있다. 위치를.

― 그렇게라도 말하면 상대해 줄 것 같아서 과장했어.

동정과 연민을 구하는 척하며 은연중 죄책감을 들쑤시고 있다. 이해성
이 눈치채지 못하도록.
은밀하게.

― 아까 네 곁에 있는 남자가 조금 거슬렸거든.

재원의 음성을 들으며 강현이 천천히 눈꺼풀을 밀어 올렸다.

― 아. 말 못 한 게 하나 있는데. 난 단 한 번도 힘든 적 없었어.

아아…….

— 네가 사라졌을 때조차도.

무언가를 읽어 낸 듯 미간을 좁히던 강현이 일시 정지 버튼을 눌렀다.
"이 새끼 봐라……."
강현의 입매가 비뚜름하게 올라섰다. 알겠다. 보였다.
너, 소시오패스구나.
사이코패스는 우월함을 드러내고 싶어 하는 욕망을 살인으로 증명하고, 소시오패스는 성공을 위해 주변 사람들을 철저하게 자신의 도구로 이용한다.
둘의 공통점은 본인의 위치에 있다.
경찰 수사관, 필요에 의해 이용된 사람들, 스쳐 지나가는 모든 것들을 자신의 아래에 두고자 하는 습성이 크다는 것을 강현은 너무나 잘 알고 있다.
"이제 어쩔까."
강현이 해성의 휴대폰을 엄지로 느릿하게 쓸어 내며 낮게 중얼거렸다.
"상처받은 이해성 얼굴을 보는 건 좀 별론데."
범 무서운 줄 모르고 날뛰는 널 방관하는 건 더 좆같단 말이지.
천천히 턱을 쓸어 내던 강현이 다시금 자신의 휴대폰을 귓가로 가져갔다. 통화는 얼마 지나지 않아 연결되었다.
"접니다. 아버지."
처음부터 망설일 필요가 없었다.
"생각이 바뀌었습니다. 만나겠습니다. 이재원."
지킬 수만 있다면.

○ ◎ ●

"선배랑 잠복한 적은 처음인 것 같은데, 뭔가 신선한 조합이네요."

세찬이 룸 미러 각도를 조절하며 해성을 힐긋거렸다.

"왜. 싫어?"

"아뇨. 그럴 리가요. 다른 분들에 비하면 완전 편하죠. 좋기도 하고."

"응. 네가 좋다면 다행이네."

해성은 좀처럼 세찬에게 집중하지 못했다. 창밖 어딘가를 뚫어져라 주시하며 지나치는 행인들을 신중하게 눈으로 좇았다.

"그런데요. 선배. 정말 범인이 나타날까요? 아직 얼굴도 이름도 직업도 무엇 하나 정확히 알아낸 게 없다면서요. 더구나 여긴 대학병원 앞인데."

차 팀장은 팀원들에게 유력 용의자의 신상을 공유하지 않았다. 아직 때가 아니라고 생각한 것이다.

명분은 잠복근무였지만 실질적으론 용의자를 체포하려는 목적이 아니었다. 용의자의 이동 반경, 혹시 모를 수상한 움직임, 그 주변 인물들의 정보를 알아내기 위함이었다.

만에 하나 팀원들에게 사전 정보를 공유한다면 고과 점수에 혈안이 된 지금 시기에 섣부른 판단으로 전부를 놓칠 수도 있다는 가능성을 염두에 둔 것이다. 정보 공유는 진범이 그물 안으로 완벽히 들어섰을 때. 그때가 적기였다.

그 부분은 해성도 동의하는 바였다. 당장에 유력 용의자로 좁혀진 최정우 교수의 신상을 알고 있는 건 해성 한 명으로도 충분했다. 어디까지나 최정우가 돌발 행동만 하지 않는다면.

해성이 손목을 들어 시간을 확인했다. 오전 8시. 슬슬 최정우 교수가 병원에 출근할 시간이었다.

"어쨌든 팀장님은 오늘 이곳에 용의자가 나타날 거라고 예상하신 거죠?"

"그러니까 우리를 보냈겠지."

"그래도 좀 확실한 정보 공유가 있었으면 좋겠어요. 답답하잖아요. 속을 알 수가 없으니까. 이 많은 사람들 중에서 어떻게 수상한 놈을 찾으라고. 혹시, 조 경위님 말처럼 팀장님이 아직도 저희를 믿지 못하시는 걸까요?"

"믿지 못한다기보다는……."

해성이 잠시 창에서 시선을 떼고 고개를 돌려 세찬을 바라보았다.

"두려우신 거야."

"엥? 두렵다니요. 차 팀장님한테 그 단어가 말이나 됩니까?"

"응."

새삼 진지해진 해성의 말투에 세찬이 입을 다물었다.

"사람이니까."

해성이 씁쓸하게 웃었다.

"소중한 사람을 잃을까 두려워하는 건 누구든 똑같아. 피해를 보더라도 차라리 혼자가 낫다고 생각하시는 거겠지."

"소중한 사람이요?"

"팀원들."

세찬이 의아하다는 듯 느슨히 입을 벌렸다.

"차 팀장님이 저희를 소중하게 생각하신대요? 정말로요?"

"응."

"에이, 거짓말! 그건 좀 아니다!"

"정말이야."

"직접 말씀하셨어요?"

말하지 않아도 알 수 있다. 이제는.

"너도 조만간 알게 될 거야."

그런가. 세찬이 뒷머리를 긁적였다.

"방법이 조금 다르긴 해도 난 느꼈으니까."

최악의 상황이 눈앞에 닥치면.

"목숨을 걸고 지켜 내실 거야."

이번엔 반드시.

놓치지 않겠다는 결심을 봤으니까.

그때였다. 익숙한 얼굴이 병원 정문을 향해 점차 가까워졌다.

"세찬아. 나 잠시만."

"왜요? 수상한 사람이라도 나타났어요?"

화들짝 놀란 세찬이 주변을 두리번거리며 격하게 반응하자 해성은 손을 들어 보이며 그만 멈추란 신호를 보였다.

"아니. 편의점 좀 다녀올게. 먹고 싶은 거 있어? 아직 아침 못 먹었잖아."

"아, 뭐예요. 깜짝 놀랐네. 전 삼각김밥이요. 많이 먹고 뛰면 배 아파서."

"알겠어. 조금만 기다려."

해성은 망설임 없이 조수석 문을 열고 몸을 내렸다. 천천히 걷던 걸음이 조금씩 빨라졌다.

비밀을 풀 수 있는 유일한 열쇠.

"최지윤."

네가 필요해졌어.

해성이 바로 앞에 우두커니 멈춰 서자 익숙한 실루엣의 여자가 느리게 돌아섰다. 해성의 얼굴을 알아봤는지 지윤의 눈이 크게 떠졌다.

"네가 어떻게 여길……."

번거롭게 구구절절 설명할 필요가 없었다. 해성은 곧장 뒷주머니에 넣어 두었던 경찰증을 꺼내어 들었다.

"형사입니다. 동부 연쇄 살인 사건 수사에 협조 부탁드립니다. 최지윤 씨."

지금부턴 친구도, 라이벌도. 사적인 관계로도 대하지 않을 것이라는 일종의 경고였다. 자신을 흔들림 없이 똑바로 주시하는 해성의 눈을 직면한 지윤의 입술과 눈이 미세하게 떨렸다.

○ ◎ ●

― 나일세. 자네가 저변에 내게 말했던 제안 말인데, 내 막내아들이 오늘 오

후에 시간이 괜찮다며 연락을 해 왔어. 어떤가. 시간 괜찮겠어? 자네만 괜찮다면 자리를 마련하고 싶은데.

차석훈 대법원장의 연락을 곱씹으며 재원은 천천히 손목을 올려 타이를 조였다.

— 아무래도 국가와 국민의 안전을 위해 나랏일을 하는 녀석인 만큼 기업인들을 대하는 데 예민할 수밖에 없을 거야. 내 반평생을 그리 교육시켰으니. 자네의 진가를 알아볼 때까진 의심할 수도 있어. 그 부분은 자네도 이해해 줬으면 해.

손목을 돌려 커프스단추를 채우며 뚫어져라 거울을 주시했다.

— 친구 없이 자라 온 놈이야. 그래서 더욱이 난 자네를 믿어. 누구보다 사회에 힘쓰는 사람이지 않나. 약자를 위해 가진 것을 베푸는 행동은 아무나 쉽게 할 수 있는 일이 아니니까. 분명 나처럼 내 아들도 자네의 진심을 알아줄 거야.

재원이 소나무처럼 꼿꼿한 차석훈 대법원장을 제 편으로 세울 수 있었던 이유는 비교적 간단했다.

대법원장이 솔깃할 수밖에 없는 제안을 제시하는 것이었다. 불의의 사고로. 또는 예기치 못한 사건으로 생을 달리하였을 때 가진 재산 전부를 사회에 환원하는 것. 눈을 감기 직전까지 사회적 약자를 위해 봉사하는 것. 더불어 가진 것이 돈밖에 없으니 할 수 있는 방법 전부를 동원하겠다는 약속까지. 하지만 대법원장은 호락호락한 인물이 아니었다.

분명 차석훈 대법원장은 자신이 가진 모든 것들을 동원하여 뒤를 캐고 다녔을 터다. 누구보다 끔찍이 생각하는 막내아들의 곁에 세울 사람으로 자격이 마땅한지.

그를 대비한 것이 바로 승계 다툼에서 일말의 고민 없이 포기 각서에

도장을 찍는 일이었다.

"이렇게 쉬울 수가 있나."

재원이 싱그럽게 웃으며 가볍게 재킷 깃을 잡아 털었다. 다시 한번 옷 매무새를 가다듬고는 거울 속 남자에게 말을 건넸다.

"바로 치워 버리면 재미없으니까."

조금씩 숨통을 조여야지.

마지막 정신적 지주까지 박살 내 버리면. 모든 사람들이 너에게서 등을 돌리는 순간엔 아무리 잘났다고 떠드는 차강현 너도 미쳐 돌지 않을까.

아아……, 이런.

상상만으로도 즐겁잖아.

○ ◎ ●

오후 1시 59분.

차량 시트에 기대어 잠시 눈을 붙이고 있던 강현이 날렵하게 눈꺼풀을 밀어 올렸다.

강현은 망설임 없이 운전석 문을 열고 몸을 내렸다. 드넓은 정원을 가로지르며 넓은 보폭으로 성큼성큼 걸어 들어가자 기다렸다는 듯 검은색 유니폼을 맞춰 입은 직원들이 약속이라도 한 것처럼 공손히 허리를 숙였다.

"2시에 예약하신 손님 맞으시죠?"

강현이 대충 고개를 끄덕이자 직원은 과하게 예의를 갖추며 앞장섰다.

식당 내부 인테리어는 정교하면서도 군더더기 없이 깔끔했다. 위치를 전달받은 현대식 한식집은 주변 사람들의 시선을 피하고자 하는 이들을 위한 곳인 듯했다. 전부 룸 형식으로 이루어져 있어 적어도 대화가 새어 나갈 일은 없어 보였다.

"좋은 시간 보내십시오."

문 앞에 멈춰 선 직원이 대신 미닫이문을 열어 주며 고개를 숙였다.

문이 열리자 긴 식탁 정중앙에 곧은 자세로 앉아 있는 이재원이 가장 먼저 보였다. 강현은 무감한 표정으로 물끄러미 재원을 주시하다 천천히 다리를 움직여 안으로 들어섰다.

"전해 들은 대로 정확하네요."

2시 정각. 1분의 오차도 없었다. 그러거나 말거나 강현은 재원의 말을 무시하며 맞은편 의자에 앉았다.

"동하재단에서 경찰청과 공동 기부 행사를 주최하겠다며 신나게 나대고 다녔던데."

"아아. 그거."

재원이 가볍게 웃음을 흘리며 물을 한 입 들이켰다.

"그쪽 머리에서 나온 생각입니까?"

"다 먹고살자고 하는 일이니까요."

"아버지도 꽤 잘 구워삶았고."

강현이 눈을 가늘게 뜨며 맞은편의 재원을 꿰뚫었다.

"무슨 수작이야."

"일종의……, 경고지."

당장이라도 죽일 듯 살벌한 눈빛이 와 닿았지만 재원은 눈 한번 깜빡이지 않고 능청스럽게 대꾸했다.

"궁금합니까? 내가 그 뻣뻣하기로 유명한 그쪽 아버지. 차석훈 대법원장을 어떻게 구슬렸는지."

눈치 볼 사람이 없었던 탓인지 재원의 말끝이 짧았다. 노골적인 태도에 강현의 눈이 차게 식었다.

"아니지. 공유를 바라는 사람의 눈은 그게 아니죠, 차 경감님. 조금 더 부드럽게 대해 주세요. 무서워서 무슨 말이라도 하겠습니까."

마치 네가 그 오랜 시간 인정받지도, 설득하지도 못했던 아버지를 내게 한순간 빼앗겨 심술이라도 났느냐는 투였다.

"이번엔 누구야."

"음?"

"아버지 다음은 누구냐고."

"내가 당신 곁에 있는 사람을 전부 내 것으로 만들까 봐. 두려워요?"

"뚫린 입이라고 잘도 지껄이네."

두 남자의 간극은 벌어졌고 언제 터질지 모르는 불꽃은 퍽 살벌했다.

"걱정 말아요. 아직 그쪽 강아지는 건들 생각 없으니까. 나도 좋아하거든, 강아지. 키워 본 적이 있어서."

이해성을 강아지에 비유하고 있다.

강현이 눈살을 찌푸리며 시선만 올려 재원을 노려보았다.

"강아지는 작고 연약하죠. 하지만 궁지에 처박히면 그 작은 것도 물더라고. 그게 난 꽤 아팠거든. 상처도 오래 남았고 말이지."

"볼수록 골 때리는 새끼네, 이거."

강현이 우습지도 않다는 듯 헛웃음을 터트렸다. 반면 재원은 달랐다. 언제 그랬냐는 듯 웃음기를 싹 지워 낸 얼굴로 깍지를 낀 손등 위에 턱을 괴고선 알 수 없는 표정으로 강현을 들여다보았다.

"다음이 누구냐고 물었지."

내가 네 아버지 다음으로 선택한 건 말야.

"너희 형."

잠시 올라섰던 강현의 입술 끝이 툭 아래로 떨어졌다.

"차도현 검사."

얼어붙은 강현의 얼굴이 흥미로웠는지 재원은 고개를 갸웃거리며 다시금 못을 박았다.

"대법원장보단 구슬리기 쉬울 것 같던데. 아버지 말이라면 자다가도 벌떡 일어날 인물인 데다가."

무엇보다 너희 두 형제. 사이 안 좋잖아.

"어차피 피도 한 방울 안 섞였고."

맞지?

재원의 입술 끝이 미묘하게 올라섰다. 그가 느긋하게 한쪽 다리를 꼬았다.

"세상에서 제일 무서운 게 뭔지, 혹시 알고 있어요?"

강현은 묵묵히 입을 다물었다. 대답 없이 빤히 재원을 노려볼 뿐이었다.

"답은 명확히 한곳을 가리키고 있는데, 세상 모든 사람들은 절대 아닐 거라고 고개를 내저을 때. 마치, 약속이라도 한 것처럼 말이죠."

재원이 컵 윗부분을 손끝으로 느릿하게 문질렀다.

"이를테면 그쪽 아버지. 또는 형 같은. 무리에서 막대한 권력을 가진 사람들이 틀렸다고 말하면 정답도 오답이 되어 버리는 국가거든. 이 나라가."

재원의 입술이 길어졌다.

"근데 하필 그 권력을 쥔 사람들이 유감스럽게도 차 경감이 가장 인정받고 싶어 하는 사람들이더군요."

재밌지 않아요?

뻔뻔스럽게 묻는 재원은 흥미로운 게임을 즐기는 사람처럼 보였다.

강현은 무표정한 얼굴로 피식 웃음을 터트렸다.

"왜 하나만 알고 둘은 모를까."

강현은 진심으로 안타깝다는 듯 손으로 이마를 문지르며 날카롭게 눈을 치떴다.

"단 한 번도 가져 본 적 없던 새끼는 두려울 게 없어. 눈에 뵈는 게 없거든. 근데."

"……."

"너나 내 형은 아니지."

강현의 입술 끝이 언뜻 올라섰다.

"지금 네가 가장 공들이고 있는 사람. 이해성."

내 약점이자 너의 약점.

"주변에 있는 모든 사람들이 내 답이 틀렸다고 고개를 내저을 때 이해성 한 명만 끄덕여 주면 돼."

넌 알아서 반응하게 되어 있으니까.

"그럼 난 세상을 다 가진 기분이 들 것 같은데, 반대로 넌. 어떨까."

세상을 잃은 기분이겠지.

그를 증명하듯 여유를 부리던 재원의 얼굴이 삽시간에 굳었다.

"10년 전 방화 살인 사건. 이해성 가족, 네가 죽였어?"

재원이 묘한 표정을 지었다.

"동부 연쇄 살인범이라고 확신할 줄 알았는데, 방화 살인 사건이라. 생각보다 담력이 약하시네."

"묻는 말에 대답부터 해."

"애초에 질문 선택부터 틀렸는데 어떻게 대답을 합니까."

재원이 손끝으로 테이블을 툭툭 두드리며 싱긋 웃었다.

"이해성의 적이냐. 아군이냐. 그렇게 물어봐야지. 그래야 대답할 맛이 나지. 안 그래요?"

마지막까지 이재원은 고개를 숙이지 않는다.

"아, 참고로 난 아군입니다. 방식이 조금 과격하긴 해도 부정할 수 없는 아주 특별한 아군이죠. 난 그 애를 지키기 위해선 무엇이든 해. 내 곁에 두기 위해서 너 하나쯤 그 자리에 처음부터 없던 사람으로 만들 수 있는 힘도 있고."

"이건 뭐, 감동도 없고 재미도 없고. 식상하네."

강현이 무표정하게 허를 찔렀다.

"이 바닥 절차가 좀 까다로워."

재원의 손목에 번쩍이는 다이아 커프스단추를 거적때기 바라보듯 흘긋거리며 강현이 나직하게 으르렁거렸다.

"지금 내 기분이 더럽게 아슷단 뜻이야. 당장 널 때려눕히지도, 그 손목에 수갑을 채우지도 못한다는 게."

강현이 검지로 재원을 가리켰다.

"아무리 생각해 봐도 난 그 손목에 다이아보단 수갑이 더 잘 어울릴 것 같거든. 근데. 아쉽게 심증은 있는데 확실한 물증이 없네."

재원은 알게 모르게 소리 없이 이를 바득 갈았다.

"명분이야 꾸며서라도 만들면 그만이라."

신중히 재원의 반응을 관찰하던 강현이 곁에 놓인 빌지를 집어 들어 건너편에 성의 없이 툭, 던졌다.

천천히 의자를 밀고 자리에서 일어선 강현이 비스듬히 시선을 낮췄다.

"마저 처먹고 계산은 확실히 하고 가시죠."

소득은 충분했다.

"아주 잘, 배부르게 먹다 갑니다."

비록 물 한 입 대지 않았지만 배가 불렀다. 더는 시간 낭비하고 싶지 않았던 강현은 뒤도 돌아보지 않고 룸을 빠져나갔다.

강현이 자취를 감추고 혼자 남게 된 재원은 어처구니가 없다는 듯 짧은 실소를 터트렸다.

"네가……."

재원이 힘껏 주먹을 말아 쥐었다.

여태 얼굴을 덮고 있던 두터운 가면을 단번에 벗어던졌다. 재원은 당장 눈앞에 보이는 사람의 목을 잡아 비틀 기세로 고요히 읊조렸다.

"죽고 싶어서 환장을 했구나."

그래 봤자 금칠한 껍데기 따위가.

"그게 지금……, 무슨 소리야?"

한국대학병원 근처 카페. 맞은편에 앉은 지윤이 가까스로 웃으며 되묻자 해성은 표정 변화 없이 다시 물었다.

"네 담당 주치의 이름이 한국대학병원 정신건강의학과 최정우 교수냐고 물었어."

"그걸 네가 어떻게……."

"맞구나."

지윤이 겨우 마른침을 삼켰다.

"해성아. 지금 네가 뭐 때문에 날 이곳에 불러서 취조를 하고 있는 건지는 잘 모르겠는데, 나는."

"취조?"

해성이 한숨 섞인 웃음을 흘렸다.

"난 너를 취조하려는 게 아니야. 말했잖아. 협조 부탁한다고."

"그게 그거 아니야?"

"나 때문에 정신병원에 다니게 됐다고 했지."

"그건."

"미리 말해 두겠는데. 난 너한테 악의 같은 거 없어. 과거에도, 그리고 지금도. 넌 어떨지 모르겠지만 적어도 난 아니야."

해성이 천천히 눈을 감았다 떴다.

"하지만 넌 나와 다르겠지. 며칠 전에 네가 했던 말을 계속 곱씹어 보면서 생각했어. 널 너무 미워하다 보니까 드디어 내가 미쳐 가는 것 같다. 그래서 병원을 찾았고 의사 선생님한테 널 정말 죽이고 싶은데 어떻게 해야 하냐고 상담까지 받을 정도였다. 그런데 일주일 뒤에 그런 일이 벌어져서 나는."

"해성아……."

눈에 띄게 떨고 있었다. 지윤은 사시나무 떨리듯 진동하는 턱을 멈춰 보려고 아랫입술을 잘근 깨물며 불안스럽게 해성을 응시했다.

"그래서 너는. 그때 어땠어? 슬펐니? 아니면, 저주가 통한 것 같아서 조금은 통쾌했어?"

이러면 안 된다는 사실을 안다. 최지윤은 진전이 없는 사건을 해결할 수 있는 유일한 힌트. 열쇠 같은 존재였으니까. 이성적으로 대해야 했다. 몰아세워선 안 됐다. 개인적인 감정은 무의식 저편에 미뤄 두고 형사의 입장에서 냉철하게 판단해야 했다.

하지만 그럴 수 없었다. 내 가족이, 소중한 사람들이 죽었으니까. 다른 사람도 아닌 내 눈앞에서 붉은 피를 철철 흘리며 죽어 버렸으니까. 가족의 시체를 목격한 그 순간을 잊지 못한다. 그 누가 냉정할 수 있을까.

"……두려웠어."

바짝 메마른 입술 사이로 흘러나온 지윤의 음성은 더없이 유약했다.

"그럴 리 없다는 걸 아는데도 왠지 그 모든 일들이 나 때문에 벌어진 것 같아서 너무 두려웠어. 좌절하고 오열하면서 무너지는 널 보기가……, 힘들었어. 괴로웠어. 지금까지도 나는 정정당당하게 단 한 번도 널 이기지 못했다는 사실이 너무……."

바르르 떠는 지윤의 모습은 보는 사람이 다 안쓰럽게 느껴질 정도였지만 해성은 눈 한번 깜빡이지 않았다. 그녀가 불쌍하지 않았다.

하지만 최지윤은 범인이 아니다. 실질적인 살인을 저지르지 않았다. 그것만큼은 명확했다. 그녀는 비록 잘못된 방식으로 남의 불행을 빌었지만 적어도 실행으로 옮기진 않았다. 그 정도로 배포가 있는 아이가 아니다.

확실히.

"미안. 내가 정말 미안해, 해성아."

"왜 그런 말도 있잖아."

"……어?"

침착한 해성의 음성에 지윤이 흔들리는 눈으로 마주 보았다.

"칼로 찔러야만 죽일 수 있는 게 아니란 말. 너도 살면서 한 번쯤 들어 봤을 거야. 난 말이야. 못된 마음 한 번에, 날카로운 말 한마디에. 누군가가 심심풀이로 던져 본 돌멩이에 맞아 죽는 것도 결국은 같은 맥락이라 생각하거든."

"아……."

지윤이 머그 컵을 말아 쥔 두 손에 바짝 힘을 실었다. 해성은 덜덜 떨리는 지윤의 손을 물끄러미 바라보며 말을 이었다.

"사람이 죽었는데 미안하단 말 한마디에 없던 일이 된다면 얼마나 좋겠어. 가족이 살아 돌아오기만 한다면, 나는 살인범도 용서할 수 있을 것만 같은데."

"해성아……."

"다시 살려 줄래?"

"……미안해."

해성이 쓰게 웃었다.

"미안하다고 했지."

지윤이 고개를 끄덕였다.

"그 마음이 진심이라면 내가 묻는 말에 솔직하게 대답해."

조금 전, 분노로 일렁이던 눈빛은 거짓말처럼 사라지고 없었다. 울컥 들끓었던 마음도 분노가 치밀던 감정도 삽시간에 차분히 가라앉았다.

그래. 지금은 너에게 화살을 돌려선 안 된다. 냉정하게 판단해야 해.

누가 적이고 누가 아군인지.

비록 어제까진 적이었대도 진범을 잡을 수만 있다면 아군으로 만들 준비를 해야 한다.

그때, 주머니에 넣어 둔 휴대폰이 진동을 일으켰다. 잠시 주춤하는가 싶던 해성은 지윤을 흘긋거리며 휴대폰을 꺼내어 들었다.

액정 화면으로 떠오른 발신자는 차 팀장이었다. 해성은 고민 없이 통화 버튼을 누르고 곧장 휴대폰을 귓가에 가져다 댔다.

"예. 팀장님."

— 지금 어딥니까.

"근무 중입니다."

— 주변이 시끄러운데.

눈치 하나 기가 막히게 빠르지.

"……잠시 볼일이 있어서요."

— 사건과 관련된 사람입니까.

"네."

— 최정우는 아닐 테고. 병원 근처에서 만날 사람이면, 최지윤?

단 두 번의 질문으로 정확히 짚어 냈다. 해성은 새삼 그가 자신이 생각
했던 것보다 더 대단한 사람임을 느꼈다.

해성이 말을 아끼자, 강현은 눈치껏 대답하기 곤란한 상황임을 알아차
렸다. 얼마간 짧게 흐르는 침묵을 먼저 깨트린 건 강현이었다.

— 걱정돼서 지금이라도 당장 그쪽 방향으로 차 돌리고 싶은데.

휴대폰 너머로 느슨한 웃음소리가 스며들 듯 흘렀다.

— 유단자에 사격 만점이라 하니 믿고 기다립니다.

해성은 저도 모르게 때아닌 웃음을 터트렸다. 맞은편에 앉아 있는 지윤
의 존재마저 까맣게 잊어버린 채.

— 뼛속까지 남김없이 발라먹고 와요. 그게 뭐든. 이해성 씨가 원하는
대로 얌전히 기다리고 있을 테니까.

"알겠습니다."

인정받은 기분이 가슴을 벅차오르게 만들었다. 전화를 끊은 뒤에도 좀
처럼 감정이 가라앉지 않았다. 차 팀장의 전폭적인 지지를 받아서였을까.
더는 두려울 게 없었다.

휴대폰을 내려놓은 해성이 당당하게 고개를 들고 지윤을 마주 보았
다.

"더하지도, 빼지도 말고. 있는 그대로 솔직하게 전부를 말해. 10년 전
방화 사건이 벌어지기 전날까지."

어디에 있었고 누구를 만났고. 무엇을 했는지. 난 전부를 알아야겠으니
까.

○ ◎ ●

카페를 나선 해성은 길을 걷다 돌연 걸음을 멈추고 다시 다리를 움직였다가 얼마 가지 못해 멈추기를 반복했다.

정신이 없었다. 길을 지나는 인파가 단 한 명도 눈에 들어오지 않았다. 복잡한 길 한복판에 혼자 덩그러니 버려진 듯했다. 사람들과 어깨를 부딪치는데도 넋이 나간 채 멍하니 앞만 바라보았다.

'중학생 때부터 정신병원에 다녔어. 만성 스트레스도 문제였는데 불면증이 너무 심해서. 처음은 무대 공포증이었고 그다음은 일등에 대한 과도한 집착과 라이벌 의식으로 인한 자학 증세, 대인 기피증까지 생겼어.'

듣추고 싶지 않은 과거였지만 아직도 나아지지 않고 여전히 진행 중이라고 했다. 지윤은 차마 해성의 눈을 마주하지 못하고 컵을 쥔 손을 파르르 떨며 말을 이었다.

'최 교수님은 지인 소개로 알게 됐어. 지푸라기라도 잡아 보자는 심정으로 찾아갔는데 확실히 여태 만났던 의사들이랑 달랐어.'

최정우 교수의 공감 능력은 굳게 닫아 버린 마음의 문을 만난 지 단 5분 만에 녹여 버릴 정도였다고 했다. 정신을 차리고 나면 무언가에 홀린 사람처럼 누구에게도 말하지 못하고 마음에 꾹꾹 눌러 담아 둔 상처를 전부 술술 읊게 된다고.

그 부분은 해성도 동의하는 바였다. 비록 그 정도로 짧은 시간은 아니었지만 결국 자신 역시 진심을 보이게 되었으니까.

'정말 대단하신 분인 거 인정해. 왜 유명한지 알겠더라고. 근데 난 어쩐지 조금 무서웠어. 최 교수님 말이야. 처음부터 은연중에 느끼긴 했는데, 뭔가 확실하게 이상하단 생각이 제대로 들기 시작한 건 가장 최근 진료 날이었거든.'

'이상했다고?'

'그래. 내가 예민한 걸 수도 있고 기분 탓일 수도 있는데 가끔 진료를 받다 보면 교수님이 신처럼 느껴질 때가 있어. 뭐랄까, 난 아직 전부를 털어놓지도 않았는데 그 사람은 이미 전부터 내 전부를 꿰뚫고 있었던 것만 같은……. 몇 수 앞을 내다보고 있는 것 같다고 해야 하나.'

미워하는 사람이 있나요?

이를테면 정말, 눈 딱 감고 죽여 버리고 싶을 정도로. 이 세상에 흔적도 없이 사라지게 만들고 싶을 만큼.

해성이 받았던 첫 질문이었다.

처음 그 질문을 들었을 때 묘한 오싹함을 느꼈다. 하지만 한편으론 조금 과격하더라도 환자의 심리 상태에 밀접해지기 위해 의료진의 입장에 선 어쩔 수 없는 선택이었지 않을까 생각하고 말았다.

무엇보다 그 당시엔 무기력함과 깊은 상처로 이상함을 느낄 여유가 없었다. 돌이켜 생각해 볼수록 꺼림칙한 부분이 한두 가지가 아니었다.

'혹시 너, 교수님한테 진료받으면서 들었던 질문 중에 가장 기억나는 질문이 뭐였는지 생각나?'

해성의 질문에 지윤은 곰곰이 생각에 잠긴 듯 말이 없었다. 그러다 얼마 지나지 않아 짝 손뼉을 부딪치며 탄식을 흘렸다.

'죽여 버리고 싶을 정도로 미워하는 사람이 있냐고 물었어. 너무 놀라서 어떻게 알았냐고 되물었더니, 교수님은 그냥 웃으시더라. 이곳에 오는 이유는 다 비슷하지 않겠냐고 하면서. 누군가를 미워하는 감정을 다스리지 못해서 마음의 병이 시작되는 경우가 대부분이라고. 그랬는데……. 근데 그게 왜?'

그래. 바로 이거다.

돌고 돌아 가까스로 핵심을 찾아낸 기분이었다. 생각해 보면 일전에 송정하 토막 살인 사건에서 가장 먼저 지목되었던 유력 용의자. 유성태 역시 마찬가지였다.

아내와 사별한 뒤 홀로 아들을 키우고 있는 유성태도 피해자 송정하에 대한 악의가 대단했다. 전세금 사기. 그리고 유성태의 주치의는 최정우다.

무엇보다 현재까지 발생한 연쇄 살인 용의자로 지목된 사람 전부가 정신 질환을 앓고 있었단 공통점으로 미뤄 봤을 때.

해성은 차분히 생각을 정리했다.

만약 최정우 교수가 살인범이라면?

10년 전, 그리고 지금까지 지속해서 잔인한 수법으로 범행을 저질러 온 동부 연쇄 살인범이 최정우 교수라면.

조금 성급한 판단이었지만 가설을 세우자 그다음은 쉬웠다.

연쇄 살인범의 살인 동기는 '충동'으로 시작한다. 비록 동기는 없을 수 있어도 사회적으로 우월함을 드러내고 싶어 하는 성향이 크다.

환자의 심리 상태를 파악한 뒤 의뢰를 받는 식으로 살인을 저질렀다면.

연쇄 살인을 통해 자신의 환자들을 구원했다는 우월감을 느껴 왔다면.

거기까지 다다랐을 때 문득 지윤의 마지막 말이 뇌리를 스쳤다.

'내가 우연히 길에서 널 만났다고 했거든. 모든 걸 털어놓았다고 실토하면서 불안 증세를 보였는데……, 그때 교수님 상태가 좀 이상했어.'

'상태?'

'항상 다정하고 부드러웠던 분이 갑자기 표정을 굳히면서. 그럼 행복할 줄 알았냐고……. 남의 것을 전부 빼앗고 나면 정말 행복할 줄 알았냐고. 분명히 그렇

게 말했어. 틀린 말은 아닌데, 어쩐지 처음 보는 사람 같아서 당황했지.'

불안을 느낀 것이다.

최정우. 그에게 복병은 최지윤이었을지도 모른다. 예상치 못한 허점.

지윤이 해성에게 그동안의 일을 털어놓는다면 형사 신분인 해성은 누구보다 가장 먼저 최 교수를 의심할 테니까.

천천히 눈을 뜬 해성이 허공을 매섭게 주시하며 조용히 중얼거렸다.

"영원한 범죄는 없어."

그게 누구라도.

반드시 찾아내야 한다.

더 이상의 피해는 없어야 하니까.

해성은 스스로에게 주문을 걸듯 세뇌하며 성큼성큼 걸어갔다.

17

해성은 지윤과 헤어진 뒤 잠복근무를 즉각 철수하고 즉시 경찰서로 향했다.

30분간 해성은 한 글자도 빼놓지 않고 차 팀장에게 전부를 보고했다. 지윤을 만나 나누었던 대화, 현재 자신이 의심하고 있는 부분들. 그리고 현재의 상황까지. 바쁘게 말을 전달하던 해성은 잠시 말을 멈추고 길게 호흡했다.

"지금껏 벌어진 토막 살인 사건에서 유력 용의자로 지목된 사람들 전부가 정신 질환을 앓고 있었다는 공통점을 무시할 수 없어요. 팀장님도 아시겠지만 그 용의자들 전부 명백한 알리바이가 없었다는 점도 굉장히 수상합니다. 누군가 일부러 그들을 사건의 범인으로 몰고 가고 있다는 의심을 지울 수가 없어서요."

차 팀장은 대답이 없었다. 다급함을 느낀 듯 해성이 급하게 입을 열었다.

"물론 명확한 물증이나 증거는 없지만 가설로 세우기엔 절대 부족함이 없어 보입니다. 한시라도 빨리 최정우 교수 주변을 중심으로 수사에 착수해야 합니다. 본격적인 잠복 수사. 허락해 주셨으면 합니다."

차분하지만 확실하게 입장을 표명하는 해성의 말을 잠자코 듣기만 하던 강현이 탁, 소리 나게 펜대를 테이블에 내려놓으며 시선을 올렸다.

"좋습니다."

긍정의 대답이 낮게 흘러나오자 긴장한 해성의 얼굴이 찰나 환하게 풀어졌다. 하지만 그것도 잠시였다.

"그런데, 좀 걸리는 부분이 있네요."

"걸리는 부분이라니……."

"동부 연쇄 살인범은 지금껏 같은 범행 수법을 고집해 왔죠. 이 사건은 내가 한 살인이다, 라고 자랑하듯이 말입니다. 수사관들에게 꼬리가 잡힐 수도 있는데 그런 리스크를 무시하면서까지 일관된 범행을 지속하고 있어요. 무슨 의민지 알겠습니까."

"그게 무슨."

"10년 전 방화 살인 사건. 이해성 씨 가족은 예기치 못한 순간 한 장소에서 전부 살인을 당했는데. 이상하지 않습니까?"

강현이 비스듬히 고개를 기울인 채 턱을 매만졌다.

"이해성 씨 의견이 90% 맞는다고 가정해 보죠. 최지윤이 이해성 씨에게 악의를 품었고, 그래서 최 교수에게 가장 죽이고 싶은 사람을 이해성 씨라고 지목했다면. 그 의뢰를 받아 범인인 최 교수가 살인을 저지른 거라면. 그날 범행은 방화가 아닌 토막 살인이었어야 합니다. 단순히 한두 번 칼로 찔러 죽일 게 아니라. 더구나 범인은 경찰이 발견하길 바라면서 대놓고 시체를 투기했는데 그날은 방화를 저질렀죠. 꼭 흔적을 없애려는 것처럼 말입니다. 현재까지 연쇄 살인범은 토막 살인만 고집해 왔는데, 10년 전 방화 살인 사건만 다르다?"

해성의 입술이 느슨하게 벌어졌다.

"동부 연쇄 살인범은 자신이 세워 둔 규칙을 굉장히 중요시 여기는 인물입니다. 강박증에 걸린 사람처럼 일관성과 순서에 집착하죠. 그런 놈에게 예외라……. 글쎄요."

무감한 강현의 말투에 해성이 빠르게 반박했다.

"아무리 규칙과 순서에 집착하는 성향이라고 해도 범인도 결국 사람이니까요. 위기에 몰리거나 생각했던 계획이 어긋나면 결국 최선의 방법을 선택할 수밖에 없지 않을까요."

"좋은 지적입니다."

강현이 고개를 가볍게 끄덕이며 네 개의 손가락을 펼쳤다.

"그래서 내가 생각한 경우의 수는 네 개야."

강현이 꿰뚫듯 해성을 직시했다.

"하나. 10년 전 방화 살인 사건은 동부 연쇄 살인과 관련이 없는. 다른 누군가의 독단적인 범행이었다."

탁. 탁. 탁. 테이블을 내리치던 손끝이 돌연 움직임을 멈추었다. 곧이어 강현이 느릿하게 입을 떼어 냈다.

"둘. 이해성 씨 말대로 예상치 못한 전개에 당황한 살인범이 급하게 범행 수법을 바꿨다."

"……."

"셋. 단독 범행이 아닌 공범이 있다."

공범일 가능성. 해성의 눈이 크게 떠졌다. 세상의 모든 것들이 멈춘 듯했다. 시간이 멈춘 공간에 둘만 남아 버린 기묘한 기분이었다.

즉각적으로 달라지는 반응을 확인한 강현이 피식 웃음을 터트렸다. 그러다 이내 웃음기를 싹 거둬 내고는 날렵하게 눈을 치떴다.

"마지막 넷. 같은 장소에서 아주 미세한 시간 차이를 두고 다른 범행이 벌어졌다."

피해자는 같고 가해자는 다르다.

놀라 굳은 해성을 향해 강현이 천천히 팔을 뻗었다. 부드럽게 목덜미를 감싸며 다정히 물었다.

"몇 번 같습니까."

강현이 슬며시 벌어진 해성의 도톰한 입술을 엄지로 느리게 쓸어 냈다.

"고민하는 얼굴이네요."

오랜 시간 마음의 병을 치료해 온 최정우일지. 아니면, 네가 그렇게 미안해하고 애달파하는 이재원일지.

답은 한 곳에 멈춰 있겠지만.

범인이 누가 되더라도 결국 해성에게 남는 것은 상처뿐이다.

"저는 최 교수부터 물겠습니다."

"그게 이해성 씨 선택입니까."

"선생님은."

변함없는 호칭에 강현이 슬며시 인상을 찌푸리자 눈치껏 알아차린 해성이 다시 말을 정정했다.

"이재원은. 팀장님께 맡기겠습니다."

"이재원이 진범이 아니길 바라는 듯한 말투네요."

"아니라고는 말 못 하겠습니다. 제 기억 속의 이재원은 태어날 때부터 함께 자라 온 가족, 그 이상의 존재니까요. 굳이 고르라면 같은 충격이라도 차라리 최 교수가 진범인 편이 덜할 것 같습니다."

이재원이 그 부분을 일부러 노렸을 거라고는 생각하지 못하는 걸까, 넌.

강현이 해성을 따라 느리게 몸을 일으켰다.

"좀. 서운한데."

눈가를 구기며 픽, 실소를 흘렸다. 해성이 주먹을 꽉 쥐었다 폈다.

"그래도."

"음?"

"만에 하나 이재원이 진범으로 밝혀진다면 망설일 생각은 없습니다. 단지 지금의 전 이재원의 상대가 안 될 것 같다고 판단한 것뿐이에요. 이재원이 동부 연쇄 살인범이 맞는다면. 가족을 죽인 살인범이라면. 분명 쌓아 온 유대와 죄책감을 이용하려 들 테니까요."

"정면 돌파가 무조건 옳은 건 아니다?"

"네."

"똑똑하네."

강현이 슬며시 눈썹을 올렸다.

"그래도. 난 최선에 따라 움직일 생각입니다."

이재원의 상대로 이해성 네가 최선이라면 피하지 않을 거야.

뜻을 알아차린 해성이 가까스로 미소를 지으며 고민 없이 답했다.

"그땐, 마땅히 수행하겠습니다."

"웬일로 토를 안 다네."

"대신. 이변이 있을 때까진 최 교수 잠복, 계속할 수 있도록 허락해 주세요."

그럼 그렇지. 강현이 긴 숨을 내쉬었다.

"잠깐."

강현이 뒤돌아서려는 해성의 손목을 가볍게 잡아챘다. 동그랗게 커진 해성의 눈을 물끄러미 들여다보던 강현이 나직하게 물었다.

"괜찮습니까."

"네."

나약해 보일까 거짓을 말했다. 괜찮으니 걱정 말란 말을 해 보기도 전에 강현이 강한 힘으로 해성의 손목을 끌어당겼다.

졸지에 강현의 품속에 갇힌 꼴이 되어 버린 해성이 움찔 몸을 떨었다. 강현은 알면서도 해성을 놓아주지 않았다. 어깨를 세게 감싸 안고서 정수리에 턱을 대었다.

"다치게 할 일 없어. 그러니까."

금세 부서질 것 같던 심장이 견고해진다. 귓가엔 정신없이 둥둥 북이 울렸지만 남자의 작은 목소리는 또렷했다.

"날뛰고 싶으면 내 눈에 보이는 곳에서 놀아."

제발.

"될 수 있으면 애 좀 그만 태우고."

이번엔 늦지 않게 달려갈 수 있게.

"대답."

해성은 탄탄한 남자의 가슴팍에 조용히 얼굴을 기댄 채 슬며시 시선만 들어 올리고서 조용히 반박했다.

"장담 못 하겠습니다."

해성이 조금은 단호한 얼굴로 말을 덧붙였다.

"과보호하지 마세요. 저는 팀장님의 동료이기 전에 경찰이고 형사입니다. 위험을 감수하게 되더라도 수사에 도움이 될 수만 있다면 처한 상황에서 최선을 선택할 겁니다. 1년 전 팀장님이 그러셨던 것처럼요."

기막히다는 듯 강현이 짧게 웃었다.

"이곳에서만큼은 약한 취급 받고 싶지 않습니다. 같은 형사로 대해 주세요."

"대하고 있어. 피하란 뜻이 아니야. 범인이 눈앞에 있다면 쫓아야지. 무슨 수를 써서라도."

강현이 조그맣게 웃음을 터트렸다.

"적어도 달려 나가기 전에 나한테 먼저 연락하란 뜻이야."

지극히 덤덤하고 단호한 말투였다. 해성이 천천히 시선을 올렸다.

"……연락하면. 늦기 전에 와 주실 거예요?"

"가. 무조건."

"뭐든 확신하지 말라면서요."

지지 않고 받아치는 태도가 못마땅했는지 강현이 슬며시 인상을 찌푸리며 눈길을 낮췄다.

"범인이야 놓치면 다시 잡으면 되는데."

강현이 여자의 긴 머리카락을 느리게 쓸어내렸다. 이젠 이길 수가 없네. 한숨을 내쉬며 강현이 말했다.

"네가 어머니처럼 될까 두려워."

"……정례 사격 만점에 유단자라니까요. 저번에 세찬이랑 겨루기 했을 때도 안 밀렸어요."

패기 넘치는 해성의 말에 강현이 조소했다.

"나는 칼보단 총이 더 빠를 거라고 생각했는데."

착각이었지.

"제약이 걸린 총은 그저 장난감에 불과해. 더불어 인질까지 있다면 총기는 있으나 마나 한 고물이지."

총기 사용에 따른 규직은 총을 든 경찰을 무력하게 만들기에 충분했다. 위기 상황에 닥쳤을 때 감정보다 이성이 앞서게 되는 건 망설임이 아니라 뼛속까지 박혀 버린 사전 훈련 때문이다.

"그래서 같이 갈까 생각 중인데."

해성이 남자의 가슴팍에서 뺨을 떼어 냈다. 한 걸음 거리를 두고 서서 흔들림 없는 눈으로 똑바로 강현을 올려다보았다.

"팀장님은 팀장님이 하셔야 할 일을 하셔야죠."

"맞는 말이긴 한데. 좋지 못한 직감은 한 번도 어긋난 적이 없어서."

"다르게 말하면 범인을 잡을 수도 있다는 뜻이네요."

강현이 헛웃음을 터트렸다.

"이젠 아주 이겨 먹으려고 하지."

"팀장님 팀원이니까요."

해성이 아직도 제 손목을 꽉 움켜쥐고 있는 남자의 손을 물끄러미 내려다보았다.

"여쭤보고 싶은 게 있어요."

"말해."

"제가 안 보이면, 조금은, 보고 싶나요?"

강현은 대답이 없었다. 질문의 의중을 파악하려는 듯 넌지시 해성을 바라볼 뿐이었다.

"죄송해요. 한 번쯤 확인받고 싶었어요."

좀처럼 보여 주질 않으니까.

애틋한 연인 사이도 그렇다고 사무적인 팀원과 팀장 사이도 아닌 애매한 관계에서 우리는 어디쯤 서 있는 건지.

누구도 당기지 않고 밀어내지 않는 사이. 뜨겁지만 안정감은 없는 관계.

더 깊게 알고 싶지만 잃어버릴까 불안해하는 거리에서 어쩐지 오늘만큼은 꼭 듣고 싶었다고.

하지만 그 말은 아껴야 했다.

무언의 눈빛이 오가며 짧은 정적이 흘렀다. 얼마쯤 지났을까. 문득 허공을 가르며 강현이 팔을 뻗었다. 해성의 머리에 손을 얹고서 나직하게 중얼거렸다.

"조금 아니고 많이."

"……네?"

"매 순간이 불안한데 오늘따라 유독 더 불안한 말을 하네."

꼭 무슨 일이라도 벌어질 것처럼.

"혹시 기억합니까."

해성의 뺨을 간지럽히는 머리카락을 조심스럽게 떼어 내 주며 강현이 쓰게 웃었다.

"뭘요?"

"잠시 실례."

남자의 손이 천천히 아래로 향했다. 해성의 목에 걸린 경찰증을 집어 들고서 다시금 시선을 올렸다.

"아마 이때부터였던 것 같은데."

해성의 눈이 미세하게 흔들렸다.

강현이 여자의 경찰증을 엄지로 쓸어 내며 비스듬히 고개를 기울인 채 픽 웃음을 터트렸다.

"더 이상 잃을 게 없는 눈. 매일 아침 일어나면 질리도록 마주하던 거였어."

강현의 입가에 쓸쓸한 웃음이 스쳤다.

"나와 같은 눈을 하고 있는 네가."

건조하게 가라앉은 음성이 가슴을 아프게 후벼 팠다.

"신경 쓰였어. 짜증 날 만큼."

해성이 어색하게 웃었다.

"사랑 따윈 하지 않겠다고 하셨죠."

"맞아."

"지금도 그 생각, 변함없는 건가요."

"그러려고 노력 중이지."

잘 안 되니까 문제인 거고.

"선은 넘으라고 있는 건데. 아쉽네요."

때아닌 농담을 던지며 해성이 얼어붙은 공기를 녹였다.

"경찰한테 그 말이 얼마나 위험한 발언인지 알긴 합니까?"

다르게 표현하면 법은 어기라고 있는 거란 말과 같은 맥락이니까.

강현의 말뜻을 이해한 해성이 숨 쉬듯 웃었다.

"경우의 수에도 예외는 있다. 그 정도로 합의 봐 주시면 안 될까요."

"좋아."

순식간에 벌어진 일이었다. 해성의 경찰증을 힘주어 잡아당긴 강현이 다시 한번 여자의 목덜미를 감싸 안고 짧게 입을 맞추었다.

해성이 반짝 눈을 떴다.

"헷갈리게 하지 마세요. 사랑, 안 하신다면서요."

"노력 중이라고 했지."

"전 보수적이라 사랑하는 사람하고만 하는데요. 키스."

"언제부터?"

"지금부터요."

"키스 아니었는데."

해성이 질타하는 눈빛으로 쏘아보았다.

"솔직하지 못한 남자는 매력 없어요. 나쁜 남자는 더 싫고요."

"그럴 리 없는데. 매력이야 굳이 부리지 않아도 얼굴에서 나오는 급이 달라서. 무엇보다 내가 나쁜 남자보단 못된 쪽이라."

"가끔 되게 재수 없는 거 아시죠."

못됐어. 해성이 작게 투덜거리자 강현은 시원하게 입술 끝을 말아 올리며 능청스럽게 대꾸했다.

"선은 넘으라고 있는 거라며."

그래서 한번 넘어 봤어.

그러니까.

"긴장 풀지 마."

자칫하다간 제대로 물릴지도 몰라, 너.

○ ◎ ●

범인의 특징은 세 가지로 좁혀졌다.

규칙을 중요시 여기고, 사이코패스일 확률이 높으며, 계획이 어긋나는 것을 극도로 싫어한다.

연쇄 살인범이 범행을 저지른 날짜는 공교롭게도 홀수였다. 여태 벌어진 범행으로 미뤄 봤을 때 오늘, 밤이 깊은 새벽 시간에 움직일 가능성이 크다.

해성은 눈을 낮춰 손목시계를 확인했다.

"새벽 2시……."

벌써 9시간째 잠복근무 중이었다. 세찬과 해성은 최 교수가 근무하는 대학병원 앞에, 그리고 차 팀장은 이재원 집 근처에 대기하였고 나머지 팀원인 건우와 형운은 밀린 사건 처리와 일반 사건, 긴급 출동 호출에 대비하여 경찰서에 남았다.

"꼬였나? 왜 이렇게 안 나와."

혹시라도 놓치진 않을까 병원 후문과 정문을 두루 살피며 대기했지만 최 교수의 모습은 조금도 보이지 않았다. 장소를 옮기는 도중에 길이 엇갈릴 가능성도 없지 않았다.

곧장 집으로 가지 않고 다른 길로 샜다면 문제가 된다. 최 교수가 범인이라면 아무도 모르는 장소에서 또 다른 범행을 저지르고 있을지 아무도 알 수 없으니까.

더는 안 되겠다. 장소를 옮겨야 해.

"세찬……."

해성은 말을 다 잇지 못하고 입을 다물었다. 운전석에 앉아 긴 시간 대기하고 있던 세찬은 언제부턴지 꾸벅꾸벅 고개를 떨어트리며 졸고 있었다. 아무래도 기약 없는 기다림에 지친 모양이었다.

형운이 봤다면 노발대발하며 한시가 급한 상황에서 잠이 오냐는 말로 역정을 냈겠지만 자세한 연유도 모른 채 끌려 나와 무작정 잠복을 하다 보면 긴장의 끈이 풀릴 수밖에 없었다.

"피곤하겠지."

형운의 팀과 해성의 팀을 오가며 정신없이 백업을 해 왔으니 이틀째 뜬 눈으로 밤을 지새운 세찬도 어쩔 수 없었을 것이다.

해성은 한숨을 내쉬며 다시 창밖을 주시했다. 응급실과 장례식장에서 새어 나오는 빛을 제외하고는 모든 불이 꺼진 대학병원 주변은 고요했다.

차 팀장과 한 약속대로 2시간마다 상황 보고를 해야 했다. 오늘은 소득이 없으려나. 착잡한 마음으로 휴대폰을 꺼내어 든 때였다.

"……최 교수?"

의료진들의 인사를 받으며 응급실을 빠져나오는 익숙한 얼굴이 눈에 들어왔다. 최정우 교수였다.

사람 좋은 미소를 지으며 의료진들과 짧은 대화를 끝낸 최 교수는 언제 그랬냐는 듯 표정을 지웠다. 해성은 눈을 가늘게 뜨며 어둠 속에서 최 교수를 놓치지 않으려 애썼다.

최 교수의 걸음이 빨라졌다. 누군가와 전화 통화를 나누려는 건지, 아니면 진료를 보느라 미처 받지 못했던 연락들을 확인하는 것인지 알 수는 없었지만 그의 시선은 휴대폰 액정에 고정되어 있었다.

휴대폰을 주머니에 밀어 넣고는 두리번거리며 주변을 살폈다. 최 교수가 병원 정문 신호등 앞에 멈춰 섰을 때 해성은 반사적으로 시계를 확인했다.

"30초."

신호가 바뀌면 놓칠 텐데. 운전석에 앉아 있는 세찬을 깨워 차로 쫓기엔 상대적으로 속도 차이가 심하다. 분명 얼마 지나지 않아 누군가 자신의 뒤를 밟고 있는 걸 쉽게 알아차릴 것이다.

"세찬아. 일어나."

흠칫거리며 눈을 뜬 세찬이 헐레벌떡 침을 닦고선 빠르게 주변을 살폈다.

"예? 무슨 일이에요? 용의자 나타났어요?"

"응. 저 사람. 보이지?"

"네."

"쫓자."

해성이 고민 없이 조수석 문을 열고 몸을 내리자 세찬 역시 시동을 끄고서 따라 내렸다.

세찬과 최 교수의 뒤를 밟으며 차 팀장에게 전화를 걸었지만 받지 않는다. 뜻대로 되지 않자 해성은 아랫입술을 잘근 씹으며 바쁘게 손을 움직였다.

[팀장님. 세찬이와 함께 최 교수 뒤쫓고 있습니다. 보시면 연락 주세요.]

혹시 모를 사태를 대비해 연락을 남겨 두는 것을 잊지 않았다.

모자를 푹 눌러쓴 뒤, 그 위에 후드 모자까지 얹어 썼다. 주머니에 쑤셔 넣어 둔 검은색 마스크를 급히 꺼내어 착용하고는 최 교수와 다섯 걸음 떨어진 곳에 멈추어 섰다.

"선배. 저 사람이에요?"

"응."

"뭐 하는 사람인데요? 병원에서 일하는 사람 같은데."

"쉿."

신호를 건너면 곧 상점가다. 새벽 시간대였지만 유흥가였기 때문에 알아차리긴 쉽지 않을 것이다.

"……쓸데없는 말씀을 하시네요."

최 교수는 누군가와 통화 중이었다.

"나는 절대 멈추지 않습니다."

무슨 뜻일까.

해성은 슬며시 고개를 숙인 채 최 교수의 통화를 잠자코 엿들었다.

"내 계획을 망치려 들지 말아요."

그 말을 끝으로 최 교수의 말소리는 끊겼다. 동시에 신호가 바뀌었다. 다행히 최 교수는 뒤에서 따라 걸음을 옮기는 해성의 인기척을 알아차리지 못하고 넓은 보폭으로 걸어 나갔다.

혹여나 인기척을 느끼고 뒤를 돌아본 최 교수와 눈이 마주칠까 싶어 해성은 최대한 땅만 보며 걸었다.

최 교수의 신발에서 눈을 떼지 않았다. 직진과 좌회전. 다시 직진 그리고 우회전. 지나는 사람들이 많아졌다가 줄어들기를 반복하고 소란스러운 상점가와 유흥가 밀집 구역을 지나 다시 조용한 주택가로 들어섰다.

"……뭔가 이상한데."

이 정도 거리면 택시나 버스를 타는 게 더 빠르지 않나. 숨소리에 가까운 음성으로 해성이 혼잣말을 중얼거리자 바로 뒤에 서서 주변을 살피던 세찬이 물었다.

"뭐가요?"

"아, 아니야. 아무것도."

일부러 혼선을 주려고 돌아가고 있는 건가. 눈치를 챈 걸까? 그렇다면 대체. 언제부터.

쿵, 쿵. 심장이 뛰기 시작했다.

하지만 최 교수의 걸음은 멈추지 않았다. 점점 깊은 골목으로 들어가고 있었다. 위험을 본능적으로 직감한 해성이 우두커니 걸음을 멈추었다. 천천히 고개를 들었을 때 주변엔 아무도 없었다.

"분명 앞에 있었는데……. 세찬아. 너 못 봤어?"

"네. 본다고 보긴 했는데 중간에 인파가 너무 많았어요. 들키지 않고 쫓으려다 보니까, 죄송합니다."

심지어 두 갈래 길이다. 이대로라면 찾는다고 해도 눈에 띌 확률이 높다. 판단을 끝낸 해성이 턱짓으로 반대편 골목을 가리키며 말했다.

"나도 못 봤는데 뭘. 안 되겠다. 넌 왼쪽으로 가. 난 오른쪽으로 갈게. 여기서 다시 만나자. 그 사람 찾으면 바로 연락하고."

"괜찮을까요?"

"어쩔 수 없어. 겹칠 수도 있으니까 쫓으면서 네가 차 팀장님한테 콜해."

"알겠습니다. 조심해요, 선배."

세찬은 어울리지 않게 진지한 얼굴로 고개를 끄덕이며 반대편 방향으로 빠르게 달려갔다. 세찬의 모습이 보이지 않게 되자 해성은 큰 숨을 내쉬며 호흡을 가다듬었다.

가로등 빛이 불안스럽게 흔들리며 탁탁, 튀었다. 익숙하지 않은 동네인데다 땅만 보며 걸었기 때문일까. 이곳이 어디쯤일지 가늠조차 되지 않았다.

얼마쯤 걸었을까. 멈춰 선 곳 앞엔 시공된 지 30년은 훌쩍 넘어 보이는

2층 구옥 주택이 있었다. 적당한 마당과 커다란 대문은 비록 오래됐지만 그 시절엔 꽤 값어치가 나갔을 것으로 추정되는 외형을 갖추고 있었다.

해성은 신중히 주택 주변을 훑었다. 불은 전부 꺼져 있었다. 하나 수상한 건 대문이 조금 열려 있다.

들어가 봐야 하나.

하지만 집주인 허락 없이 안으로 들어서는 것은 영장이 없는 지금의 상황에선 불가하다. 무엇보다 무슨 일이 벌어질지 모르니까.

"꼭 공포 영화에서 나오는 전개 같네."

꼭 쓸데없는 호기심으로 발을 들였다 죽임을 당하니까.

그만 포기하고 돌아가야겠다. 오늘만 날이 아니니까. 생각하며 착잡한 마음을 뒤로하고 돌아서려는 순간이었다.

해성의 어깨 위로 누군가의 손이 내려앉았다.

심장이 덜컥 내려앉았다.

암흑 속에서 뒤늦게 상대의 얼굴을 확인했을 때 해성은 알게 모르게 안도의 숨을 내쉬었다.

"이 늦은 시간에 왜 젊은 아가씨 혼자서 남의 집 앞을 서성거리고 있어. 누구 찾어? 계속 지켜보다가 걱정돼서 와 봤는데."

60대 후반에서 70대 초반으로 보이는 남자였다. 담배를 태우고 있는 것으로 보아 잠이 오지 않아 잠깐 집 앞에 나온 듯했다. 판단을 끝낸 해성이 크게 숨을 내쉬며 물었다.

"선생님이 여기 집주인 되십니까?"

"뭔 소리여. 이 집 공실 된 지가 언젠데."

"실례가 안 된다면 언제부터 비어 있었는지 여쭤봐도 될까요."

어둠에 파묻혀 잘 보이지는 않았지만 남자의 말대로 적지 않은 평수의 구옥 주택은 사람의 손을 타지 않은 지 꽤 된 듯 보였다. 높은 담벼락으로 집 내부를 철벽처럼 가리고 있었지만 인기척이라고는 조금도 느껴지지 않았다.

남자는 구옥 주택을 흘긋 올려다보다 얼굴을 돌려 미심쩍은 눈으로 해성을 훑었다.

"족히 10년은 됐을걸? 집주인이 있긴 한 것 같은데 무슨 사정인지는 몰라도 몇 년째 세입자를 안 받는 것 같더라고. 말 못 할 추억이 있나. 뭐 다들 그러려니 하고 넘겼지. 요즘 시대에 남 일에 관심 갖는 사람이 몇이나 있겠어."

"아……."

"하여튼, 얼른 돌아가요. 젊은 아가씨 혼자서 이 늦은 시간에 다니면 험한 일 당해. 요즘 세상이 어떤 세상인데. 연쇄 살인범이니 어쩌니 워낙에 말도 많고 흉흉하잖아."

"혹시 낮이나 오후쯤에 한 번이라도 집에 들렀던 사람은 없나요?"

남자가 손사래를 쳤다.

"에이, 없어. 없어. 내가 여기 토박이야. 마누라랑 둘이서 직장 은퇴하고 지내서 맨날 집에만 붙어 있는데 한 번도 본 적 없어. 근데 왜? 찾는 사람이라도 있나?"

"아니요. 그럼 하나만 더 여쭙겠습니다. 이 시간에 이상한 소리는, 들은 적 없으신가요?"

이를테면 비명 소리라든가.

하지만 해성은 마지막 말까진 차마 묻지 못했다. 확신이 없기 때문이었다. 괜한 말을 했다가 죄 없는 주민들까지 불안해할 수 있으니까.

해성은 천천히 주변을 둘러보며 CCTV 위치를 확인했다. 낮에 다시 찾아와 자세히 확인을 해 봐야 알겠지만 대충 눈에 보이는 것은 방범용 CCTV 한 개. 대부분 구옥 주택이라 따로 설치는 하지 않았을 테고, 그나마 조금 떨어진 신축 주택에 있을 것이라 추측할 수 있었다.

"못 들었지. 근데, 그런 건 대체 왜 묻는겨?"

남자가 수상하다는 눈빛으로 해성을 끈질기게 쳐다보자 해성은 어쩔 수 없이 바지 뒷주머니에서 경찰증을 꺼내어 들었다.

"형사입니다."

남자가 눈을 가늘게 뜨며 해성의 손에 들린 경찰증을 확인했다. 그리고 곧 경악스러운 얼굴로 펄쩍 뛰었다.

"아가씨 형사였어? 경찰이 왜! 우리 동네에 뭔 일이라도 있는가? 설마 그 연쇄 살인인지 뭔지 그 사건이랑 연관된 건 아니지?"

"아직은……."

"안 돼. 절대 안 돼. 안 그래도 요즘 그 사건 터진 동네는 땅값 바닥을 쳐서 난리도 아닌데. 우리 동네에 그런 일 터지면 큰일 나. 이봐, 형사 양반. 혹시라도 그런 일이 벌어지면 나한테 미리 말이라도 해 주면 안 될까? 기사 같은 거 터지기 전에 집부터 팔게."

해성이 어색하게 웃으며 상황을 마무리 지었다.

"협조해 주셔서 감사합니다. 선생님."

"세상이 말세다, 말세야. 대체 어떤 놈인지 원……."

왠지 가슴이 무거워져 해성은 마음 놓고 웃을 수도 없었다.

동이 틀 때까지도 이재원은 집 앞에 나타나지 않았다. 회사에서 밤을 새우는 건지 음지에서 다른 일을 꾸미고 있는 건지 합법적으로 그의 뒤를 캐는 것엔 한계가 있었다.

충분히 예상한 일이었기에 강현은 낙담하지 않았다. 대기업 재단 이사장의 비밀스러운 일정을 하나부터 열까지 알아내긴 어려운 게 당연했으니까.

영장만 있었어도 일이 이렇게 복잡하게 흘러가진 않았을 텐데.

마음 같아선 이재원이 바깥 일정을 소화하고 있을 때 그의 집으로 침입해 전부를 뜯어 살피고 싶은 마음이 굴뚝같았지만 그건 스스로 함정에 빠지는 일이나 다름없었다.

"골치 아프네……."

경찰서로 돌아온 강현은 주먹으로 이마를 짓누르며 혀를 찼다.

시선을 낮춰 손목에 채워진 시계를 확인했을 때 시간은 어느덧 새벽 5시가 다 되어 가고 있었다.

3시간 전, 발신이 겹쳐 조금 늦게 해성의 부재중 전화를 확인했다. 바로 다시 걸었을 때 다행히 통화는 바로 연결되었다.

— 팀장님. 결국 용의자는 놓쳤습니다. 대신 세찬이와 동네 주변 CCTV, 주민들을 상대로 탐문 조사 중에 있습니다. 일 처리되는 대로 돌아가겠습니다.

정말 아무런 일도 없는 건지, 있는데 말을 못 하는 상황인 건지. GPS 추적이라도 동원해야 하나 고민했지만 지금 당장은 무엇 하나 선뜻 나설 수 없었다. 단순히 걱정된다는 이유로 함부로 나섰다간 비공개로 진행되던 수사 전부가 강제로 공개되며 올 스톱 당할 수 있으니 눈에 띌 행동은 자제해야 했다.

"30분이야."

그땐 일이 있든 없든 지체 없이 출동할 생각이었다. 이해성은 거짓말을 하지 않는다. 적극적이지만 미련하진 않다. 위기에 처했다면 분명 신호를 줬을 것이다. 당장은 그렇게 믿는 수밖에 없었다.

"나타나. 슬슬 한계야. 이해성."

강현이 죽일 듯이 손목시계를 꿰뚫어 보며 조용히 읊조렸다.

질끈 눈을 감고 있는데 강력팀 사무실 문이 벌컥 열렸다. 저벅저벅 걸어 들어오는 발소리를 들으며 강현이 천천히 눈꺼풀을 밀어 올렸다.

"잠시 자리 좀 비켜 주시죠."

도현의 정중한 명령조에 눈치를 살피던 나머지 팀원들이 주춤거리다 자리에서 일어났다.

"차 검사님이 어쩐 일로……."

살짝만 건드려도 폭발할 듯 위험한 기류를 느낀 건우가 말끝을 흐렸다.

꾸벅 허리를 굽혀 공손히 인사를 하면서도 강현의 명령이 떨어지기를 기다리는 듯했다.

"나가 보세요."

강현의 말이 떨어지자 그제야 건우와 형운이 자리를 내어 주었다.

"아주 충견들이 따로 없네."

우습지도 않지. 도현이 헛웃음을 터트렸다. 강현은 별다른 반응이 없었다. 그저 무감하게 도현을 응시할 뿐이었다. 마치 찾아올 것을 예견한 사람처럼.

"무슨 일이십니까. 차 검사님께서 이 이른 시간에."

무심한 투로 묻자 도현이 비스듬히 고개를 기울였다.

"이거 되게 웃긴 놈이네……. 고작 문자 한 통으로 영장을 무려 두 개씩이나 준비해 달라 하면, 내가 고분고분 그렇게 하겠습니다, 할 줄 알았나? 버르장머리 없는 동생 잘난 면상 한번 보려고 왔더니 고작 듣는 말이 무슨 일이냐니. 싸가지 없는 새끼가."

"어차피 돌아올 대답은 무시나 거절일 텐데 굳이 찾아가서 시간 낭비할 필요 없으니까."

도현의 얼굴이 거칠게 일그러졌다.

"그래?"

"근데. 차 검사님도 뭔가 걸리는 게 있으니 직접 찾아온 것 아닙니까. 꼴도 보기 싫은 놈 앞에."

도현의 입술이 일자로 굳게 다물렸다. 오만하고 기세등등한 동생의 면상을 보고 있자니 멀쩡한 내장이 다 뒤틀리는 기분이었다.

"내게 연락이 왔던데."

"누구. 아, 이재원?"

"아버지 속을 여러모로 신박하게 뒤집어 놓는 취미라도 생겼나 봐. 이젠 하다 하다 주워 온 자식 사회성까지 걱정하시던데. 동하재단 이사장을

241

네 친구로 만들어 주고 싶단 계획을 들었을 땐 진짜 어이가 없어서 내가."

기막혀서 말도 안 나온다는 듯 도현이 코웃음을 치며 맞은편에 앉아 있는 강현을 살벌하게 노려보았다.

"뒤에서 무슨 작당을 하고 있는 거야. 사건에서 손 떼란 말을 귓등으로 듣는 걸로 모자라 이젠 상류층 재계 사람을 용의자로 몰아?"

점점 격양되어 가는 도현의 음성을 들은 척도 하지 않았다. 강현의 시선은 오직 손목에 채워진 시계에 고정되어 있었다.

도현은 슬슬 끓어오르는 열을 참기가 힘들었는지 목을 꽉 죄고 있던 타이를 흔들어 끌어 내리고는 신경질적으로 말했다.

"사회적 이슈 제대로 하나 물어서 뜨고 싶어서 안달 났어? 아니면, 뭐라도 하나만 걸려라. 그런 의돈가?"

"안타깝네. 다른 사람도 아니고, 한심한 새끼라 무시했으면 모를까 차 검사님한테 명예에 환장한 놈으로 인식되고 있을 거라곤 미처 생각 못 했는데."

"분명 경고했지. 집안에 도움이 되지 못할 거면 입 닥치고 없는 듯이 가만히 짜져 있으라고. 지금 네가 누굴 건드리는지 알고는 있어?"

도현이 눈가를 찌푸리며 악담을 퍼붓자 강현이 날렵하게 눈을 치떴다. 그리고 조금은 짜증 섞인 음성으로 말했다.

"그럼 애초에 움직일 생각조차 못 하게 손발이라도 묶어 놓든가. 여태 조용히 지켜보고 있었잖아. 망아지처럼 날뛰길 바라는 사람처럼. 그럼 굳이 수고롭게 직접 손쓰지 않아도 알아서 징계받고 자리 정리 하게 될 텐데."

"너."

"아니면 나와 같은 생각이었겠지. 분명 처음은 저 새끼가 왜 저렇게까지 동부 연쇄 살인 사건에 집착하나. 순전히 호기심이었을 테고."

"많이 컸네, 차강현."

평소엔 어머니를 죽였단 죄책감 때문에 눈 한번 제대로 마주치지 못하더니. 도현이 조소를 흘리며 대놓고 비웃자 강현은 대수롭지 않게 대꾸했다.

"지금 내가 눈에 뵈는 게 없거든."

"계속 지껄여 봐."

"내 쪽으로 기울었으니까 찾아온 거잖아. 조사를 하면 할수록 뒤가 구리니까. 언론이며 여론이며 죄다 난리인데 위에선 대들지 말고 무작정 사건에서 손 떼라 하니까. 일단 더러운 일은 밑에 맡겨 놓고 뒤에서 관찰하는 거. 적재적소한 시기에 맞춰서 기다렸다는 듯이 영웅처럼 등장하는 거. 그거 형이 제일 잘하는 짓이잖아."

강현이 피식거리며 말을 이었다.

"검사의 사명감. 정의감은 있는데 아버지 눈 밖에 나는 건 더 끔찍할 테고. 내 말이 틀렸습니까? 차 검사님."

도현은 이를 악문 채 강현을 노려보기만 할 뿐, 반박하진 못했다.

"내가 언제 차 검사님한테 영장 발부를 부탁한 적 있습니까?"

전적으로 맞는 말이었다. 강현은 단 한 번도 가족의 힘을 빌린 적이 없었다. 대법원장인 아버지, 유능한 검사인 형의 권력을 멋대로 휘두른 적도 이용하지도 않았다.

그래서 도현은 더욱 찝찝했다. 지금처럼 강현이 직접적으로 영장 발부를 부탁한 적은 처음이었으니까. 동생이 똑똑하고 신중하다는 사실은 누구보다 도현 본인이 가장 잘 알고 있었다. 명확한 물증이 없는 상황에서 영장을 준비해 달라 요구해 온 것은 예삿일이 아니었다. 분명 뭔가 있다 판단했고 확인을 위해 직접 찾아온 것이다. 그 과정과 끝이 화목할 리 없다는 사실을 알면서도.

"다짜고짜 찾아온 건 백번 양보해 그럴 수 있다 치는데. 무슨 상황인지 들어 보기도 전에 등에 칼부터 꽂을 생각이라면 그만 돌아가시죠. 지금은 자존심이고 주제고 죄책감이고 나발이고 그따위 것들 챙길 여유가 없어서."

손을 잡든지 철저히 외면하든지.

둘 중 하나만 선택하라는 뜻이었다.

그때였다. 도현이 무어라 대꾸하려는 순간 강력팀 사무실 문이 덜컥 열렸다.

얼마나 급하게 달려온 건지 여자의 이마엔 식은땀이 송골송골 맺혀 있었다. 질끈 묶은 머리가 산발이 되어서 나타난 해성이 연신 거친 숨을 몰아쉬었다.

"……팀장님."

두 남자의 시선이 해성에게 향했다.

"늦어서 죄송합니다."

도현의 미간이 작게 좁아졌다.

해성은 어딘가 불안해 보였다. 거친 숨을 몰아쉬는 해성을 물끄러미 바라보다 강현이 천천히 자리에서 일어섰다.

느린 걸음으로 도현의 곁을 스쳐 지나가며 그에게만 들릴 정도로 나직하게 중얼거렸다.

"비켜."

지금까지 이해성 걱정하느라 한숨도 못 자고 제정신 아니었으니까.

"이때다 싶어서 성질 긁을 생각 말고."

거슬리게 하지 말란 의미였다.

해성과 강현을 번갈아 바라보던 도현은 순순히 출입문으로 걸어가는가 싶더니 돌연 움직임을 멈추고 비스듬히 벽에 기대어 섰다.

"아니. 들어 버린 이상 그렇게는 안 되겠는데."

듣지 못했다면 모를까.

도현이 팔짱을 끼우며 해성을 빤히 주시했다.

"쉽게 말해 줄 것 같진 않고……. 담당 검사 명령이야. 숨기고 있는 거. 한 글자도 빼놓지 말고 불어. 입으로 짖기 귀찮으면 그동안 착실히 작성해 온 사건 보고서라도 내놓든가."

도현이 가차 없이 정중함을 거둬 내자 사무실의 공기가 싸하게 얼어붙었다. 해성은 어쩌지도 못하고 강현의 눈치를 살폈다.

비딱하게 자신을 쏘아보는 강현을 가만히 주시하며 도현이 말했다.

"너희들이 숨기고 있는 사건 정보 말이야. 같잖게 머리 굴릴 생각 말고 터놓는 편이 좋을 거야. 뭐가 됐든 내 힘이 필요할 텐데 서로 힘 빼지 말고 쉽게 가자고. 어?"

쉽게 물러설 기미가 보이지 않았다.

강현의 입술은 일자로 굳게 다물렸다. 당장이라도 찢어 버릴 기세로 도현을 노려보는 강현의 검은 눈동자가 매섭게 빛났다. 도현이 작게 한숨을 내쉬며 고개를 끄덕였다.

"좋아. 너희 쪽 수사권. 지켜 줄게. 용의자가 누가 됐든 차강현 네 손으로 입건 정할 때까지 기다려 주겠다고. 검찰에서 나서는 일 없도록. BH(청와대)를 포함해서 서비스로 아버지 방패 역할까지. 어때. 이제 구미가 좀 당겨?"

달콤한 유혹이었다. 해성이 움찔 몸을 떨며 반응하자 놓치지 않고 눈치 챈 도현이 소리 없이 웃었다.

"대신. 내가 듣기에 납득 가능할 만한 정보여야 할 거야."

상응하는 거래를 제안한 것이다.

차도현이 멋대로 선을 넘는 것은 내키지 않았지만 어디로 보나 반드시 필요한 지원군이란 사실엔 변함이 없었다.

다른 검사에게 영장을 신청해 봤자 총선을 앞둔 시기라 무의미하다. 조용히 묻힐 확률이 높다.

영장 발부와 법정에서 가장 큰 힘을 실어 줄 사람. 제아무리 몇 번이나 신중하게 저울질을 해 보아도 차도현은 가장 큰 패를 손에 쥐고 있다.

놓쳐선 안 된다. 감정을 죽이고 이성을 살려야 할 때였다. 상황에 따라 적을 아군으로 만들어야만 승리할 수 있다는 사실을 현재 해성과 강현은 잘 알고 있었다.

이럴 거면 차라리 경찰 말고 검사를 했어야 하나. 짜증 나네.

결국 강현이 한 걸음 물러섰다. 그리고 책상 서랍에 열쇠를 꽂아 넣고 돌려 열었다. 그 속에서 묵직한 서류를 꺼내어 든 강현이 도현의 앞으로 걸어가 내밀었다.

"그렇게 원하는 사건 정보야. 줄 테니까 직접 읽고 판단해."

도현은 슬쩍 시선을 낮춰 강현의 손에 들린 서류 뭉치를 넌지시 바라보다 이내 곧 받아 들었다.

"대신."

강현이 검지로 출입문을 재차 가리키며 단호하게 말했다.

"나가서."

도현이 설핏 웃음을 터트렸다.

"⋯⋯좋아. 10분. 그 이상은 안 돼."

그 이후엔 지금 너희가 나누게 될 비밀스러운 대화마저 전부 실토해야 할 거야. 다행히 더 고집부리는 일은 없었다. 도현은 알 수 없는 표정을 지으며 건네받은 서류 뭉치를 흔들었다.

"뭐가 됐든 기대 이상이길 바라지."

달칵. 문이 닫히고 도현이 자취를 감추자 기다렸다는 듯 숨 막히는 정적이 감돌았다.

긴장이 풀린 듯 해성이 제자리에 스르륵 주저앉았다. 강현이 순발력 있게 여린 팔뚝을 잡아채 봤지만 무리였다. 온몸에 힘이 풀린 해성은 제정신을 유지하기 힘들어 보였다.

"죄송합니다. 차 검사님이 계실 줄은 몰랐어요."

해성은 무릎에 얼굴을 파묻고서 작게 웅얼거렸다. 그렇게 한동안 미동조차 없었다.

묵직한 침묵이 두 사람을 휘감았다. 강현은 조금 진정이 될 때까지 시간을 두고 묵묵히 해성의 상태를 지켜보았다. 결국 강현이 해성을 따라 한쪽 무릎을 굽히고 앉았다.

"이해성."

정신 차려. 낮은 음성을 듣자 안심이 됐는지 해성이 천천히 얼굴을 들었다.

"새벽에 최정우 교수 뒤를 쫓던 중에 누군가와 전화하는 걸 들었습니다. 절대 멈추지 않을 거라고. 분명 그렇게 말했어요. 결국 놓쳤지만요."

지샌 밤이 얼마나 혹독했는지를 대신 알려 주듯 건조한 해성의 목소리는 비쩍 갈라졌다. 하지만 고작 그 정보를 전달해 주려고 이토록 식은땀을 흘리면서 급박하게 달려오진 않았을 거다.

"다른 문제는 뭡니까."

"뭔가 느낌이 좋지 않아서 최지윤에게 연락을 해 봤는데, 받질 않아요."

"연락?"

"네."

강현의 눈매가 살풋 일그러졌다.

"최 교수가 진범이라면 저에게 정보를 건넨 최지윤을 노려 올 수도……."

형사들에겐 흔한 증상이었다. 과도한 불안 증세. 해성은 자신과 밀접하게 연관된 주변 사람들이 본인 때문에 사건에 얽히게 될까 봐 지나치게 예민해진 상태였다.

"최지윤 보호자에게 연락은 해 봤습니까."

침착한 강현의 질문에 해성이 힘겹게 고개를 끄덕였다.

"종종 있는 일이라면서 대수롭지 않게 생각하는 것 같았습니다. 연주회 날짜가 다가오면 긴장을 많이 하는 편이라 친구들 집에 함께 있거나 한다고. 하지만 혹시라도 납치를 당한 거면 어쩌죠?"

절대 멈추지 않겠다……, 라.

강현은 속으로 해성이 전한 말을 곱씹으며 생각에 잠겼다.

"보호자 신고 협조는."

"최지윤의 어머니가 절대 안 된다며 완강하게 거부 중입니다. 늘 있는 일인데 왜 일을 크게 만드는 거냐고……. 신예 피아니스트로 꽤 알려진 상태라 경찰에 실종 신고가 들어가게 되면 연주회에 지장이 생길 수 있다고 했습니다. 조만간 독일도 가야 하는데 상황이 심각해지면 유명 지휘자가 있는 오케스트라 솔로 피아노 파트가 바뀔 수도 있다고. 최지윤에겐 평생 한 번 올까 말까 한 황금 같은 기회인데 전부 물거품이 될 수도 있다 하면서 걱정이 많아 보였어요. 못해도 이틀은 기다려 보겠다 합니다."

"지금 그게 문제인가."

사람 생명이 달려 있는 상황에서.

어처구니가 없었는지 강현이 헛웃음을 터트렸다. 해성이 조용히 물었다.

"실종 신고. 해야겠죠?"

"보호자의 의견을 최우선으로 합니다. 일단은."

"비록 보호자가 아니더라도 실종 신고는 가능하지 않습니까."

"추후에 피해 청구를 무시할 수도 없는 노릇이라. 이번 사건은 윗선에서도 수면 밑으로 가라앉길 바라기 때문에 선뜻 나설 수 없어. 실종 신고가 접수되고 서장 귀에 들어간다면 많은 제약이 걸리겠지."

고작 하루였다. 실종 신고가 섣부른 판단이라면 피해 청구를 당해도 손을 쓸 수가 없다. 더구나 보호자가 실종 신고 접수를 한다 해도 당사자가 본인의 위치를 공개하는 것을 허락지 않는다면 제아무리 보호자라도 실종 대상자의 위치를 알 수 없다.

해성이 마른세수를 하듯 손으로 얼굴을 쓸어 냈다.

"제 책임이 큽니다. 분명 눈치챘을 거예요. 더 조심하고 신중했어야 했어요. 안 그래도 불안 증세가 심한 상태인데……."

"납치가 아닐 수도 있잖아. 침착하게 생각해."

해성은 좀처럼 나아질 기미가 보이지 않았다. 강현은 긴 숨을 흘리며 말했다.

"걱정 말아요. 만약 이해성 씨 직감이 맞는다면 진범은 절대 최지윤을 건들지 않을 겁니다."

"그걸 어떻게 확신해요?"

"최종 목표를 잡기 위해선 그때까지 인질이 살아 있어야 하니까."

범인은 불안한 것이다. 우연히 마주쳤던 그날, 최지윤은 죄책감을 견디지 못하고 해성에게 자신의 속내를 전부 털어놓았다. 만약 최정우 교수가 동부 연쇄 살인범이라면 모든 상황은 퍼즐처럼 정확히 들어맞는다.

먼저 최지윤을 잡아 두는 것. 경찰들의 수사망에 자신을 던져 놓을 수 있는 위험을 사전에 차단하려는 의도일 것이다.

무리해서 움직이지 않아도 진범이 먼저 해성을 찾을 것이다.

1년 전, 한범수가 그랬던 것처럼.

사실상 그때가 최적의 타이밍이었다. 불분명한 증거를 단번에 잡을 수 있는 기회. 먼저 움직이고 싶었지만 촘촘한 법망 안에선 그게 최선이었다.

하지만 강현은 구태여 설명하지 않았다. 애매한 흐름을 확신하는 순간 0.1%의 작은 확률이 완벽하게 배제되기 때문이다.

"내가 했던 말 기억합니까. 형사는."

"······범인을 잡는다고요."

강현이 고개를 끄덕였다.

"그게 우리 일이니까."

"하지만."

"정례 사격 만점이라며."

네 친구가 인질이 되어도 쏠 수 있어야 해. 암묵적으로 묻는 의미를 알아챈 해성이 마른침을 삼켰다.

"무력해요. 자신이, 없어요."

"견디라고 했잖아. 자신이 없으면 있는 척이라도 해. 우리가 포기하지 않아야 피해자도 살아."

강현의 눈은 흔들림 없이 올곧았다.

"모든 가능성을 열어 둬야 합니다. 최지윤이 납치될 가능성. 그리고 납치가 아닐 가능성. 최정우 교수가 동부 연쇄 살인범일 가능성과 아닐 수도 있다는 가능성까지."

"……네."

"공식적인 실종 신고가 불가하다면 인지한 우리가 움직이면 됩니다."

방법이 아예 없는 건 아니란 의미였다.

"무너지지 마."

아직 그럴 때 아니니까.

힘겹게 고개를 주억거리는 해성을 보며 기특하다는 듯 강현이 피식 웃었다. 그러면서 천천히 머리를 쓰다듬어 주었다.

"나는 차 검사를 우리 편으로 만들기 위해 무슨 수를 써서라도 설득할 겁니다. 반드시 받아 낼 거라고, 영장."

그리고 엄지로 해성의 뺨을 살살 문지르며 안심시켰다.

"그때까지 이해성 씨가 해야 할 일은 증거를 찾아내는 겁니다."

이해했지. 묻는 강현의 말에 해성이 대답 대신 주먹을 꽉 말아 쥐었다.

강현이 지체하지 않고 이어 말했다.

"우선 이재원의 집으로 가."

"네?"

해성이 인상을 찌푸렸다.

"지금, 뭐라고……."

"이재원은 절대 너에게 해를 가하지 못해."

"하지만. 지금은 이재원이 아니라 최 교수가 조사 대상에 우선이 되어야 하는 거 아닙니까?"

해성의 일리 있는 질문에도 강현은 단호했다.

"가서 직접 확인해. 뭐가 진실이고 거짓인지."

또 다른 유력 용의자에게 긴장을 풀어선 안 된다는 의미였다.

"우리의 목표는 이재원을 용의자 신분으로 조사실에 데려다 놓는 겁니다. 물론, 합법적으로."

정당한 이유로 체포하란 뜻이다. 그가 진범이든 아니든, 무슨 수를 써서라도 입을 열게 만들어 도움이 될 만한 정보를 얻어야 하니까. 해성이 아랫입술을 잘근 짓이겼다.

"이재원을 잡게 되면 외부에 노출될 확률이 높습니다. 서장님도 이번엔 가만히 있지 않을 거예요. 위험 부담이 너무 큽니다."

"책임은 내가 져."

"이럴 때 보면 팀장님이 저보다 훨씬 더 무모한 거 아시죠."

알아. 강현이 픽 웃었다.

"따라갈 테니까. 믿고."

확신에 찬 차 팀장의 눈을 마주한 순간 해성은 마법에 걸린 사람처럼 고개를 끄덕였다.

"……알겠습니다."

복잡했던 머릿속이 단번에 개운해졌다. 차 팀장의 믿음직스러운 얼굴을 보고, 곧 죽어도 너만큼은 지켜 내겠단 검은 눈빛을 보고, 어느 순간에서든 곁에 있겠다는 손길을 느끼며. 해성은 다시 한번 마음을 굳게 다잡았다.

"대신 한마디만 해 주세요."

"뭐라고 해 줄까."

"할 수 있다고. 말해 주세요."

"할 수 있어."

조금의 망설임조차 없었다.

강현이 길게 입술을 늘이며 다시 한번 못을 박았다.

"할 수 있다고. 이해성."

참을 수 없었다.

해성은 질끈 눈을 감고서 무턱대고 강현의 입술에 입을 맞추었다.

가벼운 입맞춤으로 끝낼 생각이었다. 지금은 안심이 필요했으니까. 하지만 그건 어디까지나 혼자만의 성급한 판단이었다. 해성이 느릿하게 입술을 떼어 내려는 순간, 이번엔 강현이 저돌적으로 파고들었다.

"누가 멋대로 떼라고 했어."

깊게 입을 맞춰 오자 당돌했던 기세는 온데간데없었다. 해성은 흐읍 숨을 참았다. 저절로 얼굴이 높게 들리며 키스는 한층 더 농염해졌다.

목이 꽉 막혀 버린 기분이다.

입안을 꼼꼼히 탐닉하는 남자의 혀가 뜨거웠다. 한계점을 넘어서 달아오른 몸이 당장이라도 펑 터질 것만 같았다.

조심스러우면서도 강렬한 키스였다.

"안아 줄까."

끝도 없이 파고들며 질척이는 남자의 입술이 떨어진 순간 턱 끝까지 차오른 숨도 함께 확 토해졌다.

해성이 겨우 고개를 끄덕이자 강현이 팔을 뻗어 해성을 품에 안았다.

규칙적으로 등을 두드려 주는 손길이 꽁꽁 얼어붙은 마음을 녹인다. 남자의 손길은 진정이 될 때까지 이어졌다. 튼튼한 남자의 팔뚝을 생명 줄이라도 되는 양 꽉 붙들었다.

넓은 품에 안겨 해성은 시간이 멈추길 바랐다. 어느 때보다 간절히.

○ ◎ ●

천천히 보고서를 넘기며 내용을 확인하던 도현이 걸어 나오는 발소리에 움직임을 멈추고 시선을 들었다.

"감상한 소감은 어때."

강현이 무미건조한 투로 묻자 도현은 피식 웃으며 보고서 파일을 덮었다.

"꽤 깜찍하던데."

"그 정도면 영장 나올 구실은 충분한 것 같은데."

"그래도 두 명은 무리지."

강현이 미약하게 인상을 찡그렸다.

"살인 계획에 공범은 있어도 둘 다 동일한 장소에서 같은 시각, 같은 방식으로 피해자 한 명을 죽일 확률은 드물어. 그건 네가 더 잘 알 텐데."

도현이 손끝으로 툭툭, 보고서 파일을 두드렸다.

"아니면 뭐……. 둘 중 한 명 아무나 걸려라. 그런 의도야?"

무책임하긴. 도현이 혀를 찼다.

"잘 봤어. 소설보다 더 소설 같은 보고서. 이 정도면 형사가 아니라 사설탐정을 해도 괜찮겠어."

도현이 더 볼 것도 없다는 듯이 보고서 파일을 내밀었다. 강현이 무감한 얼굴로 마주 보자 도현이 비스듬하게 고개를 기울였다.

"입건도 안 한 상황에서 무슨 자신감으로 영장 신청을 하려는 건지 도무지 이해가 안 가. 그것도 무려 둘씩이나. 하여튼 배포 하난 대단해. 차강현."

"단물만 빼먹고 물러서는 모양새는 어디로 보나 좀 비겁하지 않나."

"보고서에 기입된 글만 번지르르하면 뭐 하나. 제대로 된 증거가 없는데."

강현의 눈썹이 찰나 구겨졌다.

"있었으면 굳이 시간 내서 형한테 부탁 자체를 안 하지. 이 바닥에 증거 하나 물고 있으면 영장 내줄 검사는 널리고 깔렸는데."

이번엔 도현의 표정이 굳었다.

"예전이나 지금이나 넌 참 싸가지가 없어. 아버지가 아무런 이유도 없이 담당 검사를 정했다고 생각해?"

"오해가 있는 모양인데, 지금 굉장히 정중하게 회유하는 거야. 영장 하나 받겠다고 최선을 다해서 바짝 엎드리고 있는데. 안 보이시나 봅니다."

방법은 간단했다. 이재원이 차도현에게 접근하기 전에 먼저 움직이면 그만이다. 자존심이고 나발이고.

도현이 이를 악다물며 말했다.

"그럼 확실하게 기어. 엎드리는 척만 하지 말고."

"얼마든지. 영장만 내준다면 못 할 것도 없습니다."

두 남자의 강렬한 시선이 허공에서 부딪쳤다. 누구 한 명 물러설 기미가 보이지 않는 중에 먼저 입을 뗀 사람은 도현이었다.

"싫다면."

"저 위에."

강현이 손가락을 세워 하늘을 가리켰다.

"아버지라도 구슬려 봐야지 별수 있나."

도현도 어찌하지 못하는 막대한 권력자. 차석훈 대법원장을 설득해 보겠단 의미였다. 뜻을 이해한 도현이 기막히다는 듯 웃었다.

"넌 끝까지 날 돌게 만드는 재주가 있어. 알아? 아버지 앞에선 벙어리나 되는 놈이 입만 살아서 말이야."

"죄책감 이용해 먹는 차 검사님만 할까. 소리 없이 목 조르는 거 이만큼 해 먹었으면 오래 했지."

내심 주저하던 눈빛을 이젠 찾아볼 수 없다. 아버지와 자신 앞에서만큼은 죄인이 되어 무거운 돌덩이를 양어깨에 한 개씩 얹고, 숨소리조차 죽이던 차강현이 아니다. 눈앞에 선 '동생'이라 일컫는 남자는 조금의 동요도 없이 대등한 위치에서 물러서지 않고 맞섰다.

"그새 많이……."

컸네.

알을 깨고 나왔나. 그 촉진제 역할이 그 여자였을까.

이해성…… 이라 했지.

어머니가 인질로 붙잡혀 한범수에게 억울한 죽임을 당한 직후 가족 전부가 슬픔에 잠식되어 갈 때 강현은 덤덤히 출근을 강행하였다.

도현은 강현을 향해 피도 눈물도 없는 쓰레기 새끼라며 울부짖던 자신의 1년 전 모습을 상기했다.

덤덤했다. 하지만 내심 알고 있었다. 애초에, 차씨 가문의 문지방을 넘었던 그 순간부터 차강현은 감정을 보이지 않던 놈이었다. 한 번의 버림이 두 번 세 번으로 이어지는 건 쉽다고 여겼을지도 모른다. 무뚝뚝한 형. 보다 더 냉랭한 아버지 틈에서 어머니의 무한한 애정으로 조금씩 나아지나 싶었지만 그마저 오래가진 못했다.

차강현은 그 어떤 불합리한 처사도 마땅하다 여겨 왔다. 묵묵히 수긍하였고 자신이 맡은 일에 몰두하였다.

죗값이라고 여겼을까.

아버지와 도현은 강현이 한계점을 내비치길 바라며 잘못된 방식으로 찌르고 또 찔렀다. 그들이 선택한 방법은 침묵이었다. 매질을 하지도, 타박을 하지도 않았다. 무관심. 그것이 어쩌면 강현을 절벽 끝으로 밀어냈던 것일지도 모른다. 일찍이 터져야 할 감정들이었다. 죽이고 숨겨 놓았다 한들 언젠간 한 번에 터져 버릴 것이었으니까.

아버지는 그 순간을 두려워했다.

도대체 내가 무엇을 그렇게 잘못했느냐며 폭발하는 차강현을.

죽어 버린 고독한 눈동자. 감정 따위 없이 오직 철저한 명령과 훈련으로 이뤄진 움직임은 결코 빈틈을 찾을 수 없었다. 언제 어떻게 뻗어 가고 터져 버릴지 예측할 수 없는 것보다 두려운 건 없다. 누군가는 그것을 두고 걱정이라 말했고 또 다른 누군가는 거슬리는 장애물이라 말했다.

도현은 후자라고 믿어 왔다.

차강현은 속을 알 수 없는 놈이다.

무엇을 생각하고 어떠한 방식으로 판단을 내릴지 가늠할 수 없는.

하지만 도현은 누구보다 강현을 잘 안다고 자부했다.

도현의 눈동자가 매섭게 빛났다.

"너, 일부러 보냈지."

이해성을 일부러 그곳에 보낸 거다.

충분히 파트너로 움직일 수 있었음에도 차강현은 그녀와 동행하지 않았다. 생초보 형사 혼자서 뭘 할 수 있다고. 아주 웃기고 있어⋯⋯.

유일하게 감정을 주었던 어머니를 잃고 차강현은 사무치도록 외로운 길을 택했다. 그 누구에게도 곁을 주지 않았고 의지하지 않았다.

그런 놈에게 여자가 생겼다.

웃음만 나오는 일이다. 둘 중 하나였다. 단순한 유희로 시작하여 쌓아진 정분이거나 필요에 의한, 그 이상 그 이하도 아닌 이용거리.

비딱해진 강현의 눈빛을 보며 도현은 다시 한번 물었다.

"지금 그 여자. 일부러 혼자 보냈잖아."

위험할 수도 있다는 걸 알면서.

어머니와 같은 상황에 놓일 수도 있다는 걸 알면서.

사랑하는 여자를 그 누가 호랑이 굴에 직접 밀어 넣을 수 있을까.

"나가서 기다리라고 했더니 비겁하게 엿듣고 있었네."

하지만 차강현이라면 가능하다.

범인을 잡을 수만 있다면 영혼이라도 팔 너라면. 애틋한 여자 한 명쯤 밀어 넣는 것쯤이야 어렵지 않겠지.

"확실한 물증. 증거. 목격자. 그 세 박자를 골고루 얻을 수 있는 방법이 그 여자뿐이라고 판단한 거겠지."

아니라고 떳떳하게 말할 수 있으면 어디 한번 지껄여 봐.

"보고서를 보면 볼수록 좀 이상하더라고. 왜 나는 모든 해결책이 이해성. 그 여자를 가리키고 있는 것처럼 보일까."

피도 눈물도 없는 놈은 내가 아니라 너야. 차강현.

"소시오패스 같은 새끼."

어머니 때와 같은 상황이 벌어질 수도 있다는 위험을 충분히 인지하고 있었으면서. 그 고통을 두 번이나 감당할 정도로 대체 넌 무엇이 간절한 걸까.

"차강현."

앞으로 다가와 선 도현이 낮게 읊조렸다.

"네가 그래서 안 된다는 거야."

강현의 턱이 팽팽하게 당겨졌다. 도현은 싱긋 웃으며 활을 당겼다.

"정의? 웃기지도 않지."

네가 논하는 정의가 진실된 것이라면 세상의 모든 정의는 다 얼어 죽었어.

몇 번을 말 해.

자격도 없는 놈이라니까, 너는.

적나라한 비웃음이 흘렀다. 하지만 여전히 강현의 무감한 시선은 정면을 향해 있었다. 꼿꼿하게 선 채 눈길 한번 주지 않았다.

"마지막 패를 꺼낸 거지. 다른 말로는 올인."

도현이 막 걸음을 떼어 내려는 순간, 강현이 나직한 음성으로 움직임을 멈춰 세웠다.

"약해 빠진 줄 알았는데."

강현이 느릿하게 고개를 돌려 도현을 빤히 직시했다.

"생각한 것보다 훨씬 강하더라고."

"지랄도."

"이해성 말이야. 누구와는 달라. 겪어 봐서 알겠지만 미련하다 싶을 만큼 용감해. 처음엔 그 부분이 좀 짜증 났는데 갈수록 기특해."

인상을 구기는 도현을 보며 강현이 픽 실소를 흘렸다.

"그래서 반했어, 내가."

"……."

"약한 것들한텐 흥미 없거든."

"말은 누구라도 잘해."

"그만큼 각오가 돼 있다는 거야. 어머니 때와 같은 상황을 마주하게 되더라도 물러서지 않겠다는 각오."

"누가 네 어머니야."

도현은 고요히 이를 갈았다.

난 반드시 진범을 잡아넣고 말겠다는 각오라도 있는데 넌 뭘 결심했지.

"이재원을 자극하지 않는 선에서 의심받지 않고 합법적으로 자유롭게 그 집을 드나들 수 있는 건 이해성밖에 없다 판단한 것뿐이야."

신랄하게 파고드는 듯한 강현의 말투가 도현을 더 도발한 것이다.

강현이 쓰게 웃으며 말했다.

"안심해. 이번엔 무슨 수를 써서라도 지킬 생각이라. 그때와 같은 일은 벌어지지 않아. 나 이번 사건에 제대로 목숨 걸었거든."

"차강현."

"차 검사님. 조만간 입건 올릴 테니까 원하는 대답 들었으면 잔소리는 그쯤 하시고 돌아가서 영장 발부 여부나 고민해 주시죠."

강현의 입꼬리가 싸하게 뒤틀렸다.

"모쪼록 차 검사님도 제대로 한몫 챙기셔야 할 텐데. 그러려면 지금부터 서두르셔야 할 겁니다."

변명 따윈 없었다. 강현은 자신감 넘치는 얼굴로 뒤돌아섰다.

18

최정우 교수의 입건이 결정된 지 정확히 10시간째였다. 하지만 범죄 인지서는 아직까지 강현의 손에 머물러 있었다.

"차 팀장님. 신중해야 한다는 건 알지만 이미 결정까지 난 마당에 한시라도 빨리 인지서 올리시죠. 이러다 피의자가 눈치채고 도주하기라도 하면……."

"아직 피의자 신분 아닙니다."

"팀장님."

"조금만 더."

불충분한 증거가 발목을 잡는다.

강현이 뚫어져라 시계를 쳐다보았다. 5시에 가까워 졌을 때였다. 강력팀 문이 벌컥 열렸다. 그 사이로 한걸음에 달려온 세찬이 가쁜 숨을 내쉬며 지퍼 백을 내밀었다.

"전달받았습니다. 한남동 빈집 근처 CCTV 원본 영상."

세찬과 해성이 최정우 교수 뒤를 쫓다가 길을 잃었던 곳이었다. 투명한 지퍼 백 안에 담긴 USB와 SD카드를 넌지시 바라보며 강현이 입을 뗐다.

"이 형사는."

"방금 접선에 성공했고, 곧 출발한다고 합니다."

헐떡거리며 힘겹게 잇는 세찬의 말을 들으며 강현이 미간을 좁혔다.

"어때. 뭐라도 찍힌 거 있어? 영장도 없이 어떻게 받아 온 건데?"

흥분한 형운이 급히 재촉하자 가까스로 숨을 돌린 세찬이 이마에 맺힌 땀을 닦으며 말했다.

"어떻게 받긴 뭘 어떻게 받아요. 근처에 편의점이 하나 있길래 어제 선배랑 같이 들어가서 싹싹 빌었죠. 방범용 CCTV 영상은 관제 센터 직원한테 아부란 아부 전부 쥐어짜서 주차된 차량 번호 확인했고요. 그리고 블랙박스는 차주 설득해서 겨우 SD카드 하나 받았어요. 내용물은 아직 제대로 확인 못 했고요. 열어 보기도 전에 급해서 받자마자 가져온 거라."

"이제 여기서 입건이 가능할지 말지가 결정되겠네."

"있지 않을까요. 이 많은 카메라에 한 번쯤은 찍힐 만도 한데. 그나저나 이 경장님 진짜 대단해요. 설득하는 능력이 장난 아니더라고요."

팀원들의 때아닌 수다가 길어지자 강현은 묵묵히 휴대폰을 들여다보다 말고 자리에서 몸을 일으켰다.

"CCTV 내용물 빠짐없이 확인하세요. 집 안으로 들어간 사람이 최정우 교수가 맞는지. 함께 들어간 동행인은 있는지. 그 동행자가 피해자 얼굴과 동일한지. 무엇 하나 놓쳐선 안 됩니다."

"네. 알겠습니다."

"범행 시간이 주로 야간이라 화질이 좋진 않을 겁니다. 책상 위에 메일 주소 하나 적어 놨으니까 의심되는 영상이 있으면 즉시 보내서 화질 복원 의뢰해요. 실시간으로 해결할 수 있도록 연락해 뒀으니까."

"예. 팀장님."

"이틀 안에 영장 나올 겁니다. CCTV에서 용의자 얼굴 확인되면 영장 발부 즉시 이 경장이 발견한 집부터 수색하세요."

"네. 근데 어디 가십니까?"

엄숙한 분위기 속에서 차 팀장 홀로 의연했다. 강현은 재킷을 둘러 입으며 팀원들을 향해 말했다.

"이해성 지키러."

군더더기 없는 대답이었다.

○ ◎ ●

다소 복잡하게 엉킬 것이란 예상과 달리 계획은 순조로웠다. 최정우 교수가 은밀하게 머무는 곳으로 추정되는 주택 주변 CCTV 영상 파일을 세찬에게 전달한 뒤, 해성은 망설임 끝에 결심을 다잡고 재원에게 연락을 취했다.

통화는 기다렸다는 듯 연결되었다.

'선생님. 혹시 지금 시간 되세요?'

짧은 침묵 끝에 조심스럽게 첫 질문을 던졌을 때 재원은 적잖게 놀란 듯 말이 없었다.

단 한 번도 먼저 연락한 적이 없었다. 만나자는 제안까지 더해지자 당황했을 재원의 얼굴이 그림처럼 그려졌다.

— 지금은 내가 임원 회의 중이라.

무슨 일이냐는 흔한 물음도 없었다. 해성 역시 그다지 놀라지 않았다. 충분히 높은 위치에서 활동하는 인물인 만큼 하루 일정 또한 살인적일 것이라 짐작했기 때문이다.

하지만 이어진 말로 하여금 해성은 의아함을 감출 수 없었다.

— 먼저 연락해 줘서 기쁜데, 밖이니?

'네. 무리하지 않으셔도 괜찮아요. 바쁘시면 나중에…….'

— 아니, 근처 카페에서 좀 기다려 줄래? 회의 끝나는 대로 갈게.

차분하면서도 다정한 음성은 어쩐지 들떠 보였다. 통화를 끝낸 뒤 해성은 어딘가 이상하단 기분을 느꼈다. 임원 회의라면 분명 중요한 자리일 텐데, 아무리 그래도 사적인 전화를 이렇게 마음대로 할 수가 있나.

의문은 쉽게 풀렸다. 그 정도의 권력이 있는 사람일 테니까.

30분쯤 흘렀을까. 재원의 번호로 문자 한 통이 도착했다.

[미안해. 회의가 예정보다 길어질 것 같아. 주소랑 비밀번호 보내 줄 테니까 괜찮으면 들어가서 쉬고 있을래? 카페에서 혼자 기다리면 내 마음이 편치 않을 것 같아서 그래.]

얼마 지나지 않아 재원이 머무는 집으로 추정되는 주소와 현관 비밀번호가 적힌 메시지가 도착했다.

망설일 필요도 없이 해성은 곧장 자리에서 일어나 택시를 잡아탔다.

빠르게 지나치는 바깥 풍경을 멍하니 바라보며 해성은 생각에 잠겼다.

"왜 이렇게 찜찜하지……."

너무 순조롭다.

혹시나 이재원이 진범이라면 자신이 머무는 집 주소와 비밀번호를 쉽게 알려 주지 않았을 텐데. 그 상대가 제아무리 배 속에 있을 때부터 함께 자라 온 동생일지라도 해성은 엄연히 형사였다.

경찰서에서 때아닌 삼자대면이 이뤄졌을 때, 해성은 차 팀장과 재원 사이에서 알게 모르게 오갔던 묘한 기 싸움을 알고 있었다. 더불어 재원은 차 팀장과 해성이 가까운 동료 사이인 것을 직접 확인한 상태였다.

그렇다면 충분히 내부적으로 차 팀장을 통해 정보가 공유될 수 있다는 것. 그래서 본인을 경계하고 의심한다는 것쯤은 재원도 일찍이 눈치채고 있을 텐데.

너무 쉬웠다.

선택지는 둘 중 하나로 좁혀진다.

이재원이 정말 무고하거나.

아니면 정면 돌파를 선택했거나.

뭐가 됐든 당장은 다행이었다. 대체적으로 숨기고 싶은 비밀은 자신이 머무는 곳. 사람들의 눈에 잘 띄지 않는 은밀한 장소에 숨겨 두는 법이니까.

"팀장님은 어째서……."

혼자 이재원을 만나라 했던 걸까.

이렇게 될 것을 예측한 건가. 아니, 그렇게까지 앞을 내다볼 수 있는 능력이 있다면 형사가 아니라 점쟁이를 했어야 한다.

차 팀장은 적은 확률에 의지해 위험한 도박을 내걸 정도로 무리하는 인물이 아니다. 본인이 직접 나선다면 모를까.

"침착하자."

해성은 천천히 눈을 감고 세뇌하듯 혼잣말을 중얼거렸다.

○ ◎ ●

택시에서 내린 곳은 뒷목이 뻐근해질 때까지 고개를 들어도 끝이 보이지 않는 높은 아파트였다.

웬만한 이들은 엄두도 내지 못할 만큼 웅장했다. 소문으로나 들어 봤던 고급 아파트 단지. '초호화'라는 수식어에 걸맞게 주변은 삼엄한 보안이 이뤄지고 있었다. 출입부터가 문제였다. 택시로는 입주자인 것을 증명하는 카드가 없으면 들어갈 수 없었다. 결국 해성은 택시값을 지불한 뒤, 차에서 내려 경비원을 호출했다.

재원의 비서가 미리 연락해 둔 탓에 해성은 자신의 이름과 휴대폰 번호를 기입하고선 확인 절차를 마친 후에야 출입할 수 있었다.

재벌이나 유명한 연예인들은 이런 곳에서 사는구나. 새삼 놀라며 아파트 입구로 들어섰다. 끝도 없이 치솟는 엘리베이터 층수 판을 넋 놓고 바라보다 보니 어느덧 도착해 있었다.

한 층에 두 세대 이상이 거주하는 것에 비해 재원이 머무는 곳은 단독 세대였다. 그것만 봐도 개인 사생활을 얼마나 중요시 여기는지 짐작이 되었다.

현관 도어 록을 열고 여섯 자리 숫자를 누르자 띠디딕, 소음과 함께 현관문이 열렸다.

가장 먼저 마주한 것은 지나치게 넓은 평수에 비해 단출한 인테리어였다. 차 팀장의 집 분위기와 비슷했다. 사람의 인기척은 조금도 느껴지지 않는 차갑고 어두운 곳.

하나부터 열까지 상반되는 두 남자에게 공통점이 있다면 같지만 다른 사무친 외로움이 아니었을까.

해성은 홀린 듯이 천천히 다리를 움직여 앞으로 걸어갔다. 전면이 통창이었지만 빛 한 줄기 새어 들지 않았다. 별다른 생각 없이 벽면에 설치된 버튼을 누르자 자동적으로 블라인드가 걷혔다.

"여러 의미로 대단하네."

블라인드 사이로 들이닥치는 햇살에 해성은 한쪽 눈을 찌푸렸다. 저물기 시작한 태양은 마지막 에너지를 폭발시키며 작열하였다.

때마침 주머니에 넣어 두었던 휴대폰이 진동을 일으켰다. 발신자를 확인하지 않아도 누구인지 알 수 있었다. 해성은 곧장 휴대폰을 귓가로 가져다 댔다.

"네."

— 제때 받는 걸 보니 아직 무사한 것 같네.

"방금 도착했습니다."

— 어딜.

"선생……, 아니. 이재원의 집이요."

차 팀장은 한동안 말이 없었다. 길지도, 짧지도 않은 정적이 흐르고 나직한 목소리가 귓가로 새어 들었다.

— 혼잡니까.

"네. 회의가 길어지는 바람에 먼저 들어가 있으라 해서."

— 쉽네. 생각했던 것보다.

해성과 같은 생각을 하는 모양이었다. 쉬워도 너무 쉬워서 도리어 불안해지는.

— 기분도 더럽고.

"……네?"

— 아무리 일 때문이라지만 다른 남자 집에 혼자 보내 놓고 남은 사람 기분이 좋을 줄 알았습니까.

보낸 게 누군데.

해성은 알게 모르게 입술을 비죽거리며 속으로 툴툴거렸다.

— 도청기가 있을 수도 있으니 네, 아니오로만 대답하세요.

그제야 실감이 났는지 느슨해진 긴장감이 다시금 팽팽하게 조여졌다. 해성은 드넓게 펼쳐진 한강 뷰에서 시선을 떼고 천천히 집 안을 둘러보며 답했다.

"네. 알겠습니다."

— 집 안에 CCTV 설치되어 있습니까.

"아뇨."

— 수상한 물건이 있는지 확인해 봐요. 방 하나하나 놓치지 말고. 특히, 서재.

"네."

— 초소형 CCTV가 내부에 설치되어 있을 확률도 무시할 수 없습니다. 아무 말이라도 좋으니까 어색하지 않게 행동하세요.

수다를 떨며 구경하는 것처럼 자연스럽게 움직이라는 뜻이다. 사실 말이 쉽지 굉장히 난해한 요구였다. 비밀스러운 물건이라면 깊숙한 곳에 숨겼을 텐데 하나하나 뒤져 보지 않고서야 눈썰미로만 찾아내기란 불가능에 가까웠다.

일단, 움직이자. 앞으로 이재원이 집에 도착하기까진 길어 봐야 20분. 한시가 급했다.

아무런 말이나 해도 괜찮다 했지.

"점심은, 드셨어요?"

— 들어가겠어? 지금 상황에.

"이제부턴 체력이 생명인데요."

— 이 형사. 잔소리하란 말은 안 했는데.

피식. 실없는 웃음이 터졌다.

혹시나 웃음소리가 들렸을까 해성이 금세 입을 다물었다. 잠시 정적이 흐르고 후, 짧은 숨을 뱉은 강현이 입을 열었다.

— 내가 그곳에 혼자 보내서 서운하진 않았습니까.

놀랐다. 아주 많이. 오히려 난.

"기뻤어요. 드디어 일인분 몫은 제대로 하겠구나. 인정받게 됐구나 싶어서."

— 나와 함께 있으면 이재원 집을 합법적으로 조사할 수 있는 방법이 없어.

"알아요."

해성이 대답하며 첫 번째 방문을 열었다. 침실로 보이는 방이었다. 해성은 귓가에서 휴대폰을 떼지 않고 재빠르게 눈을 굴려 주변을 살폈다. 커다란 침대 하나, 협탁과 조명 하나를 제외하곤 딱히 수상한 흔적은 보이지 않았다.

안도의 숨을 내쉬며 휴대폰을 쥔 손에 힘을 실었다.

"그래서 안심했어요. 이제야 믿고 맡길 수 있게 된 거잖아요."

― 네, 아니오로만 대답하라고 했는데. 말 안 듣지.

참, 이상한 부분에서 예민한 남자다. 해성은 소리 없이 웃으며 방문을 닫았다.

"네."

― 나 없이 괜찮습니까.

"네."

― 좀 서운한데.

"네?"

― 서운하다고 했습니다.

긴장을 풀어 주려는 의도가 뻔했지만 그 속에 담긴 것이 진심인지 짓궂은 장난인지 가늠하기가 어려웠다.

"열심히 하겠습니다. 최선을 다해서. 일 틀어지지 않도록 노력하겠습니다."

― 그런 말 듣자고 한 소리 아니야.

"……시정하겠습니다. 그래도 혼자보단."

― 둘이 나을 것 같아서 밑에서 대기 중이야. 다른 의미로는 보고 싶어서고.

말을 채 잇기도 전에 강현이 낚아채자 해성은 저도 모르게 주먹을 꽉 말아 쥐었다.

― 숨 쉬어요. 긴장한 거 다 보여.

후우……. 그제야 해성이 참아 온 숨을 쏟아 냈다.

― 전화 끊지 말고. 상황 확인해야 하니까.

"네."

잠시 침묵하던 해성이 접착제처럼 바짝 달라붙은 입술을 가까스로 떼어 냈다.

"요구르트요."

― 응?

"요구르트 엄청 좋아해요. 저."

— 지금 상황에서 뜬금없이 음식 취향을 고백할 줄은 몰랐는데.

해성이 숨을 죽이고 작게 속삭였다.

"아무런 말이라도 하라면서요. 수상해 보이지 않게."

조금은 당황한 듯 강현은 말이 없었다.

"그냥, 갑자기 알려 드리고 싶었어요. 왠지 그래야 할 것 같아서."

— 의외로 충동적이고.

"요즘 들어서 매일매일 찾거든요. 달아서. 무의식적으로."

해성은 천천히 다음 목적지를 향해 걸으며 말을 이었다.

"하루라도 눈에 안 보이면 참기가 힘들더라고요. 꼭, 중독된 것처럼."

아, 물론 요구르트요.

뒷말도 잊지 않고 덧붙이자 강현은 어이가 없다는 듯 픽 웃었다.

— 뻔뻔해졌네.

"요구르트, 좋아해요. 저."

— 한번 먹어 봐야겠네. 그렇게 맛있다고 하는데.

뜻을 이해한 건지, 모르는 척하는 건지. 정말 모르는 건지.

두 번째 방문 앞에 멈춰 선 해성이 조그맣게 웃었다. 왠지 차 팀장의 지금 얼굴이 상상되어서.

천천히 문고리를 잡아 돌렸다. 하지만 문은 열리지 않았다. 안쪽 무언가에 탁 막힌 듯한. 잠겨 있다.

"잠시……."

— 무슨 일인데.

설명할 시간이 촉박했다. 해성은 손목시계를 한 번 확인하고는 급한 대로 주머니를 뒤적거렸다. 다행히 언젠지 모르게 넣어 둔 실핀이 손에 잡혔다.

집 안으로 들어온 것까진 허락을 받았으니 주거 침입은 아니지만 잠긴 문을 따는 건 좀……. 아니, 그게 문제가 아니지.

해성이 어깨와 귀 사이에 휴대폰을 끼워 넣었다. 그리고 한 손으로 문고리를 잡아 돌리며 다른 한 손으로는 열쇠 구멍에 실핀을 찔러 넣었다.

"좀 열려라⋯⋯."

이리저리 돌려도 보고 각도를 다르게 조절해 가며 씨름한 지 20초쯤 지났을까. 달칵, 청명한 소리와 함께 문이 열렸다.

"하."

가슴을 쓸어내리며 해성이 열린 문 사이로 걸음을 옮겼다. 서재였다. 정면엔 넓은 책상과 커다란 모니터가 놓여 있었다. 그리고 천천히 왼쪽으로 돌아섰을 때였다.

"뭐야⋯⋯."

해성의 눈이 크게 뜨였다. 투명한 유리 벽에 붙여진 수많은 사진들과 공백을 가득 채운 글씨들을 확인한 순간, 팔에 힘이 탁 풀리며 들고 있던 휴대폰이 바닥으로 떨어졌다.

전부 익숙한 얼굴들이었다.

바닥 깊은 곳까지 뿌리를 내린 듯, 해성은 한 발자국도 움직일 수 없었다. 온몸이 멋대로 덜덜 떨렸다.

그리고 예상치 못한 찰나, 등 뒤에서 인기척이 느껴졌다.

"먼저 와 있었네."

해성아.

소름 끼치도록 부드러운 목소리가 아주 가까운 거리에서 고요히 흘러들었다.

현장을 들킨 사람치고 이재원은 의연했다. 오히려 놀라 당황한 쪽은 해성이었다. 이재원은 지나치게 느긋했다. 스위치를 눌러 서재의 불을 켜고 천천히 걸어 들어오는 걸음, 조용히 감겼다 떠지는 눈꺼풀, 은은하게 퍼지는 미소까지 전부 다.

마치, 이렇게 될 줄 알았다고 예상한 사람처럼 평소와 다를 바 없는 얼굴은 어딘지 모르게 자신감이 넘쳤다.

"많이 기다렸지."

"선생님."

"밥은 먹었니?"

"지금 이게 다 뭐예요?"

"아직 안 먹었어?"

"이재원 씨."

서재 책상 앞에서 재원의 다리가 우두커니 멈춰 섰다. 느릿하게 고개를 든 재원이 물끄러미 해성의 눈을 들여다보다 쓰게 웃었다.

"날 의심하고 있구나. 아니, 예전부터 의심하고 있었나?"

해성은 조용히 뒷주머니로 손을 밀어 넣으며 매섭게 눈을 치떴다.

"설명해 주셔야 할 것 같습니다."

해성은 차가운 감촉을 느끼며 뒷주머니에 넣어 둔 수갑을 있는 힘껏 꽉 쥐었다. 긴장한 해성과 달리 재원은 초연한 반응으로 일관했다. 책상에 몸을 기대고 서서 설핏 웃음을 흘렸다.

"설명?"

해성은 말없이 눈을 가늘게 떴다.

"이미 결론까지 낸 것 같은데, 과연 내가 말한다고 네가 믿어 줄까?"

"말해요. 지금 당장."

"뭐가 궁금한데?"

지금 그걸 말이라고……. 기가 찬 듯 해성이 짧은 헛웃음을 토해 냈다.

"여태 날 속인 거였어요?"

"그럴 수도 있고. 아닐 수도 있고."

"날 속이고, 우리 가족을 속이고, 언니를 속였어요? 그래요?"

"글쎄. 그건 좀 다른 부분인데."

"어떻게, 나한테 이럴 수 있어."

목소리가 파르르 떨렸다. 그러면 안 되는데 제정신을 유지하기가 힘들었다. 해성은 당장이라도 무너질 사람처럼 위태로웠다. 떨리는 숨을 간신히 내쉬며 이마를 짚었다.

"언젠가 올 거라고 생각했어."

여전히 나긋한 음성에 해성은 미치기 일보 직전이었다.

"뭐?"

"전화든, 이 공간이든. 난 네가 직접 찾아오길 기다리고 또 기다렸어. 언젠가 그런 날이 오길 고대하면서 오랜 시간을 혼자 참고 또 견디고."

심장이 멈춘 것 같기도, 과열 차게 뛰다 뻥 터진 것 같기도 했다.

"근데, 이런 식으로 날 찾게 될 줄은 몰랐네."

이 남자는 지금 무슨 말을 하고 있는 걸까. 귀에서 이명이 들리는 것만 같았다. 빠르게 굴러가던 뇌가 한순간에 정지되며 이성의 끈이 탁 풀어지는 기분이었다.

"차강현과 짜고 친 거야? 내 집을 조사하기 위해서?"

해성이 똑바르게 재원을 노려보며 홀스터에서 빠르게 총기를 꺼내어 들었다. 총구 끝을 재원의 이마에 조준하면서 다시 한번 경고했다.

"당장 설명해. 지금 이 방에 있는 것들. 전부 다."

더 이상 너를 소중한 사람으로 대하지 않겠다는 단호한 말투에 재원이 한숨처럼 웃으며 책상에 올려 둔 리모컨을 집어 들었다.

엄지로 전원 버튼을 누르자 유리 벽 상단에 설치된 형광등 조명이 켜졌다. 밝은 빛에 의해 유리 벽에 빈틈없이 붙여진 내용물들이 더욱 적나라하게 보였다.

총을 겨눈 채 해성은 작은 것 하나 놓치지 않겠단 기세로 꼼꼼히 뜯어 살폈다.

유리 벽을 가득 채운 필기는 여태 벌어진 동부 연쇄 살인 사건을 간략하게 정리한 내용이었다. 그 위로는 포털 사이트와 신문에 실렸던 보도 자료가 날짜순으로 스크랩되어 있었다.

10년 전 벌어진 살인 사건을 시작으로 차례차례.

그 사이엔 엄마와 아빠. 그리고 언니와 해성의 사진이 부착되어 있었고 해성의 사진 옆으로는 차 팀장과 강력 2팀의 팀원들 사진까지 포함됐다.

그리고 중심엔 최정우 교수의 프로필 사진이 있었다.

마인드맵 형식으로 거미줄처럼 끝없이 이어지는 구도를 두 눈으로 직접 확인한 해성은 다른 의미로 소름이 끼쳤다.

"결론부터 말하면 아쉽게도 난 아니야, 해성아."

"……무슨 뜻이야."

"네가. 특히 차 팀장이 의심하고 있는 용의자 말이야. 난 동부 연쇄 살인 사건의 진범이 아니란 뜻이야."

이미 예상하고 있었던 건가.

본인이 용의자 선상에 올랐다는 걸.

해성은 애써 침착한 투로 물었다.

"그걸 지금 나더러, 믿으라고?"

재원이 두 손을 반쯤 들었다.

"보다시피 무기는 없어."

하지만 언제 터질지 모르는 돌발 상황을 무시할 수 없다. 해성은 두 손으로 총기를 꽉 부여잡고서 한 걸음 뒤로 물러섰다.

"봐. 넌 내가 무슨 말을 해도 못 믿을 거라고 했잖아."

조금은 피곤한 듯 묵직한 숨을 내쉬며 재원이 걸음을 옮겼다. 그리고 유리 벽 앞에 서서 그동안 착실히 수집한 내용물을 천천히 살펴보았다.

해성은 생각에 잠긴 재원의 뒷모습을 꿰뚫듯 직시했다. 언제라도 예상 못 한 최악의 상황이 벌어지게 된다면 즉시 발포할 기세로 긴장의 끈을 놓지 않았다.

하지만 재원은 그럴 마음이 조금도 없어 보였다. 팔을 뻗어 부착된 사진들을 손끝으로 천천히 쓸어 냈다. 바로 등 뒤에서 총을 겨누고 있는데도 재원은 지나치게 평온했다.

"너와 같은 길을 걷고 있었어."

의미를 이해할 수 없어 해성이 슬며시 미간을 구겼다. 재원은 여전히 해성을 등진 채 이어 말했다.

"차강현보다 먼저 진범을 찾고 있었어. 이제 거의 다 왔는데……."

진심으로 아쉽다는 듯 재원이 말끝을 흐렸다.

"해성아, 나는 말이지. 네가 진범을 잡고 말겠단 이유 하나로 나와 연락을 끊고, 피아노를 포기하면서까지 경찰이 되었을 때 무척 가슴이 아팠어."

해성은 재원의 말을 들으며 아랫입술을 아프게 짓이겨 씹었다.

"오랜 시간 네가 정신병원에 다니고 있었다는 사실을 알면서도, 혼자 악착같이 버티고 있는 걸 알면서도. 충분히 가능한 힘이 있었는데 내가 널 찾지 않았던 건, 시간이 필요했기 때문이야."

"……시간?"

"그래, 시간."

"무슨 뜻이야."

"나는 너보다 더 먼저, 상황을 주시하고 있었으니까."

쿵. 심장이 내려앉았다.

천천히 사진을 쓸어 내던 재원의 손이 어느 한 부분에서 멈추었다. 언니. 해연의 얼굴을 애틋하게 쓰다듬듯 문지르며 재원이 빙그레 웃었다.

"해연이는 누구보다 나를 이해하려고 애쓰던 사람이었어."

"언니 얼굴에서 당장 손 떼."

"네 기억 속에 우리 부모님은 늘 자비로운 사람들이었겠지만 내겐 숨통을 조이던 악마. 그 이상 그 이하도 아니었거든. 어디까지가 한계일까 시험하듯 매일 찌르고 압박해 왔지. 난 내가 실험체라도 된 것 같은 기분이었는데. 아니더라고. 인형. 그래. 실험체보다 못한 인형이었던 거야, 난."

그걸 유일하게 알고 있던 사람이 해연이었다고. 이재원은 그렇게 말했다.

"그들은 자신들이 원하는 대로 꾸미고 이용당해 주길 바랐어. 태어난 순간부터 결혼. 신부의 드레스 종류와 태어날 아이의 성별까지. 지금이 조선 시대도 아닌데 말이지. 상상만으로도 지독하지 않아?"

해성이 가까스로 마른침을 삼켰다.

"해연이는 밤마다 울었어. 이런 숨 막히는 결혼 따위 하고 싶지 않다고. 그러다 날이 밝으면 괜찮다고, 그 정도는 감당할 수 있다고 날 위로했는데, 난 이상하게 전혀 고맙지가 않더라. 아무런 감정도 느낄 수 없었어."

재원이 비스듬히 돌아섰다.

"그러다 결혼을 한 달 앞둔 시점에서 해연이가 조금 이상한 증세를 보이기 시작했어. 날 좋아한다 했다가 꼴도 보기 싫다며 화를 내기도 했고. 타고난 재능으로 자유롭게 꿈을 펼치는 네가 부럽다며 울부짖다가 어느 날은 보고 싶다며 웃기도 했지. 또 아무것도 모른 채 행복한 얼굴로 결혼을 축복하던 너희 부모님을 원망하기도 했는데."

알고 있었니?

묻는 재원의 말에 해성은 굳은 채 아무런 대답도 할 수 없었다. 몰랐으니까. 언니는 늘 평소와 같았다. 조금이라도 달라진 점을 느꼈다면 무슨 수를 써서라도 결혼을 막았을 텐데. 그 당시 언니는 어디로 보나 단꿈에 젖은 행복한 예비 신부였다.

"……왜 말하지 않았어?"

"해연이가 누구에게도 말하지 말아 달라고 부탁했으니까."

"개소리."

"너라면. 어땠을 것 같은데?"

재원의 눈이 부드럽게 휘었다.

"너조차 숨기고 있었잖아. 해성아."

손끝이 덜덜 떨렸다. 언니가. 멀쩡했던 언니가 왜. 어째서…….

"비록 나는 해연이를 사랑하지 않았지만 진심으로 존경했어. 현명했고 정신적으로 성숙한 여자였으니까. 내 비밀을 아는 유일한 사람이기도 했고. 어차피 억지로 해야 하는 결혼이라면 그 상대가 어렸을 때부터 오래 봐 온 해연이었으면 좋겠다고 판단했어. 물론, 그건 어디까지나 날 좋아했던 해연이의 마음을 이용한 내 이기적인 결정이었지만."

"언니를, 사랑하지 않았다고?"

심장이 차게 굳었다.

"그래. 단 한 순간도."

하……. 절로 자조적인 웃음이 터졌다.

"결혼은 철저히 어른들의 야망으로 이뤄진, 일종의 일방적인 행사였지."

해성은 떨리는 손으로 머리를 쓸어 올리며 생각을 정리했다.

"하지만 너희 가족에게 우호감을 가졌던 건 진심이야. 그래서 혹시라도 네가 위험해질까 이 긴 시간을 투자해 숨겨 가면서까지 진범을 잡으려 한 거고."

하지만 아무리 복잡한 머리를 정리해 보려 해도 뜻대로 되지 않았다. 할수록 복잡하게 엉켰다. 어디서부터 풀어야 할지 감도 잡히지 않는다.

"……왜? 대체 왜 언니를 사랑하지도 않았으면서. 가족이었잖아. 우리, 사진도 같이 찍고 웃고 그랬잖아."

"난 사람이 느끼는 감정을 잘 몰라. 관심도, 이해하려 한 적도 없고."

이건 또 무슨 개같은 소리야.

해성이 인상을 찌푸리며 쏘아보자 재원이 작게 웃으며 말했다.

"정확히는 공감을 할 줄 몰라."

공감을 할 줄 모른다.

해성은 지속적으로 말라 가는 입술을 깨물며 속으로 재원의 말을 곱씹었다.

"사회성이 없는 날 위한다며 부모님이 멋대로 데려온 강아지를 죽이기도 했고, 해연이가 귀엽다며 사 온 병아리를 땅에 묻어 버리기도 했고. 유치원에 가기 싫다며 같이 방법을 찾아 달라던 해연이를 계단에서 밀어 버리기도 했지."

해성은 할 말을 잃었다.

직감적으로 느낀 것이다. 확실히 이재원은 정상이 아니다.

"전부 이유는 있었어. 평생을 줄에 묶인 채 살아야 하는 강아지. 성장 후 결국 잡아먹히거나 낳은 알을 인간에게 쉼 없이 **빼앗겨야** 하는 병아리. 유치원에 가기 싫은 해연이."

"……."

"하지만 내 선택은 그 누구에게도 환영받지 못했어. 처음엔 해연이도 날 괴물 보듯 했는데 시간이 지날수록 조금씩 달라졌지. 아직도 그 눈빛을 기억해. 넌 지금 상처를 받아서 많이 아픈 거야. 누군가에게 관심과 사랑을 받으면 나아질 수 있어. 같이 이겨 내 보자."

"하……."

"하나 확실한 건 난 아픈 게 아니었거든, 그저 남들과 조금 달랐던 것뿐이었어. 일반인 100명 중 4명에게 나타나는 여러 성향 중 하나일 뿐인데 사람들은 나 같은 사람을 위험인물로 멋대로 지정하고 정상적 범주에서 제외시켜 괴물이라 손가락질했지."

익숙했다.

재원이 상냥한 미소를 지으며 작게 속삭였다.

"……반사회적 인격 장애."

소시오패스.

목적 달성을 위해서라면 무슨 수를 써서라도 성공시킨다. 그것이 설령 정상적인 틀에서 벗어난 반인륜적 행위일지라도 거리낌 없이 행동으로 옮긴다. 살인을 즐기진 않지만 필요 여부에 따라선 가능하며, 사회성이 결여되어 있지만 공감하는 척은 할 수 있다.

하지만 무엇을 위해서?

이재원이 원하던 성공은 무엇이었을까. 단순히 결혼 파기가 목적이었다고 한다면 동기가 부족하다.

무엇보다 이재원은 본인 입으로 스스로가 반사회적 인격 장애를 앓고 있다 밝혔다. 그건 용의자로 지목된 이재원에게 굉장히 불리한 조건이었다. 분명 본인도 그 사실을 인지하고 있을 텐데 왜 스스럼없이 밝힌 걸까.

단순히 이 또한 함정인가.

그때였다. 근데 말이야 해성아. 재원이 낮게 읊조렸다.

"고작 그 사실만으로 나를 진범이라 단정 지을 생각이라면 한참 잘못 짚었어."

느린 걸음으로 다가온 재원이 천천히 허리를 숙였다. 바닥에 떨어진 해성의 휴대폰을 주워 들고는 그녀의 앞으로 내밀었다.

"차강현. 너희 팀장 말이야."

재원의 입술이 길게 늘어졌다.

"걔는 다를 것 같아?"

"무슨 말을 하고 싶은 거야."

"나는 내가 있는 곳에 널 혼자 보냈을 때 알았는데. 정말, 아직도 모르겠어?"

도무지 무슨 소리를 하는지 모르겠다는 듯 해성이 눈살을 구기자 재원이 엄지로 휴대폰 액정을 툭툭 두드렸다. 환하게 밝혀진 화면 속엔 여전히 강현의 휴대폰 번호가 떠올라 있었다.

"그 새끼도 나와 같은 부류라고."

숨이 멎는 것만 같았다. 해성이 천천히 총을 내렸다.

"목적 달성을 위해선 무슨 짓이라도 기꺼이 감수하는 괴물."

내가 말했잖아.

어디든 존재한다니까.

재원이 나직하게 속삭였다.

그와 동시에 철컥, 소리를 내며 재원의 손목으로 수갑이 채워졌다.

"같이 가 주셔야겠습니다."

위태롭던 해성의 눈동자는 더 이상 흔들림이 없었다. 또렷하게 빛났다.

"나머지 하고 싶은 말은 서에 가서 하시죠."

반사회적인 인격 장애를 가진 사람들은 늘 자신이 우월하다 믿는다. 정신적으로 상대를 압박하며 무의식적으로 자신이 지배자임을 증명한다.

그러니,

절대 휘둘리지 않겠다.

그렇게 배웠으니까.

이런 전개는 미처 생각하지 못했는지 그는 약간 놀란 기색이었다.

재원은 자신의 손목에 채워진 수갑을 물끄러미 내려다보다 천천히 시선을 들어 가만히 해성을 응시했다.

문득 재원이 엷게 웃었다.

"영장도 없이 수갑부터 채운다. 용기가 대단한데."

"정황상 증거는 충분합니다. 불만이면 민원 신청 넣으시죠."

어차피 잃을 것도 없는데.

해성이 차갑게 대꾸했다. 법을 알면서도 일부러 대범하게 굴었다.

밀리면 끝이다.

이재원은 뜻밖의 답을 했다.

"아니. 그건 안 되지."

재원이 부드럽게 웃으며 손목을 흔들었다. 철커덕 수갑이 맞부딪치는 소음이 방 안 가득 울려 퍼졌다.

"너는 내게 특별하니까. 수갑 정도야 얼마든 이해해 줄 수 있어. 너도 그런 날 알고서 일부러 채운 거잖아. 그렇지?"

"다행이네요. 그래도 옛정을 봐서 몸싸움만큼은 피하고 싶었는데."

"상대가 너라면 치정도 환영이야."

"치정이 아니라 막장이겠죠. 똑똑하신 분이 이상한 부분에서 낭만적이네요. 쓸데없이."

뾰족하게 날 선 투였지만 재원은 아무래도 좋다는 식이었다.

"장르가 뭐가 됐든 상관없지."

재원이 싱긋거렸다.

"하지만 죄가 없는 난 결국 다시 풀려나게 될 거야."

각각 다른 감정을 담은 눈빛이 허공에서 얽혔다.

"난 진심이었어. 처음부터, 끝까지."

"저도 진심입니다."

"그런데 왜 떨어. 해성아."

"허튼수작 부리면서 제압하려 들지 마세요. 안 통하니까."

"차강현이 그렇게 가르쳤어?"

내 앞에서 그 남자 눈빛을 따라 하고 있잖아. 재원이 조금 웃으며 중얼거렸다.

"귀엽네."

재원은 묘한 눈으로 해성을 바라보며 수갑이 채워진 손을 천천히 들어올렸다. 움찔하기도 전에 해성의 머리 위로 재원의 손이 얹어졌다.

"무슨 짓입니까. 당장 수사관 몸에서 손 떼세요. 피 보고 싶지 않으면."

말이 끝나기 무섭게 해성이 차갑게 탁, 재원의 손을 내쳤다. 재원은 허공에 떠 있는 손을 의미 없이 쥐었다 펴며 부드럽게 말했다.

"경찰서에 도착하면, 풀어. 수갑."

"나는 내 상사 명령만 따릅니다."

"네가 다칠까 봐 그래. 법은 공권력을 지켜 주지 않으니까. 우리나라는 나약한 경찰보단 나처럼 돈 많은 재벌을 더 좋아하거든."

확신하는 말투였다.

나는 죄가 없기 때문에 이대로라면 넌 반드시 과잉 진압으로 징계를 받게 될 거라고. 난 진심으로 그런 결과를 원하지 않는다고. 이재원은 그렇게 말하고 있었다.

"도망가지 않을게, 해성아."

재원이 타이르듯 말하자 사납게 흘겨보는 해성의 눈에 힘이 실렸다. 자칫했다간 실핏줄이 터질 정도로 세차게 노려보았다.

"정말이야. 네가 있는 곳이잖아."

뭘 믿고 저렇게 당당하지. 도무지 생각을 읽을 수 없다. 해성이 이를 악물었다. 재원은 전보다 더 사근한 음성으로 말했다.

"경찰서 뒷문으로 가. 나야 워낙에 팔린 얼굴이라 상관없는데 해성이 넌 조심해야지. 범인이 언제 어디서 널 지켜보고 있을지 모르는데."

"말이 많네요. 평소보다."

"들떠서 그래. 여러 의미로."

재원은 손목에 채워진 수갑을 넌지시 내려다보며 이어 말했다.

"영화에서 보면 범인을 데리고 갈 때 팔짱 같은 것도 껴 주던데. 우리 이 형사님은 언제까지 가만히 서 있기만 할 거야? 체포, 안 해?"

이런 순간에서도 능청을 떤다.

확실히, 뭔가 이상했다.

○ ◎ ●

이재원의 집을 나섰을 때 마주친 사람은 없었다. 다행이다. 바로 앞에서 대기하고 있던 강현 덕분에 시간이 지체되는 것을 피할 수 있었다.

수갑이 채워진 채 걸어 나오는 재원과 그 곁에 선 해성을 목격한 강현은 어찌 된 상황인지 빠르게 파악하는 듯 보였다.

하나부터 열까지 캐묻고 싶었을 텐데 차 팀장은 아무것도 묻지 않았다. 멀쩡한 해성을 보고 긴 숨을 흘리며 뒷좌석 문을 열어 주었다.

제 발로 직접 걸어 나왔으니 그럴 가능성은 적었지만 혹시라도 도주할 위험을 최대한 막기 위해 해성은 재원과 함께 뒷좌석에 착석하였다.

강남서로 향하는 동안 그 누구도 입을 열지 않았다. 재원은 편안히 시트에 기대어 눈을 감고 있었고, 해성은 채 가시지 않는 찜찜함에 입술을 꾹 깨물었다. 그리고 강현은 그 둘을 룸 미러로 무표정하게 주시하며 묵묵히 운전에 집중했다.

30분쯤 달렸을까. 조금씩 경찰서에 가까워지고 있었다. 말을 전달하지도 않았는데 강현은 눈치껏 경찰서 뒷문에서 차를 정차했다.

강현은 시동을 끄자마자 차에서 내리려는 해성을 막아 세웠다.

"내리기 전에 수갑부터 풀어요."

멈칫한 해성이 고개를 돌렸다.

"명령입니다."

단호한 음성에 해성이 아랫입술을 꾹 감쳐물었다. 다른 방도가 없었다. 팀장의 명령이었으니까.

"네. 알겠습니다."

해성은 강현에게서 시선을 거두고 재원을 바라보았다. 여전히 눈을 감고 슬며시 미소만 짓고 있는 재원을 보자 속이 뒤틀리는 기분이다.

결국 해성은 들고 있던 열쇠를 수갑 구멍에 꽂아 넣고 돌려 풀었다. 헐거워진 수갑이 완전히 사라지자 재원이 뻐근한 손목을 돌리며 슬쩍 웃었다. 해성은 못마땅한 눈으로 재원을 흘기며 수갑을 다시 뒷주머니에 넣었다.

"이 형사는 잠시 나 좀 보죠."

"순찰차가 아닙니다. 팀장님."

안에서는 열 수 없는 순찰차와 개인 자차는 다르단 뜻이었다.

"도망갈 리 없고, 혹시라도 용의자가 도주해 준다면 오히려 고마운 입장이라. 걱정 말고 내려요. 할 말 있으니까."

'용의자'라는 단어 선택이 퍽 거슬렸는지 재원의 감긴 눈이 슬쩍 구겨졌다.

강현은 뒤도 돌아보지 않고 운전석에서 내렸다. 조금 고민하는가 싶던 해성도 마지못해 따라 내렸다. 탁, 뒷좌석 문이 닫히자 강현이 느린 걸음으로 해성의 앞에 다가와 섰다.

"혼낼 생각 없는데 표정 좀 풀지."

해성은 차마 똑바로 강현의 눈을 마주 볼 수 없었다.

"잘했어."

예상치 못한 칭찬을 받았지만 해성은 전혀 기쁘지 않았다.

"서운해?"

"아닙니다."

"집 안에 용의자로 지목된 성인 남자와 단둘이 대치 중이었어. 확신하기엔 아직 이르지만 증거로 남을 수 있는 현장을 목격한 형사가 돌발 상황을 방지하려는 목적으로 수갑을 채운 건 백번 옳은 선택이었고. 내가 수갑을 풀라 명령했던 건 이재원의 파급력을 무시할 수 없어서야."

알고 있다.

그것보단 이재원의 마지막 말이 머릿속에 지속적으로 맴돌았던 이유가 컸다.

'그 새끼도 나와 같은 부류라고.'

'성공을 위해선 무슨 짓이라도 기꺼이 감수하는 괴물.'

말도 안 되는 헛소리라는 걸 안다. 강한 신뢰로 이어진 파트너와의 관계에 이간질쯤 우습지도 않았다.

이재원이 지금처럼 순순히 협조해 준 것도, 집 안에서 위험한 상황이 벌어지지 않았던 것도. 상대가 자신이었기 때문에 가능한 일이었다. 차 팀장은 그런 상황을 전부 일찍이 가늠하고 있었던 것이다.

이재원에게 보낸 이유는 확실했다. 그럼에도 마음 한구석에 자리 잡은 찝찝함은 좀처럼 가시지 않았다. 하지만 숨기기로 한다. 아주, 아주 깊숙한 곳에.

"서운해서가 아니라 아쉬워서 그랬습니다. 수갑만 채운 게. 한 대 칠까 했거든요. 열받아서."

해성의 말에 강현이 픽 웃었다.

"무사해서 다행입니다."

강현이 해성의 머리에 손을 얹었다. 그 순간, 이재원이 취한 행동과 겹쳐 보여 해성이 흠칫 몸을 떨었다.

강현이 슬쩍 인상을 구겼다. 당황한 건 해성 역시 마찬가지였다. 미묘한 기류가 감도는 분위기 속에서 해성이 흐름을 끊었다.

"조사실로 인계하겠습니다."

"그래요."

천천히 해성의 머리에 얹은 손을 거두며 강현이 고개를 끄덕였다.

허락이 떨어지자 해성이 뒷좌석 문을 열었다. 재원은 천천히 몸을 내리며 묘한 눈으로 강현을 바라보았다.

이재원은 기분 나쁠 정도로 침착했다. 마치, 일이 이렇게 될 것이라고 예상한 사람처럼.

경찰서 뒷문으로 멀어지는 두 사람을 넌지시 지켜보던 강현의 눈빛이 어둡게 가라앉았다.

○ ◎ ●

조사는 철저히 비밀리에 진행되었다. 덕분에 소수의 수사관을 제외하고 조사실 출입이 제한되었다.

해성과 강현. 그리고 차도현 검사와 2팀 팀원들만이 조사실에 남아 자리를 지켰다.

어두운 조사실 내부엔 강현과 재원이 마주 보고 앉아 있었다. 바깥에서 상황을 지켜보던 이들은 두 남자 사이에 오가는 대화 내용에 집중했다.

— 4일 전 새벽 1시에서 4시 사이. 어디에서 누구와 함께 있었습니까.

재원이 풋, 웃으며 대놓고 빈정거렸다.

— 그 시간에 경감님은 뭘 할까요.

질문을 질문으로 되돌려 주는 것. 암묵적으로 우위를 자처하는 행위였지만 강현은 물러서지 않았다.

― 묻는 말에 대답이나 하세요. 쓸데없는 말 작작 지껄이고.

― 보통은 잠을 자죠. 그 시간에.

두 남자가 팽팽하게 대립했다. 보는 사람이 절로 긴장이 될 정도로 차가운 침묵이 흘렀다. 강현이 날렵하게 눈을 치떴다.

― 지금 말장난하자는 걸로 보입니까.

― 나도 아닌데요. 장난.

찢어 죽일 듯이 바로 앞에서 와 닿는 강현의 시선을 가볍게 무시하며 재원이 느리게 고개를 돌렸다.

― 변호사 불러 주시죠.

조사실 안에선 무엇도 보이지 않는다. 그럼에도 재원은 새까만 창문에 시선을 고정한 채 속삭였다.

― 점잖게 굴 때 이해성 내 앞에 데려다 놔. 혹시 압니까? 질문에 얌전히 원하는 답을 불게 될지.

해성이 어디에 서 있는지 전부 알고 있는 것처럼. 흔들림 없이 한 곳을 똑바로 바라보는 재원의 눈과 마주친 순간 해성은 온몸이 굳는 기분을 느꼈다.

재원은 여전히 창문을 응시하며 말했다.

― 이대로는 시간만 낭비할 뿐이라는 거, 다 아실 만한 분이지 않습니까. 차 경감님.

겉으로 보기엔 강현은 의연해 보였지만 해성은 짐작할 수 있었다.

현재 그는 머리끝까지 화가 났다.

"와, 분위기 장난 아니네. 차 팀장님 상대로 저렇게 능청 떨 수 있는 사람이 몇이나 될까요. 재벌이라 그런가. 그나저나 이상하지 않아요? 저 사람 아까부터 왜 자꾸 선배만 찾는대요?"

조사실 밖에서 안을 지켜보던 세찬이 의문스럽다는 듯 고개를 갸웃거렸다.

"그러게. 둘이 아는 사이야?"

건우가 거들었지만 해성은 답할 수 없었다. 팔짱을 낀 채 물끄러미 조사실 안을 들여다보던 차 검사가 천천히 입을 뗐다.

"아까부터 계속 잡음이 섞이네. 머리 안 굴러가게. 있어 봤자 방해만 될 것 같은데 내려가서 일 보시죠. 당사자 제외하고."

해성을 제외한 2팀 팀원들이 약속이라도 한 것처럼 움찔거렸다. 조사실에서는 숙연이 원칙이다. 팀원들은 서로 눈빛을 주고받는가 싶더니 하나둘씩 자리를 피해 주었다.

기시감이 들었다. 또다시 차도현 검사와 단둘이 남게 되었다. 조사실 안쪽에 질의하는 차 팀장을 사이에 두고서. 달라진 것이 있다면 용의자가 바뀌었다는 것. 그뿐이었다.

"또 만났네요."

도현은 정면만 주시하며 말했다.

"그때 분명 경고했던 것 같은데. 내 말이 이 경장에겐 지나가던 똥개가 짖는 것만 못했나 봅니다."

"제가 들어가겠습니다."

도현이 어깨를 으쓱였다.

"좋으실 대로."

도현이 한 걸음 비켜서자 해성이 발을 뗐다.

"고작 집에 붙어 있던 사진 몇 장 따위로 영장 발부 못 해 줍니다."

조사실 문고리를 돌리려던 해성이 멈칫하며 움직임을 멈추었다.

"알고 있습니다."

"이재원은 재벌가에 속한 사람입니다. 이런 보여 주기 식 체포로 겁먹을 것 같습니까."

"동요는 하겠죠. 범인이라면."

"재밌네요."

해성이 문고리를 쥔 손에 힘을 실었다.

"두 분 싸움에 개입하고 싶지 않습니다. 관심도 없고요. 그러니 검사님도 저와 팀장님의 사적인 관계에 지나친 관심, 거둬 주셨으면 합니다."

뒤에서 피식, 바람 빠진 웃음이 흘렀다.

"누가 싸웁니까. 나와, 차강현이?"

상대가 될 거라고 생각하나…….

말을 흘리며 도현이 설핏 웃었다.

"이젠 아무렇지 않게 선을 넘네요. 내가 차 경감을 싫어하는 것 같아 보입니까. 이 경장 눈에는?"

"아닌가요."

"생각하기 나름이겠죠. 뭐가 됐든."

"주제넘게 한마디 더 하겠습니다."

해성이 슬쩍 뒤돌아섰다. 올곧은 시선은 도현의 눈으로 날아가 꽂혔다.

"감춰진 진심은 결코 진실이 될 수 없습니다. 검사님. 후회만 남을 뿐이죠. 그게, 뭐가 됐든."

그럼. 해성이 꾸벅 고개를 숙여 보이고는 조사실 문을 열고 안으로 사라졌다.

조사실 밖에 혼자 남겨진 도현이 하, 헛웃음을 터트렸다.

"차강현이 호랑이를 키웠네."

아니, 살쾡이였던가.

뭐가 됐든, 강력한 한 방이었다.

조사실 문이 열리며 해성이 모습을 드러냈다. 두 남자의 시선이 동시에 한곳으로 향했다.

해성의 얼굴을 확인한 강현이 눈살을 찌푸리며 의자에서 몸을 일으켰다.

이런 반응을 보일 것이라 충분히 예상한 일이었다. 해성은 점차 가까워지는 강현의 차가운 눈을 피하지 않고 침착하게 마주 보았다.

"팀장님."

"따라 나와."

조사실을 나서자마자 강현의 눈빛이 비딱해졌다.

"무슨 짓입니까. 허락도 없이."

"심문을 하려는 게 아닙니다. 아직 그럴 만한 자질이 부족하다는 거,
저도 잘 알고 있어요."

일개 경장이, 그것도 한참 경력이 모자란 초보 형사가 용의자를 취조할
수 있는 권한은 어디에도 없다.

"그런데."

"아직 전부 듣지 못했어요. 이대로라면 이재원은 분명 끝까지 묵비권
을 행사할 겁니다. 개인적으로 묻고 싶었던 것도 있고요. 허락해 주세요.
분명, 도움이 될 거예요."

이재원은 지독하리만큼 이해성에게 집착한다. 그건 명백한 사실이었
다. 강현도 인지하고 있었다. 현재 이재원의 입을 열게 만들 수 있는 사람
은 해성뿐이었다.

"밖에서 지켜볼 겁니다."

"녹화는 상관없지만 음성 송출은 잠시만 멈춰 주세요. 10분이면 됩니
다."

"이젠 하다 하다 규정까지 어기겠다고."

"전부 말씀드리겠습니다."

강현은 말이 없었다. 치밀어 오르는 화를 간신히 억누르며 날 선 눈으
로 해성을 내려다보기만 했다.

"팀장님."

"이재원 측 변호사가 도착하면 백이면 백. 증거 부족으로 풀려나게 될
겁니다. 재출석 요구를 위해선 무슨 수를 써서라도 빌미를 얻어 내야 한
다고."

"네."

"넌 믿어. 이재원을 믿지 못하는 것뿐이지."

"그럼 마지막까지 믿어 주세요. 이재원이 아니라, 저를요."

강현은 해성을 빤히 쳐다보다 손끝으로 턱을 받쳐 들었다.

"많이 컸네. 상사를 이용해 먹을 줄도 알고."

강현이 피식 웃음을 흘렸다.

"저번엔 5분. 이번엔 10분. 갈수록 늘어 가는데 이참에 분명히 말해 두죠. 아무리 너라도 다음은 없어. 얌전히 물러서는 것도 이번이 마지막이란 뜻이야."

해성이 겨우 고개를 끄덕였다.

"……네."

강현이 턱에서 손을 거두며 해성의 곁을 스쳐 지나갔다. 이재원과 단둘이 남게 되는 것을 결코 쉽게 허락해 주지 않을 것이라 생각했는데 다행이었다. 해성은 안도의 숨을 내쉬며 다시 조사실 문을 열었다.

이재원은 여전히 차분한 태도로 일관했다. 확실한 범죄 사실이 증명되지 않았기에 수갑을 풀어 둔 상태였지만 모르는 사람이 본다면 착실히 수사에 임하려는 태도로 보였다.

"해성아."

"일하는 곳입니다. 경찰서고요. 수사관에게 반말은 삼가 주시죠."

해성은 강현이 앉았던 의자에 착석하며 차갑게 대꾸했다. 그럼에도 재원은 동요하지 않았다.

"아직도 날 의심하고 있는 거야?"

"제 눈으로 직접 현장을 목격했는데 경계를 푸는 게 더 이상하죠."

고가의 슈트 차림에 흐트러짐 없이 반듯한 이재원의 외모는 잔인하게 사람들을 살해한 범죄자라 치부하기엔 거리가 멀었다.

"4일 전 벌어진 연쇄 살인 사건과 관계가 없다는 알리바이부터 증명하세요."

"비서가 잘 알지. 번호 알려 줄까?"

해성이 단호하게 답했다.

"말을 맞출 수 있다는 정황을 고려해 측근은 제외합니다. 비서를 제외한 다른 목격자는요."

"회사와 아파트 CCTV를 확인하면 알 수 있을 거야."

차 팀장 앞에선 단 한마디도 하지 않던 재원은 마치 다른 사람이라도 된 것처럼 순순히 협조했다.

메모를 하다 말고 해성이 시선을 올렸다.

"아까 저와 같은 이유라고 하셨죠."

"응?"

"10년 전 가족을 살해한 방화 살인 사건 진범을 찾고 있다고 했잖아요."

"그랬지."

과거형이다. 해성은 부드럽게 미소 짓는 재원의 얼굴을 뚫어져라 들여다보았다.

"그게 사실이라면 왜 제게 먼저 말하지 않았던 거죠? 진범을 잡기 위해서 형사가 됐다는 사실도 알고 있었을 텐데."

"네가 다칠까 봐."

하. 해성이 헛웃음을 터트렸다.

"모순이네요."

이재원의 말이 사실이라면 무슨 수를 써서라도 경찰이 되는 것을 말렸어야 정상이다. 하지만 그는 최소한의 시도조차 하지 않았다. 최근에 연락이 닿았다는 것이 그를 증명했다.

재원은 이제야 깨달았다는 듯, 조금 씁쓸한 표정으로 해성을 건너다보며 입을 열었다.

"너는 처음부터 나를 믿을 생각이 없었구나."

"저는 보이는 것만 믿습니다."

차 팀장의 가르침이 이런 순간에 도움이 될 것이라고는 상상조차 못 했다.

"거짓말. 내가 범인이길 바라는 눈을 하고 있으면서. 뭐, 좋아. 네가 원한다면 없는 사실을 지어내서라도 말할 수 있는데. 뭘 원해? 사실은 내가 너의 가족을, 내 약혼자를 죽이고 지금껏 벌어진 연쇄 살인 사건의 진범이라는 자수? 그걸 바라는 거야?"

"정확한 진실을 바라죠."

"진실을 얘기하면, 내 곁에 올래?"

해성이 아랫입술을 꾹 짓이겨 물었다. 재원이 긴 숨을 내쉬며 의자에 등을 기대었다.

"해성아. 네가 지쳤다는 건 이미 알고 있어. 혼자 버티기엔 너무 긴 시간이었지. 경찰이 되었을 때도 난 진심으로 응원했어."

"오해하는 것 같은데. 이재원 씨는 용의자 신분으로 내 앞에 앉아 있는 거예요. 사건에 도움을 주기 위해서가 아니라. 수사관이 묻는 말에만 대답하세요. 그 외의 잡담은 정중히 사양하겠습니다."

"시간 낭비야. 진범은 지금 이 순간에도 누군가를 잔인하게 죽이고 있을지도 모르는데, 정말 괜찮겠어?"

"이재원 씨."

"정 없는 호칭 좀 별로다, 해성아."

해성이 깊게 숨을 들이켜며 이를 악물었다. 재원의 입술이 길게 늘어졌다.

"정말. 내 도움이 필요하지 않아?"

해성은 질끈 눈을 감았다 뜨며 챙겨 온 증거물을 책상 위에 올렸다.

투명한 지퍼 백에 담겨진 것은 연쇄 살인 사건이 벌어진 이후, 시체 투기 현장에서 공통적으로 발견된 메모였다.

「mas libranos del mal.」

재원의 시선이 느리게 움직였다.

"이게 뭔지 알고 있습니까."

"스페인어?"

모르는 척일까. 정말 모르는 것일까. 알고 있다면 스페인어라고 대답하지 않았을 것이다.

"정확히는 주기도문이죠."

한눈에 알아보고 흔들렸겠지.

물론 그가 일반인이라는 전제하에 말이다.

"미안하지만 난 무교라."

흥미롭다는 듯 재원이 관심을 보였다. 다만 악에서 구하소서……, 라. 작게 중얼거리며 재원이 고개를 비스듬히 기울였다.

"뜻이 재미있네."

"연기가 아니라면 좋겠네요."

"거짓말 탐지기라도 할까?"

난 상관없는데. 재원이 어깨를 으쓱이자 해성은 단박에 선을 그었다.

"원하지 않아도 필요에 의해선 하시게 될 겁니다."

"아쉽게도 나는 무교지만 비정상적으로 종교에 미친 사람은 알고 있지."

"누군데요. 그 사람이."

재원이 깍지를 낀 손등 위에 턱을 올리고서 씨익 웃었다.

"최정우 교수."

해성이 그대로 얼어붙었다. 아직 확신할 수는 없다. 빠져나가려는 수작일 수도 있으니까. 애써 중립을 유지하려는 해성을 넌지시 바라보며 재원이 화제를 바꾸었다.

"네가 날 의심하게 된 원인에 내가 반사회적 인격 장애를 갖고 있다는 이유가 포함되어 있어?"

해성은 답하지 않고 재원을 힘껏 노려보았다. 돌아오는 말이 없자 재원은 아쉬움을 감추지 못하고 촛, 혀를 찼다.

"가끔 이해가 안 된단 말이지. 소시오패스는 무조건 나쁘다. 그건 굉장히 일차원적인 생각이거든. 본인이 정한 목표를 성공시키기 위해 누구보다 열심히 사는데 대체 그게 뭐가 문제라는 건지…….”

“대부분 그 목표를 이루기까지 옳지 못한 방식으로 진행된다는 게 문제가 되는 겁니다.”

“사람에 따라 그 목표가 정의가 되기도 하고, 사람이 되기도 해. 물론 때에 따라서 돈이나 명예가 될 수도 있고. 네가 말한 옳지 못한 방식을 취하는 사람도 있겠지.”

재원은 꼿꼿하게 자세를 고쳐 앉으며 빙그레 웃었다.

“웃기지 않아?”

재원이 느리게 검지를 펼쳐 손끝으로 해성을 가리켰다.

“범인을 잡기 위해 10년째 고군분투하는 너.”

이번엔 새까만 창을 가리켰다.

“범죄자라면 사족을 못 쓰는 너희 팀장.”

마지막으로 천장을 가리키며 재원이 나직하게 말했다.

“돈과 명예에 환장한 나머지 감정도 없는 결혼을 앞세워 지 자식까지 팔아먹으려 했던 매정한 부모까지.”

웃음기가 묻어 있던 재원의 얼굴이 순식간에 굳었다.

“내 눈엔 전부 나와 별다를 것 없어 보이는데.”

아예 틀린 말도 아니었다. 하지만.

“한 달 전쯤 병원에 가셨죠. 한국대학병원 정신의학과.”

지금은 그게 문제가 아니다.

해성의 물음에 재원의 입술이 잠시 일자로 다물렸다.

“또 방금 전에는 최 교수를 잘 알고 있는 것처럼 증언했고 말이죠. 전 개인적으로 두 사람이 밀접하게 연관되어 있다 생각합니다.”

“알지. 아주 잘 알고 있지.”

해성의 눈이 가늘어졌다.

“……내 계획을 자꾸 방해하려 해. 그 새끼가.”

의미를 알 수 없는 말에 해성이 미간을 찡그렸다.

"뭐라고요?"

"거슬려서, 잡아 없애려고 했는데."

알아듣기 힘들 정도로 재원의 낮은 음성은 혼잣말에 가까웠다. 다시 물으려는 순간, 조사실 문이 예고 없이 벌컥 열렸다.

"선배. 큰일 났습니다!"

세찬이었다. 거친 숨을 몰아쉬며 소리치는 목소리엔 다급함이 묻어 있었다.

"무슨 일인데?"

"저번에 선배가 쫓았던 용의자 말인데요. 방금 그쪽 현장 주변 CCTV 복원 결과가 나왔습니다. 근데 그것보다 더 큰 문제가……."

앞에 재원이 있어 선뜻 말하지 못하는 것처럼 보였다. 잠시 자리를 비우려는데 뒤이어 낯선 남자가 조사실 안으로 들어와 명함을 내밀었다.

"이사장님 변호사입니다."

빌어먹을.

슬며시 고개를 수그린 채 조용히 미소 짓는 재원을 보며 해성이 주먹을 꽉 말아 쥐었다.

"대화는 서장님과 충분히 나눴으니 모시고 가겠습니다. 추후에 필요한 용건은 이쪽으로 연락 주시죠."

최악이다.

앞장선 변호사가 경찰서 뒷문을 대신 열어 주며 재원을 향해 공손히 허리를 굽혔다.

"문제없을 겁니다. 적절한 선에서 마무리 지었습니다. 차강현 경감 일도 무리 없이 진행됐고요."

비록 확실한 언급은 없었지만 정보를 알고 있는 소수의 기자들과 경찰서장을 적절히 구워삶았단 뜻이었다.

"수고했어요."

"예. 이사장님."

유난히 날이 맑다. 구름 한 점 없는 푸르른 하늘을 올려다보며 재원이 싱긋 웃었다.

"날이 좋네……."

재원이 재킷 안주머니에서 담배를 꺼내어 든 때였다.

"그러게요."

낯선 음성이 불쑥 끼어들자 재원의 고개가 느리게 돌아갔다. 몇 걸음 떨어진 곳에 서 있는 남자. 재원은 그의 정체를 한눈에 알아보았다.

"차도현 검사님 아니십니까."

찾기도 전에 제 발로 기어올 줄이야. 재원은 의아함을 감추지 못했다.

재원은 변호사에게 눈짓으로 그만 가 봐도 좋다는 말을 대신했다. 변호사는 마지막까지 예의를 갖추며 고개를 숙이고는 자리를 떠났다.

"조만간 먼저 연락드리려고 했는데, 이런 곳에서 뵙게 되네요."

돌아온 대답은 없었다. 도현은 입에 물린 연초를 깊게 흡입하며 숨을 내쉬었다. 허공으로 자욱하게 퍼지는 담배 연기 속에서 재원은 도현의 속내를 파악하려는 듯 신중히 관찰했다.

"동생분 때문에 골치 아프시겠습니다."

도현이 픽 웃으며 대꾸했다.

"뭐. 그렇죠. 몇 년을 그 새끼 뒷바라지만 하고 있는지. 이쯤 되니 직업을 바꿔야 할 것 같습니다. 유모로."

재원이 짧게 웃음을 터트렸다. 그리고 느린 걸음으로 다가가 명함을 내밀었다.

"연락 한번 주시죠. 나눌 대화가 많을 것 같은데."

도현은 재원의 명함을 물끄러미 바라보다 시선을 들었다. 무표정하게 재원을 주시하며 물었다.

"차 형사가 올린 사건 보고서를 살펴봤습니다. 내용이 상당히 흥미롭더군요. 조사실 안에서 이해성 경장을 바라보던 애틋한 눈빛도 신선했고 말이죠."

"일방적인 추론만으로 꾸며진 대본을 믿으시는 겁니까."

"판타지 소설 같다고 생각했죠."

"현명하시네요."

"그렇다고 이재원 씨를 믿는단 뜻은 아닙니다. 난 누구도 신뢰하지 않아요. 직업 특성상."

한발 늦었나. 재원이 알게 모르게 미간을 찌푸렸다.

"아버지에게 따로 연락을 하면서까지 차강현과 가까워지길 바랐다던데. 내 눈엔 조사실에서 둘이 죽자고 싸우는 적처럼 보이더군요."

입에 물린 담배를 빼어 낸 도현이 재떨이에 짓이겨 끄고는 이어 말했다.

"아버지에 이어서 내게 접근하려는 걸 보니 차 형사 말이 전부 틀렸다고 단정 짓긴 어렵겠네요."

재원이 내민 명함 위에 라이터를 올려 두며 도현은 조용히 조소했다.

"난 쉬운 사람이 아닙니다."

도현이 확실하게 선을 긋자 재원의 눈빛이 딱딱하게 굳었다.

"명함 수집엔 취미가 없어서 정중히 사양하겠습니다. 자리 비켜 드릴 테니 편히 피우시죠. 앞으로 벌어질 일을 생각하면 꽤나 속타실 텐데."

뒤돌아선 도현이 몇 걸음 걷다 말고 우뚝 자리에서 멈춰 섰다.

"아. 본의 아니게 변호사와 나누던 대화를 엿듣게 돼서 하는 말인데……."

도현은 재원을 등진 채 비스듬히 고개만 돌려 말했다.

"어떤 선택을 하든 후회하시게 될 겁니다. 아무리 사이가 좋지 않은 형제라도 누가 내 동생 건드는 건 또 용납이 안 돼서."

도현이 날카롭게 눈을 치떴다.

"때려도 내가 때리고 욕을 해도 내가 하는데. 불쑥 끼어든 이방인이 동생에게 죽자고 달려드는 꼴은 보는 내 입장에서 기분이 좀 더럽습니다."

그럼. 할 말을 끝내고 점차 멀어지는 도현의 뒷모습을 바라보는 재원의 얼굴이 미묘하게 일그러졌다.

○ ◎ ●

해성이 핸들을 꽉 말아 쥐었다. 마음은 터질 듯 급한데 도로는 사정을
봐주지 않았다. 앞뒤로 꽉꽉 막혀 도무지 앞으로 나갈 수 없었다.

"미치겠네……."

해성이 신경질적으로 머리를 쓸어 올리며 아랫입술을 잘근 깨물었다.

'OCTV 영상, 30분 3초. 여기 이 부분이요. 이 사람 맞죠? 집 안으로 들어가
는 남자.'

세찬이 보여 준 영상엔 흐릿하지만 분명 최정우 교수로 추정되는 남자
가 구옥 주택 안으로 들어서는 모습이 촬영되어 있었다.

해성은 의구심을 지울 수 없었다.

'이상한데. 너무 쉬워. 그렇게 치밀하기로 유명한 사람이 대놓고 찍혔잖아. 여
태 벌어진 사건 중에서 진범으로 의심되는 사람은 OCTV에 한 번도 찍힌 적 없었
어.'

해성이 날카롭게 지적하자 세찬이 손뼉을 짝 부딪치며 답했다.

'바로 그거예요. 이 방범용 OCTV가 며칠 전만지만 해도 고장 난 상태였거든
요. 그 담당 직원들도 피해 볼까 봐 처음엔 말하기 꺼려 했는데, 어르고 달래 가
면서 빌다시피 물어보니까 거의 6개월 동안 작동이 안 되던 상태였어요.'

'그럼 처음부터 작동이 안 된다는 걸 알고서 이 집을 이용했던 건가?'

'빙고. 그런데 최근에 고쳤다는 사실을 몰랐던 거죠. 왜냐면……'

'범행 시간은 주로 새벽 시간대니까. 수리하는 걸 모를 수도 있었겠네.'

'그렇죠. 그게 빈틈이었던 거죠.'

그렇다면 이재원은 뭐지. 정말 무죄였던 걸까. 그의 말처럼 사건과 조금도 관련이 없었던 걸까. 주택 전부를 뒤지다 보면 증거물 하나쯤은 나오겠지. 팀원들의 사기가 불길처럼 치솟았다. 하지만 문제는 다른 곳에 있었다.

'진짜 다 끝났는데. 거의 다 왔는데 환장하겠다……'

형운이 한숨을 내쉬자 신중하게 재차 영상을 돌려 보던 해성이 물었다.

'무슨 일 있어요?'

'아직 전달 못 받았어? 방금 전에 차 경감님 징계받았잖아. 한 달 정직에 감봉. 이때다 싶었겠지. 서장님은 내내 차 팀장님 거슬려 했으니까.'

형운은 이재원을 의심했다. 그가 조사실을 떠나기 10분 전. 이재원의 변호사가 경찰서에 나타나고 5분 만에 결정된 사안이었기 때문이다.

"돌겠다. 진짜……."

차 팀장은 일이 이렇게 될 줄 알고 있었으면서 자신을 일부러 이재원의 집에 보낸 거다. 배신감을 이루 말할 수 없었다.

해성은 울컥 치솟는 감정을 간신히 억누르며 전면 창을 주시했다. 꽉막힌 도로는 나아질 기미가 보이지 않았다. 해성이 주먹으로 클랙슨을 내리치며 소리쳤다.

"아, 씹. 진짜 좀 비키라니까!!"

끝내 폭발한 그녀를 막을 수 있는 건 이제 아무것도 없었다.

19

차 팀장 집 근처에 도착하자마자 해성은 아무렇게나 주차를 마치고 버리듯 차량에서 내렸다.

앞만 보며 달렸다. 오늘따라 유독 마음이 급했다. 해성은 몇 번이나 엘리베이터 버튼을 두드리듯 누르며 초조한 얼굴로 층수 판에 시선을 고정했다.

"전화는 왜 또 안 받아……."

평소엔 잘 하지도 않는 욕이 절로 터져 나왔다. 긴 기다림 끝에 상승을 멈추고 엘리베이터 문이 열렸다.

쾅쾅! 쾅쾅쾅!

말아 쥔 주먹으로 두꺼운 현관문을 사정없이 내리쳤다. 손이 붉게 달아올랐지만 개의치 않았다.

"팀장님! 차 팀장님!"

격하게 문을 내리치며 소리를 지르는데도 반응이 없다. 해성은 조금 더 주먹에 힘을 주어 문을 두드렸다.

"안에 계신 거 압니다! 차 경감님!"

누가 이기나 해 보자 이거지……

해성은 떨리는 숨을 가다듬으며 다시 한번 목청껏 소리쳤다.

"차강현! 나오라고!"

거짓말처럼 현관문이 벌컥 열렸다. 너무 놀라 숨이 멎었다. 간절히 기다리던 남자가 눈앞에 나타났지만 정작 해성은 입이 얼었다. 다른 의미로 말문이 턱 막혔다. 해성은 어쩌지도 못하고 휘둥그레 커진 눈을 깜빡일 뿐이었다.

"이젠 아주 막 나가네."

"아니, 그게……."

"내가 언제부터 이해성 씨 친구가 됐지."

물기를 머금은 머리를 수건으로 털며 강현이 한쪽 눈가를 찡그렸다.

"두 번째네요. 멀쩡한 남의 집 문 부수는 데 취미라도 생긴 겁니까."

차 팀장은 온몸이 물기에 젖은 채였다. 샤워를 하다 막 나온 듯했다.

거기까진 충분히 납득할 수 있었다. 문제는 그다음이었다. 무엇도 걸치지 않은 탄탄한 상체가 그대로 노출된 채였다.

다행이라 해야 할지 불행이라 해야 할지 하체는 종아리까지 내려오는 긴 샤워 타월을 걸친 게 전부였다.

"안 나오면 한 대 칠 것처럼 할 땐 언제고 왜 말이 없어."

해성이 입을 벙긋거리다 가까스로 목소리를 쥐어짰다.

"샤워, 샤워하는 중이셨어요?"

"하면 안 되는 이유가 있어?"

"이런 상황에서 샤워를 하셨어요?"

"이런 상황이 뭔데."

"징계받으셨다면서요. 한 달 정직에 감봉은 어디로 보나 정당한 처사가 아니었습니다. 저희는 지침을 어긴 적 없습니다."

"그럼 이해성 씨가 생각하기에 정당한 처사는 뭡니까."

해성의 입술이 굳게 다물렸다.

"다 알고 계셨죠."

강현이 한쪽 다리에 힘을 풀고 한쪽 허리에 손을 얹은 채 비딱하게 섰다. 못마땅하다는 눈빛이 와 닿았지만 해성은 멈추지 않았다.

"팀장님이 왜 징계를 받습니까. 이재원은 용의자로 의심받기에 충분했습니다."

"서장 눈에는 아니었나 보지."

"돌아가겠습니다."

해성이 미련 없이 돌아선 순간 강현이 재빠르게 손목을 낚아챘다.

"돌아가서 뭘 어쩌려고."

"따질 겁니다."

강현이 피식 웃음을 터트렸다.

"일개 경장이 따지면 뭐가 달라집니까. 서장 얼굴은 제대로 볼 수나 있겠어?"

"볼 겁니다. 똑바로 마주 보고 차 팀장님 징계는 불합리한 처사였다고 확실히 말할 겁니다."

"가능할 거라 생각합니까."

이 바닥을 아직도 몰라. 강현이 쓰게 웃었다.

"불가능하다면 제가 받겠습니다. 말씀처럼 일개 경장이 경우도 모르고 무작정 저지른 일입니다."

강현이 긴 숨을 내쉬며 말했다.

"이재원의 집에 이해성 씨를 보낸 게 누구였죠. 확실한 증거도 없이 조사실에 데려다 놓으라고 명령한 사람이 누구였냐고. 말해 봐."

"······."

"처음부터 지금까지 서장 명령 무시하고 멋대로 단독적으로 행동한 사람은."

해성이 아프게 입술을 감쳐물었다. 알지만 대답하고 싶지 않아서였다.

그 고집을 모를 리 없는 강현이 한숨처럼 웃으며 말했다.

"나잖아. 네가 아니라."

"CCTV에 최정우 교수가 집 안으로 들어가는 모습이 포착됐습니다."

"알고 있어."

"독단적이었다고는 하지만 팀장님의 선택은 틀리지 않았습니다."

"사회 조직은 계급을 중요시합니다. 정의나 결과는 둘째고. 명령과 충성이 우선시되어야 조직원의 안전이 보장될 수 있으니까."

"하지만 팀장님이 없으면……."

"배웠잖아. 내 밑에서."

강현의 눈빛은 흔들리지 않았다. 올곧은 시선에 해성은 마른침을 삼키며 간신히 호흡했다.

"난 다 가르쳤어."

"이렇게 될 거라고 예상한 사람처럼 말씀하시네요."

"이곳에 올 거란 것도 예상했지. 어느 정도는."

강현이 짧게 웃었다.

"이제부턴 네가 해야 돼."

"그게 무슨……."

"진범이 움직이기 시작할 거야. 이재원이 풀려났으니까."

벌써 거기까지 예상한 건가. 해성이 인상을 구겼다.

"움직이다니요. 그걸 어떻게 확신합니까."

"그 순간이 오면 무조건 범인을 잡아. 위험하더라도 상관없어. 이번엔 목숨 걸고 쫓아. 망설이지 말고."

"언제는 조심하라면서요."

"과보호는 그만하라며. 같은 형사로 대해 달라며."

속도 모르고 강현은 입술을 늘여 웃었다.

"늦기 전에 내가 가. 반드시."

이해할 수 없단 얼굴의 해성을 물끄러미 들여다보며 강현이 말했다.

"뛰어왔어?"

"네. 그만큼 급했으니까요."

"보고 싶어서?"

"걱정됐어요."

"그래?"

해성이 믿지 않게 강현을 흘겼다.

"네."

군더더기 없는 해성의 대답에 결국 물러선 쪽은 강현이었다. 강한 힘으로 움켜쥐고 있던 해성의 손목을 풀어 주며 강현이 옆으로 비켜섰다.

"좋아. 들어와."

○ ◎ ●

'몰골이 말이 아닌데. 찝찝하면 씻어요. 괜찮으니까.'

괜찮다고 말하려 했으나 해성은 당장 샤워가 간절했다. 사흘 내내 제대로 먹지도 씻지도 자지도 못했다.

강력계 형사들에겐 흔한 일이었지만 어쩐지 땀범벅이 되어 버린 꼴을 하고서 차 팀장 집에 마주 앉아 있는 게 더 실례일 것 같았다.

우물쭈물하며 망설이던 끝에 해성은 결국 발길을 돌렸다.

칫솔과 치약. 면도기와 쉐이빙 폼. 성인 남자가 혼자 사는 집은 확실히 간단했고 단순했다. 거추장스러운 것을 질색하는 성격답게 샴푸와 보디워시, 올인원 로션과 헤어 왁스를 제외하고 선반은 깨끗했다.

새삼스럽게 물끄러미 선반을 바라보다 해성은 시선을 거두고 옷가지를 하나둘씩 탈의하기 시작했다.

샤워기 앞에 서서 몸 위로 쏟아지는 차가운 물줄기를 맞자 절로 어깨가 움츠러들었다. 하지만 시간이 지날수록 복잡한 머릿속이 싹 가시는 것만 같았다. 개운했다.

"하……."

일부러 찬물을 틀었다. 따뜻한 물로 샤워를 하면 노곤해져 긴장을 풀게 될까 봐.

"괜찮을까."

최지윤은 무사할까. 그래, 별일 아닐 거야. 내가 너무 예민해진 탓이겠지.

한시가 급한데 영장이 나오기 전까지는 그 어떤 권력도 행사할 수 없으니 걱정만 가득하다.

해성은 얼굴을 내저으며 몸을 씻기 시작했다. 머리를 감고 세안까지 마친 뒤 수납장 안에 잘 정돈된 수건을 꺼내어 대충 물기를 닦아 냈다.

문제는 갈아입을 옷인데. 수건으로 몸을 가린 채 조심스럽게 욕실 문을 열었다.

"저기……."

해성이 말끝을 흐렸다. 바로 문 앞 바닥에 가지런히 정돈된 옷이 놓여 있었다. 편한 반팔 티셔츠와 반바지. 차 팀장의 것이다.

해성은 비좁은 문틈 사이로 팔을 뻗어 강현의 옷을 주워 들었다. 옷을 다 갈아입고 욕실을 나섰을 때 해성은 묘한 기분을 지울 수 없었다.

"좋은 냄새……."

해성은 저도 모르게 고개를 돌려 어깨에 코를 박고 숨을 들이켰다.

살과 옷에서 차 팀장의 향기가 진동을 했다. 시원한 차강현의 냄새.

이대로 침대에 누우면 그대로 흠뻑 잠에 빠질지도 모른다. 해성이 천천히 걸음을 옮겼다. 거실에 다다르자 강현과 시선이 부딪혔다. 차 팀장은 어느새 배스 가운 차림이었다. 둘은 잠시 그대로 움직임을 멈추고 서로를 응시했다.

강현이 알 수 없는 눈으로 해성을 훑었다. 그러면서 짤막하게 웃었다.

"옷이 많이 크네."

"아……."

어떤 모습인지 미처 확인하지 못했다. 해성이 급히 시선을 내렸다. 무릎 위까지 내려오는 긴 반팔과 정강이를 웃도는 반바지는 누가 봐도 퍽 우스웠다.

"몸은 되게 작고."

그 작은 몸으로 범인을 잡겠다며 사방팔방 뛰어다닌 게 진심으로 신기하다는 듯한 얼굴이었다. 강현이 느린 걸음으로 해성을 향해 다가왔다.

문득 강현이 손을 뻗어 해성의 손에 들린 수건을 빼앗아 갔다. 수건은 곧 해성의 머리 위로 내려앉았다.

"물기가 그대론데."

"아, 네. 습관이라."

"원래 잘 안 말리는 편인가?"

"가만히 두면 저절로 마르잖아요."

"그러다 감기 걸립니다."

허리까지 내려오는 긴 머리를 제대로 말리려면 1시간은 족히 걸리기 때문에 시간이 아까운 이유도 있었다.

천천히 수건을 움직이며 머리에 남은 물기를 털어 주는 다정한 손길을 얌전히 느꼈다. 그가 손을 움직일 때마다 가운 사이로 탄탄하게 자리 잡은 가슴 근육이 눈에 담겼다. 정신이 아득하다. 해성은 어디에 눈을 둬야 할지 몰라 바쁘게 눈동자만 굴렸다.

강현이 슬며시 시선을 낮췄다. 해성의 긴 머리카락 끝부분을 매만지며 작게 읊조렸다.

"머리가 길어."

"자를 시간이 없어서……."

이유 모를 긴장감이다. 해성은 간신히 마른침을 삼켰다.

"사건 끝나면 자를 생각입니다."

"뭐가 됐든 어울릴 것 같아."

"……네?"

어리둥절한 얼굴로 해성이 눈을 깜빡였다. 강현은 만지작거리던 해성의 머리카락을 놓아 주며 가볍게 웃었다.

"못 들었으면 됐고."

말을 끝낸 강현이 뒤돌아섰다.

"와서 먹어요."

차 팀장의 시선 끝엔 식탁 위 음식이 있었다. 보기만 해도 따뜻해지는 전복죽. 그리고 양주 한 잔. 전혀 매치가 안 되는 이상한 조합이었다.

"직접 만드신 거예요?"

"응."

"요리를, 직접 하셨어요?"

상상도 못 한 일이라 해성은 의아하게 되물었지만 강현은 지극히 태연한 얼굴로 끄덕였다.

"어머니한테 배웠어. 어깨너머로 본 게 전부지만."

"아……."

강현의 뒤를 쫓아 식탁 앞에 앉았다. 죽과 양주라니. 다시 봐도 이상했다. 해성은 결심한 듯 스트레이트 잔을 슬쩍 옆으로 밀어 두었다.

"술은 괜찮습니다."

"양주가 별로면 소주? 꽤 잘 마시는 것 같던데."

"가리진 않지만 언제 운전을 하게 될지 몰라서요."

"하지 말았으면 해서 주는 겁니다."

"차 끌고 왔습니다. 돌아갈 때."

"못 가게 하려는 이유도 있고."

차 팀장은 망설임이 없었다.

해성이 시선을 들어 강현을 마주 보았다. 강현은 뭘 그리 놀란 눈으로 바라보는 거냐며 이해할 수 없단 표정이었다.

"멋대로 찾아온 건 네 마음이지만 보내 주는 건 내 마음이야."

불만이면 오지 말았어야지.

강현은 넌지시 손등에 턱을 괴고서 비스듬히 해성을 건너다보았다.

"오늘 안에 영장이 나올 리도 없고. 좀 이상한 조합이긴 한데 가끔 먹어 보니 꽤 괜찮아."

강현이 팔을 뻗어 수저를 건넸다. 움찔거리던 해성은 끝내 수저를 건네받으며 고개를 숙였다.

"감사합니다. 잘 먹을게요."

집요한 시선을 애써 피하며 해성이 죽을 한 숟갈 떴다. 후, 불어 입에 넣자 고소한 전복의 풍미가 입안 가득 퍼졌다.

해성이 눈을 동그랗게 떴다.

"……맛있어요. 정말로."

강현의 입술이 길어졌다.

"다행이네."

"팀장님은, 안 드세요?"

"응."

왜요? 목구멍 끝까지 차오른 질문을 가까스로 삼켰다. 해성은 꿋꿋이 밥그릇에 시선을 붙박은 채 죽을 먹는 데 집중했다. 따가운 시선이 와 닿는 게 전부 느껴졌지만 음식을 대접한 마음을 생각해서라도 마지막 한 숟갈까지 싹싹 비워 냈다. 하지만 끝내 술은 마시지 않았다.

"잘 먹었습니다."

해성이 가지런히 수저를 내려놓는 것을 확인한 강현이 입을 열었다.

"언제까지 기다려야 합니까."

강현이 깨끗하게 비워진 그릇을 옆으로 치워 내며 물었다.

"예?"

"말해 주겠다며. 전부."

"아……."

이재원과 나눈 대화를 묻는 것이다.

'걔는 다를 것 같아?'

'나는 내가 있는 곳에 널 혼자 보냈을 때 알았는데. 정말 아직도 모르겠어?'

'그 새끼도 나와 같은 부류라고.'

'목적 달성을 위해선 무슨 짓이라도 기꺼이 감수하는 괴물.'

잊고 있던 이재원의 목소리가 귓가에서 선명히 맴돌았다.

말을 해야 할까. 아니, 그럴 필요가 있나. 괜히 기껏 잠잠해진 수면을 들쑤시는 꼴이 되진 않을까. 여러 생각이 뇌를 흔들었다.

해성이 선뜻 말을 꺼내지 못하고 입을 달싹이자 강현이 한쪽 눈가를 슬며시 찌푸렸다.

"말 못 할 일인가?"

"……같은 부류라고."

"응?"

"이재원이 자신과 팀장님은 같은 부류라고 했어요."

차마 소시오패스라는 단어를 직접적으로 언급할 수 없었다. 강현의 입술이 일자로 굳게 다물렸다. 해성은 일부러 더 아무렇지 않은 척 웃었다.

"거짓말이란 걸 알아서 딱히 신경 쓰지 않았습니다. 예전에 한번 말씀드렸잖아요. 둘이 있게 된다면 분명 함께 지낸 시간을 이용해서 접근할 거라고. 범인이 수사관의 약점을 잡는 일은 흔하다고 알고 있습니다. 그래서……."

식탁 의자에 앉아 빤히 해성을 주시하던 강현이 천천히 몸을 일으켰다. 덕분에 해성은 입을 다물 수밖에 없었다. 바로 앞에 멈춰 선 강현은 해성이 앉아 있는 의자 팔걸이를 잡아 무게를 지탱하고는 슬며시 허리를 굽혀 시선을 맞추었다.

"그래서. 넌 어떻게 생각하는데."

"말씀드렸잖아요. 당연히……."

"아니."

자연스레 내리깔린 남자의 시선은 해성의 입술에 머물러 있었다. 퇴폐한 분위기에 해성은 숨을 죽였다.

"의심하고 있었잖아. 내심."

그를 둘러싼 수많은 소문들은 어디까지나 차강현을 잘 모르기에 와전

된 것이라고 생각했다. 좀처럼 곁을 내주지 않아서. 범죄자를 잡는 것밖에 모르는 사람이라서 생겨난 우스운 입놀림이라고. 하지만 그 시작이 어디였을까 궁금하기도 했다.

"말해 봐. 한편으론 찝찝했다고."

남자의 얼굴이 점차 가까워졌다.

웃긴 얘기 하나 해 줄까. 강현이 나지막하게 속삭였다.

"인질로 잡힌 어머니가 한범수의 칼에 찔려 죽은 날. 다음 날. 그리고 그다음 날까지도 난 장례식장에 없었어. 정확히는 가지 않았지."

입술에 닿은 숨결이, 숨 막히게 고요한 낮은 목소리가 깊은 동굴 속에 들어선 것처럼 어둡게 울렸다.

"발인을 할 때까지도 나는 다시 새롭게 나타난 범죄자를 잡겠다고 경찰서에 있었어."

쓸쓸한 웃음을 보았다.

"근데 말이야. 잡아넣고 또 꾸역꾸역 찾아서 잡아 처넣어도 도무지 줄어들 생각이 없는 거야. 바퀴벌레 같은 새끼들은 하루가 멀다 하고 번식을 했거든."

강현이 싱긋 웃었다.

"그럼 나는 다시 집요하게 찾아내고 박멸하기를 반복하지. 내 일이니까. 내가 할 수 있는 일은 이것뿐이라 세뇌하면서."

온몸이 뻣뻣하게 굳어 갔다.

"그때부터였어. 드디어 내가 미쳐 가고 있는 건가, 생각이 들었던 게."

강현이 느리게 손을 뻗었다. 기다란 남자의 손가락이 해성의 미간을 타고 콧대를 지나 아래로 향했다.

"이게 대체 무슨 의미가 있지. 슬슬 짜증이 나기 시작할 때쯤 생각지도 못한 복병이 나타나."

천천히, 더딘 속도로.

"그게 너야. 이해성."

남자의 손끝이 입술에서 멈추었다.

처음은 호기심이었고 두 번째는 스며드는 묘한 감정에 대한 격한 부정이었다고. 남자는 그렇게 말했다.

"매너 없게 들쑤시면 기겁을 하고 달아날 줄 알았는데 오히려 더 파고드는 거야. 맹랑한 것도 정도가 있지."

자칫 더 방심했다면 홀리듯 넋을 놓아 버렸을지도 모른다.

"혹시 또 모르지. 이재원 말처럼 내게 소시오패스 기질이 있을 수도."

멍하니 강현을 바라보다 가까스로 정신을 차린 해성이 슬며시 자리에서 일어섰다. 강현은 의외로 쉽게 해성을 놓아 주었다.

천천히 거실 창문으로 걸어갔다. 이재원의 집에서 보았던 풍경과는 비슷하지만 확실히 달랐다. 서서히 저물어 가는 태양. 여러 색이 뒤섞여 묘한 빛을 내는 노을. 길게 뻗은 한강과 무성한 건물까지도.

"풍경이 예뻐요."

멍하니 창밖 풍경을 바라보던 해성이 비스듬히 몸을 돌렸다. 강현은 아직도 처음 그 자리에 멈춰 서 있었다.

넌지시 해성을 바라보며 강현이 설핏 웃음을 터트렸다.

"관심 없어."

역광 탓에 해성의 얼굴이 잘 보이지 않는지 강현이 미간을 좁히며 눈을 가늘게 떴다.

"저는요, 팀장님이 무섭지 않아요."

앞으로 나아가려다 말고 강현이 주춤했다. 하지만 이내 다시 다리를 움직여 다가왔다.

"저도 처음엔 팀장님처럼 호기심이었는데, 이젠 모르겠어요. 그냥 될 대로 되겠지. 그런 무책임한 마음이었는지, 아니면. 그냥 이유도 모르고 무작정 끌렸던 건지."

같은 일을 경험한 나는 당신이 어머니의 장례식에 참석하지 못한 이유를 안다. 그 미어지는 심경도, 미친 사람처럼 일에 몰두해야만 했던 원인도 전부 안다.

"하지만 이것 하난 확실해요. 나와 같은 상처를 가진 사람이란 거요."

"……."

"모든 사람들은 감정적이에요. 충동적이고 미련해요. 남들은 절대 이해하지 못할 쓸데없는 고집을 버리지 못한 채 평생 품고 살기도 해요."

점점 가까워지는 강현을 보며 해성은 조용히 웃었다.

"한범수 인질 사건이 벌어진 날, 팀장님은 어머니를 지키기 위해 뒤도 돌아보지 않고 혼자 달려가셨죠. 매뉴얼도, 내부 지침도 전부 어기고서."

말의 의미를 이해할 수 없다는 듯 강현이 한쪽 눈가를 구겼다.

"경험해 봤으니까. 그런 충동적인 행동이 얼마나 위험한지 아니까. 그래서 제게 더 엄격한 잣대를 세우시는 거 알고 있어요. 하지만 팀장님도 알고 계시잖아요. 그 순간엔 그 행동이 최선이었다는 거."

해성이 차분히 숨을 내쉬며 이어 말했다.

"저는요. 그날 팀장님의 선택이 옳았다고 생각해요."

"그래서. 같은 상황이 벌어지면 혼자 달려가겠다. 미리 선전 포고 하는 건가?"

"멋있다고 말하는 거예요. 아무리 지키고자 하는 마음이 크더라도 내 목숨을 걸고 달려가는 일은 쉽지 않은 거잖아요."

강현이 헛웃음을 터트렸다.

"모르시겠지만 팀장님은 정말 매력적이거든요. 목소리도 좋고, 얼굴도 멋지고, 몸도 좋고……. 아, 향기도 좋아요. 그냥 모든 게 다 근사해요."

노을빛을 받으며 걸어오는 모습조차도. 어쩌면 처음부터 전부 다 끌릴 수밖에 없었다.

"전 원래 잘 웃지 않는데, 팀장님을 만나고 난 이후부터는 조금씩 웃어요. 그중에서도 인정받을 때가 제일 좋아요. 혼자가 아닌 것 같아서."

어느새 강현은 바로 앞까지 다가왔다. 발끝에 우뚝 멈춰 선 채 알 수 없는 무감한 얼굴로 해성을 지그시 내려다보았다.

"예전부터 한번은 말하려고 했는데 그런 순진한 얼굴로 무턱대고 고백하지 마."

"……왜요? 불쾌하세요?"

"아니."

강현의 입술 끝이 언뜻 올라섰다.

"좀, 간지러워."

심장이.

그래서 매번 적응이 안 돼.

강현이 속삭이듯이 말했다.

"네가 그토록 궁금해하는 질문에 답을 해 줄게."

강현의 얼굴이 예고 없이 아래로 내려왔다. 쇄골에 입술을 묻고서 아프지 않게 자근 씹었다. 아찔한 감각을 이기지 못하고 해성은 저도 모르게 숨을 참았다. 남자의 입술은 붉은 흔적이 새겨진 곳을 지나 천천히 목덜미를 타고 올라왔다.

짧은 입맞춤으로 진심을 전하듯.

그의 입술이 멈춘 곳은 귓불이었다. 가볍게 물었다 놓아 주길 반복하는 동안 스치는 혀 놀림이 생경하다.

"괴물이 되기 직전에 널 만나 다행이란 생각을 해. 요즘."

고요한 숨소리와 아득한 음성이 고막을 휘감았다.

"포기하려던 순간에."

어둠에 먹히기 직전에.

펌프질을 하듯 심장이 쾅쾅 뛰었다. 간신히 참아 온 숨을 힘겹게 내쉬려는 순간, 거리낌 없이 옷 속으로 손을 밀어 넣은 강현이 가슴을 움켜쥐었다.

"아……."

"이제 밤을 맞이할 시간이야."

해성이 대답하기도 전에 강현의 입술이 다가왔다.

모조리, 먹혔다.

우우웅. 우우우웅.

어디선가 울음소리가 들렸던 것 같다. 진동이었던가. 알 수 없었다.

그의 향기에 취해 해성은 눈을 감았다.

해성의 고개가 높게 젖혀졌다. 강현이 입술로만 웃으며 해성의 아랫입술을 짧게 빨아들였다. 아, 희미하게 새어 나온 여린 음성은 곧 흔적도 없이 사라졌다.

숨 쉴 틈도 없었다. 강현이 작게 벌어진 해성의 입술 사이로 혀를 밀어 넣었다. 입안을 휘저으며 조금 더 깊게, 맞붙었다.

강현이 예민하게 솟아오른 정점을 엄지로 느릿하게 쓸어 내듯 짧게 건드리자 해성이 질끈 눈을 감았다.

"이러다 터지겠어."

더 집요하게 잡아 비틀자 해성이 으응, 작게 신음하며 몸을 움츠렸다.

"네 심장 말이야."

뜨겁게 달아오른 몸은 의지대로 움직여 주지 않았다. 어딘가 고장이 난 것 같았다. 저릿한 느낌에 자꾸만 아랫배가 흠칫, 흠칫 떨려 왔다.

강현은 한쪽 팔로는 해성이 뒤로 넘어가지 않도록 허리를 받쳐 안고 다른 손으로는 티셔츠를 걷어 올렸다. 그리고 그대로 고개를 숙여 가슴에 얼굴을 묻었다.

"아……."

무게에 떠밀려 해성이 주춤, 한 걸음 뒤로 물러선 순간 허리를 감싼 강현의 팔에 바짝 힘이 실렸다.

"이럴 땐 백수가 참 좋아. 출근 생각 하지 않아도 되잖아."

강하게 흡입하며 조금 약하게 이로 긁었다. 살며시 혀를 굴려 핥아 올릴 땐 도무지 참을 수 없었는지 해성의 가슴팍이 크게 부풀었다 가라앉길 반복했다. 말로 형용할 수 없는 감각이 빠른 속도로 불길처럼 화르륵 치솟았다.

"……간지, 간지러워요."

해성은 두 눈을 꾹 감고서 저도 모르게 강현의 뒷머리를 강한 힘으로 움켜쥐었다.

그러는 와중에도 가슴에선 흠뻑 젖은 소리가 끊이지 않고 질척거렸다.

강현이 힘껏 빨아들이면 여자의 입에서 가느다랗게 떨리는 신음 소리가 흘러나왔다. 마치 최음제 같았다. 인내가 희미해졌다.

강현이 슬며시 눈매를 구겼다.

남자의 입술이 떨어지자 뜨거운 숨결이 닿았던 곳에 차가운 공기가 스쳤다. 스산함을 느끼며 해성이 천천히 눈꺼풀을 밀어 올렸다.

몽롱하게 풀린 눈에 강현의 얼굴이 담겼다. 야했다. 무감한 표정이, 그 속에 갈망으로 가득 차오른 어두운 눈동자가.

별안간 강현이 창가 바로 옆쪽에 위치한 소파에 털썩 앉았다.

"앉아서 해 봤어?"

"아, 아니요……."

적나라한 질문에 당혹스러워하는 해성을 보며 강현이 피식 웃었다.

"경찰서에선 말대꾸 잘만 하더니."

지그시 와 닿는 시선 탓이다.

"얼굴이 빨개졌어."

부정할 수 없었다. 이미 의지와는 다르게 뜨겁게 달아오른 뒤였다.

"올라와."

강현이 가볍게 손목을 잡아당기자 이끌리듯 남자의 허벅지 위로 내려앉았다. 남자의 얼굴을 마주 보고서 간신히 무릎 쪽에 걸터앉은 모양새였다.

"저 무거워요."

"가벼워."

그리 말하며 강현이 천천히 손을 내렸다. 반바지와 허리 경계선을 검지로 살살 문지르는가 싶더니 질끈 묶어 낸 바지 끈을 천천히 잡아당겼다. 스르륵 힘이 빠지며 매듭이 풀어지자 반바지가 고정력을 잃고 힘없이 밑으로 떨어졌다. 강현은 손을 움직여 마저 벗겨 내고는 속옷 차림의 해성의 몸을 빤히 들여다보았다.

"허리가 지나치게 얇아. 한 손으로도 감기겠어."

쑥스러워 감추고 싶었지만 몸을 숨길 곳이 마땅치 않았다. 물러설 곳도 없었다. 등 뒤엔 서울의 한강 야경을 품은 창이 가로막고 있었다.

해성은 조금 억울하다는 듯이 웅얼거렸다.

"……운동 열심히 해요. 보기보다 힘도 세고요."

"그래?"

소심한 반박에 강현이 의미심장한 미소를 지었다.

"올려다보는 것도 나쁘지 않네."

눈 깜빡한 순간 남자의 입술이 다시 다가왔다. 호흡을 들이쉬고, 다시 내쉴 때마다 전보다 더 깊게 짓눌렸다.

남자의 손이 그림을 그리듯이 움직였다. 온몸의 솜털이 바짝 일어나는 기분이다.

방심한 순간 속옷 사이를 가르며 남자의 손가락이 들어섰다. 움찔, 몸이 먼저 반응했다. 괜찮다 타이르듯 강현은 입맞춤을 멈추지 않았다.

천천히 뚫고 들어왔다. 원을 그리며 강현이 중지를 부드럽게 움직이자 해성은 어쩌지도 못하고 발가락에 힘을 주어 간신히 버텼다.

"으응……."

나약한 신음이 신호탄이 되어 남자의 손가락은 조금 더 빠르게 움직였다. 횟수가 늘어날수록 탄탄하고 두꺼운 남자의 팔뚝에 핏줄이 선명하게 도드라졌다.

"많이 야해졌네. 이해성."

저조한 음성 끝에 희미한 웃음이 맺혔다. 그가 건드릴 때마다 머릿속에선 섬광이 튀었다.

해성이 간신히 강현의 손목을 잡아챘다. 밀어 내려 해 봤지만 남자의 손은 옴짝달싹하지 않았다.

"티, 팀장님."

"응."

남자의 손이 쉬지 않고 들락거리자, 하아……. 뜨거운 숨이 왈칵 쏟아졌다. 달아오른 몸속을 휘젓는 손가락의 움직임은 도통 멈추지 않았다.

아아. 으응. 몸에 절로 힘이 실렸다. 해성은 저도 모르게 강현의 어깨에 손톱을 박아 넣고 입술을 묻었다.

"좀 더 버텨."

봐줄 생각이 없었다.

강현은 움직임을 가로막는 속옷이 거슬렸는지 거리낌 없이 벗겨 버렸다.

"가까이 와."

해성이 머뭇거리자 강현은 조금 힘을 주어 허리를 잡아당겼다.

남자의 몸에 아슬아슬하게 걸쳐진 가운은 어느새 매듭이 풀린 채였다. 무의식적으로 시선을 낮추자 강현이 짓궂게 입술을 늘였다.

"뭘 그렇게 뚫어져라 봐. 부끄럽게."

"아니……."

말을 다 이을 수 없었다. 아래에서 뭉툭하고 딱딱한 무언가가 느껴진 탓이다. 천천히 주변을 문지르며 강현이 낮게 속삭였다.

"잘 잡아. 그러다 뒤로 넘어질라."

강현의 다리 위에 올라탄 야릇한 자세가 조금은 민망했지만 부끄러워할 시간조차 주지 않았다.

강현이 허리를 강하게 끌어 내렸다.

강렬한 감각에 눈이 크게 뜨였다. 단번에 끝까지 밀고 들어서자 으읏. 해성은 입술을 꾹 깨물고서 가까스로 신음을 참았다. 의도치 않게 무너져 내렸다. 그제야 만족스러운 듯 강현이 소리 없이 미소 지었다.

빈틈없이 맞붙었다. 강현이 엉덩이를 잡아 앞뒤로 천천히 흔들었다.

깊게 파묻힌 채 속에서 움직이는 느낌이 너무 이상했다. 꽉 들어찬 존재감이 연한 살을 파고들수록 더해지는 아찔한 감각은 참을 수 없을 만큼 자극적이었다.

"자, 잠시만⋯⋯."

"아직."

정신이 혼미했다. 몸이 앞뒤로 들썩거릴 때마다 강현은 손을 뻗어 출렁이는 가슴을 꽉 움켜쥐었다. 마음이 세차게 파동을 쳤다. 찌르르 울리는 전율에 비명이라도 지르고 싶은 심정이었다.

그때, 강현이 강하게 허리를 튕겼다. 으응! 제 입에서 나온 소리라고는 도무지 믿을 수 없을 만큼 끈적이는 교성이 흘렀다. 바로 입술을 물어 봤지만 소용없었다. 해성은 무너지지 않으려 강현의 넓은 어깨를 힘주어 잡고 간신히 버텼다.

"잘 버티네."

강현이 웃으며 다시금 허리를 잡아 제 품으로 강하게 당겼다. 전과는 비교도 안 될 정도로 깊숙이 파고들었다.

"으읏⋯⋯."

조금 느렸던 움직임이 점차 빨라지기 시작했다. 뜨거운 입김이 왈칵 쏟아졌다.

"더 세게 할 건데."

강현이 웃으며 자리에서 조금 몸을 일으켰다.

"계속 그렇게 입술 씹을래?"

다시 한번 치받아 올리며 물었다. 해성은 대답할 힘이 없었다. 두 다리가 퍼들퍼들 떨려 왔다.

"⋯⋯힘들어요."

"체력 좋다며."

"긴장이, 돼서⋯⋯."

해성이 말끝을 흐렸다. 다시 입술을 겹쳐 온 탓이다. 짧게 입안을 훑고는 남자의 입술이 아쉽게 떨어졌다.

"아직은 안 돼."

강현이 나직하게 타이르며 자세를 바꾸었다. 해성을 살짝 들어 올려 소파에 눕혔다. 그러곤 양손으로 허리를 움켜잡았다. 제대로 자세를 잡고는 빠르게 움직였다. 강렬히 치올릴 때마다 외설적인 신음 소리가 멋대로 터져 나왔다.

"흐윽……, 으응!"

사정없이 봐주지 않고 파고들 때마다, 내벽 어딘가를 긁어 내리며 빠르게 빠져나올 때마다 폭발할 것 같은 자극이 배가되어 돌아왔다.

"더, 더는……."

"못 참겠어?"

"으, 으응."

"어쩌지. 아직 난 너 편하게 해 줄 생각 없는데."

말과는 다르게 부드럽게 웃으며 빠듯하게 밀어 쳐올렸다. 속도는 끝없이 올라갔다. 이러다 정말 어떻게 되어 버릴 것만 같아.

"이해성."

건조하게 갈라진 목소리가 멀어져 가는 정신을 붙잡았다. 이해성. 강현이 다시 한번 낮은 음성으로 해성을 불렀다. 해성은 천천히 눈을 뜨고서 강현을 바라보았다.

어딘가 굳은 얼굴. 욕망으로 물든 눈빛. 간간이 찡그려지는 날카로운 눈매까지. 견딜 수가 없다.

조금 긴 침묵 끝에 강현이 말했다.

"좋아졌어. 네가."

감당하기 힘들 정도로.

해성의 눈동자가 정처를 잃고 흔들렸다. 처음 듣는 그의 담백한 고백에 어쩐지 눈물이 날 것 같았다.

되묻기도 전에 움직임은 다시 시작되었다. 대답을 듣고 싶지 않았던 건지, 필요하지 않았던 건지는 모르겠지만.

그의 허리를 강하게 옭아맨 다리가 힘을 잃고 풀어지려 할 때면 해성은 더 간절하게 매달렸다. 강현의 목에 두른 팔에 힘을 주고 악착같이 버텨 냈다. 그토록 기다려 온 고백에 화답을 하듯이.

남자는 견고하게 밀려왔다. 거침없이 파고들었다. 빈틈없이 맞붙은 채 쉬지 않고, 쉬지 않고, 격렬하게.

"멈추지 말아요."

"원하던 바야."

쾌락에 젖어 이성을 잃어버린 건지. 감추지 않아도 된다는 해방감이었던 건지. 가져도, 가져도 만족할 수 없는 욕심이었던 건지.

두 사람은 멈추지 않았다.

멈출 수 없었다.

고요한 집 안엔 높은 해성의 신음 소리와 질척거리며 맞붙는 야릇한 살 소리가 끊이지 않고 울려 퍼졌다.

어느새 창밖의 풍경은 달라져 있었다. 붉은 노을이 사라지고 밤이 내려 앉았다. 빨갛고 주홍색 자동차 불빛들이 끝도 없이 줄을 이었다.

한강 줄기를 중심으로 여러 불빛들이 서울을 빛냈다. 고층에서 내려다본 도심 뷰는 눈물겹게 아름다웠다.

버거울 정도로, 조금은 벅찰 만큼.

불안하도록 평화로운 밤.

그들이 목숨을 걸고 지켜야 할 서울의 밤이었다.

○ ◎ ●

우우웅. 우우우웅.

어디선가 울려 퍼지는 진동 소리에 해성은 미간을 찌푸린 채 손을 더듬 거렸다. 뻑뻑한 눈꺼풀을 겨우 밀어 올리고 휴대폰 액정을 켰다.

밝게 쏟아지는 빛에 인상을 찌푸렸다. 새벽 2시. 고작 2시간밖에 자지 못했다. 반나절 동안 섹스를 했다니. 미친 거야. 시간을 확인하고는 소리 없이 경악한 해성이 천천히 상체를 일으켰다.

바스락거리는 이불 소리를 들으며 고개를 돌렸다. 옆자리엔 한쪽 팔을 뻗은 채 지그시 눈을 감고 있는 강현이 보였다.

지금껏 팔베개를 해 준 걸까. 도대체 잠은 언제 자는 건지, 늘 궁금했는데. 얌전히 눈을 감고 있는 남자의 얼굴을 보자 새삼 기분이 이상했다.

그때, 다시금 우우웅 소리를 내며 휴대폰이 진동을 일으켰다.

[발신자 표시 제한]

알 수 없는 불안감이 온몸을 휘감았다. 걸칠 것을 찾아봤지만 어두운 공간에서 찾기란 쉽지 않았다. 해성은 속옷 차림으로 최대한 조용히 침대에서 내려왔다. 문을 나서기 전 다시 한번 강현의 자는 얼굴을 확인하고는 침실을 빠져나왔다.

심호흡을 하고 휴대폰을 귓가에 가져다 댔다.

"여보세요."

— …….

해성은 작은 목소리로 다시 한번 물었다.

"누구세요."

상대방은 말이 없었다.

설마…….

짧은 정적이 이어졌다. 성급하게 다시 되물으려는 순간, 낯익은 목소리가 흘러나왔다.

— 오랜만이네요.

불길한 예감은 틀린 적이 없었다.

20

전화를 끊자마자 온몸의 피가 빠르게 역류했다. 비정상적으로 미친 듯이 뛰어 대는 심장 소리 때문에 이성적인 판단이 어려웠다.

— 오랜만이네요.

변조된 목소리였지만 해성은 직감적으로 알 수 있었다.

— 즐거운 시간 보내셨나요. 혹시 방해가 됐을까 걱정이에요.

지켜보고 있었나.
해성이 빠르게 주변을 살폈다.
혼자 실행하기엔 무리가 있다. 신원이 노출될 위험을 감수하면서까지 무리하게 움직이진 않았을 테니까.
사람을 고용해 차 팀장의 집에 침입했던 건가. 아니면 대포 카메라를 이용해 다른 곳에서 지켜보고 있나. 무엇 하나 예측할 수 없었다.

— 20분 드리겠습니다. 지금 들고 있는 휴대폰은 두고 나오세요. 난 이해성 씨가 신중하게 행동할 거라 믿어요. 아, 되도록 무기 없이 혼자 왔으면 좋겠네요. 애먼 사람 죽는 꼴 직관하고 싶지 않다면 말이죠.

진범의 말을 떠올리며 해성은 숨을 죽이고 눈을 감았다.

— 지원 요청할 생각 말아요. 잘 자고 있는 그쪽 파트너를 깨울 생각도 말고. 주변에 이해성 씨를 제외한 단 한 명이라도 보인다면 그 즉시 인질은 죽습니다. 내 말, 무슨 뜻인지 이해하죠?

인질을 데리고 있다. 최지윤일까.

해성이 주먹을 꽉 말아 쥐었다. 최선을 선택해야 한다. 위험을 부담하더라도 매뉴얼과 지침을 따라야 할까. 아니면 인질의 안전을 최우선으로 하며 순순히 진범의 지시를 따라야 할까.

엉망진창이다.

차 팀장의 예상이 맞았다.

범인의 최종 목표는 자신이었다.

드라마나 영화에서 지금과 같은 비슷한 일이 생길 땐 보면서도 답답했다. 뭘 그런 말 같지도 않은 협박에 휘둘리는 건지 이해할 수 없었다.

하지만 직접 겪어 보니 알겠다.

심리전. 어디로 보나 인질을 데리고 있는 진범이 우위에 설 수밖에 없다.

"진정하고 생각을 해. 이해성."

해성은 혼잣말을 중얼거리며 시계를 확인했다. 총기는 직접 경찰서에 가서 사용 허가 결재를 받아야 한다. 실탄 사용처를 분명하게 남겨 두기 위함이었다. 당장 챙길 수 있는 건 언제라도 소지가 가능한 수갑뿐이다.

어둠 속에서도 시간은 멈추지 않고 흘러갔다.

앞으로 15분. 마음 같아선 당장 차 팀장을 깨워서 정보를 공유하고 도움을 구하고 싶었지만 무리였다.

진범이 지켜보고 있는 건 둘째 치고 차 팀장은 현재 징계 중인 상태였다. 형사의 권리를 행사할 수 없는 상황에서 멋대로 움직이게 된다면 그 피해는 고스란히 차 팀장이 부담하게 될 것이다. 심하면 직위 해지를 당할 수도 있다. 징계를 받기 전이라면 모를까 지금은 무슨 일이 있어도 차 팀장이 사건에 개입하는 일은 없어야 한다.

'이제부턴 네가 해야 돼.'

'그 순간이 오면 무조건 범인을 잡아. 위험하더라도 상관없어. 이번엔 목숨 걸고 쫓아. 망설이지 말고.'

이 순간을 대비해 한 말이었나. 대체 차 팀장은 어디까지 내다보고 있었던 걸까. 소름이 돋았다.

차 팀장의 말을 되새기던 해성이 무언가가 떠오른 듯 작게 탄식을 흘렸다.

"타이밍……."

그래. 타이밍만 맞아떨어진다면.

정말 낮은 확률로 운만 따라 준다면 누구도 다치지 않고 무사히 범인을 체포할 수 있다.

범인이 알아차릴 법한 행동은 피해야 한다. 차 팀장을 깨우거나 누군가에게 연락을 취하는 것도 안 된다. 범인의 지시를 따르는 척하며 차 팀장만 알아볼 수 있는 정교한 힌트를 남겨 둬야 한다.

해성은 손목에 차고 있던 시계의 작동을 멈추고 식탁 위에 올렸다.

사건 발생 시간을 알리기 위함이었다.

"제발 눈치채 줘요."

똑똑한 사람이니까.

이젠 방법이 없다. 자신이 사라진 것을 눈치챈 차 팀장이 한시라도 빨리 눈을 떠 주길. 남겨 둔 힌트를 이해하고 적절한 타이밍에 맞춰 지원 병력이 나타나 주길. 지금은 운에 맡기는 수밖에 없었다.

준비를 끝낸 해성은 심호흡을 한 번 하고는 그대로 집을 나섰다.

○ ◎ ●

새벽 2시 45분.

고속도로를 지나 비포장도로를 한참 달렸다. 목적지에 도착했다는 내비게이션 안내가 들리자마자 해성이 거칠게 핸들을 돌려 차를 세웠다.

예전엔 공장 지대였지만 지금은 재개발 지역으로 사람의 흔적이 완전히 사라진 채 황폐함만 남았다.

차에서 내린 해성이 천천히 주변을 훑었다. 온통 암흑뿐이었다. 희뿌연 모래바람이 들이닥치자 해성이 눈을 가늘게 떴다. 조금씩 어둠에 익숙해지자 시야가 트였다.

"교회가 아니라 성당이었네."

왜 지금껏 교회일 것이라 생각했지.

다른 건물과 마찬가지로 성당 역시 폐가였다. 외관은 성당과 비슷했다. 폐허로 남기 전엔 꽤 큰 규모였는지 그 크기가 상당했다.

해성이 슬쩍 시선을 돌렸다. 성당 바로 옆, 보육원으로 추정되는 건물이 눈에 들어왔다. 출발하기 전 혹시 몰라 차 팀장의 집에서 범인이 말해 준 주소를 검색해 본 것이 신의 한 수였다.

남기고 온 힌트는 결정적이었다.

팀장이 제시간에 확인만 해 준다면.

"잡을 수 있어."

끊임없이 훈련하고, 연습해 왔잖아. 이 순간을 위해 10년을 버텼는데.

해성은 계속해서 스스로를 세뇌하며 성당 건물 안쪽으로 걸음을 옮겼다.

입구 앞에 멈춰 선 해성이 녹슨 채 굳어 버린 대성당 문을 힘껏 당겼다. 얼마나 오래 방치된 것인지 흙먼지가 가득해 절로 헛기침이 터져 나왔다. 휘휘 손을 내저으며 안쪽에서 날아드는 먼지를 털어 내고는 조금 더 안으로 걸어 들어갔다.

"아무도 없잖아……."

성당의 스테인드글라스 창문을 뚫고 들어오는 달빛이 스산하게 주변을 밝혔다. 대성당은 2층 구조로 되어 있었다. 내부를 가득 채운 의자들. 그리고 안쪽 끝엔 강단과 커다란 십자가가 걸려 있었다. 그게 전부였다. 고요뿐이다. 타인의 숨소리 하나 들려오지 않았다.

"어디야."

어디선가 듣고 있겠지 싶어 해성은 허공을 향해 말했다.

"나와."

돌아온 대답은 없었다. 젠장. 절로 욕이 터졌다. 그때 문득 강단 뒤에 설치된 암막 커튼이 보였다. 수상한데. 지체 없이 다가가 슬쩍 커튼을 들추었다. 그러자 문이 보였다. 다른 곳으로 이어지는 건가.

문을 열자 지하로 내려가는 계단이 나타났다. 해성은 조심히 걸음을 옮겼다. 깊숙이 들어설수록 빛이 완전히 차단돼 아무것도 보이지 않았다. 끝도 없이 길게 이어진 계단을 내려가던 중 발이 바닥에 닿은 때였다.

"조금 늦었네요."

끼익. 끼이익. 소름 끼치는 소음에 해성이 재빨리 몸을 돌렸다. 어두운 그림자가 흔들의자에서 일어나며 길게 늘어졌다.

탁. 소리와 함께 주홍빛 백열등이 켜졌다. 백열등은 먼지가 수북한 책상 위에 덩그러니 놓여 있었다.

잡다한 물건들이 이곳저곳에 쌓여 있는 것으로 보아 성당 창고로 쓰이는 곳인 듯 보였다. 평수가 굉장히 넓었다. 못해도 20평 정도.

해성이 경계심을 늦추지 않고 천천히 고개를 돌렸다.

"역시 당신이었네."

최정우 교수.

이미 예상한 일이었기에 그다지 놀랍지도 않았지만 설마가 역시나가 되자 허탈하고 기막힌 기분을 떨칠 수 없었다.

"놀라지 않네요."

해성은 부드럽게 웃음 짓는 최 교수를 역겹다는 듯 흘겼다. 당장 달려가 잘난 면상에 주먹을 내리꽂고 싶었지만 선뜻 움직일 수 없었다. 상대는 칼을 들고 있었고 해성은 무기를 소지하지 않았다. 섣부르게 움직였다간 인질의 안전을 보장할 수 없다.

시선을 돌리자 최 교수 곁에 붙잡힌 인질이 보였다. 흰색 포대가 머리에 씌워져 있어 신상 확인이 불가했다. 해성은 미간을 좁히고서 인질의 상태를 파악하려 애썼다. 손목과 발목. 그리고 포대가 씌워진 목 부근에 케이블 타이가 꽉 조여져 있었다.

얼마나 세게 조였는지 살이 쓸려 상처가 난 부위에 피가 굳어 있다.

"원하는 대로 무기도 없고 지원 병력도 없어. 인질은 그만 풀어 줘."

"아니요. 그럴 수 없습니다."

순순히 협조할 것이라곤 기대도 안 했다. 지금 당장 중요한 문제는 인질의 생사였다.

"확실히 살아 있는 거. 맞아?"

"그럼요. 하도 날뛰길래 진정제를 조금 넣어 준 것뿐인걸요. 조금 있으면 정신이 들 테니 안심해요."

작게나마 숨소리가 들려왔다. 최 교수의 말이 거짓은 아닌 듯했다. 그래. 무사하면 됐다. 그걸 위해 위험을 감수하면서까지 혼자 온 거니까.

"이렇게 만나니 감회가 새롭네요."

하루아침에 아군에서 적으로 만났다. 최정우의 실체를 확인한 해성 역시 적응이 안 되는 건 마찬가지였다.

"이유가 뭐야."

"이유?"

"의사 신분으로 사람을 죽이고 다닌 이유가 뭐냐고."

"난 그저 내가 마땅히 해야 할 일을 한 것뿐이에요."

"불안정한 상태인 환자를 상대로 의뢰를 받아서 청부 살인을 저지른 게 마땅히 해야 하는 일이었다고? ······어이가 없네."

해성이 헛웃음을 터트렸다.

최 교수는 싱긋 웃기만 했다.

"똑똑해요. 해성 씨. 거기까지 맞히다니."

지금은 지원 병력이 올 때까지 어떻게든 1분이라도 더 시간을 끌어야 한다.

"내 주치의를 자처했던 건 행동반경을 관찰하기 위해서였겠지. 나를 포함한 특정 환자들에게 일기를 쓰라며 권유했던 것도 같은 이유고."

"하지만 내 의도를 정확하게 꿰뚫고 있었으면서 여태 잡지 못했던 건 그럴싸한 증거가 없어서겠죠."

속에서 불이 끓었다.

"기억해요? 내가 해성 씨에게 했던 첫 질문."

미워하는 사람이 있냐고. 죽여 버리고 싶을 정도로. 이 세상에 흔적도 없이 사라지게 만들고 싶을 만큼.

잊을 수 없다.

"그래서 준비했어요. 비록 최초의 시발점은 아니지만, 어쨌든 내게 찾아와 해성 씨의 불행을 빌었던 사람이니까."

최지윤.

예상이 맞았다. 인질은 지윤이었다.

"재밌지 않나요? 원수끼리 살인자를 가운데 두고 마주 보고 있는 지금 이 상황이 말이에요."

"말은 바로 해야지. 내 가족을 죽인 건 최지윤이 아니라 당신이잖아."

해성이 눈을 부릅뜨고서 최 교수를 노려보았다.

"아아. 그렇게 따지면 상황이 또 복잡해지는데⋯⋯. 뭐, 그건 중요하지 않으니 생략하기로 할까요?"

최정우 교수는 똑똑한 사람이다. 비상한 머리로 의사가 된 만큼 15년간 치밀하게 증거를 없애 가며 살인을 저지를 수 있던 것이다.

그의 직업은 많은 것들을 허용하게 했다. 자유롭게 약물을 손에 넣을 수 있고, 인파가 많은 병원에 몸을 숨길 수 있었다. 어떤 식으로 사람을 찔러야 하는지, 피를 빼내야 하는지. 장기 손상의 정도와 사체가 굳는 시간마저 정확히 알 수 있었을 테니 알리바이를 만드는 것쯤은 일도 아니었겠지.

최 교수는 지나치게 느긋했다.

"사실 내내 불안했어요. 해성 씨와 차강현 경감이 눈에 불을 켜고 쫓아와서. 특히 차 형사님은 언론에 직접적으로 경고까지 하셨던데요. 어찌나 무섭던지⋯⋯. 이재원이 풀려났으니 그다음은 나겠구나 싶었죠. 그래서 내가 먼저 선수 쳤어요. 먼저 움직이지 않으면 가장 중요한 마지막 거사를 치를 기회까지 놓칠 것 같았거든요. 거기까지 내다본 차 경감은 정말 현명했어요."

차 팀장의 예상은 정확했다. 일부러 이재원을 먼저 공략한 것이다. 궁지에 몰린 최정우가 활발하게 움직일 수 있도록, 덫을 친 거다.

해성은 일부러 최 교수에게 말을 걸며 빈틈을 노렸다.

"마지막 거사?"

최 교수가 시선을 낮춰 제 손에 들린 날카로운 칼을 느슨히 바라보며 입술을 늘였다.

"처음 경험한 실패였거든요. 내 목표는 애초에 해성 씨였는데. 물론, 과정이 어찌 됐든 가련한 지윤 씨 소망대로 해성 씨가 조금은 불행해지는 데 성공하긴 했으니까. 가족의 죽음으로 말이죠. 아, 그 부분은 정말 미안하게 생각하고 있어요."

"미친……."

"그걸로 만족할까 했는데 도무지 안 되겠더라고요. 아무래도 예외는 없을 것 같아요. 두 번의 실패도 없고요."

해성이 이를 갈았다.

최 교수가 칼끝으로 인질을 가리키며 물었다.

"세상에 믿을 사람은 없어요."

"칼 치워."

"배신과 신뢰는 공생 관계니까."

최정우가 고개를 갸웃거렸다.

"석연치 못한 표정이에요. 해성 씨."

"인질한테 칼 치우라 했어."

"내가 한번 맞춰 볼까요? 최 교수가 범인이라면 과연 이재원은 뭘까. 아직 의심스러운 부분이 많은데…… 정말 최정우가 여태 벌어진 연쇄 살인 사건을 포함해 10년 전 방화 살인까지 저질렀을까, 라고 생각하고 있는 거. 맞죠?"

최 교수가 의미심장한 미소를 지으며 말했다.

"하지만 난 말하지 않을 거예요. 난 내 이름으로 기록될 역사에 오점은 없었으면 하거든요."

알 수 없는 최 교수의 말을 해석할 시간이 없었다. 그가 들고 있는 칼이 언제 인질의 목을 쑤셔도 이상할 게 없는 상황이었다. 그러니 긴장을 풀어선 안 됐다. 하지만 최 교수는 보란 듯이 해성의 이성을 흔들었다.

그때였다.

"우웁……!"

정신이 깨어난 듯 내내 얌전하던 인질이 몸을 떨며 신음을 흘렸다.

"으읍! 으으으. 으으읍!"

무어라 말하려는 것 같았지만 테이프로 입을 막아 놓은 탓인지 제대로 들리지 않았다.

"아, 이런."

최 교수가 인질에게로 시선을 돌렸다.

지금이다.

최 교수가 인질에게 한눈을 판 사이 해성이 전력으로 달려갔다. 빈틈을 놓치지 않고 최 교수의 팔을 꺾었다. 손에 들린 칼을 쳐 낸 뒤 재빠르고 정확하게 무릎으로 오금을 찍어 눌렀다.

"으윽!"

최 교수가 바닥에 주저앉자마자 해성이 몸 위로 올라탔다. 힘을 쓰지 못하도록 체중을 실으며 해성이 강한 힘으로 정우의 한쪽 손목을 잡아 눌렀다.

"최정우. 당신을 연쇄 살인 및 납치 협박죄로 현행범 체포합니다."

해성이 나머지 한쪽 손도 잡아 꺾으려는 때였다. 최 교수가 재빠르게 뒷주머니에서 꺼낸 둔기로 해성의 이마를 내리찍었다.

윽! 해성이 단발적인 신음을 흘리며 인상을 찡그렸다. 눈 밑으로 뜨거운 액체가 흘렀다. 찢어진 살갗으로 피가 터진 것이다.

해성이 휘청거리며 뒤로 물러서자 정우가 팔을 뻗어 주먹을 날렸다. 얼굴 바로 앞까지 다가온 순간 해성은 가뿐하게 고개를 꺾어 정우의 주먹을 피했다. 해성은 즉시 최 교수의 손목을 잡아 꺾고는 그대로 얼굴에 주먹을 날렸다.

퍼억! 둔탁한 소음과 함께 정우의 고개가 꺾였다. 해성이 최 교수의 멱살을 잡아챘다.

"신사인 척 내숭은 있는 대로 다 떨더니 아주 제대로 미친놈이었네. 의사가 담당 환자 면상에 주먹을 날리고 말이야."

"으윽……, 역시. 대단하네요. 호기롭게 혼자 찾아온 이유가 있었어요. 해성 씨는, 강하군요."

해성이 거친 숨을 몰아쉬며 말했다.

"내가 너 한 명 잡으려고 피아노까지 포기해 가면서 준비한 결과야. 어

때. 내 개고생이 조금은 마음에 들어?'

정우는 해성에게 먹살이 잡힌 채 터진 입술로 피식 웃었다.

"근데 이걸 어쩌죠."

"어쩌긴 뭘 어째. 먹살 잡고 경찰서까지 사이좋게 같이 가는 거지. 내가 지금 총은 없어도 수갑은 있거든."

수갑은 무기가 아니잖아?

해성이 씨익 웃었다.

정우가 입가의 피를 닦으며 말했다.

"그런가요?"

다행히 칼은 저 멀리 떨어져 있다. 최정우가 힘을 쓰기 전에 이번엔 실패 없이 수갑을 채워야 한다.

해성은 머리로 서 있는 곳과 칼이 떨어진 거리를 계산했다. 고작 다섯 걸음. 판단을 끝낸 해성이 그대로 위치를 바꾸었다. 한 손으로는 최정우의 뒷목을 잡고, 다른 손으로는 팔을 돌려 꺾고서 정우를 벽 쪽으로 강하게 밀어붙였다. 무게를 실어 제압하고서 뒷목을 잡고 있던 손을 뗐다. 해성이 뒷주머니에서 꺼내 든 수갑을 최정우의 오른손에 채웠다.

"서로 힘 빼지 말고 가자. 어?"

"……좋아요. 나도 피 보기 싫거든요. 믿기 힘들겠지만 싫어서."

그 말이 진심이라는 것을 보여 주려는 듯 순순히 등을 보인 최정우가 몸에 힘을 풀었다. 후우……. 숨을 내쉬며 해성이 마저 수갑을 채우려는 순간이었다.

"근데 말이야."

빠악! 순식간에 해성의 고개가 반대편으로 꺾였다. 수갑이 채워지기 직전, 재빠르게 몸을 돌린 최정우가 해성의 턱을 가격한 것이다.

"그 개고생은 너만 한 게 아니야."

"이 새끼가 진짜……."

순식간에 입장이 역전되었다. 정우가 해성의 목을 조르며 조소했다.

"수많은 의뢰를 받아서 셀 수 없이 사람들을 죽이고 다니는 데에도 엄청난 체력이 필요하거든."

"컥! 캐엑. 캑!"

해성의 얼굴이 하얗게 질렸다. 숨이 쉬어지질 않았다. 목을 조르는 최정우의 손을 빼어 내리려고 해 봤지만 남자의 악력은 점점 더 강해졌다. 숨이 막혀 눈앞이 흐려졌다. 시간이 지날수록 힘이 빠져 대항하기가 힘들었다.

해성은 뻘겋게 충혈된 눈으로 정우를 세차게 노려보았다. 그러곤 젖 먹던 힘을 다해 무릎을 들어 올려 최정우의 명치를 힘껏 가격했다.

"우욱!"

최정우가 반사적으로 허리를 굽히고 강타당한 복부를 부여잡자 해성은 목을 매만지며 숨을 몰아쉬었다.

"하아……."

끈질기게 최정우를 노려보며 해성이 주먹을 쥐고 전투 자세를 취했다.

"덤벼. 미친 새끼야."

오늘 끝장을 보자.

"아쉽긴 했어. 그냥 체포해 버리면 뭔가 똥 싸고 안 닦은 기분이잖아. 그치? 조금이나마 먼저 간 사람들 원한은 풀어 주고 깜빵에 처넣어야 나도 마음 편할 것 같거든."

"……지내 온 정을 봐서 마지막까지 착하게 대해 주려고 했는데."

"지랄하고 자빠졌네."

해성이 입안에 있던 피를 퉤, 하고 뱉으며 뻐근해진 턱을 매만졌다. 그러면서 살벌하게 치뜬 눈으로 최정우를 똑바로 직시했다.

"오늘 넌 두 다리로 못 걸어가. 살인자 새끼야."

별안간 정우가 박장대소를 터트렸다. 뭐가 우스운 건지 눈물까지 찔끔 흘려 대며 대놓고 조롱했다.

"아아. 미안, 미안. 듣다 보니 너무 웃겨서. 참을 수가 없었네."

해성이 미간을 구겼다.

정우가 손을 휘휘 내저으며 언제 그랬냐는 듯 표정을 싹 굳혔다.

"나를 잡을 수 있는 유일한 증거가 지금의 상황을 겪고 있는 너뿐인데, 안타깝게도 살아서 나갈 일은 없거든. 근데, 두 다리로 못 걸어간다고? 내가? 무기도 연락 수단도 없는 네가 무슨 수로 나를 이기지?"

최정우가 느린 걸음으로 해성을 향해 천천히 걸어왔다. 거리가 가까워질수록 해성은 경계를 풀지 않고 두 주먹을 꽉 말아 쥐었다.

"네 앞에서 선량한 척하기가 어찌나 힘들던지……. 몸이 근질근질하더라고. 한시라도 빨리 그 여린 피부에 칼을 찔러 넣고 싶은 걸 오래도 참았어."

정우가 비열하게 입술을 늘여 웃으며 바지 뒷주머니에서 무언가를 꺼내어 들었다.

"돌겠네."

해성이 나직하게 욕을 뱉었다.

최정우의 손엔 약물이 채워진 주사기가 들려 있었다.

○ ◎ ●

해성이 집을 나선 지 15분쯤 지났을까. 허전함을 느끼고 눈을 뜬 강현은 빠르게 상황 파악을 마친 뒤 곧장 경찰서로 향했다. 그녀가 남긴 손목시계와 휴대폰을 챙겨 들고서.

"티, 팀장님? 팀장님이 지금 이 시간에 어쩐 일이십니까."

징계를 피해 가지 못한 시점에서 예고 없이 나타난 차 팀장의 등장은 많은 경찰들을 놀라게 했다. 소식을 전해 들은 형사과장 서명호가 부리나케 달려와 2팀 사무실 문을 박차고 들이닥쳤다.

"야, 차 팀장! 너 미쳤어? 지금 상황이 어느 땐데 여길 와! 서장님 눈에 띄기 전에 빨리 돌아가. 얼른!"

"특공대 소집 명령 내려 주시죠."

"뭐? 특공대? 자다가 가위라도 눌렸어? 징계받은 충격으로 잠꼬대를 하나. 갑자기 웬 특공대……."

명호가 말끝을 흐리며 강현을 똑바로 주시했다. 꼬리를 잡았나.

강현이 건우를 보며 물었다.

"영장은. 나왔습니까."

"아직 안 나왔습니다. 못해도 내일 점심은 지나야 나오지 않을까요."

"차 검사한테 따로 연락은."

"없었습니다."

강현의 턱이 팽팽하게 당겨졌다. 일분일초가 급한 상황에서. 자존심 부릴 때가 아니다. 강현이 도현에게 전화를 걸며 지시했다.

"CCTV 화질 복원 완료됐습니까."

"네. 새벽 1시 45분에 최정우 교수와 이십 대 중반으로 보이는 여자가 함께 집 안으로 들어가는 장면이 포착됐습니다."

"영장 발부는 나중으로 미룹니다."

"그 말씀은……."

"긴급 체포."

단순히 여자와 함께 집 안으로 들어간 장면이 포착된 CCTV만으로는 영장 발부의 여부를 확신할 수 없다. 하지만 긴급 체포라면 말이 달라진다. 먼저 여러 정황이 포착된 최정우를 우선적으로 긴급 체포 한 뒤, 12시간 안에 검사에게 승인을 받는다. 그 후 48시간 내로 전국을 뒤져 증거를 찾으면 된다. 하지만 거기까지 기다릴 필요도 없었다. 현장엔 실종된 최지윤과 해성이 있을 것이고 그것만으로도 영장 발부가 가능해지기 때문이다.

"조 경위와 박 경사는 최정우가 긴급 체포 되는 즉시 과학수사팀과 함께 최정우 집 압수 수색부터 합니다. 살인에 쓰인 증거로 추정되는 물건이 발견되면 바로 나한테 연락 주고."

"예. 팀장님."

"최정우 집 앞에서 대기하세요."

누구 한 명 망설이지 않았다. 비록 징계 중인 팀장의 명령이었지만 2팀 팀원들은 지체하지 않고 움직였다. 형운과 건우가 빛의 속도로 사무실을 뛰쳐나가자 환장하겠다는 듯 서명호 과장이 목청을 높였다.

"차강현! 너 진짜 미쳤어?"

"미치기 일보 직전입니다."

"지금 뭔 개소리를 하는 거야! 너 징계 중이라고 이 새끼야! 이거 서장 님 귀에 들어가면 넌 진짜 끝이야. 알아? 지금 박 서장 너 자르려고 눈에 불을 켜고 있다고!"

강현은 서명호 과장의 말을 싹 무시하고는 책상 위에 해성이 남기고 간 물건을 올렸다.

2시에 멈춰 있는 손목시계.

강현이 인상을 찌푸렸다.

무슨 연관이 있을까. 이해성. 넌 떠나기 전에 내게 무슨 말을 하고 싶었 던 걸까. 강현이 시선을 낮춘 채 꿰뚫듯 물건을 들여다보며 말했다.

"형사 3호 차량 위치 조회하세요."

멈춰 버린 해성의 시계를 떠올리며 이어 말했다.

"새벽 2시 골드비아 아파트 주차장부터."

"아, 네. 알겠습니다."

세찬이 빠르게 자리로 돌아가 컴퓨터 앞에 앉았다. 그사이 전화가 걸려 왔다. 발신자는 몇 번이나 받지 않던 도현이었다. 강현이 곧장 휴대폰을 귓가에 가져다 댔다.

"속 태우는 취미라도 생겼어?"

— 영장. 필요한 거 아닌가?

"개소리 적당히 떠들어. 영장 발부가 불가하다면 긴급 체포라도 할 생 각이니까."

— 확신이 필요할 것 같은데.

씹……. 강현이 거칠게 욕설을 내뱉으며 끓어오르는 분노를 참았다.

"이해성이 납치됐어. 그곳에 인질과 함께 있는 모양이고."

긴급 체포도 방법 중 하나였지만 영장 발부 후 체포가 훨씬 안전한 선택이었다. 물론, 가능만 하다면.

"말싸움할 시간 없으니까 영장 내놓으라고. 검찰청 쳐들어가기 전에."

짧은 침묵이 흐른 끝에 도현이 말했다.

— 팩스 받아.

영장은 어떻게든 해결이 됐는데 문제는 시간이다.

"팀장님. 차량 조회했습니다."

"위치는?"

"파주시 공장 지대입니다."

세찬에게 정확한 주소를 전해 들은 강현의 표정이 차게 굳었다. 세찬이 눈치를 살피며 물었다.

"검색해 볼까요?"

"그럴 필요 없습니다."

"……네?"

익숙한 주소였다. 잊을 수 없다. 이게 대체 무슨 거지 같은 우연인지는 모르겠지만 어린 시절 강현이 머물렀던 보육원이 위치한 곳이었다. 해성이 남기고 간 증거물을 대입해 보면 더 확실했다. 보육원 옆. 대성당이다.

생각을 끝낸 강현이 곧장 움직였다. 그러곤 빠르게 뒤를 쫓는 세찬을 향해 지시했다.

"목적지에 도착하면 밖에서 대기해요. 신호 줄 때까지 무슨 일이 있어도 내 명령 없이 멋대로 들이닥치는 일은 없어야 합니다. 인질들의 안전이 최우선이니까. 내 말. 이해했습니까."

세찬이 마른침을 삼키며 답했다.

"……네. 팀장님."

강현이 방탄조끼를 걸치고서 빠르게 총기의 실린더를 해체했다. 채워진 실탄을 확인하는 모습을 불안하게 바라보던 명호가 숨을 몰아쉬며 머리를 쓸어 올렸다.

"강현아. 차라리 나한테 맡겨라. 어? 내가 갈게. 넌 제발 얌전히 있어. 난 너까지 잃을 수 없다."

"싫습니다."

"넌 새끼야! 어떻게 상사 말을 한 번이라도 고분고분 들은 적이 없냐. 어? 너 경찰이야. 깡패 아니고!"

강현이 피식 웃었다.

"그래도 다행히 아직까진 경찰 취급은 해 주시네요."

그러면서 홀스터를 착용하고 총기를 익숙한 손놀림으로 빠르게 끼워 넣었다. 그 모습을 본 명호는 할 말을 잃었다.

"너, 진짜……."

"걱정하는 마음은 잘 받겠습니다."

직접 경험해 보니 타들어 가는 명호의 속을 모르는 것도 아니었다. 오히려 공감이 됐다. 어디로 튈지 모르는 해성의 성격을 다루느라 그토록 애를 먹었는데.

"한 번만 믿고 맡겨 주시죠. 책임은."

"또 네가 진다고? 그 소리 벌써 백 번도 넘게 들었다! 너 경찰청에서 징계받고 여기 온 거야. 잊었어? 연속 징계가 얼마나 치명적인지 몰라서 그래?"

"특공대. 불러 주셔야 합니다."

"안 부르면 뭐! 어쩔 건데!"

"장가도 못 가고 죽는 건 좀 억울할 것 같아서."

장가? 자앙가아? 명호가 경악하며 강현을 노려보았다.

"난 몰라! 씨발 그냥 멋대로 가서 뒈지든 말든 내 알 바 아니라고."

"믿고 갑니다. 과장님."

말을 끝낸 강현은 무심히 명호의 곁을 스쳐 지나갔다.

점차 멀어지는 강현과 세찬의 뒷모습을 향해 명호가 버럭 소리쳤다.

"다치면 너 진짜 뒈질 줄 알아! 야! 차강현! 내 말 알아들었냐고!"

한 번을 돌아보지 않는 부하 직원들의 불량한 태도에 명호는 기막힌 듯 헛웃음을 터트리며 이마를 짚었다.

"너도 똑같이 당해 봐야 돼. 그래야 내 심정을 알지. 어휴, 저 또라이."

강현이 그동안 해성을 통해 몇 번이나 경험해 봤다는 사실을 그날 명호는 알 리 없었다.

넓은 보폭으로 앞장서는 강현의 걸음엔 망설임이 없었다.

기다려, 이해성. 조금만 더 버텨. 제발.

죽일 듯 허공을 꿰뚫는 남자의 눈빛이 매섭게 빛났다.

○ ◎ ●

정우의 손에 들린 주사기를 뚫어져라 주시하며 해성이 숨을 참았다. 들어 있는 약물의 종류가 뭘까. 수면제? 진정제? 만에 하나 독극물이 들어 있다면 최악이다.

비열하게 올라선 입꼬리를 보자 속이 뒤틀리는 기분이다. 언제 달려들어도 이상하지 않은 지금, 해성은 긴장을 풀지 않고 정우의 움직임을 눈으로 좇았다. 천천히 다리를 움직여 걸어오는 최정우를 죽일 듯이 바라보며 속으로 마땅한 돌파구를 찾고 있는 때였다.

"우으읏! ㅇㅇㅇㅇ!"

몽롱한 약 기운에서 완전히 깨어난 모양이었다. 구석진 곳에 방치된 채 케이블 타이에 구속된 지윤이 다시금 격렬히 몸을 비틀며 울부짖자 반사적으로 해성의 고개가 돌아갔다.

정우는 그 틈을 놓치지 않았다. 해성이 지윤에게 한눈을 판 사이, 방심한 순간을 노리고 전력으로 달려들었다.

"우윽!"

정우가 과격하게 어깨를 밀치자 쾅! 둔탁한 소리와 함께 해성의 몸이 뒤로 넘어갔다. 그 여파로 등과 머리통이 차가운 시멘트 바닥에 부딪혔다. 강한 충격에 척추 뼈마디가 비명을 질러 댔지만 당장은 중요하지 않았다.

해성의 몸 위에 올라탄 정우가 허벅지로 허리를 단단히 압박하며 그대로 주사기를 내리꽂으려는 순간이었다. 해성은 찰나의 순간 순발력을 발휘해 가까스로 정우의 손을 잡아챘다. 1초라도 늦었다면 뾰족한 주삿바늘이 목덜미를 푹 파고들었을 것이다.

"너 이 새끼……."

해성이 간신히 목소리를 쥐어짜며 이를 악물자 정우가 씨익 웃었다.

"언제까지 버틸 수 있을까. 응?"

손이 부들부들 떨렸다.

내리찍어 누르려는 정우의 힘과 악착같이 버티려는 해성의 힘이 허공에서 아슬아슬하게 대치했다. 중력을 거스르며 성인 남자의 악력을 쉽게 떨치기란 퍽 어려웠다. 조금씩 눈앞에 주삿바늘이 가까워질수록 한계를 느낀 해성이 힘겹게 인상을 찌푸렸다.

"죽음을 목전에 앞둔 사람치고 노려보는 눈빛이 굉장하네."

"좀 그만 지껄여. 고막 썩을 것 같으니까."

슬슬 힘에 부쳤는지 해성이 입술을 꽉 짓이겼다.

정우의 입매가 길게 늘어졌다.

"자존심 세워 봤자. 결국은 제발 살려 달라고 손이 발이 되도록 애원하게 될 거야. 난 그 순간이 굉장히 기대가 돼."

최정우가 다리를 움직여 무릎으로 해성의 목을 눌렀다. 부러뜨릴 기세로 압박해 오자 해성은 괴로움을 견디지 못하고 다리를 버둥거렸다.

"목 졸라 죽이는 건 내 취향이 아니야. 너무 쉽잖아. 그치?"

"캑! 캐엑."

해성이 쿨럭이며 정신을 잃지 않으려고 애를 썼다. 전과 비교할 수 없을 정도로 강한 힘이 숨통을 조여 왔다. 정우의 아래에 깔린 해성은 점차 정신이 멀어져 가는 걸 느꼈다. 그 모습을 내려다보며 정우가 보란 듯이 비웃었다.

"계집애 혼자서 뭘 하겠다고."

"착각……, 하지. 마."

"아직도 말할 힘이 남았어?"

"누가, 혼자……, 야."

정신을 잃어 가는 와중에도 해성은 물러서지 않았다. 이대로 눈을 감게 된다 해도 살려 달라 구걸할 마음은 추호도 없었다.

"캑. 죽는, 게 무서웠으면. 여기에 오지도……, 않았어."

죽일 테면 죽여 봐.

해성의 또렷한 눈은 그렇게 말하고 있었다. 정우는 언짢은 기색으로 눈을 치떴다.

"아무래도 더는 봐줄 수 없겠어."

주사기를 쥔 정우의 손이 허공으로 높게 들렸다. 막을 힘도 없었는지 해성의 팔이 힘없이 바닥으로 떨어졌다. 그대로 목덜미에 꽂아 넣으려는 순간, 멀리서 소란스러운 소음이 작게 들려왔다.

정우가 멈칫, 움직임을 멈추고서 계단 쪽을 바라보았다.

"뭐야. 경찰?"

해성은 여전히 최정우에게 깔린 채 피범벅이 되어 버린 얼굴로 웃었다.

"……말했잖아."

정우가 얼굴을 일그러뜨리며 해성을 쳐다봤다.

"넌 혼자일지 몰라도."

"입 닥쳐……."

"난 아니라니까."

"그 입 닥치라니까!"

빠악, 하고 턱뼈가 아스러지는 소음과 함께 삐이이— 귓가에서 날카롭게 찢기는 이명이 들렸다. 정우가 해성의 뺨을 주먹으로 거칠게 내리친 것이다. 오랜 몸싸움으로 손가락 하나 까딱할 힘도 없었지만 해성은 더이상 두렵지 않았다.

혹여나 위치가 발각될까 걱정됐는지 정우가 해성의 입을 우악스럽게 틀어막았다.

"우읍!"

그런다고 내가. 못 할 줄 알아.

해성은 있는 힘껏 정우의 새끼손가락을 물어뜯었다.

"아악!"

입을 막고 있던 정우의 손이 떨어지자마자 해성이 목청껏 소리쳤다.

"강단 뒤! 커튼!"

드디어, 피날레다.

○ ◎ ●

희미했지만 분명히 들었다.

이해성의 목소리.

강현이 암막 커튼을 들췄다. 아니나 다를까. 반쯤 열린 문이 나타났다.

강현이 빠르게 손등을 보이며 뒤를 엄호하던 세찬의 움직임을 막아 세웠다.

"여기서 대기하세요."

"예? 하지만."

"특공대가 도착하면 위치를 알려 줄 사람이 필요해."

"하지만."

세찬은 걱정스러운 기색을 감추지 못했다.

"명령입니다."

단호한 말투에 세찬은 하릴없이 고개를 끄덕이곤 한 걸음 뒤로 물러섰다.

"알겠습니다. 팀장님."

"이번 일은 전적으로 내 책임입니다. 상황이 마무리되고 징계 위원회가 열리면 내 핑계 대세요. 협박받았다 하면 어느 정도는 먹힐 겁니다."

"실력은 아직 부족하지만 의리는 있습니다. 제 의지로 이곳에 왔고 그에 따른 책임 역시 제가 집니다."

강현은 대구하지 않고 피식 웃었다.

"무사하셔야 합니다. 팀장님."

"걱정되면 앉아서 기도나 해 줘요."

강현은 세찬을 뒤로하고 홀스터에서 총기를 빼어 들었다. 낯설지 않은 불쾌한 익숙함이 온몸을 휘감았다.

"빌어먹을……."

어둠 속으로 들어서자 자연스레 트라우마가 되살아났다. 강현이 낮게 욕을 읊조리며 걸음을 옮겼다. 끝도 없이 이어진 계단을 밟아 내려가며 생각했다.

이 어두운 공간을 혼자 걸었을까.

범인에게 가까이 다가가며 넌 무슨 생각을 했을까. 많이 두려웠겠지.

그날, 강현이 느꼈던 공포감은 신입 형사인 해성이 홀로 견디기엔 그 무게가 상당했다.

목소리를 들었으니 현재 이해성은 무사하다. 그거면 됐다. 일단은.

강현은 최대한 발소리를 죽이며 목적지에 도착했다. 미세한 대화 소리가 들리자 기둥 뒤에 몸을 숨기고서 상황을 파악했다.

왼쪽 구석에 인질 한 명.

정중앙, 최정우 밑에 깔린 채 목이 졸려 정신을 잃어 가고 있는 이해성.

피가 거꾸로 솟는 기분이었다. 강현은 지그시 눈을 감고서 냉정을 되찾았다. 철컥. 총을 장전하며 강현은 생각했다.

그때와 같은 일은 두 번 다신 없어.

위치 파악을 끝내자마자 망설임 없이 넓은 보폭으로 걸음을 옮겼다.

"경찰이다. 무기 내려놓고 손 들어."

강현의 가라앉은 음성이 지하실 내부에 울려 퍼졌다. 몇 걸음 떨어진 곳에서 달갑지 않은 시선이 날아들었다.

강현이 천천히 움직이며 반듯한 자세로 허공에 총구를 겨누었다.

"좋게 말할 때 이해성 몸에서 내려와. 대가리에 구멍 나고 싶지 않으면."

씨발……. 최정우가 작게 욕을 뱉었다. 하지만 언제 그랬냐는 듯 얌전히 해성의 몸에서 내려왔다. 쿨럭, 막힌 호흡이 뚫리자 거친 숨을 왈칵 토해 내며 해성이 목을 부여잡았다.

강현은 제일 먼저 해성의 상태를 확인했다. 그야말로 엉망진창. 얼마나 맞은 건지 그 과정을 대변하듯 피범벅이 되어 버린 얼굴은 형체를 알아볼 수가 없었다.

"미친 새끼가……."

해성은 움직일 기력이 없어 보였다. 바닥에 널브러진 채 간신히 호흡을 이어 갈 뿐이었다.

탁탁, 옷을 털고 일어난 정우가 강현을 보고 섰다.

"내가 분명 경고했는데……."

지원 병력이 도착했는데도 정우는 여유를 잃지 않았다. 믿는 구석이 있는 건가. 강현이 한쪽 눈가를 찌푸렸다.

"개미 새끼 한 마리라도 보이면 죽여 버리겠다고. 그쪽 파트너한테 충분히 알아듣게 설명했단 말이죠."

정우가 느긋하게 다리를 움직였다.

"움직이지 말고 손 들어."

비스듬하게 고개를 돌린 정우가 강현을 향해 느슨히 웃었다.

"못 쏠 거 알아요. 대한민국 경찰은 워낙에 조심성이 많으니까."

"모르나 본데. 난 진짜 쏴. 너 못지않게 미친놈이라."

말이 끝나기 무섭게 탕! 귀가 찢어지는 소음이 일었다. 무언가를 주워든 정우가 멈칫하며 움직임을 멈추었다. 비록 첫 번째 실탄은 벽에 박혔지만 조금 더 빨리 굽힌 허리를 폈다면 정확히 심장을 뚫었을 것이다. 생각지도 못한 돌발 상황에 놀란 정우와 달리 강현은 지나치게 침착했다.

정우가 헛웃음을 티트렸다.

"와하. 요즘 경찰 무섭네요. 공포탄도 없이 바로 실탄이라니."

"다음은 대가리야."

강현은 무감했다. 그 어떤 동요도 없었다. 화가 난 표정도, 두려움에 찬표정도 아니었다. 감정을 거둬 낸 눈. 사람의 눈이 아니었다.

검은 눈동자는 여전히 정우에게 고정된 채였다. 강현은 무표정한 얼굴로 다시금 정우를 향해 총구를 겨누었다.

정우는 묘한 눈으로 강현을 마주 보다 바닥에 떨어트린 칼을 마저 주워들었다. 뒤늦게 물체를 확인한 강현의 눈빛이 싸하게 식었다.

책상 다리 뒤. 사각지대에 떨어져 있어 미처 발견하지 못했다.

"나는 말이지……."

정우가 말끝을 흐리며 해성의 얼굴을 짓밟았다. 강현이 눈가를 구기며 재차 경고했다.

"발 떼."

"너희 같은 놈들이 제일 역겨워."

말을 무시하며 정우가 해성의 뒷덜미를 잡고 일으켰다. 씹. 강현이 욕설을 흘리며 살벌하게 정우를 노려보았다.

"누군가를 지키기 위함이었다는 핑계로 또 다른 누군가에게 총을 겨누는."

정우가 히죽 웃었다.

"위선자."

그러면서 한쪽 손으로는 해성의 머리카락을 휘어잡고 다른 손으로는 들고 있던 칼끝을 목에 겨누었다.

"내가 죽인 것들은 전부 누군가의 원한을 산 사람들이었단 말이야."

이를테면 사기. 폭력. 협박 같은 것들 말이지.

"난 상처를 받고 괴로워하는 이들을 구원해 준 죄밖에 없어. 그들을 지켜 줄 수 있는 게 누구였을까. 법? 경찰? 가족? 친구? 아니. 나야. 니들이 할 수 없는 통쾌한 복수로 마음의 평온을 쥐어 준 사람. 나지."

"내가……."

정우에게 붙잡힌 채 간신히 눈을 뜬 해성이 힘겹게 입을 열었다.

"개소리. 작작 하랬지."

"아직 말할 힘이 남았나 봐."

혹시나 돌발 행동을 저지를까, 강현은 정우에게서 시선을 떼지 않았다.

"그 여자 건드리면 네가 죽어."

꿰뚫듯 해성과 정우를 주시하며 고요히 방아쇠에 손을 걸었다.

"생각해 봐. 당신들과 내 관계가 조금 달랐더라면. 내가 당신들의 원수를 법 따위 신경 쓰지 않고 속 시원하게 찢어 죽여 줬더라면. 내심 속으로는 개운하지 않았을까? 아, 그래도 신은 살아 있구나. 생각했을걸. 안 그래?"

해성이 벌어진 상처가 괴로운 듯 인상을 찡그리며 강현을 향해 간신히 말했다.

"쏘세요. 팀장님."

총을 쥔 강현의 손에 힘이 실렸다.

"쏠 수 있다고 하셨잖아요."

그럴 수 있다고 생각했다.

착각이었다. 이해성이 어머니와 겹쳐 보인 탓일까. 아니면, 인질로 붙잡힌 상대가 이해성. 너라서 그런 걸까. 너를 잃을 수도 있다는 생각에 불현듯 겁이 난 걸까.

1년 전과 소름 끼치도록 똑같은 상황이었다. 진범에게 인질로 붙잡힌

것도, 그 상대가 더없이 소중한 사람이라는 것도.

"팀장님! 쏴요!"

절박하게 소리치는 해성의 음성에 동요 없던 강현의 눈동자가 잘게 파동을 쳤다.

'강현. 강현아⋯⋯.'

어머니의 울음 섞인 목소리가 환청이 되어 메아리치듯 귓가에 맴돌았다. 목덜미에 칼이 박힌 채 쇳소리를 흘리던 어머니가 자꾸. 자꾸만.

몇 번이고 상상해 온 일이다.

강현이 이를 악물며 악몽처럼 되살아나는 그날을 떨쳐 내려 애썼다. 다시 총기를 고쳐 잡고 가늘게 눈을 떴다.

"이거 내셔야 합니다. 팀장님!"

악을 쓰는 해성이 거슬렸는지 정우가 해성의 머리카락을 뿌리째 힘껏 당기며 목덜미에 칼끝을 더 가까이 가져다 댔다. 여린 살이 찢어지며 붉은 피가 목덜미를 타고 흘렀다.

"입 닥쳐. 한 번만 더 떠들면 진짜 찔러 죽여 버린다. 너?"

씨발. 강현이 끓어오르는 분노를 가까스로 억누르며 신중히 빈틈을 노렸다. 최대한 이해성이 다치지 않아야 한다. 정우 역시 강현의 속내를 파악한 듯 해성을 최대한 제 앞으로 당겨 세웠다.

"총 버리고 뒤돌아. 네 파트너 목에서 분수처럼 피 쏟는 꼴 보고 싶지 않으면."

마음 같아선 칼이고 총이고 나발이고 달려가 주먹이 닳을 때까지 최정우를 후려 패고 싶었다.

"⋯⋯이해성."

이제 알겠어. 있잖아, 이해성.

아무래도 나는 생각보다 훨씬 더 너를 잃고 싶지 않은 모양이야.

해성을 빤히 쳐다보며 강현이 나직한 음성으로 말했다.

"나 믿지."

피범벅이 된 얼굴로 해성이 웃었다.

당연하죠.

입 모양은 그렇게 말하고 있었다.

마음을 다잡은 듯 강현이 총기를 받쳐 올렸다.

"지금."

강현의 말이 끝나기 무섭게 신호를 알아차린 해성이 제 목을 노리는 날카로운 칼날을 맨손으로 세게 쥐었다. 살갗이 찢기는 고통이 생경하게 느껴졌지만 해성은 손에 힘을 풀지 않았다. 강현이 빈틈을 찾을 수 있도록 정우의 손에 들린 칼날을 강하게 움켜쥔 채 비스듬히 고개를 꺾었다.

"이런 씹……!"

탕!

정우가 말을 채 잇기도 전에 두 번째 굉음이 지하실을 뒤흔들었다. 컥, 신음을 내며 최 교수가 바닥으로 쓰러졌다. 그 무게를 이기지 못하고 해성 역시 따라 무너져 내렸다.

"이해성!"

정우에게 깔려 버린 해성을 확인하자마자 강현이 달려왔다.

중상이었지만 목숨이 위태로운 건 아니었다. 절로 한숨이 흘렀다.

"개새끼가."

빠악! 강현이 최정우의 머리통을 다리로 강하게 후려쳤다. 크윽, 신음을 토하며 힘없이 옆으로 나가떨어진 정우를 노려보다 시선을 옮겼다.

"하아……."

왼쪽 손바닥에선 분수처럼 피가 쏟아져 나왔지만 해성은 아무래도 상관없었다. 얼굴과 손의 상처가 깊다.

"이겨……, 내셨네요."

과거와의 싸움에서.

"넌. 진짜."

어처구니없어하는 강현을 보며 해성이 희미하게 웃었다.

"다행이에요. 정말로."

"무슨 깡이야."

"이, 정도는 해야……, 대한민국 형사 아니겠습니까."

눈꺼풀이 무겁게 내려앉는 와중에도 해성은 강현이 더 기막혀할 말을 잊지 않았다.

"미란다 고지는, 팀장님이 하세요."

"눈 안 뜨면 지옥이라도 쫓아가서 잡아끌고 올 줄 알아."

뒤이어 사이렌 소리가 요란하게 울려 퍼졌다.

특공대가 쏟아져 들어오는 것을 확인하며 해성이 눈을 감았다.

어느덧 날이 밝아 오고 있었다.

21

최정우가 체포되자 속보는 빠르게 퍼졌다. 불안에 떨던 국민들은 잔혹한 연쇄 살인범이 드디어 잡혔단 소식에 가슴을 쓸어내리며 안도했지만 그의 직업이 정신과 의사였다는 사실이 뒤이어 공개되면서 경악을 감추지 못했다. 이곳저곳에서 강한 처벌을 받아야 한다는 주장이 뜨겁게 들끓었다.

최정우를 체포하는 데 두려움을 이겨 내고 홀로 몸을 던진 여경, 인질을 구한 해성에 대한 칭찬의 목소리도 함께 높아지고 있는 가운데 수사는 빠르게 진행되었다.

최정우는 다행히 치명상을 피할 수 있었다. 강현이 일부러 비껴가게 쏘았으니 당연했다. 병원에서 가벼운 응급 처치를 받은 뒤, 최정우는 곧장 경찰서로 인계되어 11시간째 강도 높은 심문을 강행했다.

하지만 강현은 사건 수사에 끼어들 수 없었다. 현재 징계 상태인 데다 처분을 어기고 독단적으로 권력을 행사했다는 것에 대한 위원회의 처벌 결정을 기다리고 있는 중이었다. 결국 조사실에서 최정우의 심문은 강현

대신 건우가 맡게 되었다.

— 다시 한번 묻습니다. *15년에 걸쳐 저지른 동부 연쇄 살인 전부를, 본인의 범행이라고 인정하십니까.*

최정우는 두 손에 수갑을 차고 고개를 푹 숙인 채 고집스럽게 입을 다물고 있었다. 조사실의 상황을 밖에서 지켜보던 강현이 보다 못해 버튼을 눌렀다.

"10년 전 방화 살인 사건."

강현의 목소리가 마이크를 타고 낮게 흐르자 잠자코 침묵하던 최정우가 드디어 반응을 보였다. 천천히 고개를 들고 까맣게 칠해진 창문을 응시했다.

"그거 네가 저지른 짓 아니지."

고집스럽게 다물린 최정우의 입을 열게 만들기 위해선 일부러라도 자극해야 한다. 최정우가 저질렀다고 예상되는 살인 사건만 총 스물두 개였다. 그중 시체가 발견되지 않아 제외된 사건도 있을 것이고, 최정우가 저지른 살인이 아닌 것도 포함되어 있을 것이다. 이제부턴 그것들을 구별해 내는 게 경찰이 맡은 마지막 임무였다.

강현은 날카롭게 치뜬 눈으로 최정우를 뚫어져라 쳐다보며 다시 한번 건드렸다.

"네가 유일하게 실패한 범행이잖아. 10년 전 동부 지역에서 발생한 방화 살인 사건."

쾅! 최정우가 책상을 강하게 내리치며 살기를 품은 눈으로 창을 노려보았다.

— 난 실패하지 않았어. 내가 아니면 누가 할 수 있었을까. 내가 한 일이야. 알아? 그 긴 시간 동안 이어진 내 구원은 실패 없이 성공적이었다고. 한평생 선량하게 살아온 남자의 전 재산을 빼앗아 간 사기꾼도. 가정폭력을 일삼았던 벌레보다 못한 개새끼도. 사랑이라 포장하며 애인에게 끊임없이 주먹을 휘둘렀던 쓰레기도. 지나가던 여자를 붙잡아 성폭행을

저지른 그 인간만도 못한 놈도 전부 다! 내가 죽였어. 너희들이 잡지 못했던, 해결하지 못했던 일을 내가 대신 했단 말이야. 이 정도면 수갑이 아니라 표창을 받아야 마땅한 거 아닌가? 응?

파르르 떨리는 음성으로 소리치는 최정우에게선 조금의 죄의식도 찾아볼 수 없었다.

"저거 완전 심각한 또라이네요. 스스로를 영웅. 아니, 신이라 생각하고 있어요. 정신과 의사가 아니라 환자라고 해도 믿길 수준인데요. 저 정도면."

세찬이 츳, 혀를 차며 고개를 내저었다.

"뭐, 그래도 범행 대부분을 인정했으니 다행이라고 해야 하나……."

내심 다행이라 말하는 세찬과 달리 강현의 차게 굳은 얼굴은 여전했다.

"피해자 진술은."

"아, 최지윤 씨요. 피해자 진술 조서는 조 경위님이 맡아서 진행하고 있습니다. 지금쯤이면 거의 마무리됐을 겁니다."

"최정우 집에서 발견된 증거물은 있습니까."

"네. 범행에 쓰였던 것으로 추정되는 칼과 전기톱. 그리고 지하실 냉동고에 묻어나 있는 혈흔이 발견됐습니다. 찾지 못한 피해자들의 시체 부위는 최정우의 활동 반경을 토대로 조사에 착수했고요. 아마 이틀 정도 더 조사해 보고 마무리 지을 것 같습니다. 이변이 없다면 증거물 감식 결과는 일주일 안으로 나올 것 같습니다."

"검찰에 넘기기 전에 현장 검진 제대로 진행하세요. 저지르지 않은 사건은 확실히 구분해야 할 겁니다. 1심 결과가 3심까지 유지되려면."

1심은 무조건 사형이다. 안 봐도 뻔한 결과였지만 혹여 최정우가 저지르지 않은 사건까지 포함시킨다면 추후 문제가 될 수 있다. 언제 무죄를 주장하며 재심을 신청할지 아무도 모르기 때문이다. 머리가 비상한 최정우는 형량을 줄이기 위해 2심, 3심에서 결과를 뒤엎으려 할 수도 있다.

"애매하다 싶은 건 바로 연락하고."

"네. 알겠습니다. 병원으로 가시는 겁니까?"

강현은 대답 없이 몸을 돌렸다. 조사실을 막 빠져나왔을 때였다. 벽에 기대어 선 익숙한 얼굴을 확인한 강현이 다시금 멈추어 섰다.

"한창 바쁠 때 아닌가."

담당 검사 자격으로 경찰서를 찾는 일은 비일비재했지만 힘써 찾아올 이유도 없었다. 가만히 앉아 있으면 경찰이 작성한 서류는 알아서 도착해 있을 테니까.

"몸으로 뛰는 형사 뒤에 숨어서 입만 떠드는 검사 취급은 받고 싶진 않거든."

벽에 기대고 있던 몸을 떼어 낸 도현이 가까이 다가왔다.

"살인 및 사체 유기. 손괴. 은닉. 협박과 납치. 거기에 의료법 위반까지. 못해도 열 개는 될 것 같은데. 기소할 명분은 차고 넘치는 상황이라 3심까지 사형으로 밀고 나갈 생각이야."

강현의 별다른 대꾸가 없자 도현이 슬며시 인상을 찌푸렸다.

"그토록 애타게 찾아 헤맨 연쇄 살인범을 잡은 사람치고는 영 밝은 얼굴이 아닌데. 아, 기여한 공에 비해 결과가 좋지 않아서 그런가?"

범인을 잡았지만 강현의 징계는 풀리지 않았다. 오히려 더 심한 처분도 피해 갈 수 없을 것이다. 하지만 강현은 그런 것 따위 안중에도 없었다.

"상관없어."

"징계를 예상했다는 얼굴이군."

"부탁한 나머지 영장은."

"아, 그게 네가 진짜 바라던 거야?"

"대답이나 해."

"아직도 최정우가 네 파트너. 이해성의 가족을 살해한 진범이 아니라고 생각해? 내 입장에선 아무리 봐도 최정우일 확률이 높은 것 같은데 말이지."

어림도 없다는 듯 도현이 어깨를 으쓱였다.

"최정우는 네가 올린 보고서 내용 그대로 기소할 생각이야. 첫 공판은 기소 이후 3, 4일 뒤에 열릴 거고."

"서론이 길어."

"이재원 영장은 못 준단 얘기야. 이만큼 져 줬으면 물러설 줄도 알아야 지. 최정우 사형으로 만족해."

강현이 헛웃음을 터트리며 도현을 똑바르게 주시했다.

"지금 나랑 장난해?"

"대기업 재벌 건드리면 모든 불똥은 대통령한테 튀어. 뒤 봐주는 것 없이 작정하고 목 조르면 주가 바닥 친 기업은 앞으로 정부 뜻에 협조하지 않게 될 거고 대놓고 뒤를 봐주면 국민 지지율만 떨어지게 되겠지. 뭘 선택하든 최악이라면 시작 자체를 하지 않으면 돼."

"그게 이 나라의 국민 안전을 최우선으로 한다는 인간들의 선택인가?"

"그래."

기가 막혀서 진짜.

강현이 비딱하게 도현을 마주했다.

"그럼 피해자는."

되묻는 강현의 말에 도현이 미간을 좁혔다.

"······뭐?"

"고작 열여덟이었어. 수능을 코앞에 둔 여고생. 독서실에서 공부하다가 새벽 늦게 집에 도착했는데 온 가족이 자기만 빼고 전부 다 죽어 있었다고. 태어난 순간부터 18년 동안 살았던 집이 한순간에 불에 타 사라지고 가족은 피범벅이 된 시체로 남았어. 미치지 않은 게 더 이상할 정도였지. 10년 동안 앓았던 정신적 트라우마를 치료해 준 주치의가 알고 보니 수많은 사람을 죽인 연쇄 살인범이었고 평생 가족처럼 지내 왔던 이재원은 가족을 살해한 용의자였으니까."

이해할 수 없었다.

"15년 동안 경찰도 해 내지 못한 일을 아무것도 모르는 고작 신입 초짜 형사 이해성이 잡았다고. 알아?"

왜 이렇게 화가 나는지.

나는 지금 무슨 이유로 분노하는지.

"목숨 내놓고 현장에 뛰어들면 뭐 해. 정작 가족을 죽인 진범은 사회적으로 힘이 있는 놈이라 잡을 수 없다는데. 일 크게 벌이고 싶지 않아서 다른 살인범한테 뒤집어씌우겠다는데. 그 말을 들었을 때 무너질 이해성 심정은 누가 책임질까. 형. 네가 질래?"

"때로는 모르는 게 약일 때도 있는 법이야. 최정우 주장대로 너만 입 다물면 네 파트너도 납득하겠지. 다수의 평화를 지켜. 괜히 들쑤시지 말고."

최정우가 이해성의 가족을 살해한 진범이라고 믿게 놔두란 뜻이었다.

"많은 사람을 잔혹하게 살해한 최정우의 범행은 당연히 벌받아야겠지. 근데 말야. 이해성이 정말 모를 것 같아? 이 형사 생각보다 눈치 빠르거든. 최정우가 자기 가족을 죽인 진범이 아니라는 거. 알면서 참는 거야. 참으면서 기다린 거라고. 형이나 나 같은. 자기보다 똑똑하고 강한 사람들이 무슨 수를 써서라도 잡아 줄 거라고 미련하게 믿으면서."

이토록 흥분한 강현은 처음이었다. 지나치게 이성적인 차강현이 감정적으로 구는 모습 역시 처음이었다.

순간 할 말을 잃은 도현은 물끄러미 강현을 응시했다.

"경찰이든 검사든 결국 조직이야. 상사 명령에 복종하는 사냥개. 그 이상 이하도 아니라고. 너야말로 선 넘지 말고 똑바로 생각해."

"겪어 봤잖아. 어머니가 한범수 칼에 찔려 죽었을 때. 그때 반쯤 미친 사람처럼 지냈던 거. 그새 잊었어?"

"차강현."

"우린 어머니 한 명이었지만 이해성은 무려 셋이었어. 언니와 아버지 그리고 어머니까지. 열여덟의 이해성이 아무것도 해결해 주지 않는 세상을 향해 피눈물을 흘리면서 울부짖을 때 우리는 행복에 겨워 살고 있었다고. 그거 알아? 결국 미제 편철 통보를 듣고 그 작은 여자애는 평생 꿈꿔 온 꿈을 포기했어. 명함만 경찰인 너희가 포기하겠다면 차라리 내가 잡겠 다고 피아노 대신 총을 들었는데!"

눈에 핏대를 세우며 윽박을 지르던 강현이 결국 참지 못하고 주먹으로 쾅! 벽을 세게 내리쳤다.

"씨발, 진짜…… 좆같네."

이럴 줄 알았으면 형사 안 했지.

더러워서. 개같아서.

"형."

분노에 차 가늘게 떨리는 강현의 음성을 들으며 도현이 지그시 눈을 감 았다 떴다.

"다른 놈들이면 모를까 적어도 우리만큼은 더럽고 비겁하게 살면 안 되지. 형사잖아. 검사잖아. 다른 새끼들이 뒷돈 받아 처먹으면서 입 다물 어도 이해성과 같은 일 겪어 본 우리만큼은 그러면 안 되는 거잖아. 어?"

어머니란 단어가 언급되기 무섭게 여태 변화 없던 도현의 얼굴에 미세 한 균열이 일었다.

하지만 언제 그랬냐는 듯 도현이 매정하게 말했다.

"더럽고 비겁해도 버텨. 올라서서 최고 권력을 쥘 때까지 웅크린 채 씹 어 삼켜. 차강현. 너처럼 나약해선 그 무엇도 이뤄 낼 수 없어. 당장은 참 는 게 우선이야. 이 바닥에서 살아남는 게 먼저라고. 지금 한 번 외면한다 고 내 정의는 쉽게 변질되지 않아. 잘 봐. 그 잘났다는 네 앞선 정의감 때 문에 결국 모든 것을 잃게 됐잖아. 경찰 직위까지 내놔야 할 처지에 무슨 수로 이해성을 지킬 거지? 지금처럼 나를 회유하는 방법밖에 없으면서 말 이야."

아직도 너와 내 차이를 모르겠어?

도현은 물었다. 아버지가 청렴한 대법원장이란 타이틀을 달기까지 얼 마나 무수히 더러운 것들을 감내하고 견뎌 왔는지 너 따위가 감히 알기나

하겠냐고.

강현은 대답하지 않았다. 형과 아버지가 말하는 정의가 고작 이런 것이라면. 비겁함과 더러운 외면을 수없이 반복해 얻어 낸 것이라면.

"차도현 검사님."

그 과정을 짓밟고 올라서겠노라고.

"전부 잊으셨나 봅니다."

어머니 앞에서 했던 어린 날의 굳센 맹세를.

"아무래도 순수한 정의의 뜻을 잃어버린 쪽은 내가 아닌 것 같네."

강현이 손끝으로 도현을 가리키며 신랄하게 조롱했다.

"넌 검사 자격 박탈이야."

강현이 역겹다는 듯 차가운 조소를 흘기며 도현의 곁을 스쳐 지나갔다. 툭. 부딪힌 어깨가 시큰거렸다. 도현이 낮게 욕을 읊조렸다.

'엄마! 나는 검사가 될 거예요. 나쁜 사람을 혼내 주고 착한 사람을 지켜 주는 멋진 검사가 될 거예요!'

왜 하필 이 순간 그 기억이 떠올랐는지 모를 일이다.

'정말? 도현이 너무 멋있다. 그럼 강현이는? 강현이 꿈은 뭐야?'

그날 강현은 흘긋 도현의 눈치를 살피다 고민 끝에 조용히 말했다.

'경찰이요.'

'경찰? 왜?'

'형이 힘들지 않게……'

뒤에서 도와주고 싶어서요.

형이 착한 사람을 지켜 주는 영웅이라면, 나는 영웅을 지켜 주는 사람이 되고 싶어요.

"……미치겠네."

도현이 신경질적으로 머리를 쓸어 올리며 휴대폰을 귓가에 가져다 댔다.

"차도현 검사입니다."

후, 한숨을 내쉬고서 이어 말했다.

"일전에 부탁드렸던 이재원 영장. 발부 부탁드립니다. 김 판사님."

정말이지. 이길 수가 없다.

○ ◎ ●

밝은 햇살을 이기지 못하고 해성이 힘겹게 눈꺼풀을 밀어 올렸다.

"아……."

목구멍이 바짝 말라 목소리가 제대로 나오지 않았다. 온몸이 비명을 질러 대는 바람에 절로 인상이 찡그려졌다. 손가락에 힘을 줘 봤지만 힘이 들어가지 않는다.

알싸한 소독약 냄새가 코를 찔렀다. 천천히 눈동자를 굴려 주변을 살폈다. 흐릿한 초점이 점차 또렷해지고, 그제야 해성은 자신이 누워 있는 곳이 병실이라는 것을 인지할 수 있었다.

정신을 차린 해성이 벌떡 상체를 일으키려 해 봤지만 무리였다. 의지와 다르게 고장 나 버린 몸은 뜻대로 움직여 주지 않았다.

"미치겠네."

연쇄 살인범으로 밝혀진 최정우.

차 팀장. 팀장님은 무사한 걸까.

힘겹게 손을 뻗었다. 주변을 더듬거리며 휴대폰을 찾고 있는데, 마침 병실 문이 열리며 익숙한 얼굴이 눈에 담겼다.

"최……, 지윤?"

눈을 뜬 해성을 확인한 지윤이 크게 놀라며 한걸음에 달려왔다.

"해성아! 일어났구나. 괜찮아?"

높은 지윤의 음성에 머리가 울려 해성이 눈살을 구겼다.

"그건 내가 묻고 싶은 말인데."

해성은 지윤의 몸을 훑어보며 상태를 확인했다. 곳곳에 크고 작은 타박상과 케이블 타이로 압박한 손목 부근에 찢긴 상처가 있었지만 대체적으로 멀쩡했다. 해성은 안도의 한숨을 내쉬며 눈을 감았다 떴다.

"다행이네. 너라도 멀쩡해 보여서."

"네 덕분이야. 고마워……."

"알면 됐어. 어떻게 된 거야? 왜 그곳에 있었어."

"연주 연습 끝나고 돌아가는 길에 교수님이 잠깐 시간 좀 내 줄 수 있겠냐고 연락해 왔어. 난 당연히 조만간 독일에 가야 하니까, 그동안 먹을 약이나 처방해 주려는 줄 알고 별 의심 없이 병원에 간 건데……. 그 후로는 기억이 안 나. 네가 날 구하러 와 줄 거라고는 상상도 못 했어. 혹시, 우리 엄마가 신고한 거야?"

지윤의 얼굴에 찰나의 기대감이 스쳤다. 해성은 그녀의 친모가 실종 신고를 강력하게 반대했다는 사실을 숨겼다. 최지윤도 나름의 말하지 못할 상처가 있는 것처럼 보였으니까.

대답 없는 해성을 보고 상황을 파악한 모양이었다. 지윤은 씁쓸하게 웃으며 고개를 떨궜다.

"그럴 리가 없지……. 우리 엄마는 내 안전보단 성공이 먼저인 사람이니까. 기대도 안 했어."

"너희 엄마는 네가 앓고 있는 병에 대해서 알아?"

"아니까 더 조심하려고 했겠지. 언론에 밝혀지면 난 끝이야. 어느 정신 나간 지휘자가 정신병에 걸린 피아니스트를 무대에 세우고 싶겠어. 아마

엄만 그 순간이 두려웠을 거야."

"너희 가족도 참. 답이 없네."

어쩐지 해성은 이제야 조금 이해할 수 있을 것 같았다. 지나치게 자신을 경계하던 최지윤의 마음을. 2등에 대한 지독한 좌절을. 아마 그녀는 단한 번이라도 좋으니 엄마의 관심을 바랐을 것이다. 그 간절함이 욕심이되고 잘못된 갈망은 누군가를 향한 삐뚤어진 미움으로, 야망으로 변질되어 끝내 최지윤을 삼켰겠지.

"나, 피해자 진술 조서 다 받았어."

"뭐?"

"내가 너한테 해 줄 수 있는 일이 그것밖에 없을 것 같아서. 경찰한테전부 솔직하게 말했어."

"너 그럼……."

"어떻게 알았는지, 덕분에 실시간 검색어에도 들어 봤어. 처음이었어.물론 좋은 소식으로 올라간 건 아니지만."

해성이 빠르게 휴대폰을 찾아 켰다. 지윤의 말처럼 포털 사이트 실시간검색어는 온통 사건과 관련된 것들이었다. 언제 바뀐 건지 1위는 당연히연쇄 살인범 최정우였고, 2위는 연쇄 살인범 정체. 3위는 최정우 교수였다. 뜻하지 않게 4위는 이해성 형사. 제 이름이 걸려 있었다. 5위는 동부연쇄 살인 사건. 그 밑으로는 피아니스트 최지윤의 이름이 걸렸다.

"이번에도 내가 졌어."

"이런 순간에도 그런 말이 나와?"

어이가 없다는 듯 해성이 헛웃음을 터트리며 흘겨보자 지윤은 한결 개운하단 얼굴로 쓰게 미소 지었다.

"고마워. 해성아."

"고마워할 필요 없어. 내가 해야 할 일을 한 것뿐이야."

"그래도 너 아니었으면 나는……. 솔직히 너도 나 많이 미웠을 텐데 나한 명 때문에 목숨 걸고 달려와 주는 게 쉽진 않았을 거잖아."

"알면 제대로 성공해. 이번엔 정정당당하게 네 실력으로. 누구든 시기하지 말고 떳떳하게 일어서. 네 말처럼 넌 내가 지켜 냈으니까 이 정도 말할 권리는 있잖아."

퉁명스러운 해성의 말투에도 지윤은 이제야 웃을 수 있었다.

"응. 그럴게."

"나 좀 쉬고 싶은데."

"그래. 쉬어. 난 그만 가 볼게."

말은 쿨한 척 뱉었지만 속은 쓰렸다. 아직도 지윤을 보면 손부터 보였다. 그녀가 최정우에게 인질로 붙잡혔을 때도, 케이블 타이로 꽉 묶인 그녀의 손이 걱정되었다. 피아니스트의 생명이니까. 미련이 남은 것일 수도 있다. 피아노에 대한 열정은 쉽게 거둘 만한 것이 아니었나 보다.

"네 친구가 밤새 걱정하더라. 출근 때문에, 퇴근하면 바로 오겠다고 전해 달래. 이름이, 은영이었던가?"

"응."

"난 어쩔 수 없나 봐. 부럽더라. 좋은 친구도 있고. 널 진심으로 걱정해 주는 사람도 많고."

"난 네가 부러워."

"……어?"

"피아노. 포기하지 마. 가족도 미워하지 말고."

"그래."

뒤돌아선 지윤을 향해 해성이 다시금 입을 열었다.

"누구든 마찬가지야. 내가 갖지 못한 걸 가진 사람에게 부러움을 느끼는 건 당연해. 그러니까, 고작 그런 걸로 힘써 괴롭게 만들지 마. 넌 네 인생을 살아. 남 신경 쓰지 말고."

"응. 그럴게."

문을 열려다 말고 지윤은 등을 보인 채 말했다.

"있잖아, 해성아."

"말해."

"도움이 될까 모르겠는데, 처음 나한테 최 교수님을 소개시켜 줬던 사람 말이야."

해성이 느리게 고개를 돌려 지윤을 바라봤다.

"너희 언니 남자 친구였어."

해성의 얼굴이 순식간에 굳었다.

"……뭐?"

"고등학생 때, 콩쿨 끝나고 너한테 져서 서럽게 울고 있는데 곁에 와서 명함을 줬어. 많이 힘들면 찾아가 보라고. 너와 같은 또래라 눈에 밟혀 걱정이 된다면서. 대신 이번 일은 비밀이라고 꼭 지켜 달라고 그랬는데, 왠지 말해 줘야 할 것 같았어."

명함을, 줬다고.

이재원이 최지윤에게…….

최 교수의 명함을.

그날, 이재원은 분명 진범을 찾기 위해서 나보다 먼저 같은 길을 걷고 있었다고 했는데.

대체 뭐가 어떻게 돌아가는 거야.

아직 완전히 낫지 않아서인지 잊고 있던 두통이 일며 삭신이 쑤셨다.

"죽겠네, 진짜……."

지윤의 모습이 병실에서 사라진 뒤 해성은 질끈 눈을 감았다. 도무지 생각이란 걸 제대로 할 수가 없었다. 언제쯤 나을 수 있는 거지. 지금은 신세 좋게 병실 침대에 누워서 쉴 때가 아닌데.

불안감이 가득 차올라 가슴이 답답해졌다. 물을 마셔도 좀처럼 해소되지 않는 갈증에 참다못한 해성이 간신히 상체를 일으켰다.

움직일 때마다 뼈가 갈리는 통증을 느꼈지만 바람이라도 쐬어야 살 것 같았다.

그때였다. 다시 한번 병실 문이 열렸다. 드르륵, 밀리는 소음과 함께 해성이 고개를 돌렸다.

"팀장님."

그토록 보고 싶었던 남자.

차강현이었다.

"팀장님, 괜찮으세요?"

엉망진창인 몸 상태를 그새 잊고 해성이 헐레벌떡 침대에서 내려왔다. 하지만 다리에 힘이 풀려 몇 걸음도 채 걷지 못하고 기우뚱 몸이 기울어졌다.

"아."

"내가 하고 싶은 질문을 하네."

순발력 있게 팔을 뻗은 강현이 해성의 허리를 감싸 안았다.

"언제 일어났습니까."

"방금 전에⋯⋯."

해성은 똑바로 설 생각조차 못 했다. 강현의 품에 안긴 채 횡설수설 질문을 토해 냈다.

"팀장님. 최정우는요? 상태는 괜찮나요? 팀장님은 다친 곳 없으시고요?"

"하나씩 묻지."

"아, 죄송합니다. 그러니까⋯⋯."

"지금쯤 최정우는 살인 재연을 위해 현장 검증 중일 겁니다. 보다시피 난 멀쩡하고. 또 궁금한 건?"

"현장 검증 중이라면⋯⋯."

"인정했어. 여태 벌어진 연쇄 살인 사건 전부를."

"방화 살인 사건도, 인정했다는 말씀이십니까?"

"응."

아닌데. 그럴 리가 없는데⋯⋯.

"물론 난 믿지 않지만."

"그럼."

"진실은 현장 검증에서 밝혀질 겁니다. 신이 아닌 이상 자신이 저지르지 않은 일을 완벽하게 구현해 낼 수 없을 테니까."

"최 교수는 왜 자신이 저지르지 않은 일까지 본인의 범행이었다고 주장하는 걸까요."

"본인을 구원자라고 믿고 있던데."

강현이 기막히다는 듯 실소를 터트렸다.

"오점을 남기고 싶지 않았거나, 아니면 2심 3심에서 형량을 줄일 생각으로 머리를 굴리고 있거나."

불현듯 최 교수의 말이 떠올랐다.

'하지만 난 말하지 않을 거예요. 난 내 이름으로 기록될 역사에 오점은 없었으면 하거든요.'

오점을 남기고 싶지 않았던 최정우. 그리고 10년 전 그의 명함을 최지윤에게 건네주었던, 이재원.

뒤늦게 깨달은 해성이 눈을 크게 떴다.

"팀장님. 이대로는 안 됩니다. 10년 전 방화 살인 사건의 진범은 따로 있어요. 이재원이에요. 최지윤은 처음 최 교수를 알게 된 계기가 이재원이 명함을 줬기 때문이라고 했습니다. 최 교수도 같은 말을 했어요. 오점은 없어야 한다고. 잡아야 합니다. 도주하기 전에 지금 당장······."

"이해성."

"네?"

"너 환자야."

"전 괜찮습니다."

강현이 허리를 감싼 손에 힘을 풀었다. 제 힘으로 서 보려 했지만 마음대로 되지 않았다. 다시금 해성의 몸이 멋대로 앞으로 기울며 남자의 가슴팍에 이마를 콕, 박았다.

그런 해성을 물끄러미 내려다보며 강현이 말했다.

"상태가 이런데, 멀쩡하다고?"

"아니, 이건……."

"조급하게 굴면 잡을 수 있는 것도 놓쳐. 최정우의 집에서 증거물로 추정되는 도구가 다수 발견됐으니 감식 결과가 나올 때까진 좋든 싫든 기다릴 수밖에. 운이 좋다면 진범의 지문이 남은 증거물이 나올 수도 있어. 진범이 따로 있다면 자신의 범행을 최 교수에게 뒤집어씌울 생각일 테니까."

강현이 두 손으로 해성의 어깨를 잡았다. 그리고 조금 허리를 숙여 눈높이를 맞추고 단호한 투로 말했다.

"이만큼 했으면 납득하고 좀 쉬지. 강제로 눕히기 전에."

강현이 턱끝으로 병실 침대를 가리켰다. 결국 물러선 쪽은 해성이었다. 이런 상태로 범인과 대치해 봤자 좋은 꼴을 볼 수 없다는 걸 인정한 것이다.

"징계 결과는, 어떻게 됐나요."

"이해성 씨는 조만간 표창 받게 될 거야. 특진은 덤이고. 미리 축하해."

"저 말고요. 팀장님이요."

"잠정적 백수도 나쁘지 않아. 어차피 좀 쉴 때도 됐고. 걱정 마. 모아둔 돈은 많이 있으니까. 데이트 비용 너한테 내라고 안 해."

"팀장님!"

"나랑 결혼할래?"

"그건 또 무슨 개소리……."

해성이 말끝을 흐렸다. 곧이어 점차 눈이 크게 떠졌다.

"지금 뭐라고 하셨어요?"

"다시 말해 줘?"

후회할 텐데.

"아니, 무슨 결혼하잔 말을 병실에서 과정도 없이 뚝딱해요? 저는 팀장님과 제대로 된 연애를 시작한 기억도 없는데요."

"제대로 들었네."

강현이 비스듬히 웃었다.

속이 터질 것 같은 쪽은 해성이었다. 정신없이 두들겨 맞은 쪽은 본인인데 정작 머리가 어떻게 된 쪽은 차 팀장 같았다. 최정우에게 총을 쏜 충격이 좀 강했나.

"내가 봐도 지금 나 제정신 아니야."

믿지 않게 흘겨보는 해성을 보며 강현이 피식 웃었다.

"이미지 트레이닝은 수없이 했거든. 변수에 변수를 더해서 혹시 모를 상황까지 전부 예상하고 몇 번을 연습했는데도."

철컥. 쇠가 부딪치는 소리가 들리며 해성의 한쪽 손목에 수갑이 채워졌다.

"미치는 줄 알았어."

당황한 해성이 제 손목을 한 번, 강현의 얼굴을 한 번 번갈아 보며 눈을 깜빡였다.

"지금 뭐 하는……."

"진범이고 체포고 나발이고. 너 어떻게 될까 봐 불안해서 돌아 버리는 줄 알았다고. 그래서 말인데."

다시 한번 철컥, 소음이 들렸다. 이번엔 강현의 손에 반대쪽 수갑이 채워졌다.

"도무지 안 되겠다."

강현의 입술이 희미하게 올라섰다. 수갑이 채워지지 않은 다른 손을 뻗어 해성의 목덜미를 감싸 안고서 엄지를 움직여 뺨을 훑었다. 지그시 눈을 맞춘 채, 천천히 입을 열었다.

"결혼이든 연애든 이젠 뭐가 됐든 상관없어. 뭐라도 해. 나랑. 이번엔 제대로. 헷갈리게 하지 않을게. 미안해. 그동안 내가 겪어 온 과거의 무게가 제일 크다고 생각했어. 다시 또 잃게 될까 봐 두려워서 있는 힘껏 외면하고 도망만 쳤어. 진심을 보이면 다칠까 봐 겁쟁이처럼 숨기에 급급했어. 늦지 않았다면 받아 줘. 용서해 줘. 다 줄게. 그게 뭐든 가능하다면 간이고 쓸개고 다 뜯어다 줄 테니까."

무슨 말을 뱉고 있는지 본인조차 알 수 없었다. 급한 대로 말을 뱉던 강현은 뜻대로 되지 않자 작게 욕을 읊조리며 질끈 눈을 감았다 떴다.

"개처럼 기라면 얼마든지 기어 줄 수도 있는데. 대신, 거절은 안 돼."

더는, 더 이상은.

"열쇠는 나한테 있어."

혼자 있고 싶지 않아.

"수락할 때까지 풀어 줄 생각 없고."

강현이 손을 당기자 찰칵, 소리를 내며 수갑 줄이 팽팽하게 당겨졌다.

정신을 차리고 나서 보니 수갑의 한쪽은 차 팀장의 손목에, 다른 쪽은 자신의 손목에 채워져 있었다.

제대로 붙잡혔다.

"그러니까 지겨운 사건 얘기 말고, 지금은 나랑 키스하자."

눈 깜빡할 사이에 입술이 맞닿았다. 아, 해성이 방심한 틈을 타 남자의 혀가 물처럼 밀려 들어왔다. 지독했던 지난 기다림을 책망하듯 남자와의 입맞춤은 거칠고, 깊고, 저돌적이었다. 뜨거운 숨결에 가슴이 울렁거렸다.

좀처럼 잡히지 않았던 남자가,

드디어 잡혔다.

○ ◎ ●

폭풍 같던 하루가 지나고 다음 날 최정우의 살인 현장 검증이 전부 공개되었다. 차마 눈 뜨고 보기 힘들 정도로 잔인한 장면에 피해자 유가족은 그 자리에서 무너져 내리며 울분을 토해 냈다.

최정우는 칼을 다루는 데 굉장히 능숙한 모습을 보였다. 신체 어느 부위를 노려야 하는지, 피해자에게 주입한 약물을 어떤 식으로 빼내야 하는지 정확히 알고 있었다.

또, 경찰이 피해자의 신분을 파악하는 시간을 최대한 늦추기 위해 시체에서 피를 전부 뽑아 하수구에 흘려보낸 뒤, 머리는 자택 지하실 대형 냉동고에 전시하듯 보관했다.

상상을 뛰어넘은 최정우의 사이코 기질에 경찰 수사관들마저 고개를 내저었다.

과학수사팀은 최정우가 보관한 시체가 오랜 시간 부패되지 않았던 이유를 두고 '주기적인 방부제 처리' 때문이라고 주장했다.

시간이 흘러 보관 장소가 마땅치 않거나 시체가 썩어 가는 시기가 되면 검은 포대에 시체의 머리와 돌멩이를 넣어 바닥에 가라앉는 무게를 맞추고, 구취가 새어 나가지 않도록 공업용 테이프로 꼼꼼히 마감한 뒤 인적이 드문 호수에 던져 증거를 인멸하였다.

나머지 부위는 최정우에게 정신 치료 상담을 받으러 온 환자. 일명, '의뢰자'의 행동반경에 일부러 보란 듯이 투기했다. 자신의 알리바이를 확보하고, 상담 치료를 받은 환자에게 범행을 뒤집어씌워 수사에 혼선을 주려는 의도였다.

비슷한 수법으로 벌어진 '동부 연쇄 살인 사건'은 대부분 최정우의 단독 범행인 것으로 밝혀졌으나 방화 살인 사건은 달랐다.

능숙하게 살인을 재연했던 다른 사건들과 달리 방화 살인 사건 검증에선 미미한 머뭇거림을 보였기 때문이다.

프로파일러는 그걸 놓치지 않았다.

최정우의 입건이 확정되고 검찰에 송치 후 수사 진행은 빠르게 이뤄졌다. 담당 검사 차도현이 동부 연쇄 살인 사건 지휘를 맡게 되면서 기소를 서두른 것이 컸다. 일반적으로는 수사 검사와 공판 검사가 별개로 지정되지만 이번 동부 연쇄 살인 사건은 직관 사건으로 분류되어 특수성을 인정받아 수사 검사인 도현이 직접 공판까지 책임지게 된 것이다.

해성은 퇴원 수속을 서둘렀다. 주변 동료들의 만류에도 불구하고 어떻게든 수사에 참여해야 했다. 강현은 현재 징계 중이라 개입할 수 없으니 당장 최선은 이것뿐이었다.

"최정우 집에서 발견된 CD입니다."

경찰서 회의실. 약속 장소에 도착하자마자 해성은 휴대폰을 꺼내어 강현에게 내밀었다. 먼저 도착해 있던 강현은 컵을 내려놓고 시선을 들었다.

그녀의 휴대폰 액정엔 국과수에 제출하기 전 해성이 몰래 찍어 둔 증거물이 사진으로 남아 있었다.

강현이 한쪽 눈가를 슬쩍 찌푸리며 되물었다.

"CD?"

"네. 10년 전 방화 살인 사건이 발생한 당일, 집 안에서 흘러나왔던 클래식 음악과 동일합니다."

강현이 CD 표면에 쓰인 영문 글귀를 눈으로 읽었다.

Moonlight Sonata.

강현이 손끝으로 해성의 휴대폰 액정을 툭툭, 두드리며 가늘게 눈을 떴다.

"베토벤의 월광, 인가."

"맞습니다."

"확실합니까?"

강현이 재차 묻자 해성은 단호하게 고개를 끄덕였다.

"확실합니다. 같은 악몽을 반복적으로 꿀 때마다 한 번도 빠짐없이 들었습니다. 10년 전 참고인 조사를 받았을 때도 저는 현장에서 베토벤 월광을 들었다고 언급했습니다. 당시엔 이해하지 못했지만 지금 생각해 보면 진범이 저를 세뇌하려고 했던 게 아닐까 하는 생각이 들어요."

"일종의 최면인가?"

큰 충격을 받았을 때 사람의 무의식은 범위가 넓어진다. 특정 사물, 미세한 소음 등. 이성적인 판단이 어려운 상황에서 경험한 모든 것들은 무의식 가장 깊은 곳에 박히게 된다. 평소엔 흐릿한 잔상으로 분별하기가 어렵지만 한번 깨닫게 되면 가장 중요한 단서로 남는다.

해성의 상태는 최면. 또는 세뇌당하기 가장 좋은 조건이었다.

특히 베토벤의 월광은 해성의 가족이 즐겨 들었던 클래식 음악이었다. 아침마다 눈을 뜨면 늘 흘러나왔던.

그 음악을 가족의 살해 현장에서 듣게 될 줄은 꿈에도 몰랐지만.

"버튼 역할을 했던 겁니다. 이 음악을 떠올릴수록 그날 벌어진 사건에 대한 공포감이 더 증폭될 테니까요. 형사가 된 제가 사건에 깊숙이 관여하지 못하도록 진범이 설치한 덫이 아닐까 싶습니다."

잠자코 해성의 말을 듣고 있던 강현이 날렵하게 눈을 치떴다.

"꿈은 어디까지나 꿈일 뿐이지. 최면, 세뇌. 그것들 전부 과학적으로 증명되지 못한 수법이고. 10년 전 방화 살인 사건에서 발견된 증거물은 없었어. 이 CD도 마찬가지로 발견되지 않았고. 혹시나 CD에서 이재원. 또는 다른 누군가의 지문이 새롭게 발견된다 하더라도 방화 살인 사건 진범이라 단정 짓기엔 무리야."

"CD가 어디에서 발견됐는지 알면 놀라실걸요."

해성이 손을 움직여 휴대폰 액정을 쓸어 내자 화면을 채운 사진이 바뀌었다.

"미술 작품입니까."

"네. 조사해 보니 이탈리아 화가 루치아니 세바스티아노 작품을 오마주한 예수 초상화라고 합니다."

"그 작품이 사건과 무슨 연관이 있다는 겁니까."

"150년 전 이름 모를 화가가 심심풀이로 따라 그린 것이었지만 그 가치가 상당했다고 해요. 가격 책정이 어려울 만큼. 그래서 이번 경매에 출품되길 바라는 사람도 많았다고 하고요."

"그 귀한 작품이 왜 최정우 교수 집에서 발견된 걸까."

"작품에 이 CD가 숨겨져 있었습니다. 정확히는 액자 뒤, 안쪽에서요."

골치 아픈 듯 강현은 엄지로 관자놀이를 꾹 누르며 복잡하게 엉킨 생각을 차분히 정리했다.

"살인을 저지른 후 다만 악에서 구하라는 메모를 남겼던 최정우는 종교가 뚜렷하니까. 집 안에 예수 초상화 하나쯤 있는 건 수상하지 않겠지. 문제는 그 가격이 상상 그 이상이라는 건데. 대학병원 교수라 하더라도 사비로 사들이기엔 무리가 있고. 그렇다는 건, 선물. 누군가에게 받았다는 걸로밖에 해석이 안 돼."

차 팀장은 하나를 알면 열을 내다보는 사람이었다. 해성은 내심 놀란 감정을 숨기고서 말을 이었다.

"제 생각도 같습니다. 알아보니 작품 경매를 주최한 기업이 동하재단이라고 합니다. 미술관 개장 날짜는 3주 전, 12일 월요일이었고요. 표면적으로는 낙찰된 금액 중 일부를 전국의 소외 계층 아동과 청소년. 그리고 미혼모에게 기부할 예정이었답니다."

동하재단 이사장은 이재원이다.

"10년 전 발생한 방화 살인 사건의 유일한 증거였던 CD를 숨기려고 최정우에게 작품을 선물한 척하면서 보냈던 건가. 그 사실을 최정우는 모른 채 받았을 테고. 종교가 있는 최정우는 예수 초상화를 함부로 버리거나 의심하지 않았겠지."

"네."

하나둘씩 퍼즐이 끼워 맞춰졌다.

강현은 깍지를 낀 손등 위에 턱을 괴고서 조용히 말했다.

"방화 살인 사건을 보다 더 완벽하게 은폐하기 위해선 동부 연쇄 살인범인 최정우만큼 안전한 곳도 없을 테니까."

그래서 그토록 자신만만하게 굴었던 거였다. 이재원의 치명적인 실수였다. 고가의 작품을 아무런 대가도 없이 최정우에게 보낸 것 자체가. 그것도 무려 액자 뒤에 방화 살인 사건의 증거물을 숨긴 채 말이다.

"왜 CD를 태우거나 버리지 않았던 걸까요."

천천히 턱을 매만지던 강현이 빠르게 답했다.

"최정우가 체포되면 최 교수가 저질렀던 수많은 살인 사건 중 방화 살인 사건이 가장 먼저 제외될 걸 알았던 거야. 진범의 입장에선 부정할 리 없는 최정우를 이용하는 편이 신변의 안전을 보장할 거라 생각했겠지."

이재원은 생각보다 더 똑똑했다.

최정우는 여태 벌어진 동부 지역 연쇄 살인 사건을 자신이 저지른 것이라며 과시하고 있다.

악행을 저지른 사람들. 또는 다른 누군가에게 상처를 입힌 사람들을 대신 사냥하듯 살해했음에 최정우는 일말의 죄책감도 없었다. 도리어 태어나 가장 잘한 일이었다고 했다. 일각에선 그런 최정우의 살인이 합당했다 말하는 사람들도 등장했다.

어디로 보나 이재원에겐 손해 보는 장사가 아니었다. 자신이 저지른 방화 살인을 최정우에게 덮어씌우고 고요히 돌아서면 그 누구도 의심하지 못할 테니까. 심지어 10년이나 흐른 일이다. 유일한 피해자의 유가족으로 남은 해성을 제외하고는 가물가물한 흐린 기억으로 사라져 가고 있었다.

진범은 방화 살인 사건이 크고 작은 사건들에 묻혀 사람들의 머릿속에서 지워지길 바란 것이 아니다. 가해자에서 피해자로 '남고' 싶었던 것이다.

"동기가 뭘까."

이재원을 이해하는 것을 포기해야 한다. 그는 인격 장애를 가진 소시오패스니까. 일반적인 틀에서 벗어나 생각해야 한다. 이재원. 그 자체가 되어서 생각해 보면…….

"하."

별안간 강현이 헛웃음을 터트렸다.

그리고 느리게 시선을 들어 빤히 해성을 쳐다봤다.

"너였어."

"……네?"

해성이 영문을 모르겠다는 듯 눈을 깜빡였다. 꿰뚫듯 해성의 얼굴을 들여다보던 강현이 시선을 거두고서 몸을 일으켰다.

"특진 임명식. 언제입니까."

자연스럽게 화제를 돌렸다. 내심 찝찝했으나 해성은 순순히 답했다.

"……내일 오전입니다."

해성은 마음이 불편했다. 연쇄 살인범을 잡을 수 있었던 건 전적으로 강현의 능력 덕분이었다. 하지만 표창과 특진을 얻은 건 해성이었고, 정작 가장 큰 도움이 된 차 팀장은 징계를 받았다.

"받지 않을 생각입니다."

"뭘. 특진을? 아니면, 표창을?"

"전부 다요."

"왜."

"제가 아니라 팀장님이 받아야 했던 겁니다. 무엇보다 지금은 상 받을 때가 아니지 않습니까. 방화 살인 사건은 아직 해결되지 않았으니까요."

강현이 긴 숨을 내쉬었다.

"네가 이뤄 낸 성과야."

해성이 잘근 입술을 짓이겨 씹었다.

"연쇄 살인범은 네 손으로 직접 체포했어. 내가 받은 징계가 터무니없다고 생각한다면 더욱 임명식에 참석해. 가서 표창이든 특진이든 당당히 받아 와. 내 몫까지."

강현의 입술이 언뜻 올라섰다. 그 얼굴을 홀린 듯 바라보던 해성이 천천히 의자에서 일어났다. 책상을 돌아 다가온 강현이 가까운 거리에서 해성과 마주 보고 섰다.

"정식으로 다시 말할게."

"무슨."

"받고, 다시 시작하자. 너와 나. 상처로 더럽혀진 욕망뿐인 관계 말고. 좋아서, 보고 싶어서 못 견딜 만큼 애틋한 감정으로. 동등한 위치에서."

"정말……. 내가, 좋아요?"

"응."

"……언제부터요?"

"카드 돌려주겠다고 죽을힘을 다해 내 앞에 뛰어왔을 때부터."

강현은 해성의 긴 머리카락을 의미 없이 매만지며 말했다.

"처음이었거든. 진심으로 나를 필요로 하는 사람은. 다들 피하거나 손가락질하기 바빴지."

해성은 웃을 수도 울 수도 없었다.

"내일, 이재원 영장 나오나요?"

강현의 눈살이 미세하게 구겨졌다.

"그래도 과거엔 가족 같았던 사람이고, 첫사랑이었으니까. 이재원을 체포하게 되면 상처받을까 봐. 일부러 이러시는 거죠. 따라오지 못하게 하려고, 임명식에 참석하라고 설득하시는 거잖아요."

쓸데없이 눈치만 빨라선.

강현은 아무런 말도 없었다. 그저 가만히 해성을 응시하기만 했다. 얼마쯤 시간이 흘렀을까. 강현이 천천히 입을 열었다.

"맞아. 난 네가 이 이상으로 상처받는 꼴은 죽어도 못 보겠거든. 근데, 그것과 별개로 고백은 진심이야."

지그시 해성을 내려다보며 강현이 나직하게 속삭였다.

"그러니까 이번만큼은 내 말. 들어주면 안 될까."

해성이 주먹을 꽉 말아 쥐었다.

"팀장님은 매번 저를 약해 빠진 어린아이 대하듯 하시네요."

똑바로 강현과 눈을 맞추고서 당당히 말했다.

"물러서지 않을 거예요. 과거는 과거일 뿐이니까. 얼마나 많은 상처가 있었고 추억이 있었고 그런 건 중요하지 않아요. 이번 사건이 마무리되어도 전 피아노가 아닌 수갑과 총을 들 겁니다. 새로운 범인이 나타나면 몇 번이고 잡을 거예요. 멈추지 않고 뒤돌아보지 않고 끝까지 앞만 보면서 나아갈 거라고요. 저 혼자 말고, 팀장님과 함께요."

강현은 비스듬히 고개를 기울인 채 흔들리는 해성의 눈을 물끄러미 응시했다. 그러다 손끝으로 해성의 부푼 입술을 툭, 건드리듯 치며 피식 웃었다.

"그게 어제 내가 한 질문에 대한 대답이야?"

결혼이든 연애든. 뭐라도 좋으니 나와 하자던 말을 떠올리며 해성이 작게 고개를 주억거렸다.

"네."

"이 형사."

"……네."

"이해성."

"왜, 자꾸 부르세요."

이제야 너의 상처를 들여다볼 수 있게 됐다고 생각했다. 지독한 늪에서 너보다 먼저 빠져나온 내가 할 수 있는 최선은 네가 나와 같은 상처를 받지 않도록 돌아가는 길을 알려 주는 것뿐이라고 확신했는데.

착각이었다. 이해성은 강했다.

"너는 진짜……."

내가 널 너무 과소평가했어.

"그래. 내가 졌어."

강현이 바지 주머니에 넣어 둔 손을 빼고 팔을 뻗었다.

"이리 와."

내가 힘껏 당기면 빠져나와. 지긋지긋한 과거에서, 상처에서. 힘껏 부딪쳐. 끌어안는 건 내가 할 테니까.

해성이 주춤거리며 다리를 움직이려 할 때였다. 강현이 성급하게 해성의 손목을 확 잡아끌었다.

그에게선 좋은 향기가 났다. 해성은 조금 더 깊게 숨을 들이마셨다.

넓은 남자의 품에 푹 파묻힌 채 해성은 두 손으로 남자의 옷깃을 꽉 끌어 쥐었다. 결국 울음이 터졌다.

원인은 알 수 없었다.

안도의 눈물이었는지, 긴 시간 악착같이 참아 온 울분이었는지. 분노였는지, 허탈함이었는지 잘 모르겠다.

그냥, 계속 눈물이 났다.

끄윽, 끄윽 숨을 참으며 입술을 씹어 봤지만 울음소리는 속도 모르고 눈치도 없이 자꾸만 새어 나왔다.

"저, 안 울어요."

"안 물어봤어."

절대 놓아주지 않을 것처럼 힘껏 안아 주는 손길 때문일까. 아마도 그가 귓가에 작게 속삭이던 말 때문일 것이다.

"못 본 걸로 할 테니까 하던 거 계속해."

나와 함께 가자.

그곳이 어디든.

들썩거리는 해성의 등을 토닥토닥 두드려 주며 강현이 빙그레 웃었다.

○ ◎ ●

— 속보입니다. 지난 21일 피아니스트 최지윤 씨를 납치하고 사건 담당 형사를 협박, 폭행하는 등 총 24명을 살해한 혐의로 구속 기소 된 동부 연쇄 살인범 피고인 최정우 씨가 첫 공판을 위해, 서울구치소에서 서울중앙지방법원에 방금 도착했습니다. 최정우 교수는 한국대학병원 정신건강

의학과에 재직 중인 것으로 밝혀져 큰 충격을⋯⋯.

아나운서의 음성이 고요한 집무실에 울려 퍼졌다. 벽에 걸린 TV 화면
에는 삼엄한 경찰의 경비 속에서 수갑을 찬 채로 천천히 따라 걷고 있는
최정우의 모습이 적나라하게 공개되었다.

멀끔한 차림은 온데간데없었다. 강도 높은 심문으로 수척해진 얼굴은
애써 덤덤한 듯 보였으나 텅 빈 눈빛엔 아직 채 가시지 않은 살기가 감돌
고 있었다.

최정우가 체포되고 벌써 며칠이 지났지만 여전히 시끄러웠다. 뉴스 속
보와 기사는 하루에도 수십 개씩 쏟아졌고, 프로파일러를 포함한 전문가
들은 사이코패스 최정우의 심리와 행동을 집중 분석 했으며 그를 이용한
모방 범죄도 심심찮게 벌어졌다.

"시끄럽네⋯⋯."

TV를 등진 채 집무 책상 앞에 선 재원은 작게 중얼거리며 강남의 풍경
을 넌지시 바라보았다. 통창 밖엔 한강을 중심으로 드높은 건물들이 빼곡
했다. 강남을 가득 채운 기업 빌딩은 서로의 위치를 경쟁하듯 있는 힘껏
더, 더 높이 머리를 들어 올려 보지만 그것들을 내려다보는 입장에선 그
저 우습기만 하다.

재원은 팔짱을 낀 채 정면을 응시하며 지난날을 회상했다.

— 약속은 잊지 않았겠죠. 나는 언제쯤 이곳에서 나갈 수 있는 겁니까.

이틀 전, 변호사를 통해 최정우가 연락을 취해 왔다. 미세하게 떨리는
음성에 언뜻 불안함이 묻어나 있었지만 재원은 슬며시 미소를 지으며 손
톱을 튕겼다.

'내게 멈추지 않겠다고 했었나.'

― ……그건.

'뱉은 말은 지키셔야지.'

멋대로 나선 주제에 일이 틀어졌다고 이제 와 도움을 요청하는 꼴이라니. 누굴 호구로 아는 건가. 재원이 픽 웃음을 터트렸다.

'폭력을 가했다던데.'

― 그 여자가 먼저……!

'내가 분명히 말했잖아. 이해성은 건드리지 말라고. 응?'

― ……나를 이용한 겁니까.

'말을 이상하게 하시네. 이용이 아니라 서로 필요에 의한 협력이었지. 먼저 어긴 쪽은 그쪽이고.'

궁지에 몰려 조급해하는 최정우와 다르게 힘을 가진 재원은 더없이 느긋했다.

'최 교수의 역할은 비교적 간단했죠. 사이코패스 본능대로 사람을 죽이든, 의사의 책임감으로 살리든. 그건 내 알 바 아니다. 이해성만 멀쩡하게 내 앞에 데려다 놔라. 그게 그렇게 어려웠나?'

생각할수록 열받네……. 다 된 밥이었는데. 골치 아프게. 재원의 입매가 비딱하게 올라섰다.

'제때 차 팀장이 도착하지 않았다면 인질과 함께 이해성을 죽였겠지. 10년 전, 실패한 살인을 어떻게든 성공적으로 마무리 짓기 위해서.'

― 난 당신이 하라는 대로 했어. 당신이 물어다 준 먹이를 눈앞에 두고도 무려 10년을 참았다고. 당장 찔러 죽이고 싶은 충동을 참고, 또 참는 동안 당신은

연락조차 두절됐지. 때가 되면 연락할 테니 기다리라는 말뿐이었잖아. 내가 할 수 있는 건 그 계집년에게 넌 할 수 있다는 헛된 희망을 심어 주는 일이 전부였어. 나한테 이해성을 보낸 이유가 뭐야. 연쇄 살인범이 나라는 사실을 다 알고 있었으면서 도와주겠다고 한 이유가 뭐냐고!!

걷잡을 수 없이 흥분한 최정우의 괴성을 들으며 재원이 긴 숨을 내쉬었다.

'잔혹한 살인범이든, 사이코패스든. 내겐 그런 것 따윈 상관없습니다. 그 누구와도 비교할 수 없을 만큼 유능한 정신과 의사였으니까. 나는 편견이 없거든. 그 애가 예전처럼 활기를 되찾고 내 곁에서 평생 꿈꾸던 피아노를 다시 치게 된다면, 당신이 몇 명을 죽이고 다녔든. 적어도 무기 징역은 피할 수 있게 만들어 줬을 텐데. 아쉽게 됐네요.'

— 나보다 더 미친 놈이 여기 있었네.

기막히다는 듯 최정우가 헛웃음을 터트렸다. 재원은 덤덤했다.

'난 내 말을 듣지 않는 것들을 대가 없이 도와줄 만큼 자비롭지 않아요.'

재원이 동요 없이 마지막까지 나른한 음성으로 여유를 부리자 최정우는 결국 이성을 잃었다.

— 내가 누군지 잊었나 본데. 너 한 명 죽이는 건 일도 아니야. 좋은 말로 할 때 김 판사 회유해.

재원이 서늘하게 웃었다.

'이걸 어쩌지. 난 죽는 게 두렵지 않은데. 이봐요, 최 교수. 다른 사람도 아니고 나를 상대로 그런 애들 장난 같은 협박이 통할 것 같아요?'

— ……뭐?

'어디까지 죽여 봤어? 환자를 괴롭힌 사람? 친구? 애인? 약혼자의 가족? 아니면, 부모?'

더 볼 것도 없다는 듯 재원은 일방적으로 통화를 끊어 버렸다. 그날 이후로 따로 걸려 오는 전화는 없었다.

포기한 걸까.

책상에 올려 둔 휴대폰이 부르르 떨리며 진동을 일으켰다. 곱씹던 기억 속에서 깨어난 재원이 천천히 눈꺼풀을 밀어 올렸다.

[차강현 경감]

발신자 이름을 확인한 재원이 휴대폰을 귓가로 가져다 댔다.

"한창 바쁘실 텐데, 연락을 다 주시고. 어쩐 일이십니까."

— 친절하게 예고장 좀 날려 주려고.

우습지도 않다는 듯 재원이 실소를 터트렸다.

— 어떻게, 도주 준비는 잘돼 가?

집무실 책상 위에 올려 둔 여권과 비행기표를 흘긋거리며 재원이 조용히 눈을 치떴다.

"용건만 말하시죠."

— 조만간 이 형사와 사이좋게 손잡고 같이 마중 나가 줄게.

"누구를. 설마, 나를?"

— 말했잖아. 내가 너 꼭 잡는다니까.

"아직도 말 같지도 않은 심증을 내세워 나를 의심하는 겁니까? 동부 연쇄 살인범은 이미……."

— 10년 전. 중년 부부와 그들의 딸, 성인 여자 한 명이 죽었지. 아무리 연쇄 살인범이라 해도 성인 셋을 동시에 죽이기엔 무리가 있거든. 그래서 내가 생각을 좀 해 봤어. 만약 살인범이 피해자와 가까운 지인이었다면 어땠을까. 의심받지 않고 마음껏 집을 드나들 수 있었겠지. 죽기 직전까지 일말의 의심도 갖지 않았던, 언제나 환영받던 사람. 누구보다 신뢰했던 첫째 딸의 약혼자.

재원의 입이 일자로 굳게 다물렸다.

— 최정우는 살인을 저지른 즉시 증거 인멸을 위해 방화를 저질렀다고 했지만 아니. 내 생각은 달라. 시체의 피가 굳어 있던 시간 차. 그리고 경직 상태로 봤을 때 시간이 맞지 않았거든. 담당 환자 최지윤의 상담을 받고 이해성을 노렸던 최정우의 살인 계획은 새벽 시간대였어. 하지만 최정우가 도착했을 땐 이미 전부 죽은 뒤였지. 열받지만 어쩌겠어. 그곳에 남은 건 최 교수뿐이었는데.

"그래서?"

— 마음이 급해진 최정우는 현장을 처리할 시간이 부족했고 범행 수법은 엉망진창이었지. 결국 불을 지르는 방법이 최선이었을 거야. 넌 최정우에게 살인 현장을 뒤집어씌울 생각이었고. 이해성이 신고하기 전에 경찰은 이미 도착했으니까. 하지만 최정우는 잡히지 않았어. 왜? 이재원. 네가 시간을 벌어 줬거든. 최정우가 방화를 저지르고 증거를 인멸한 뒤 도주할 수 있도록.

재원이 주먹을 꽉 말아 쥐었다.

"듣다 보니 기가 막히네. 앞뒤가 안 맞잖아. 최정우에게 살인 현장을 뒤집어씌울 생각이었던 내가, 도망칠 시간을 벌어 줬다? 아아, 고작 이 정돕니까? 그렇다면 좀 실망인데."

— 넌 최정우를 마지막에 흔적도 없이 보내 버릴 생각이었던 거야. 지금처럼. 시기는 사람들과 언론의 기억 속에서 잊힐 때쯤이 적당하다고 판단했던 거고.

똑똑히 새겨들으라는 듯, 강현은 한 글자 한 글자를 곱씹어 말했다.

— 사건이 발생하자마자 최정우가 잡혀 버리면 경찰은 어렵지 않게 알아차릴 테니까. 최 교수가 저지른 범행이 아니었단 사실을 말이야. 넌 최정우가 살인을 멈추지 않을 거란 걸 알고 있었어. 이용하기 딱 좋은 카드잖아. 적립하듯 차곡차곡 연쇄 살인을 저질렀던 최정우가 끝내 체포된 지금 이 시점에. 실패를 극도로 싫어하는 성격상 최정우는 10년 전 방화 살인 사건 역시 순순히 인정할 테니까. 그 사이에 발 빼고 돌아서면 네 계획대로 완전 범죄에 성공했겠지.

내가 이 사건을 물지 않았다면.

강현의 말에 재원은 저도 모르게 엄지에 힘을 주어 밀었다. 그러자 뚜욱. 하고 쥐고 있던 펜이 부러지며 바닥으로 떨어졌다.

— 하나 묻고 싶은 게 있는데 말이야. 혹시 이 회장 부부도 네가 죽였어?

휴대폰을 쥔 손에 힘이 실렸다.

— 대답 못 하는 것 보니, 맞나 봐?

"자꾸 말 같지도 않은 개소리를 해 대니까, 어이가 없어서……. 내게 그럴 동기가 어디에 있지?"

— 있지. 너희 큰아버지가 적극적으로 협조해 주고 있거든.

재원의 입술 끝이 아래로 떨어졌다.

"협조?"

— 어려서부터 인격 장애를 앓았던 조카의 잔인한 본성에 대한 증언. 그리고 너희 아버지가 살아생전 남기고 간 유일한 증거물. 보아하니 둘 사이가 좋지 않던데. 너희 큰아버지는 주가가 폭락하더라도 너 한 명 끊어 내고 싶어 안달이 났어. 그쪽 자리싸움이 꽤 도움이 됐거든. 네가 그토록 찾아 헤맸던 이 회장 부부의 차량 블랙박스 SD카드. 그리고 이 회장의 휴대폰. 그게 지금 누구 손에 있을까.

거기까진 미처 생각하지 못했다. 순순히 자리에서 물러섰고, 방구석에 처박힌 재단 일을 자처했으니 부회장, 큰아버지도 적대감을 거둘 것이라 생각했는데. 재원이 입술을 꽉 씹어 물었다.

"어디 계속 지껄여 봐."

— 이해성의 언니. 이해연과의 결혼을 강제로 밀어붙이던 부모가 거슬렸고, 이해성만큼은 안 된다며 울부짖던 이해연이 거슬렸고. 원치 않은 결혼을 축복하며 일을 서두르던 이해성의 부모까지. 전부가 거슬렸던 너는, 정리가 필요한 시점이라고 생각했던 거야. 그래서 그날 전부를 죽였고, 이해성만 살려 뒀지.

"이유는."

— 넌 이해성에게 비정상적으로 집착하고 있으니까.

"틀렸어. 그건 집착이 아니야."

재원이 고요히 조소했다.

"사랑이지."

휴대폰 너머로 피식, 하고 대놓고 조롱하는 소리가 들려왔다.

— 사랑 같은 소리 하고 자빠졌네.

강현이 작게 욕설을 읊조리자 재원이 슬며시 인상을 구겼다.

— 그게 어떻게 사랑이야. 고문이지. 넌 네가 그토록 절절하게 사랑하는 여자의 가족을 죽이고, 네 부모를 죽이면서까지 이해성을 완벽하게 혼자 고립시켰어. 그러면서 같은 피해자인 척, 다 죽어 가는 이해성을 죄책감이란 빌미로 곁에 묶어 두려 했던 일이 사랑이었다고? 그래서 최지윤을 이용하고, 이해성을 연쇄 살인범에게 10년 동안 치료받게 했어? 뻔뻔한 것도 정도라는 게 있어. 알아?

뼈를 때리는 강현의 말에 재원의 얼굴이 딱딱하게 굳었다.

"할 말 끝났으면 그만 끊지."

그대로 휴대폰을 내리려는 때였다.

— 알고는 있으려나 모르겠네.

의미심장한 강현의 말투에 재원이 멈칫하며 움직임을 멈추었다.

— 네가 최정우에게 보냈던 선물 말이야.

강현은 조금씩 느리지만 확실하게 재원의 목을 조였다.

— 예수 초상화인지 뭔지. 그 작품에서 CD 하나가 발견됐거든.

"그래서."

— 방금 국과수에서 지문 감식 결과가 나왔는데, 누구 건지 궁금하지 않아? 지문을 지울 거였으면 확실하게 없앴어야지. 대충 손수건으로 문질러 닦는다고 사라지나. 요즘처럼 발달된 시대에.

재원이 이를 악다물며 허공을 죽일 듯이 노려보았다.

— 예전 추억 때문에 이해성이 널 잡지 못할 거라고 생각했다면 한참 잘못 짚었어.

그 모습이 상상되었는지 강현은 한숨처럼 웃으며 마지막 화살을 날렸다.

— 그 증거를 찾아낸 게 이해성이거든. 네가 그토록 좋아 죽는 이해성 말이야.

재원의 눈이 찰나 크게 떠졌다.

— 조만간 최정우 곁으로 보내 줄 테니까, 얌전히 기다리고 있어.

아무리 날고뛰어 봤자,

넌 이제 끝이야.

통화가 끊기고, 침묵이 감돌았다.

멍하니 허공만 바라보던 재원이 별안간 웃음을 터트렸다.

"재밌네."

휴대폰을 집무 책상에 올려 두고는 리모컨 버튼을 눌렀다.

가죽 의자에 깊이 몸을 묻고서 고개를 길게 젖힌 채 눈을 감았다.

Moon light. 베토벤의 월광.

"다시 한번 보고 싶었는데."

이해성이 새하얀 드레스를 입고서 피아노를 치는 모습. 화려한 꽃다발을 품에 끌어안고 수줍게 웃던 얼굴. 순결했던 너에게 물들었던 나는.

처음으로 평범한 소년 같았는데.

"아쉽게……."

그냥 차라리 너도 죽일 걸 그랬어.

누구도 갖지 못하게.

"괜찮아."

모든 것을 내려놓은 듯, 느슨한 미소를 지으며 재원이 눈을 감았다. 자연스레 과거의 장면이 물안개처럼 피어올랐다.

○ ◎ ●

피범벅이 되어 버린 안방 침대와 바닥에 힘없이 쓰러져 있는 중년 부부. 그리고 그 중심엔 재원이 우두커니 서 있었다.

'재원아. 엄마 아빠 왜 이래? 이게 다 뭐야? 응? 뭐라고 말 좀 해 봐, 제발!'

절망하는 해연의 모습이 선명하다.

재원은 생기를 잃어버린 공허한 눈으로 비스듬히 해연을 바라보았다. 날카로운 흉기를 들고 있는 남자는 배 속에서부터 함께 자라 온 이가 아니었다.

모든 것이 낯설었다.

뚝, 뚜욱. 날카로운 칼날을 타고 누구의 것인지 모를 붉은 피가 느리게 흘러내렸다. 해연은 믿을 수 없다는 듯 파르르 입술을 떨었다.

'아니지, 아니잖아. 네가 한 짓 아니지? 내가 오해한 거야. 그치? 재원아.'

온몸을 떨며 절박하게 부정하는 해연의 모습은 마치 어미를 잃고 곧 죽음을 앞둔 아기 새 같았다. 재원은 그 자리에 서서 슬며시 입술을 늘였다.

'내가 죽였어.'

　해연의 입술이 작게 벌어졌다. 두려움. 분노. 슬픔. 부정. 원망이 뒤섞인 해연의 눈을 물끄러미 바라보며, 재원은 순진하게 물었다.

　'기분이 어때? 해연아. 나는 있지, 지금도 아무런 감정이 없어. 못 느끼겠어. 아주머니는 내게 늘 친절했고, 아저씨는 다정한 분이었는데 말이야.'
　'너⋯⋯. 결혼 때문이야? 나랑 결혼하기 싫었으면 말로 하면 되잖아! 왜, 왜!!'
　'환영받지 못할 테니까.'

　네가 아니라 이해성을 원하는 나를, 내 진심을. 그 애가 온전히 내 것이 되려면, 내 곁에 있기 위해선 혼자가 되어야 해. 그래야 내게 의지할 테니까.

　'미쳤어. 넌 진짜 미쳤다고. 알았을 때 멈췄어야 했어. 그럼 적어도⋯⋯.'
　'해연아. 나 정말 이상한 것 같아. 이론적으로는 분명 너한테 미안하고, 누군가를 죽였다는 사실에 두려워해야 하는데. 오히려 지금 난 어느 때보다 안심이 돼. 드디어 하나씩 해결되고 있는 것 같아서 내 목표에 가까워지고 있는 것 같아서. 난 지금 너무 편안해.'

　해연은 제정신을 유지하기가 힘들었다. 벌어진 상황을 믿을 수 없어 몇 번이고 눈을 감았다 떠 봐도 변함이 없었다.
　엄마와 아빠를 죽인 사람이 바로 눈앞에 서 있는 이재원이라는 게. 태어난 순간부터 함께해 온 친구가, 평생을 함께하기로 약속한 약혼자가 살인자라는 사실이.

'나도, 죽일 거니?'

'응. 미안.'

넋이 나간 채로 묻는 해연과 달리 재원은 지나치게 상냥했다.

'해성이……, 해성이는?'

재원은 대답이 없었다. 하. 하하……. 해연은 자신이 웃는 건지 우는 건지 도통 알 수 없었다. 도망칠 생각조차 들지 않았다. 해연은 억지로 다리를 움직여 재원을 향해 다가갔다. 덜덜 떨리는 손을 간신히 뻗어 봤지만 무리였다. 칼끝에 닿으려는 찰나, 재원이 손에 꽈악 힘을 주며 칼을 뒤로 뺐다.

'칼 이리 줘! 지워야 하잖아. 지문, 지워야 할 거 아니야!'

'왜?'

'나까지 죽으면 해성이는 혼자잖아. 해성이 혼자 있는 거 싫어해. 그러니까.'

'해연아. 내가 누군지 잊었어?'

난 말야. 너희 부모를 죽였고 곧 너마저 죽일 살인자야.

'안 죽일 거 알아. 해성이 좋아하지? 해성이 볼 때 네 눈빛. 나 처음부터 다 알고 있었어. 넌 평범하지 않으니까. 그래. 난 너와 달라서 상식에서 벗어난 네 행동을 이해할 수 없지만, ……해성이만큼은 아프게 하지 말아 줘. 좋아하잖아. 그러니까, 건들지 마. 제발 부탁이야.'

'그래.'

이제 쉬어야겠다. 해연아.

감정 없는 말을 끝으로 칼끝은 망설임 없이 해연의 심장을 관통했다. 커흑, 신음을 흘리며 쓰러지려는 순간 재원이 해연의 머리를 다정하게 받쳐 안고서 조심스레 바닥에 내려놓았다.

'사실 해연아. 그럴싸한 동기 따위 없었어. 그냥. 매 순간 따뜻한 너와 너희 가족이 내 약한 부분을 건드리는 게 거슬렸고, 몰아붙이는 내 부모가 마음에 들지 않았던 것뿐이야. 그러니까, 마지막까지 힘써 이해하려고 하지 않아도 돼.'

고통스러워하는 얼굴, 시뻘겋게 충혈된 눈으로 재원을 바라보며 해연이 힘겹게 입을 벙긋거렸다.

'그래도……'

사랑해.
마음이 아픈 너를 진심으로 사랑했단 말이야.
죽어 가는 해연을 무미건조하게 바라보며, 재원이 천천히 눈꺼풀을 밀어 올렸다.
긴 과거를 지나 도달한 지금 이 순간에도 선명했다. 따뜻한 피의 온도. 죽어 가는 눈빛으로 전하던 서글픈 고백까지도.
"나는 아직도 이해가 안 돼, 해연아."
너도 나를 볼 때 같은 마음이었을까.
"얼른 와, 해성아."
네가 날 잡으면, 난 멈출 수 있을지도 몰라.
어릴 적 함께 숨바꼭질을 할 때면, 술래인 널 위해 난 항상 보이는 곳에서 있었잖아. 재원은 그날을 떠올리며 쓰게 웃었다.
잔잔한 클래식 선율은 끊이지 않고 한참이나 반복적으로 울려 퍼졌다.
등 뒤로는 어느덧 새빨간 노을이 내려앉고 있었다.

1심 공판 결과는 예상대로였다. 법원은 연쇄 살인범 피고인 최정우에게 법정 최고형인 사형을 선고했다.

　　재판부는 최정우가 22번의 살인 혐의를 대부분 인정했다고 말했다.

　　또한, '의료인의 자격을 갖춰야 할 정신과 교수가 의료법을 무시하면서까지 환자를 이용해 저지른 살인의 죄질이 무겁다.' 판단하였고, '살인의 동기와 시체를 처리한 과정에서 피고인의 반복된 살인 범행은 일관성을 갖고 있으며 고의적으로 판단된다.' 라고 밝혔다. 특히 '피해자 가족이 겪은 고통, 사회적으로 일으킨 파장을 고려하면 무기 징역 사형을 피해 갈 수 없다.' 고 덧붙였다.

　　결과는 한 치의 물러섬 없이 정공법을 택했던 차도현 검사의 승리였다. 하지만 10년 전 방화 살인 사건에 대해서는 최정우의 살인 혐의를 부정했다. 그 때문에 차도현 검사는 국민들의 질타를 피해 갈 수 없었다.

　　"수고하셨습니다. 차 검사님."

　　직원들의 인사를 받으며 법원을 벗어나자마자 도현은 긴 시간 목을 꽉 조이고 있던 넥타이를 신경질적으로 흔들어 내렸다.

　　"후으……."

　　예정보다 길어진 공판에 지친 듯 도현은 묵직한 숨을 내쉬며 담배를 꺼내어 들었다. 비뚜름하게 연초를 입에 물고서 불을 붙이려는 때였다.

　　"재판 잘 봤습니다."

　　낯선 신발이 눈에 담기자 도현이 비딱하게 시선을 들었다. 생각지 못한 강현의 등장에 조금은 의아하다는 듯 도현이 눈살을 찌푸렸다.

　　"시간이 남아돌아?"

　　"작정하고 물어뜯던데."

　　도현이 어이가 없다는 듯 실소를 터트리며 강현을 흘겨보았다. 그러다 이내 시선을 거두고 불을 붙였다.

"앞뒤 다른 걸로 놀릴 생각이면 그쯤 하고 돌아가. 너와 한가롭게 수다 떨 시간 없어."

비록 말투는 날카로웠지만 예전처럼 대놓고 경멸하거나 불쾌감을 드러내진 않았다.

강현이 형의 재판을 직접 눈으로 확인한 것은 이번이 처음이었다.

무엇을 어떻게 느꼈든 도현은 현재 강현을 상대할 기분이 아니었다. 오랜 시간에 걸쳐 연쇄 살인을 저질러 온 살인자를 상대하는 일은 담당 검사 입장에서 꽤나 큰 부담이었다. 온 국민이 눈에 불을 켜고 지켜보고 있다. 아버지의 침묵 또한 큰 무게였다.

그뿐일까. 보는 것만으로도 역겨운 피고인이 자신의 죄에 대해 묵묵부답으로 일관할 때면 자신이 살인자가 되어 대신 최정우를 찢어 죽이고 싶은 심정이었다. 오만 가지 충동을 재판 내내 억누르며 이성적으로 옳고 그름을 따져야 하는 일분일초가 곤욕이었다.

"방화 살인 사건을 혐의에서 제외했던데. 그 부분은 좀 놀랐어."

의심되는 모든 것들을 혐의에 끼워 넣을 수도 있었다. 2심과 3심에서 언제 어떤 식으로 항소를 할지 모르기에 1심에서 최대한 쏟아부어 최정우의 형량을 늘리는 것이 우선이었으니까.

무슨 생각인지는 모르겠지만 최정우는 대부분의 혐의를 순순히 인정했다. 사선 변호사는 병풍에 지나지 않았다. 그대로 밀어붙였더라면 불안해하는 대통령을 안심시킬 수도 있었고 국민들의 질타도 피할 수 있었다. 더 나아가 그에 대한 포상도 넉넉했을지 모른다. 그러나 도현은 누구도 예상 못 한 변수를 내놓았다.

강현의 부탁이 눈에 밟힌 탓이다.

도현은 끝내 동하재단의 이사장, 이재원의 영장 발부를 허락했다. 발부를 위해선 최정우가 저질렀다고 의심되는 범행 중 가장 큰 가닥이 되었던 '방화 살인 사건'을 제외시켜야 했다.

만약 이재원이 방화 살인 사건 진범으로 밝혀지게 된다면 그나마 다행이지만, 섣부른 판단이었다면 그 모든 책임은 도현의 몫이었다.

즉, 도현은 위험을 감수하면서까지 강현의 손을 들어 준 것이다.

"왜. 이제 와 두려워? 이재원이 진범이 아닐까 봐. 걱정이라도 되나?"

"고맙다는 인사 하러 왔어."

잘못 들었나. 도현이 인상을 구기며 강현을 쳐다봤다.

"사람이 안 하던 짓을 하면 죽는다던데. 드디어 미쳤어?"

강현이 피식 웃었다.

"누가 할 소리를……."

"낯간지러운 인사나 듣자고 한 일 아니니까 마음에도 없는 감사 인사는 아버지 앞에서 해."

무슨 의미냐고 되묻기 전에 도현이 재킷 안주머니에서 무언가를 꺼내어 강현에게 내밀었다. 자연스레 강현의 시선이 낮춰졌다. 도현의 손에 들린 것은 반납한 강현의 경찰증이었다.

"아버지가 직접 나섰어."

"무슨 뜻이야. 그게."

강현의 얼굴이 작게 일그러졌다.

"서명호 형사과장이 박 서장 몰래 언질한 모양이야. 지금처럼 중요한 시기에 인재를 뒤로 감추는 건 대놓고 진범의 뒤를 봐주는 것밖에 더 되냐고 서장 앞에서 윽박을 지르시더라. 상을 줘도 모자란 놈에게 징계가 웬 말이냐고. 처음 봤어. 그렇게 분노하는 아버지 모습은."

강현의 입이 일자로 굳게 다물렸다. 도현이 담배 연기를 길게 뿜으며 이어 말했다.

"나도 그 부분엔 동의하는 바야. 어제 알게 된 사실이지만 박 서장이 이재원 측 변호사를 통해 뒷돈을 받았단 정황이 나왔거든. 그 사안으로 딜을 한 모양이지. 덮어 주는 대신 네 징계를 풀어 주는 조건으로."

아버지답지 않은 비겁한 선택이었다. 젠장. 강현이 낮게 욕을 읊조리자 도현은 들고 있던 강현의 경찰증을 떠넘기듯 건네며 말했다.

"진심으로 덮어 주려는 게 아니야. 박 서장 일은 청문 감사관이 따로 비밀리에 조사 중이니까."

강현이 알게 모르게 주먹을 꽉 말아 쥐었다. 도현은 그 모습을 묵묵히 응시하며 이번엔 서류 한 장을 내밀었다.

"착각 그만해. 나는 그렇다 쳐도 아버지는 단 한 번도 어머니의 죽음이 네 탓이라 생각한 적 없었으니까."

오히려 자랑스러워했지.

"어렸던 너에게 함부로 다가가면 그 또한 상처가 될까 늘 조심스러워하신 분이야."

메말라 갈라진 땅 사이로 불쑥 솟아오른 물길이 크게 넘실거렸다.

"난 애새끼처럼 속도 모르고 혼자 자책하는 네가 짜증 났던 것뿐이고."

오랜 시간 꽁꽁 묶어 둔 감정이 한순간 느슨해졌다. 진솔한 대화가 부족했던 무뚝뚝한 남자 셋. 그들의 오해는 허무하리만큼 부질없었다.

"용서는 나중에 빌고."

강현이 천천히 고개를 들어 도현을 마주 보았다. 도현은 상대하기 귀찮다는 기색으로 가볍게 턱짓했다.

"대충 알아들었으면 농땡이 그만 피우고 잡으러 가. 말해 두는데, 나 검사 인생 다 걸었어. 이재원 놓치면 그땐 정말 죽여 버릴 줄 알아."

돌겠네. 강현이 낮게 중얼거리며 헛웃음을 터트렸다. 그리고 얼마 지나지 않아 굳은 의지를 결심한 눈으로 똑바르게 도현을 주시했다.

"다행히 차 검사님 손에 죽을 일은 없겠네."

자신감 넘치는 말투에 도현이 설핏 웃음을 터트렸다.

"끝까지 재수 없는 새끼."

그 말을 끝으로 도현은 미련 없이 돌아섰다. 뒷모습을 바라보던 강현역시 반대편으로 걸음을 옮겼다.

각자 향해야 할 길을 걸었다.

마지막까지 다정한 말은 없었지만 두 남자 사이를 가로막고 있던 벽은 어느새 무너지고 있었다.

○ ◎ ●

표창, 특진 임명식을 앞둔 경찰서는 행사 준비로 분주했다.

해성 덕분에 연쇄 살인범이 극적으로 체포되었다는 사실은 다른 의미로 경찰 직원들에게 큰 충격이었다.

이곳저곳에서 큰 공을 세운 2팀 직원들에게 축하한다는 말이 쏟아졌지만 정작 해성은 마음이 편치 않았다.

이재원의 체포 여부가 문제였다. 아직 영장이 나오지 않았기 때문에 이러지도 저러지도 못하는 입장인 데다 도주할 위험이 아예 없는 것도 아니라서 조급했다.

한가롭게 표창이니 특진이니 즐길 때가 아닌데. 2팀을 제외하고 이런 사실을 알 리 없는 다른 경찰 직원들은 오래 달고 산 혹을 떼어 낸 듯 홀가분해 보였다.

"선배."

한창 준비로 분주한 강당 안, 옆자리에 앉은 세찬의 부름에 해성이 슬쩍 고개를 돌렸다. 세찬이 강당 벽면에 크게 달린 현수막을 눈으로 가리켰다.

"진짜 대박 아니에요? 전 진짜 우리 손으로 10년이 넘도록 미제 편철로 남은 사건을 해결하게 될 줄 몰랐어요. 범인이 선배 주치의였다는 것도, 그 의사를 선배 손으로 잡았다는 것도 실감이 안 나네요."

세찬의 말처럼 전부 현실성 없었다. 해성은 물끄러미 현수막을 응시했다.

「이해성 경장 외 3명 특진 임명 및 표창 수여식」

몇 번을 봐도 제 이름이 걸린 글자는 적응이 안 됐다. 더구나 현수막에 쓰인 3명 중 차강현 팀장은 보나 마나 제외되었을 것이다.

누가 보더라도 이번 행사는 차 팀장을 저격하고 자신의 위치를 부각시킴과 동시에 강남서의 공을 만천하에 알려 이익을 챙기려는 박 서장의 야비한 수작질이다.

하지만 해성은 박 서장을 쉽게 비난할 수 없었다.

어디까지나 가족을 죽인 살인범을 찾고 복수를 다짐하며 시작한 일이었다. 정의나 평화를 위한 일이 아니었는데.

"받을 자격이 되나……."

한숨만 나왔다. 처음부터 끝까지 실수뿐이었다. 앞선 감정으로 일을 그르칠 뻔하고, 범인을 잡겠단 일념 하나로 매뉴얼을 무시한 적도 있었다.

그러나 아이러니하게도 이번 사건이 해결될 수 있었던 건 수칙을 어기면서까지 위험을 감수했기에 얻어진 결과였다.

"선배가 아니면 누가 받아요? 겸손한 것도 정도가 있죠. 매일 100점 받은 전교 1등이 공부 하나도 안 했는데 내가 왜 수석이지 하는 거랑 뭐가 달라요."

해성이 힘없이 웃었다.

"미안. 그래도 고마운 건 진심이야. 너랑 팀장님이 지원 병력으로 와줬으니까 나도 무사할 수 있었고 범인도 잡았던 거야."

세찬은 퍽 쑥스러웠는지 손을 내저으며 격하게 부정했다.

"에이, 제가 뭘 했다고."

세찬은 뒷자리를 흘긋거리며 신나서 떠들었다.

"조 경위님이랑 박 경사님도 되게 들떠 보이네요. 특히 조 경위님은 아침부터 난리였다니까요. 사모님한테 엄청 자랑하고 나오셨대요."

"그래?"

네네. 고개를 끄덕이던 세찬이 무언가 떠오른 듯 짝 손뼉을 쳤다.

"아, 맞다. 사건 터진 날 진짜 난리도 아니었던 거 알아요? 차 팀장님이 경찰서 문을 박차고 쳐들어 올 때 얼마나 박력이 넘치던지. 그때 팀장 님 얼굴 되게 무서웠는데. 다 죽일 기세라서 아무도 못 건드렸어요. 심지 어 형사과장님도 두 손 다 들었다니까요. 이제 그만 솔직해지세요. 두 분 뭐 있죠?"

평소엔 답답할 만큼 눈치가 없는 편인 세찬은 이럴 땐 어떻게 알고 귀 신같이 정곡을 찔러 왔다.

"수여식 시작한다."

말을 돌리는 것까진 성공했지만 세찬의 의심 어린 시선은 쉽게 거둬지 지 않았다.

지루한 서장의 인사말을 시작으로 시간은 쉬지 않고 흘러갔다.

서장이 부하 직원들의 공을 제 것으로 올려 치기 위해 불러 모은 기자 들은 바쁘게 카메라 셔터를 눌러 댔다.

촤르르륵 쏟아지는 셔터 음이 강당 내부를 가득 채웠지만 해성의 시선 은 손목시계에서 떨어질 줄 몰랐다.

결국 참지 못하고 해성이 세찬에게만 들릴 만큼 작게 속삭였다.

"세찬아. 팀장님 아직 연락 없지?"

"네. 영장 때문에 그러세요?"

"나오기 전에 한국 뜨면 끝이니까."

"그것도 그러네요. 그래도 차 팀장님 아시잖아요. 믿고 기다려야죠."

차 팀장을 못 믿는 건 아니었지만 그래도 징계 중인 형사는 힘이 없다.

……그의 형. 차도현 검사를 설득한다면 모를까. 하지만 두 남자의 관 계를 생각하면 그 역시 쉽지 않다.

한참 초조하게 손톱을 물어뜯고 있는데 사회자가 해성의 이름을 호명 했다.

"……다음은 이해성 경장의 특진 및 표창 수여식이 있겠습니다."

호명 후에도 해성은 좀처럼 움직이지 않았다. 다른 곳에 정신이 팔린 해성을 쳐다보던 세찬이 보다 못해 툭툭 어깨를 쳤다.

"선배. ······선배!"

"아, 어."

세찬의 도움으로 해성이 엉거주춤 자리에서 일어났다. 동료 직원들의 박수갈채를 받으며 걸어가 쭈뼛쭈뼛 강단 앞에 섰다. 서장과 직접적으로 마주 본 건 처음이었다.

"강력계 형사 1년 차라고 했나?"

"예."

"여형사임에도 불구하고 연쇄 살인범을 잡다니 아주 용감하고 대단해. 이 경장 덕분에 우리 시민들이 두 발 편히 뻗을 수 있게 됐어. 수고 많았어."

뻔뻔하긴. 다시 봐도 비호감이다.

박 서장 곁에 선 경찰이 건네는 꽃다발을 떠안듯 건네받게 된 해성은 알게 모르게 서장을 흘기며 아랫입술을 질끈 감쳐물었다.

"귀하는 평소 맡은 바 직무를 성실히 수행하여 왔으며 특히 연쇄 살인범 최정우 체포에 기여한 공이 크므로 이에 표창합니다."

박 서장이 내용을 읽고 표창장을 건넸다. 찝찝한 마음을 뒤로하고 해성이 손을 뻗었다. 서장에게 표창을 건네받은 때였다.

쾅! 소리와 함께 강당 문이 벌컥 열렸다. 여러 시선이 한곳으로 향했다. 활짝 열린 문 사이로 모습을 드러낸 남자의 얼굴을 확인한 해성의 눈이 크게 떠졌다.

"팀······, 장님?"

비딱하게 선 강현이 입매를 올려 씩 웃었다.

"가자. 이해성."

수군거림이 커졌다. 그야말로 엉망진창. 총체적 난국. 파국. 무슨 단어를 갖다 붙여도 말로 설명할 수 없는 풍경이었다.

"저, 저······!"

서장은 뒷목을 잡고 경악했다. 기자들은 때를 놓치지 않고 강현을 카메라에 담았다.

"팀장님이 어떻게 여길……."

"약속했잖아. 같이 잡으러 가기로."

설마.

해성이 눈을 깜빡였다.

"받아 왔어. 이재원 영장."

손에 힘이 빠지며 툭. 표창장이 바닥으로 떨어졌다.

"긴급 출동 명령입니다. 2팀."

"예!"

차 팀장의 말이 떨어지기 무섭게 강력 2팀 팀원들은 뒤도 돌아보지 않고 자리에서 벌떡 일어나 강현의 뒤를 따랐다.

저 새끼들 뭐야! 여기가 어디라고! 뒤에서 악에 받쳐 소리치는 서장의 목소리가 들렸지만 전부 무시했다. 바닥에 표창이 나뒹굴고 있어도 상관없었다. 2팀 형사들은 전속력으로 앞만 보며 달렸다.

빠르게 경찰서를 빠져나가는 도중, 출입문 왼쪽 벽면에 걸린 경찰헌장이 눈에 들어왔다. 잠시 걸음을 멈춰 선 해성은 경찰학교에서 지겹도록 달달 외웠던 글귀를 마주 보았다.

새삼, 무어라 형용할 수 없는 이상한 기분이 들었다.

"준비됐어?"

곁에서 들려온 낮은 음성에 해성은 시선을 거둬 내고 다시 걸음을 옮기며 씩씩하게 답했다.

"당연하죠."

해성은 경찰헌장 글귀를 다시 한번 가슴속에 깊이 새겼다.

"명령만 하세요. 따르겠습니다."

우리는 조국 광복과 함께 태어나 나라와 겨레를 위하여 충성을 다하며, 오늘의 자유 민주 사회를 지켜 온 대한민국 경찰이다.

"잘 대답해. 마지막 기회니까. 정말 이재원 잡을 수 있겠어?"

우리는 개인의 자유와 권리를 보호하고 사회의 안녕과 질서를 유지하여 모든 국민이 편안하고 행복한 삶을 누릴 수 있도록 해야 할 영예로운 책임을 지고 있다.

"제가 잡아도 됩니까?"

"장난하지 말고."

"이재원이 잡혀도, 팀장님은 제 곁에 있을 거잖아요."

이에 우리는 맡은 바 임무를 충실히 수행할 것을 굳게 다짐하며, 우리가 나아갈 길을 밝혀 스스로 마음에 새기고자 한다.

"네가 상처받을까 걱정돼."

하나. 우리는 모든 사람의 인격을 존중하고 누구에게나 따뜻하게 봉사하는 친절한 경찰이다.

"더 이상 상처받을 것도 없어요."

하나. 우리는 정의의 이름으로 진실을 추구하며 어떠한 불의나 불법과도 타협하지 않는 의로운 경찰이다.

"지금이라도 늦지 않았어. 나 따라가면 특진 포기해야 돼. 후회할 것 같으면 다시 가서 표창 주워 와."

하나. 우리는 국민의 신뢰를 바탕으로 오직 양심에 따라 법을 집행하는 공정한 경찰이다.

"그딴 거 개나 주라고 해요."

"제법인데. 이 형사."

하나. 우리는 건전한 상식 위에 전문 지식을 갈고닦아 맡은 일을 성실하게 수행하는 근면한 경찰이다.

"누구 밑에서 컸는데요."

하나. 우리는 화합과 단결 속에 항상 규율을 지키며 검소하게 생활하는 깨끗한 경찰이다.

"끝나고 데이트하자."

해성은 진심으로 활짝 웃었다.

"약속대로 쏘시는 거죠?"

"얼마든지."

"밤새도록 같이 있어도 돼요?"

"그걸 지금 말이라고 해?"

"저, 여행 가고 싶어요."

"원한다면 우주라도 데려가 줄게."

끝내 피식 웃음이 터졌다.

먼저 형사 차량에 탑승한 나머지 팀원들이 대놓고 야유를 보냈지만 아무래도 좋았다.

사랑하는 사람. 곁을 지켜 줄 동료가 있는 이상, 어떤 상황에서도 물러서지 않을 것이다.

나는, 그는. 그리고 우리는,

대한민국 경찰이이니까.

— *Fin*

외전

 목적지에 도착한 해성은 걸음을 멈춰 세우고 조용히 구름 한 점 없는 하늘을 물끄러미 올려다보았다. 오늘은 유독 날씨가 좋았다.
 세상은 늘 그렇듯 소란스러웠고 사람들은 여전히 바빴다. 그래서인지 지금 이 순간 잠시나마 찾아온 정적과 고요가 나쁘지 않다.
 천천히 시선을 내리자 탁한 건물이 시야에 들어왔다.

「서울동부구치소」

 이곳에 이재원이 있다.
 구속되었지만 아직 긴 재판이 남아 있었다. 상대적으로 증거가 명확한 최정우는 별다른 이변 없이 무기 징역을 선고받았지만 이재원은 달랐다.
 높은 사회적 지위, 오랜 시간이 흐른 탓에 희미해진 범행 흔적 등. 이재원은 여러 의미로 법조계의 골머리를 앓게 했다.
 해성은 마음을 굳힌 듯, 덤덤하게 구치소 건물 안으로 걸음을 옮겼다.

"충성."

먼저 연락을 받고 미리 나와 대기 중이었던 직원은 한눈에 해성을 알아보고 경례를 했다. 그다음은 순조로웠다. 간단한 신분 조회를 끝낸 뒤 면회에 사용 불가로 지정된 물품을 반납했다.

"따라오시죠."

할 일을 마친 직원은 곧장 해성을 면회실로 안내했다.

면회실 앞에 선 직원이 문을 열어 주며 다시 한번 당부했다.

"면회 시간은 10분입니다."

"네."

철컹, 둔탁한 소음과 함께 문이 열렸다. 곧이어 조금은 낯선 풍경이 서서히 눈앞에 펼쳐졌다.

투명한 플라스틱 막 너머로 보이는 남자의 얼굴은 달라진 게 없었다.

조금은 초췌한 모습일 것이라 생각했는데. 허탈했다. 굳이 변한 것을 고르자면 구김 하나 없던 고급 슈트가 아닌 푸른색 재소자 의류를 입고 있다는 것 정도일까.

세간을 충격으로 뒤흔든 당사자라고 하기엔 굉장히 평온해 보였다.

"안녕, 해성아."

재원이 희미하게 웃으며 해성을 맞았다. 해성은 몇 걸음 떨어진 곳에 우두커니 서서 빤히 남자를 응시했다.

이재원의 체포 과정은 너무 쉬웠다. 마치 이 순간을 기다리고 있던 사람처럼, 더없이 의연했다.

인천공항 한가운데에 서서 체포를 위해 긴급 출동 한 자신을 애틋하게 바라보던 눈빛을 잊을 수 없다.

무방비한 두 손을 내밀며,

'수갑, 채워야지. 해성아.'

그 어떤 반항도 변명도 없이.

이재원은 그렇게 체포되었다.

취조와 조사는 막힘없이 진행되었다. 언론은 벌떼처럼 달려들어 재벌의 민낯을 폭로했고 대중들은 이재원을 사정없이 물어뜯었다. 하지만 정작 그는 그 어떤 방어도 없었다.

허무했다. 이겼는데, 패배한 기분이었다. 이재원답다고 해야 할지, 뻔뻔하다 해야 할지. 당시엔 정신이 없어서 생각할 틈이 없었지만 다시 돌이켜 보면 알게 모르게 그 역시 지쳤던 것이 아니었을까.

"안 올 거라 생각했어."

침묵을 깨고 먼저 입을 연 것은 재원이었다. 해성은 소리 없이 실소를 터트리며 맞은편 의자에 앉았다.

"좋아 보이네요."

속이 뒤틀릴 정도로.

긴 시간 동안 그 지옥 속에 몰아 놓고서 아무렇지도 않게 안부 인사를 묻는 태도가 역겨웠다.

간신히 감정을 억누르고 있는 해성을 보며 재원이 느릿하게 입을 열었다.

"이제 와 이해를 구할 생각은 없어."

"변명하지 않겠다는 뜻인가요."

"맞아."

"모든 범행을 인정했다는 뜻으로 들리는데."

"그래."

"왜요."

이재원은 미소를 잃지 않았다.

그 점이 해성을 더 분노케 했다. 하지만 결코 드러내지 않을 것이다.

반응하면, 이재원은 그마저 자신을 향한 관심이라 생각할 테니까.

"지쳤거든."

하.

"이젠 딱히, 흥미도 없어."

재원이 천천히 눈꺼풀을 밀어 올렸다. 생기를 잃은 삭막한 잿빛 눈동자가 해성을 담았다.

"사람들은 절대 이해하지 못할 상식선이 내겐 숨 쉬듯 당연하게 존재하니까. 내가 무엇을 변명하고 설명하든 통하지 않을 거야. 난 그 사실을 너무 일찍 깨달아 버린 거지. 아니, 내심 한편으론 해성이 너만큼은 날 이해해 주길 바랐는지도 모르겠다."

그가 무슨 말을 하고 있는지 알 수 없었다. 이해하고 싶지도 않았다.

이미 소시오패스 판정을 받은 그는 평범한 일반인들과 너무 다른 세상에 살고 있다. 그러니 아마 해성은 죽을 때까지 그를 납득할 수 없을 거다.

"내 나름대로 노력은 해 봤어. 너와 같은 세상에서 비슷한 공감대를 가진. 너희들이 멋대로 정한 정상 범주의 인격으로. 같은 시각으로 바라보려고. 근데, 결국 무리였어."

"……."

"용서를 구하는 모습을 바라고 온 거라면, 아쉽지만 헛수고야. 해성아."

그토록 좋아했던 은근한 그의 미소가 빛을 잃었다.

"나는 죄책감 따위 없어."

앞으로도 없을 거라고.

이재원은 그렇게 말했다.

이미 예상한 전개였다. 그러니 놀랍지도 않았다. 모든 사람들이 면회를 말렸다. 심적으로 괴로울 뿐이라고. 너만 힘들 거라고. 하지만 해성이 사람들의 만류를 꺾고 혼자서 재원을 찾아온 이유는 따로 있었다.

해성은 다시 한번 재원의 무감한 얼굴을 눈에 새겨 넣었다.

"안 본 사이에 수다스러워졌네요."

뾰족하게 날이 선 해성의 말투에 재원은 소리 없이 웃었다.

"있지, 해성아."

해성의 눈을 똑바로 주시하며 재원이 잔잔하게 이어 말했다.

들어 본 적 있으려나 모르겠는데.

"악법도 법이고, 위선도 선이래."

해성이 고요히 주먹을 말아 쥐었다.

"나는 그 말이 그렇게 좋더라."

하지만 그뿐이었다. 해성은 피식 웃으며 물러서지 않고 당당하게 재원을 응시했다.

"형량이 얼마가 나오든 상관없어. 당신이 가진 사회적 지위를 이용해서 법의 구멍을 찾아 빠져나와도, 윗선에 억 소리 나는 돈을 쏟아부어서 결국 풀려나게 되더라도."

나는 더 이상 미련 없어.

눈 깜빡할 사이에 지나가 버린 짧은 인연에, 추억에, 지난날들에.

휘둘리지 않을 거야. 이제는.

"완벽하게 지울 수는 없겠지만 덮을 수는 있을 것 같거든."

해성이 천천히 자리에서 일어났다. 그리고 자연스레 재원을 내리깔아 보며 말했다.

"진심으로 당신이 불쌍해."

재원의 미간이 언뜻 구겨졌다.

"방해가 되었던 것들을 전부 남김없이 죽였는데도 결국 혼자 남게 됐잖아."

오랜 시간 동안 당신이 저질러 온 그 끔찍한 일들 전부가 정말 아무것도 아닌 게 되는 거야.

"당신의 추악한 내면 그 자체마저 사랑했던 언니도, 어떻게든 품어 보려고 노력했던 가족도, 잠시나마 당신을 동경했던 나도. 이젠 없어."

덤덤한 해성의 음성을 잠자코 듣고 있던 재원이 알게 모르게 멈칫했다.

"사이코패스도 결국은 사람이라. 세상을 등지고 혼자 남게 되는 건 어쩔 수 없이 끔찍할 거야. 그치?"

이제부터 그가 경험할 지옥을 해성은 이미 겪어 봤기에 아는 것이다.

"나는 이제 눈물겹게 행복할 예정이야. 사랑하는 사람과 좋아하는 일을 하면서 그동안 아팠던 상처가 희미해질 때까지 덮고, 덮고. 그렇게 다시 새로운 추억을 심고, 또 심을 거야."

해성의 눈동자는 흔들림이 없었다.

"이제부터 당신은 내 뒷모습만 보게 될 거야. 그러니까 절대 죽지 마. 평생 동안 혼자, 그 지옥 같은 시궁창에 남아서 똑똑히 지켜봐. 당신이 그토록 원했던 사람이 다른 누군가와 행복해하는 모습을."

외롭고 고독하게.

"악법도 법이고, 위선도 선이라고?"

해성이 우습지도 않다는 듯 픽 웃으며 경멸 어린 시선으로 재원을 흘겼다.

"지랄하고 있네."

냉소적인 음성에 재원은 침묵했다.

"살아서 경험하는 지옥이 더 괴로울 거야. 내가 그렇게 만들 거니까."

차갑게 돌아섰다. 아무도 없었다. 그녀의 말처럼 이제 이곳엔 그 누구도 찾아오지 않을 것이다. 끝내 혼자 남게 된 재원은 가만히 눈을 감았다.

잠시나마 머물렀던 미소가 사라졌다. 길게 늘어진 입매가 점차 짧아지고, 결국 그의 얼굴엔 그 무엇도 그 어떤 표정도 남지 않게 되었다.

"……."

몇 초쯤 시간이 흘렀을까.

재원이 천천히 고개를 들었다.

알고 있긴 할까.

반항 없이 체포되었던 건 사실 네가 보고 싶어서. 단순히 그 이유 하나로 모든 것을 내려놓은 것뿐인데.

해성이 머물다 떠난 빈자리를 가만히 응시하던 재원은 혼잣말하듯 낮게 중얼거렸다.

네 말이 맞아.

네가 없는 곳은 지옥이야.

"차라리 죽는 게 낫겠어."

해성아.

……해성아.

끼이익. 쾅.

두꺼운 철문이 굳게 닫혔다. 지나간 아픈 과거의 문도 함께 잠긴 듯했다. 해성은 마지막까지 돌아보지 않았다. 면회실을 등진 채 앞만 보며 걸음을 옮겼다.

구치소를 빠져나오자 내리쬐는 뜨거운 햇빛이 시야를 방해했다. 해성은 슬며시 눈살을 찌푸리며 다시 한번 하늘을 올려다보았다.

"잘했어."

다 끝났다.

여전히 찝찝했고, 여전히 답답하고, 여전히 분노하게 되겠지만 할 수 있는 최선이었다고 생각한다.

이미 죽은 사람을 되살릴 수 없고, 완벽하지 못한 인간들이 만들어 낸 법은 공정할 수 없다.

억울했지만 현실이 그랬다.

"……배고프다."

본인이 말을 하고서도 우스웠는지 해성은 설핏 헛웃음을 터트렸다.

그때였다.

"그래서. 뭐가 먹고 싶은데."

불쑥 끼어든 익숙한 중저음에 해성이 홱 고개를 꺾었다. 바로 옆엔 거짓말처럼 강현이 서 있었다.

"어떻게 알고 오셨어요?"

차 팀장은 말이 없었다. 정면만 바라보며 입술만 늘여 웃었다.

"배고프다며."

"아……."

차 팀장은 아무것도 묻지 않았다.

질책도, 응원도, 위로도 없었다. 선택 그대로를 존중하려는 의도일까.

"날이 좋네."

무뚝뚝한 말투에 해성은 그만 참지 못하고 픕, 웃음을 터트렸다.

"그러게요."

차 팀장이 조용히 손을 내밀었다.

해성은 커다란 남자의 손바닥을 가만히 바라보다 시선을 올렸다.

"되게 좋은 거 알아요?"

"뭐가."

"팀장님 위로 방식이요."

강현이 픽 웃음을 흘렸다.

"내가 뭘 어쨌는데."

"그냥요. 좋아요."

"지금처럼 하면 된다는 뜻인가?"

"네."

서로를 마주 보며 웃었다. 조금 전의 걱정과 불안은 조금도 생각나지 않았다. 정말이지, 신기하게도.

"손이나 좀 잡아 주지."

커다란 손바닥 위에 해성의 손이 얹어졌다. 곧이어 가느다란 마디 사이사이에 강현의 손가락이 빈틈없이 꽉 맞게 껴졌다.

"가자."

그곳이 어디든.

너와 함께라면 좋을 것 같아.

○ ◎ ●

간단한 식사를 끝내고 둘을 태운 차는 막힘없이 고속도로를 내달렸다. 서서히 해가 저물 때쯤 도착한 곳은 도시와 동떨어진 곳이었다.

차 안은 조용했다.

도시의 소란스러움도, 지겹도록 들었던 형사 차의 사이렌 소리도, 정신없이 울려 퍼지던 경찰서 내부 소음도 전부 없었다.

시동을 끄고 비스듬히 시선을 돌리자 조금은 지친 듯 얌전히 눈을 감고 있는 해성의 얼굴이 보였다.

강현은 슬며시 미간을 구기고 조금 더 신중히 해성의 상태를 확인했다. 어느새 습관이 된 일이다. 잠잠해진 악몽이 다시 시작되기라도 할까 봐.

"잘 자네."

평온한 해성의 얼굴을 확인하고는 속으로 안도의 숨을 짧게 내쉬었다.

비록 내색하진 않았지만 누구보다 힘든 시기를 보내고 있을 것이다. 덤덤하게 재원을 체포하던 해성의 모습이 자연스레 떠올랐다. 슬픔도, 분노도, 통쾌함도 없던. 지극히 이성적이고 담담한 얼굴은 그 어떤 개인적인 감정도 담고 있지 않았다.

나약할 것이라 생각했다. 툭, 건들면 그대로 쓰러질 듯 위태로운 그녀를 매정하게 외면한 적도 있었다. 도움이 안 되는 존재라면 애초에 배제하면 된다는 안일한 생각은 보기 좋게 엇나갔다.

이해성은 강했다.

"새삼 대단하네."

어쩌면 자신보다 더.

어린 나이에 그 긴 시간을. 온통 붉은 피로 질척이는 어둡고 긴 동굴을 홀로 걷고 버티면서 이곳까지 올라온 너는, 그깟 가벼운 바람에 휩쓸릴 사람이 아니었을지도 모른다.

강현은 저도 모르게 손을 뻗었다. 눈과 입술을 건드리는 긴 머리카락을 조심히 넘겨 주었다. 낯선 손길이 잠에 방해가 되었는지 슬며시 인상을 찡그리는 해성을 보며 강현은 소리 없이 웃었다.

"알겠다. 안 건드게."

해성의 편안함을 방해하고 싶지 않았던 강현은 그 이후로도 꽤 오랫동안 조용히 침묵하며 묵묵히 해성의 곁을 지켰다.

얼마나 시간이 흘렀을까.

뒤척이던 해성이 천천히 눈꺼풀을 밀어 올렸다.

"아……."

흐릿한 초점이 조금씩 선명해지고, 주변 풍경이 서서히 눈에 담겼다. 해성이 상체를 일으키려 하자 강현이 말했다.

"더 자."

"여기 어디예요?"

강현이 어깨를 으쓱였다.

"모르겠는데."

"네?"

"그냥 보이는 길 따라서 밟았어."

"그게 무슨……."

해성이 얼떨떨한 표정을 짓고서 눈을 깜빡이자 강현은 피식 웃었다.

"전략이나 계획 세우는 건 이제 좀 지겨워져서. 도망쳤다는 게 더 맞는 표현이겠네."

도망이라니.

차 팀장과는 전혀 어울리지 않는 단어였다. 해성은 강현에게서 시선을 떼고 고개를 돌렸다.

정면 창으로 보이는 풍경은 익숙하면서도 낯설었다.

끝도 없이 펼쳐진 해변. 그리고 그 위로는 검푸른 바다가 눈에 담겼다.
유명한 관광지가 아니었는지 주변엔 아무도 없었다.

"⋯⋯나쁘지 않은데요."

단둘만 남은 곳. 다른 누군가의 방해 따윈 처음부터 존재하지 않았던
곳. 조용하고 평화로운, 그런 곳.

"여행 가고 싶다며."

"그걸 기억하고 있었어요?"

"응."

해성은 묘한 기분을 지울 수 없었다. 몽글몽글 퍼지는 알 수 없는 감정
이 너무 간지러워서, 자꾸만 웃음이 새어 나오려고 했다.

"바다, 좋아하세요?"

"조용하니까."

소란스러움이 일상인 형사들에게 이보다 더 좋은 여행지는 없었다.

"정말 아무도 없네요."

"왜. 다시 돌아갈까?"

"아니요. 그냥 좀, 기분이 이상해서요. 하루 종일 시끄럽다가, 갑자기
조용해지니까."

이대로 눈에만 담기가 아쉬웠는지 해성이 안전벨트를 풀었다.

"바람 쐬고 싶어요."

강현은 군말 없이 해성을 따랐다. 차에서 내리자 파도를 타고 넘어온
바람이 훅 밀려들었다.

"아, 진짜 좋다."

꽉 막힌 속이 뻥 뚫린 기분이었다.

"저, 여행 처음 와 보거든요."

해성은 먼발치에서 펑펑 터지는 폭죽 불꽃을 멍하니 바라보며 말했다.

"이런 기분이구나⋯⋯."

해성은 무언가에 홀린 듯 걸어갔다. 그녀의 뒷모습을 물끄러미 응시하

던 강현은 조금 떨어진 거리를 유지하며 해성이 혼자만의 시간을 가질 수 있도록 배려했다.

곁에 강현이 없는 줄도 모르고 해성은 벤치에 다가가 앉았다. 정말 마법에 걸린 것처럼 하염없이 밤바다만 바라보았다.

많은 생각들이 머릿속을 스쳐 지나갔다. 그동안 일에 치여 사느라, 사건에 파묻혀 지내느라 여유가 없어 담지 못했던 것들이 차근차근 마음을 짓눌러 온다.

"진짜 정신없이 살았네."

마음만 먹으면 이렇게 쉽게 찾을 수 있는 곳이었는데 왜 와 볼 생각조차 하지 못했던 걸까.

미련스럽고 한심하고. 씁쓸한 기분을 떨칠 수 없었지만 그래도 다행이었다. 이 순간, 함께한 사람이 가장 필요한 남자라서.

그렇게 한참을 밤바다 풍경에 시선을 빼앗겨 있는데, 불현듯 오른쪽 뺨으로 찬 기운이 느껴졌다.

"아……."

시선을 올리자 곁엔 어느새 강현이 서 있었다. 그의 손엔 묵직한 물체가 담긴 검은색 봉지가 들려 있었다. 보지 않아도 알 수 있었다.

"맥주?"

해성이 놀라며 묻자 강현은 살짝 고개를 까딱이며 옆자리에 앉았다.

"다른 것도 있어."

뭐지? 해성은 내심 궁금했는지 강현이 건넨 봉지를 받아 들고 곧장 내용물을 확인했다.

봉지 안에는 캔 맥주와 빼빼로 모양의 길쭉한 폭죽이 들어 있었다.

"폭죽은 왜 사셨어요?"

"계속 보고 있길래."

"제가 애도 아니고……."

강현이 픽 웃음을 터트렸다.

"애 맞던데."

벙찐 얼굴로 하늘을 올려다보던 얼굴이 꽤 귀여웠던 것도 사실이라 도무지 지나칠 수가 없었다고. 강현은 그 말을 아끼기로 한다.

치익, 탁.

탄산 빠지는 소리가 시원하게 울려 퍼지고, 두 사람은 각자 맥주를 든 채 서로를 바라보았다.

"짠, 할까요?"

어색하게 웃으며 해성이 캔 맥주를 기울였다. 무시할 것이란 예상을 깨고 강현은 순순히 해성의 요구를 받아 주었다.

하지만 강현은 술을 입에 대지 않았다. 혹시 모를 상황을 대비하기 위함이었다. 긴급 출동 명령이 떨어지면 둘 중 한 명은 제정신을 유지해야 하니까.

시원하게 맥주를 한 입 들이켠 해성이 따가운 탄산을 견디지 못하고 인상을 찌푸렸다. 그러면서도 기분은 좋았는지 활짝 웃었다.

"크으……. 맛있다."

이후로도 해성은 몇 모금 더 들이켠 뒤 맥주를 내려놓았다. 나른한 기운이 감돌자 담아 둔 속내가 불쑥 흘러나왔다.

"범인은 잡혔지만 범죄 사건은 앞으로도 계속 벌어지겠죠?"

"아마도."

"그때마다 피해자와 유가족은 저처럼 괴롭고 고통스러운 시간을 기약 없이 보내게 되겠네요."

"그렇겠지."

"사건이 터지기 전에 막을 수 있으면 좋을 텐데."

강현은 잠시 말을 멈추고 가만히 해성의 눈을 응시했다.

"가끔 그런 생각이 들어요. 왜 항상 수습은 사건이 터지고 나서야 되는 건지. 그 전에 막을 수 있는 방법이 있으면 얼마나 좋을까."

"인간은 하루에도 수천 번 감정이 바뀌는 섬세한 동물이니까."

"그런가요."

강현은 대답 대신 얇고 기다란 폭죽 하나를 해성의 손에 쥐여 주었다. 얼떨결에 폭죽을 건네받은 해성이 멀뚱멀뚱 바라보자, 강현은 덤덤하게 라이터를 꺼내어 폭죽에 불을 붙여 주었다.

그리고 얼마 지나지 않아 파지직, 소리와 함께 불꽃이 피어났다.

"와……. 예뻐요."

강현이 설핏 웃음을 터트렸다.

"네가 더 예뻐."

당황한 듯 해성의 눈동자가 갈피를 잡지 못하고 흔들렸다. 술기운이 올라온 탓이었는지, 예상치 못한 순간에 훅 파고들었던 탓인지. 해성의 얼굴이 붉게 달아올랐다.

"잘 들고 있어."

놀라서 떨어트리지 말고.

말이 끝나기 무섭게 팔을 뻗은 강현이 해성의 뺨을 한 손으로 감싸 안았다. 눈을 깜빡거린 순간, 입술이 겹쳐졌다.

부드러운 입맞춤이었다.

거칠지도, 급하지도 않게 다가와 천천히 스며들었다. 온몸이 사르륵 녹아 없어질 것만 같았다. 강현이 슬며시 아랫입술을 물자 해성의 입술이 작게 벌어졌다. 그 틈을 비집고 남자의 혀가 물처럼 밀려 들어왔다.

솜털이 바짝 일어섰다. 짜릿한 감각에 해성은 저도 모르게 폭죽을 쥔 손에 힘을 바짝 실었다.

점점 더 밝게 타오르던 불꽃은 서서히 식어 갔지만, 농밀한 키스는 멈출 줄 몰랐다.

긴 입맞춤이 이어지고, 점차 숨이 벅차질 때쯤, 가까운 거리를 두고 입술이 질척하게 떨어졌다.

서로의 숨결이 전부 느껴졌다. 뜨겁고, 조금은 달뜬. 아직 채 식지 않은 열감이 전부 전해졌다.

"내가 다른 건 장담 못 하겠는데."

낮은 음성이 고요하게 흘러나왔다.

"적어도 먼저 놓는 일은 없을 거야. 바로 뒤에 서 있을 테니까."

"아……."

"언제든 안심하고 무너져도 돼."

머리 위로 남자의 커다란 손이 얹어졌다.

그 기운이 너무 묵직하고 따뜻해서, 말뿐인 위로에도 벅찼다.

또 다른 악몽이 찾아와도 이제 그녀는 두렵지 않을 것이다. 아프지도, 고통스럽지도 않을 것이다.

손 내밀면 바로 닿을 거리에,

그가 있으므로.

"팀장님도요."

하지만 일방적으로 기대고 싶진 않다. 당신도 내게 마음껏 무너져 주었으면 좋겠다.

해성이 피하지 않고 똑바르게 바라보자 강현은 짧게 웃으며 고개를 끄덕였다.

"그래."

그 순간, 잠잠한 공기를 가르며 휴대폰 벨 소리가 요란하게 울려 퍼졌다.

해성은 어색하게 웃으며 통화 버튼을 누르고 휴대폰을 귓가에 가져다 댔다.

— 선배! 지금 어디에 계세요? 팀장님은요?

해성은 설마, 하는 눈빛으로 강현을 바라보며 물었다.

"무슨 일인데?"

— 휴무 날에 죄송한데, 지금 아동 성폭행범 한철민 위치 확보했습니다! 영장 지금…….

해성은 고민 없이 벌떡 일어났다.

"지금 갈게."
짧은 휴가를 뒤로하고,
일상으로 복귀해야 할 시간이다.
누가 먼저랄 것도 없었다. 앞만 보며 전속력으로 달렸다.
약속이라도 한 것처럼.

작
가

후
기

지금 이 순간에도 정의를 지켜 내느라 고생하시는 대한민국 경찰분들을 진심으로 응원합니다.

참
고

문
헌

박노섭 외 3인, 『OLA 2018 핵심요해 범죄수사학』, 경찰공제회, 2018
신광은, 『네친구 신광은 형사소송법』, 웅비, 2019
허재영 외 8인, 『수사』, 중앙경찰학교, 2019
양성우 외 4인, 『여성, 청소년』, 중앙경찰학교, 2019
김중근, 『김중근 형법 각론 Ⅰ, Ⅱ』, 에이씨엘커뮤니케이션, 2019

충동의
밤

1판 1쇄 찍음 2020년 12월 17일
1판 1쇄 펴냄 2020년 12월 24일

지은이 | 탐 나
펴낸이 | 정 필
펴낸곳 | (주)뿔미디어

기획 · 편집 | 이영은, 심은지, 배지은
표지 · 디자인 | 우 물

출판 등록 | 2002년 9월 11일(제1081-1-132호)
주소 | 경기도 부천시 소향로17, 303(두성프라자)
전화 | (032)651-6513 팩스 | (032)651-6094
E-mail | dahyangs@naver.com
블로그 | http://blog.naver.com/dahyangs
비북스 | http://b-books.co.kr

값 9,000원

ISBN 979-11-6565-764-2 04810
ISBN 979-11-6565-762-8 04810(세트)